NARRATORI DEL

In copertina: illustrazione © Marina Marcolin
Grafica e progetto grafico: *the*World*of*DOT

IL LIBRAIO.IT
il sito di chi ama leggere

ISBN 978-88-235-3405-6

© 2024 Ugo Guanda Editore S.r.l., Via Gherardini 10, Milano
Gruppo editoriale Mauri Spagnol
www.guanda.it

MARTA AIDALA
LA STRANGERA

UGO GUANDA EDITORE

a M. e R.,
i miei padri di montagna

Occupano come immense donne la sera:
sul petto raccolte le mani di pietra
fissan sbocchi di strade, tacendo
l'infinita speranza di un ritorno.

Antonia Pozzi, *Le montagne*

Prologo

Elbio era nato in autunno, assieme a tutti i vitelli di quell'anno.

Quando sua madre Margherita aveva iniziato ad avere le doglie stava lavando i piatti, e ogni tanto sollevava lo sguardo alla finestra. La luce arancione che filtrava dai vetri rischiarava un rettangolo di terra secca del cortile, un'ombra al contrario.

Strofinava con una spugna ruvida la pentola in cui aveva cotto spezzatino e carote, grattando le incrostazioni di sugo lungo i bordi. Un movimento più brusco degli altri e il tegame le scivolò dalle mani, cadendo nel lavello pieno d'acqua. Gli schizzi le inzupparono la camicetta bianca, facendo trasparire la trama del reggiseno che le stringeva i seni gonfi.

Anche la gonna e le calze erano bagnate, e impiegò un attimo a capire che l'acqua, oltre a essere uscita dal lavello, le colava in mezzo alle gambe e aveva formato una pozzanghera sul pavimento di pietra.

Una fitta al basso ventre la costrinse ad accasciarsi a terra. In mano stringeva ancora la spugna; la schiuma del sapone le gocciolò lungo il polso, e nessuna parte del suo corpo fu più asciutta.

Iniziò a inspirare ed espirare profondamente e raccolse tutto il fiato che aveva in corpo per gridare il nome di sua figlia, l'unica persona in casa con lei.

L'urlo di Margherita colse di sorpresa la bambina, intenta a pettinare i capelli della sua bambola preferita. Si spaventò tanto che, con quell'ultimo colpo di spazzola, le staccò la testa.

In quello stesso momento suo marito Gioanin si trovava nella stalla a far partorire una pezzata rossa che aveva fatto montare dal suo miglior toro. Si era comportata in maniera strana per tutto il giorno: aveva mangiato poco continuando a camminare avanti e indietro, e appena l'aveva riportata in stalla era andata dritta a riposare sebbene il sole non fosse ancora calato. Il sesto senso per le questioni delle vacche, ereditato da suo padre, gli aveva suggerito che sarebbe stato meglio non legarla. Era sempre stata una bestia mansueta e non avrebbe creato alcun problema.

Dopo cena Gioanin era tornato a controllare come stesse. «Questa non me la conta mica giusta» continuava a ripetersi mentre attraversava il cortile nel buio. Le uniche luci provenivano dalla finestra della cucina di casa sua, dove si intravedeva Margherita radunare i piatti sporchi nell'acquaio. Un bagliore filtrava anche dagli scuri della grangia di suo padre, con le tende del soggiorno già tirate.

Comunque, ci aveva visto giusto.

La vacca era sdraiata in un angolo, isolata. Quando le si mise di fianco e si abbassò, notò che la prima delle due sacche amniotiche d'acqua le penzolava tra le zampe posteriori. Appena le introdusse una mano fino all'utero e non sentì le zampe del nascituro ma la curva della schiena, capì che sarebbe stato un travaglio di quelli rognosi, e non si prese la briga di avvisare nessuno.

L'annuncio del parto imminente della moglie glielo portò sua figlia Renata, che per sovrastare i muggiti di dolore della bestia aveva dovuto gridare.

«La mamma perde acqua!»

«*La pirdìa i aque? Ma porca malura*, pure lei oggi» urlò Gioanin con le mani infilate dentro alla giovenca. Aveva le maniche arrotolate fino al gomito, i muscoli degli avambracci pulsavano, i tendini gonfi sembrava gli stessero per schizzar fuori dalla pelle. Le sue labbra parevano steli di paglia e digrignava i denti per lo sforzo.

Renata rimase ferma accanto a lui, inginocchiato su una pozza di sangue e placenta, le mani grondanti di un liquido viscido e rosato che entravano e uscivano dalla pancia *d'la vaca*. La bambina seguiva i movimenti di quei palmi induriti dai calli, pieni di striature nere e in cui la terra si era radicata così a fondo da non riuscire più a essere lavata via. La intimorivano, e tante volte aveva obbedito a suo padre solo per paura di ritrovarseli in faccia.

La bestia era accasciata su un fianco, la testa riversa in direzione di Gioanin che continuava a guardarla negli occhi anche se non era sicuro lo riconoscesse. Le sussurrava una litania lenta e alzava la voce appena le pupille le roteavano all'indietro. Nel frattempo perseverava a scavarle in pancia, cercando di spingere il vitello il più vicino possibile al collo dell'utero e afferrargli la zampa flessa per girarlo dal verso giusto.

Senza distogliere lo sguardo dalla vacca, ordinò alla figlia di avvisare subito nonno Oreste per portare Margherita in ospedale. Lui di certo in quel momento non poteva muoversi; se non fosse riuscito a mettere in posizione il piccolo sarebbero morti sia lui sia la madre e non poteva permettersi di sprecarla, con quanto l'aveva pagata.

Elbio invece nacque dritto e veloce, senza dar troppi problemi.

Quando Renata picchiò i pugnetti sulla porta di casa del nonno urlando che la mamma perdeva acqua Oreste, come ogni sera, stava bevendo la sua grappa al larice intagliando un ceppo di betulla con il coltellino. Si precipitò ad aprire facendo cadere a terra i trucioli che aveva sulle ginocchia, si tirò dietro la porta e corse nel cortile buio assieme alla nipote verso la grangia di suo figlio Gioanin. Trovarono Margherita in piedi, appoggiata al muro di fianco all'entrata. Aveva ripreso a respirare regolarmente e in una mano stringeva i manici di una borsa in tessuto, che da qualche giorno aveva preparato e appoggiato sul mobile dell'ingresso.

«Dov'è Gioanin?» chiese la donna appena li vide piombare in casa, e quando sua figlia le rispose che aveva le mani infilate dentro una vacca, si voltò verso Oreste, che fino ad allora di donna ne aveva vista partorire soltanto una e lo aveva lasciato solo già da un po'.

Inspirò e buttò fuori tutta l'aria dalla bocca.

«Oreste, andiamo» disse posando l'altra mano sulla curva del pancione.

Il nonno raccomandò alla nipote di stare buona fino al suo ritorno, poi ci volle giusto il tempo di avvolgere la nuora in una coperta di lana e caricarla sulla jeep che già erano partiti alla volta della valle.

La statale era illuminata dalla luce della luna e dai fari gialli dell'automobile. I lampioni sarebbero arrivati più in basso, poco prima della cittadina in cui si trovava l'ospedale. Oreste dava due colpi di clacson in prossimità di ogni curva, prendendole così larghe che per poco non usciva fuori strada.

Durante il viaggio Margherita rimase immobile sul sedile abbracciando il pancione, gemendo quando passavano sopra qualche dosso e ansimando più forte all'arrivo delle contrazioni. Per il resto non proferì parola.

Aveva tirato giù il finestrino e guardava fuori in direzione delle montagne che sfrecciavano alla sua destra, sagome più scure della notte. In alta quota aveva già nevicato e i profili erano sporchi di bianco. Brillavano di una luce fluorescente, come se durante il giorno avessero imprigionato i raggi del sole per liberarli una volta calato il buio.

Emanavano un'aura così potente da sembrare divinità dormienti.

Nell'abitacolo il silenzio era cadenzato solo dalla spinta del motore e dalla voce del suocero che le ripeteva «Ci siamo quasi» a ogni singola frazione che attraversavano.

Arrivati in ospedale Oreste si fermò davanti all'ingresso e aiutò le infermiere a sdraiare la nuora su una barella.

Rientrò in auto, ma fino a quando non la vide sparire dietro le porte a vetri non si mosse, il palmo sul freno a mano, il finestrino ancora abbassato.

Mentre sua moglie comprava loro figlio, Gioanin era riuscito a mettere nella posizione corretta il vitellino, *coi pistì e ol müsì dal denàcc*, e legando le due zampe anteriori a una corda lo tirò fuori dalla pancia della madre. Dopo averle accostato un secchio d'acqua da cui bere, lasciò che leccasse il neonato per qualche minuto e poi lo spostò. «*Porca malura*, questo pesa minimo quaranta chili» pensò prendendolo in braccio. Gli lavò via i residui di placenta, lo depose sul giaciglio pulito che aveva preparato e lo asciugò strofinandogli addosso del fieno. Infine lo massaggiò lungo il corpo per scaldarlo e assicurarsi che il cuore e i polmoni funzionassero a dovere, e lo lasciò sdraiato.

Prima di riportarlo dalla puerpera, che con le sue ultime forze muggiva disperata e batteva le zampe a terra senza posa, la munse. Travasò il latte denso e giallastro in un biberon e lo diede al piccolo, che lo succhiò avido e se ne rovesciò addosso quasi la metà.

Concluso il suo primo pasto, Gioanin lo ricongiunse alla madre. Lei cosa doveva fare lo sapeva da sé.

Era bastato parcheggiare e correre al piano indicato dai medici dell'accettazione che tutto era già finito.

Per poter entrare Oreste dovette aspettare un po', e si sedette su una fila di sedie in plastica rossa. Continuava a far scrocchiare le dita e cercava di coprirsi alla bell'e meglio le macchie di terra sulla canotta bianca, stringendo i lembi della camicia a quadri che usava in casa e non aveva fatto in tempo a cambiare.

Margherita era stanca, ma stava bene. Le infermiere avevano detto a Oreste che il bambino era uscito dopo poche spinte. Mentre la portavano in sala parto, la dilatazione del collo dell'utero era quasi completa e si intravedeva la testa del neonato. La madre aveva trovato da sola il ritmo del respiro, senza emettere alcun lamento e «Non voglio punture né nulla», lo aveva deciso ancor prima che le proponessero l'epidurale.

Oreste in quel momento tornò indietro, a quando stava diventando padre lui. Ricordò le macchie scure che striavano il legno della porta chiusa della camera da letto, le urla di sua moglie, la voce della levatrice e poi i primi vagiti del bambino, maschio, perché la sua Loretta mai una ne aveva sbagliata.

Margherita aveva fatto tutto da sé, così gli dissero, una vera guerriera, e suo figlio tale e quale a lei: pesava quattro chili e centocinquanta, lungo cinquantasette centimetri e «di sicuro arriva al metro e novanta e sarà un bell'omone», con un ciuffo di capelli chiari e fini, le gambette sode e «che occhi splendidi, quasi sicuramente saranno verdi».

Lo avevano già lavato e vestito, aveva appena finito di mangiare e riposava nel reparto maternità. Comunicarono al nonno il numero della culla assegnata nel caso volesse andare a vedere il nipote, e gli concessero di entrare nella stanza della nuora prima di lasciarla riposare.

«Ancora complimenti e auguri.» L'ostetrica gli strinse la

mano e Oreste si domandò come mai avesse ricevuto dei complimenti se non era stato lui a comprare un bambino grosso quanto un vitello.

Trovò Margherita pallida, con gli occhi pesanti e i capelli sciolti, lunghissimi e biondi, sparsi sulla federa azzurra del cuscino. Continuava a tenere la mano destra sul ventre e a tratti veniva percorsa da un fremito che per un secondo le faceva apparire sul viso un'espressione di pura mancanza.

« Dov'è Gioanin? » chiese.

« Non lo so, vedrai che tra un po' arriva. »

« Mio figlio *se ciama* Elbio come mio padre » disse Margherita, e diede la schiena al suocero.

Nessuno, nemmeno Gioanin, ebbe mai nulla da ridire.

PRIMA PARTE

Estate
La pietra delle masche

1

Le montagne sono donne immense, eppure tante portano nomi di uomini.

Forse fu per questo che scelsi di fermarmi lì, nella valle della Becca.

Svettava su di noi senza cattive intenzioni, senza versanti tagliati o pareti soggette a frane. D'estate troppo dolce per picche e ramponi, troppo placida e troppo bassa per memorabili imprese.

Arrivare in cima non era difficile, bastavano buone ginocchia e un fiato costante. Era una montagna semplice, la Becca, priva di vezzi e velleità. Non pretendeva niente, ma in molti le chiedevano qualcosa.

Quel giorno il primo fu il Barba.

Stava davanti alla finestra a braccia conserte, e guardava il mattino arrivare mentre io mi affaccendavo attorno al tavolo.

Sopra la tovaglia in cotone a quadretti rossi e bianchi avevo messo le scodelle, quasi tutte sbeccate sul bordo, i cucchiai e i coltelli, il barattolo del miele e quello di marmellata di albicocche. Mi mancava ancora da tagliare il pane, che avvolgevamo in un panno in lino e proteggevamo in un sacco di iuta, perché il Barba diceva che così l'umidità non passava, la crosta rimaneva croccante più a lungo e la mollica non sapeva di stantio.

Versai il caffè istantaneo nel bricco e mi spostai al bancone del bar. Azionai il tasto dell'acqua calda della vecchia Cimbali e una nuvola di fumo bianco mi avvolse. Appoggiai il dito sul pulsante, pronta a bloccare il flusso bollente appena avesse raggiunto l'orlo.

A turno uno di noi si alzava in anticipo e preparava la colazione per tutti. Masticavamo in silenzio, ancora intorpiditi dal sonno, e una volta finito posavamo i piatti e le tazze sporche nel lavello della plonge. Nel mese di giugno i clienti che si fermavano a dormire durante la settimana erano pochi, ma il sabato e la domenica chi si occupava della sala e dell'accoglienza spesso era costretto a mangiare in piedi mentre scaldava il latte o riempiva le teiere da portare ai tavoli.

Il buffet lo preparava sempre il Barba. «Nessuno di voi è capace, di sicuro vi dimenticate qualcosa», così diceva, e anche se non giustificava mai i suoi modi bruschi nei riguardi dei clienti, pretendeva fossero accontentati con il massimo rigore. Per loro c'erano yogurt, cereali, muesli e frutta secca, crema al cioccolato, biscotti, salame, toma, burro, fette biscottate e cracker, ma noi non potevamo prendere nulla.

Come ogni mattina, anche quel giorno il Barba era sceso per primo e aveva aperto le persiane; la luce che filtrava dalle finestre tagliava la fila dei tavoli centrali a metà, lasciandone una parte in ombra.

Mi sembrò di sentirlo parlare, ma le sue parole si persero nel gorgoglio dell'acqua.

«Non ho capito, scusami» gli dissi mentre appoggiavo il bricco di caffè sulla tavola.

«Mica dovevi capire, parlavo da solo» rispose continuando a guardare fuori dalla finestra. «Mi raccomando te, dopo colazione stai giù e non ti muovi, hai capito? Metti a posto tutto e prepari per il pranzo. Poi vieni in cucina che ti detto il menù, lo scrivi bene e lo appendi.»

Gli risposi di sì e mi fermai a osservare il salone.

Ero in rifugio da un mese appena, eppure sentivo di conoscerne ogni minimo dettaglio.

C'erano circa centoventi posti a sedere e cambiavamo la posizione dei tavoli in base al numero di prenotazioni e ai capricci del Barba. Quando finivo di apparecchiare passava a controllare, e avevo sempre sbagliato qualcosa: un tavolo da due non andava più bene dov'era il giorno prima, «Ma come ti viene in mente di mettere un sei alla piglia», «Il cinque col cane spostalo lì nell'angolo che i cani rompono i coglioni», «Quelli là vogliono stare vicino alla madia» e bisognava ricominciare daccapo.

Le pareti avevano assorbito il fumo della stufa, e fino alla metà inferiore erano rivestite di legno lamellare. Le foto d'epoca non mancavano, così come sci, picche e ramponi di quasi un secolo prima. Il pavimento invece era scabro, formato da grandi lastre di pietra grezza, grigia e difficilissima da pulire, estratta nelle cave alle pendici della valle. Si era scurita con gli anni, pensavo, per tutti gli scarponi che ci erano passati sopra portando la terra raccolta in mezzo al bosco e lungo i sentieri che li avevano guidati fino a lì.

Davanti alla porta della bussola c'era uno stambecco impagliato, il pelo chiaro della muta invernale, le corna robuste ben curvate all'indietro e solcate da profonde scanalature circolari. Fin da subito mi aveva messo inquietudine, anzi, lo consideravo addirittura di cattivo gusto; probabilmente non ero l'unica a pensarlo, ma era un regalo che non si poteva restituire al mittente. Era morto sotto una valanga e i guardiaparco lo avevano ritrovato a primavera intatto, riconoscendolo come uno degli esemplari più belli che avessero mai visto.

«Guarda qua che bestia, sai quante deve averne montate? Mica lo possiamo sprecare!», così lo avevano caricato sul rimorchio della loro jeep con l'obiettivo di portarlo da un tassidermista, e a lavoro finito avevano deciso che doveva essere esposto nel nostro salone. I ragazzi del rifugio lo avevano chiamato Norberto, e gli avevano fatto indossare un paio di occhiali da sole dalla montatura in plastica verde fluorescente, dimenticati da un ospite che non era più tornato a reclamarli.

Credo che nemmeno il Barba fosse entusiasta di doverlo tenere lì assieme alla teca di rapaci e piccoli roditori che costituivano la fauna della zona, ma «sono un regalo dell'Ente, non puoi dire di no a quelli del Parco, altrimenti te la menano a non finire».

Solo una volta si era rifiutato di appendere le teste impagliate di un cervo e di un cinghiale. «Ma vi sembra uno zoo safari questo?» aveva urlato al telefono, e non si era nemmeno preoccupato di riattaccare perché lo aveva lanciato contro il pavimento.

Se su quello era stato irremovibile, era dovuto scendere di nuovo a compromessi accettando in dono il teschio di un cervo, reliquia di un vecchio maschio alfa.

«Mica li possiamo buttare» ribadiva Roberto della forestale ogni volta che passava a prendere un caffè, e in quelle occasioni il Barba era in vena un po' di lamentele, un po' di attaccar briga.

« E allora teneteveli voi, se me ne porti ancora un altro lo brucio », perché andavano bene i favori ma nessuno si dimenticasse chi era, lì dentro, a comandare.

Il teschio alla fine era stato appeso in un angolo defilato, sopra al pianoforte. Se di tutto ciò che c'era in rifugio sapevamo tracciare una mappa di prestiti, proprietari del passato, arrivi, partenze e ritorni, della provenienza di quello strumento nessuno sapeva nulla. Il legno era scheggiato e sbiadito, e gli arabeschi floreali che lo decoravano si erano talmente scuriti da diventare quasi invisibili. Un giorno un cliente, pagando il conto, fece notare al Barba che gli sembrava parecchio scordato. « Se vuoi suonare il pianoforte vattene al conservatorio » era stata la sua risposta.

Quella mattina, mentre stavo ancora finendo di disporre le fette di pane in un cestino, sentii i ragazzi scendere le scale, ed entrarono in sala per la colazione.

Daniele si sedette al solito posto a capotavola e quando gli chiesi se volesse del latte o del tè grugnì; la sera prima era andato a correre mancando di qualche minuto il suo record personale, e il malumore non gli era ancora passato.

Daniele era il cuoco del rifugio e ogni giorno era costretto a sorbirsi i capricci del Barba, che aveva sempre da commentare su come tagliava il formaggio, sulla cottura della torta di mele o sulla cremosità della polenta, nonostante fosse un valligiano e conoscesse a memoria le ricette della tradizione.

In passato era stato un campione di trail running e aveva gareggiato sia al Tor des Géants sia al Tor des Glaciers, conquistando un paio di volte il podio. Dai bermuda gli spuntava una cicatrice spessa e lunga fino al polpaccio, con i bordi anneriti; a trent'anni un infortunio gli aveva compromesso il ginocchio e da allora non aveva più potuto partecipare alle competizioni.

Appena finiva di lavorare si buttava addosso una giacchetta leggera, faceva il giro dei laghi correndo e tornava indietro. Capivamo che stava arrivando dalla luce della sua frontale, che si muoveva a intermittenza nel buio e sembrava una lucciola scappata dallo sciame. Appena concluso l'anello controllava il tempo sull'orologio da polso: se era soddisfatto si spillava una birra e la beveva sul terrazzo con me e Carlo, altrimenti saliva nella camera in cui dormivamo e sbatteva la porta. Quando andavo a coricarmi anche io lo trovavo girato verso il muro, avvolto dalle coperte.

Di fianco a lui, Carlo lo fissò strappare a morsi una fetta di pane e marmellata.

«Guarda che mica è viva, non devi ammazzarla» gli disse.

Daniele finse di non averlo sentito e si versò il caffè ormai tiepido nella ciotola, facendolo schizzare sulla tovaglia.

Carlo sospirò, disse qualcosa sul fatto che gli sarebbe toccato sopportarlo a quel modo tutto il giorno e mi chiese se potesse averli lui, sia il tè sia il latte.

Carlo aveva finito da tre anni le superiori e tra noi era il più giovane. Siccome giù il *travaj* mancava, era venuto a lavorare quassù come plongeur, e al bisogno aiutava Daniele a preparare la linea o me a riassettare le camerate dei clienti. Nonostante la mole di lavoro che si doveva sobbarcare, non lo avevo mai sentito lamentarsi. Mi domandavo come riuscisse a reggere quei ritmi il suo fisico timido, le gambe fini di una marionetta, la spalla destra che ogni tanto gli usciva e rimetteva a posto con noncuranza. Stare su gli consentiva di mettere da parte tutto lo stipendio. «Un gruzzolo prima o poi serve sempre» ripeteva quando gli chiedevano cosa volesse farne di quei soldi.

Appoggiai i bricchi fumanti sul tavolo e mi voltai verso il Barba.

Era ancora immobile e guardava fuori dalla finestra.

Lo chiamai per la colazione e solo quando si fu seduto presi posto anche io.

Il Barba era il gestore del rifugio, e perché si fosse guadagnato quel soprannome non lo sapevo, ma di certo non era legato a un'abbondanza di peluria. Barba ne aveva quanta i capelli sulla pelata lucida e liscia, che assieme al passo marziale con cui marciava dalla sala alla cucina impartendo ordini ricordava i modi di un certo dittatore del secolo scorso.

« Perché si fa chiamare Barba? » avevo domandato ai miei colleghi una settimana dopo la mia salita, mentre trafficavamo in cucina.

« Ha tanti nipoti » mi rispose Daniele scoppiando a ridere, mentre Carlo aveva sorriso indulgente appoggiandomi una mano sulla spalla.

« Non è lui che si fa chiamare così. È un soprannome che gli hanno dato in valle » fu l'unica spiegazione che riuscii a ottenere.

Quasi trent'anni prima quassù non c'era nulla, a parte il vento, i prati, le rocce e un rudere con il tetto marcio e sfondato dalla carica delle slavine, abbandonato quando la guerra era finita e i partigiani avevano smesso di usarlo come nascondiglio.

Il CAI di Torino e l'amministrazione regionale avevano stabilito fosse un luogo adatto per tirar su un rifugio, a lavori conclusi il Barba aveva vinto il bando per la gestione e da allora non se n'era mai andato. Scendeva solo una volta a settimana per fare la spesa e un paio di giorni alla fine della stagione estiva. Nessuno gli aveva mai chiesto dove andasse e lui non ne aveva mai fatto parola.

A differenza degli altri valligiani usava l'italiano, e in dialetto rispondeva se erano i suoi interlocutori a utilizzarlo. Capitava che le sue parole avessero un incedere diverso, una cadenza sospetta, ma era una sensazione che passava veloce quant'era arrivata.

Durante la giornata si schierava – gli piaceva dire così, come se ogni servizio fosse una battaglia – dove c'era bisogno, e se era prevista tanta affluenza diventava sia cuoco che cameriere.

La colazione era il momento in cui ci assegnava le mansioni della giornata. « Daniele tu ti piazzi in cucina che c'è la torta di erbe da mettere in forno, la verdura da pulire e lo spezzatino da fare, ma dovresti saperlo da solo. Carlo tu vai a dare un'occhiata ai bagni e poi alle stanze ai piani » elencava guardandoli uno per uno. Quando arrivava il mio turno, però, di apparecchiare i tavoli o controllare il rifornimento dei frigoriferi lo ordinava fissando il muro.

« E adesso è anche ora che ci muoviamo che il sole non

aspetta noi per sorgere» concludeva, a sancire che era tempo di mettersi all'opera.

E appena si alzava lui, noi lo seguivamo.

Se entro tre squilli non rispondevo al telefono il Barba si irritava.

Quando la suoneria riecheggiava per più di qualche attimo sbottava: «E be'? Stai aspettando che scenda lo Spirito Santo?»

Il giorno in cui ero arrivata in rifugio mi aveva spiegato come gestire le prenotazioni per il pranzo, la cena e i pernottamenti. Avrei dovuto segnarle su un'agenda da tenere sempre sul bancone del bar e potevamo toccarla solo io e lui; l'unico modo che i clienti avevano per riservarsi un posto era chiamando, e bisognava rispondere.

«Devono sapere che qui c'è sempre qualcuno.»

Allora infilavo il cordless nella tasca posteriore dei jeans e pur di prendere la chiamata interrompevo qualsiasi lavoro stessi facendo.

Quella mattina stavo pulendo le sedie e risposi subito. Era Sandra, la bergera di un alpeggio poco distante da noi. Voleva le passassi con urgenza il Barba, già dietro di me e pronto a strapparmi di mano il telefono per allontanarsi e continuare la conversazione.

Tornai a scrostare le macchie di polenta dalle sedute. Lui si era spostato nell'office, la stanza di servizio che collegava la sala alla cucina. Se pronunciavamo una parola in inglese si infuriava; sosteneva la nostra fosse una lingua perfetta, che non aveva bisogno di prestiti. Eppure, l'office era office anche per lui.

Non avevo seguito la conversazione, ma ancor prima che il Barba attaccasse, lo sentii esplodere nella sua sequenza di *porca malura*, come ogni volta in cui qualcosa non andava come voleva lui.

«Tu!» gridò entrando nel salone, «Vai a prendere i tomini.»

«Io?»

«Sì, tu, chi sennò?»

«I tomini?»

«Sì, i tomini della Sandra, non riesce a portarli su lei anche

23

se il perché non l'ho capito, ma di sicuro sarà successo qualcosa a una capra. E continua a dire che sono animali intelligenti, ne avrà pure cento ma sono stupide le capre, lo so io che sono stupide! »

« Ma devo andare giù alla bergeria? »

« *Porca malura*, sì. Va' veloce che qui ci penso io, ma non correre troppo che se ti rompi una gamba vengo a prendere i tomini e ti lascio lì. »

Daniele stava affettando i finocchi per l'insalata e mi fece un cenno di solidarietà quando mi vide uscire dalla porta sul retro, di fianco alla cucina.

Anche a giugno, l'aria al mattino era fredda.

Il rifugio si trovava all'ingresso di un altopiano che apriva la vista su un anfiteatro di cime, le più alte di tutta la valle. Era ancora in ombra, ma il sole iniziava a filtrare dalla cresta est della Becca, tingendone il contorno di giallo. Nel giro di un'ora la luce avrebbe inondato la conca e sarebbe diventata una distesa di erba che brillava, costellata da piccoli fiori bianchi e viola. Dal terrazzo non se ne riusciva a vedere la fine; una macchia di larici copriva il punto esatto in cui il terreno pianeggiante cedeva il passo alla pendenza, che sarebbe terminata solo una volta giunti lassù. Nelle giornate più terse mi sembrava addirittura di vedere gli escursionisti che si inerpicavano lungo i pendii rocciosi.

Sopra i tremila metri resisteva ancora qualche macchia di neve che combatteva contro l'avanzare dell'estate. Ghiacciai in quelle zone non ce n'erano più da tempo, e in memoria avevano lasciato alcuni laghi morenici sparsi su piccoli anfratti tra le vie che portavano in vetta. Più le guardavo più sentivo il desiderio di poterci arrivare anche io, su quelle vette, affacciarmi sull'altro versante e, muovendo un solo passo, stare con un piede in Italia e l'altro in Francia.

Decisi di scendere lungo il sentiero. Passando dalla sterrata avrei potuto azzardare una corsa senza rischiare di scivolare, ma l'avevo presa in antipatia. Aperta al transito da giugno a settembre, parecchi turisti la utilizzavano per salire da noi in macchina. L'unica volta in cui l'avevo percorsa era stato il giorno del mio arrivo, a bordo del fuoristrada del Barba. Mi aveva raccontato di essersi battuto per proibirne la costruzione, ma ogni suo sforzo era stato vano. «L'hanno voluta i pastori e quelli comandano sempre» aveva detto prima di rimanere in silenzio per il resto del viaggio.

La bergeria di Sandra distava circa venti minuti a passo sostenuto. Iniziai a scendere su dei gradini naturali scavati nella roccia e coperti di erba ancora umida dalla condensa della notte. A volte, assieme all'alba, la brina evaporava riempiendo l'aria di una foschia fina che si appiccicava alla pelle del viso e ti inumidiva le labbra e la punta del naso.

A quell'ora in rifugio non era ancora arrivato nessuno. La notte precedente non avevamo avuto clienti a dormire, ma sulla strada avrei potuto incontrare alcuni pensionati provenienti dai paesini della provincia. Ogni gruppo di amici, due o tre al massimo, aveva il proprio giorno fisso, partivano verso le otto e salivano in un paio d'ore. Indossavano camicie a quadri, pantaloni alla zuava, pesanti maglioni di lana a trecce, un berretto con la visiera per i più arditi e la coppola per gli austeri. Ordinavano un caffè al bancone, prendevano in mano il piattino facendo tremolare il cucchiaino e le tazzine e si sedevano sui tavoli in legno del terrazzo. Parlavano la lingua fitta dei miei colleghi e non riuscivo a capire quasi nulla di ciò che si dicevano. Passati una decina di minuti rientravano a portarmi le tazzine vuote e impilate e tornavano giù alla svelta, nelle case in cui le mogli li aspettavano per pranzo.

Dopo un tratto più impervio, in cui bisognava tirar bene i muscoli dei polpacci e scaricare il peso sulle ginocchia, il sentiero si allargava. Da un lato uno sperone roccioso friabile e poroso, impossibile da risalire sia a piedi sia arrampicandosi, tagliato a metà da una cengia su cui cresceva un larice dagli aghi scuri. Immaginavo le sue radici lunghissime, che per trovare la terra scavavano nella trama della roccia. In montagna non è raro, ma nemmeno così usuale, imbattersi in un larice solitario oltre la quota del bosco. Per me vederlo ergersi lì in mezzo, con il tronco deformato dalle raffiche di vento, era la manifestazione di un miracolo.

Sotto, una brua rocciosa cadeva giù violenta, addolcendosi solo nei pressi del fiume. Da dov'ero non riuscivo a vederlo, ma sentivo l'impeto dell'acqua abbattersi sui ciottoli del greto.

In prossimità della grangia urlai il nome di Sandra così che potesse richiamare i cani. Se erano nei paraggi, abbaiavano a chiunque si avvicinasse al gregge. Mi accorsi solo allora che l'aria era ferma e silenziosa, priva del tintinnio dei campani e dei belati che il vento portava in ogni angolo della montagna.

Sandra era sola, affacciata alla porta. Suo marito Fonsin non c'era, e nemmeno il figlio Lorenzo.

Mi chiese di aspettare fuori e tornò dopo pochi minuti con tre scatole in equilibrio una sull'altra, avvolte in un foglio di plastica trasparente. Le presi in mano e sentii la base fredda e bagnata. All'interno, allineati in file da dieci c'erano i tomini, così freschi da non aver finito di espellere l'acqua in eccesso, che si muoveva sul fondo del contenitore. Ciascuno era ancora nella propria formina, che Sandra riutilizzava e riprendeva quando veniva a consegnarne altri. Noi li servivamo con un trito di erbe e peperoncino come antipasto e il Barba, con la scusa di controllare se il latte aveva cagliato bene, ne mangiava uno ogni mattina. Erano bianchi e dalla pasta così morbida da riuscire a tagliarli con la forchetta.

«Scusami bella, ma mio marito e mio figlio non ci sono e non riuscivo proprio a portarli su io» mi disse lei.

Risposi che non era un problema, anzi, una passeggiata l'avevo fatta volentieri.

«Ma non ti fermi?»

«In che senso?»

«Come in che senso? Non te lo ha detto il Barba?» chiese, incrociando le braccia abbronzate e coperte da una peluria bionda, dello stesso colore dei suoi capelli.

«No.»

«*È il di dl'énarpa!* Per questo Fonsin e Lorenzo non ci sono, hanno portato le capre dal lato di là che così siam tutti tranquilli e le vacche non hanno impicci mentre salgono. Son cugini a me, sai?»

«I pastori son vostri cugini?»

«Loro son *marghè*, noi siam *bergè*. Hanno l'alpeggio su da

26

voi, ma non si vede perché sta a metà e lo coprono i larici, hai presente? *E quant son bèli che salìan!* Le vacche tutte a festa! Guarda che se stai qui ancora un po' le vedi. Elbio mi ha chiamata prima e mi ha detto che son qui tra nemmeno una mezz'ora. »

« Elbio? »

« Sì, mio nipote *se ciama* Elbio. »

Mi sarebbe piaciuto restare, ma dovevo portare su i tomini il più in fretta possibile. Di solito a quell'ora la linea del pranzo era già pronta, e se non mi fossi sbrigata il Barba e Daniele avrebbero dato in escandescenze.

Ringraziai Sandra e ripercorsi il sentiero al contrario. Un colpo di vento spirò nella mia direzione. Mi spinse verso l'alto, e aiutò le gambe ad andare più veloce.

« Quando devono salire quelli là si mobilita la valle intera, manco dovesse arrivare il papa! » stava dicendo il Barba quando entrai dalla porta principale del rifugio, che spalancai con un calcio e una spallata.

Era dietro al bancone a chiacchierare con due signori di mezz'età. Non li avevo incrociati, dovevano aver preso il sentiero che partiva dalla borgata abbandonata sul versante opposto.

Parlavano del traffico incontrato sulla statale, che li aveva rallentati parecchio.

Salutai con un cenno del mento e mi diressi verso la cucina, gli avambracci gelati dal contatto con le scatole piene di formaggio. Il Barba mi seguì con lo sguardo, i suoi occhi due tagli netti sul viso, le sopracciglia scure all'ingiù che formavano quattro rughe sulla fronte. Mi ricordavano le fessure su certi massi erratici, profonde abbastanza da infilarci un polpastrello.

Prima di varcare la soglia dell'office mi voltai, e gli dissi che piuttosto di star lì a guardarmi di traverso mi avrebbe potuta aiutare.

Posai i tomini in frigo. « Certo che hai proprio una bella gamba » commentò Daniele mentre tornavo in salone, e mi sentii ripagata dalla corsa che avevo appena fatto.

Controllai sull'agenda il numero dei prenotati e iniziai ad apparecchiare i tavoli per il pranzo. Uno dei due signori chiese al Barba se fossi nuova, lui rispose che sì, ero fresca di città e si mise a ridere.

«Una *strangera*.»

Fu quell'uomo a chiamarmi così per la prima volta, e avrei voluto rispondere ciò che avrei detto a tutti gli altri in seguito, che lì in montagna io ero straniera esattamente quanto loro. Invece, mollai la pila di piatti sulla credenza e uscii a fumare.

L'altopiano adesso era pieno di sole e il vento spettinava l'erba, che cambiava colore come se le raffiche portassero con sé una nuova luce. Scorsi la macchia di larici a cui aveva accennato Sandra e cercai di immaginare la malga dei pastori che stavano arrivando.

Una marmotta fischiò. Non si sentivano spesso, da noi ce n'erano poche. La cercai tra i prati, sentinella in piedi, intenta a correre in mezzo alle rocce o a nascondersi dietro un pino mugo.

Tirai un'altra boccata dalla sigaretta e il filtro mi bruciò le dita.

Sperai fischiasse di nuovo, ma ero rimasta sola con il vento.

Mentre mi barcamenavo tra ordinazioni e comande da portare, origliai alcuni stralci di conversazione tra i clienti che stavo servendo ai tavoli: molti avevano incontrato la mandria durante la salita e chi era arrivato in macchina si lamentava. «Avrebbero dovuto avvisare, siamo rimasti bloccati, non ci hanno fatti passare, siamo dovuti tornare indietro e salire a piedi.»

Spesso lanciavo un'occhiata al finestrone che affacciava sulla conca. Non c'erano deviazioni, i pastori sarebbero passati da lì.

Iniziai a provare per loro un senso di protezione, come se incarnassero l'essenza stessa della montagna, del bosco, dei larici, del tarassaco, delle radici, del ghiacciaio e dei fiumi che da lì nascevano.

Dopo pranzo, nei rifugi il viavai di persone si quieta e il lavoro rallenta. Chi ha la pancia piena di polenta si stende sui prati e si scotta il naso, quelli che devono ripartire a piedi sono già in cammino, proprio come chi deve ancora arrivare. Nel nostro salone rimaneva solo il vociare di chi si era attardato a prendere il caffè o un bicchiere di *sërpoul*. In cucina Daniele preparava i lingotti con la polenta avanzata e li appoggiava sul davanzale a raffreddare, mentre Carlo grattava dal paiolo la crosta di farina di mais, rappresa sul fondo durante le ore di cottura.

Stavo pulendo i tavoli quando dai muri filtrò un suono, simile a quello che sentivo le sere in cui facevo due passi fino alla bergeria di Sandra. Era come se cento strumenti suonassero all'unisono e nel caos riuscissero a trovare l'equilibrio in una stessa melodia.

Senza accorgermi di stringere ancora in mano lo straccio, uscii.

Costeggiai il rifugio e mi diressi verso il retro, dove si riusciva a scorgere l'ultimo tratto di strada, e vidi una carovana di vacche inerpicarsi su per i tornanti.

Alcune erano brune ma la maggior parte a macchie bianche e rosse. Si muovevano a passo d'uomo, la testa ondeggiante a destra e a sinistra, i giganteschi campani in ottone a guidarne il movimento, o forse il contrario. Attorno a loro si rincorrevano i cani e appena qualcuna tentava di allontanarsi dalle compagne, il più vicino la riportava tra le fila abbaiando e scoprendo i denti.

I pastori procedevano alla stessa andatura delle bestie, distribuendosi per la lunghezza del corteo. Tre di loro camminavano in coda mentre in testa, solitario, un ragazzo alto con le gambe lunghe e i capelli color del fieno, una mano nella tasca dei pantaloni e nell'altra un bastone che accompagnava ogni falcata.

Ognuno stringeva un bastone; quel pezzo di legno col manico ricurvo conferiva l'aria sacrale di alcuni anziani, che appena prendono la parola hanno il potere di zittire chiunque.

Tutt'a un tratto il ragazzo davanti aumentò il passo emettendo dei suoni ritmici, e le vacche lo seguirono come fosse un pifferaio.

Probabilmente avrebbero impiegato ancora una decina di minuti ad arrivare e io dovevo tornare dentro.

Prima di andarmene, osservai i ragazzi sparsi in mezzo alla mandria e mi chiesi chi, fra loro, fosse il nipote di Sandra.

2

Elbio era un nome troppo bello per un ragazzo così sporco.

Lo notai la prima sera in cui si presentò in rifugio. Erano le nove, avevamo appena finito di servire la cena a una coppia che il giorno successivo voleva valicare la Becca e stavo travasando della genziana in una bottiglia di vetro.

Che stesse arrivando qualcuno lo capii dal cigolio della porta della bussola e dalle voci che parlavano il dialetto della valle.

Entrarono in due e riconobbi subito il ragazzo dalle gambe lunghe e i capelli di fieno che avevo visto in testa alla mandria. Doveva avere poco meno di trent'anni, mentre l'altro era giovanissimo, tutto scuro e nerboruto.

Si fermarono accanto allo stambecco e parevano intenzionati a starsene lì, immobili, a guardarmi lavorare. Il ragazzino ghignò, il ragazzo rimase serio, la schiena leggermente curva e le mani nelle tasche dei jeans, con l'orlo strappato e bucati sul ginocchio, stretti da una cinta in cuoio che tratteneva una canotta bianca macchiata d'erba e terra.

Fui io a chiedere se avessero bisogno di qualcosa. Solo allora vennero avanti, appoggiarono i gomiti sul bancone e ordinarono un caffè macchiato e un genepì.

Quando gli posai davanti il caffè, il ragazzo biondo piantò nei miei i suoi occhi, d'un verde morbido, muschio che cresce sulle radici degli alberi e le pietre del bosco.

« A te non ti ho mai vista qui » disse, e mi sentii di nuovo *strangera*.

Gli risposi che nemmeno io lo avevo mai visto qui e iniziai ad allineare le tazzine sopra la macchina. Lo osservai di sottecchi. Si era adombrato, aveva abbassato lo sguardo. Cercò a tentoni la zuccheriera sul bancone, gliela avvicinai, strascicò un « grazie » e si mise a girare il cucchiaino nel caffè, come se stesse combattendo contro lo zucchero che rifiutava di sciogliersi.

«Noi siamo dell'alpeggio che sta giù per lì.» Questa volta fu il ragazzino a parlare e indicò un punto oltre la mia schiena, dove c'erano le mensole con i bicchieri per il punch e il vin brulé. «Io mi chiamo Luca e lui è Elbio.»

Mi voltai di nuovo verso Elbio.

Aveva le guance e il naso arrossati dal sole e odorava di sudore e di animale. Se ne stava lì, la tazzina davanti e le labbra sigillate, a grattare le venature del legno.

«Guarda che se non lo bevi si raffredda.»

Appena glielo dissi si riscosse e buttò giù il caffè in un colpo solo. Si diede lo slancio, e riappoggiando la tazzina sul piattino la fece quasi cadere a terra.

Luca si mise a ridere.

«Come ti chiami?»

«Bea.»

Mentre pulivo la Cimbali Luca finì il suo genepì ed Elbio, senza guardare, tirò fuori dalla tasca dei pantaloni una banconota da dieci euro e la lasciò sul bancone, infilando l'uscita di gran fretta.

Presi le monete del resto e gliele porsi, lui fece cenno con la mano che andava bene così e se ne andò senza salutare, lo sguardo ancorato al pavimento.

Il suono dei campani ormai era diventato parte del silenzio.

Durante quei primi giorni osservavo da lontano le vacche pascolare in mezzo all'altopiano, sorvegliate dai cani e dai due *marghè*. La mattina quando fumavo dopo colazione erano già lì, e la sera alle sei sparivano un paio d'ore, per poi essere raggruppate all'interno di un reticolato arancione che prima di allora avevo visto solo nei cantieri giù in città.

«Non mi piacciono» ripeteva il Barba a ogni visita dei malgari, «non mi piacciono proprio.»

Gli chiesi perché, e mi rispose che se non la smettevo di farmi i fatti altrui il Signore mi avrebbe presa giovane.

Saranno state le reticenze del Barba, le lamentele dei clienti esplose al loro arrivo e l'entusiasmo invece manifestato da Sandra, ma continuavo a immaginare la salita dei pastori: quanta strada avevano fatto, dove abitavano d'inverno, quante ore avevano impiegato per giungere a destinazione, quanto sarebbero rimasti. Sembrava il realizzarsi di una profezia ciclica, che si compiva ogni anno.

Assieme a quelle domande tornarono a farmi visita i ricordi del giorno in cui ero arrivata in rifugio, quando maggio aveva appena iniziato a contare i suoi giorni.

Il Barba era venuto a prendermi alla fermata dell'autobus, sulla statale che tagliava a metà i centri abitati. Da un lato c'erano le case alte, con le facciate sbiadite e i balconcini in ferro battuto; la follia edilizia del dopoguerra aveva invaso la valle di condomini per villeggianti che «dovevano respirare aria buona» e invece l'avevano incattivita, i tetti piatti e le parabole della televisione, un miscuglio di villette e residui fascisti in cemento. Dall'altro stradine tortuose portavano in alto, inerpicandosi nel bosco fino a qualche piccola borgata abbandonata. A un certo punto finivano, un monito per le auto: «Di qui non ci passi. Se vuoi andare avanti, puoi usare solo i piedi».

Non avevo mangiato nulla, ma il mio stomaco si contorceva su se stesso e i succhi gastrici mi erano arrivati in gola. Spingevano per uscire e cercavo di ricacciarli indietro deglutendo la saliva che continuava a impastarmi la lingua.

La sera prima di partire, mentre stavo preparando lo zaino, avevo immaginato che lassù tra le stagioni vigesse l'anarchia.

Se esiste un luogo in cui le stagioni si incontrano, in cui riescono a esistere insieme, è sulle montagne. Parti dal basso che è estate, arrivi in cima che è inverno.

Nello zaino avevo buttato alla rinfusa pile, magliette e jeans, arrotolati con quel metodo per guadagnare spazio di cui avevo visto il tutorial su You Tube. Ero riuscita a farci stare anche sette paia di calzini, le mutande, le lenti a contatto, un berretto di lana azzurra con il pon pon, lo spazzolino, gli assorbenti, il caricatore del cellulare. I libri li avevo infilati nella tasca superiore. Sotto la stoffa riuscivo a intravederne gli angoli che puntavano contro il tessuto, quando li avrei tirati fuori sarebbero stati rovinati.

Strinsi il cordino della tasca più grande e provai a chiudere le fibbie.

Fuori erano rimaste sei confezioni di tabacco e i pacchetti di filtri e cartine. Me li sarei messi in tasca, non sarebbero bastati. Come si fa a preparare il bagaglio per un viaggio che sai quando inizia ma non quando finisce?

Come puoi traslocare avendo a disposizione quarantotto litri di capienza?

Sulla scrivania della mia camera avevo ordinato i manuali dell'università, gli ultimi tre esami da sostenere e una tesi a metà. Dalle pagine sporgevano post-it colorati e una matita con la punta consumata.

In cima alla pila, un biglietto. «Puoi venderli» avevo scritto in corsivo.

«Perché?» continuava a chiedermi mia madre, «Perché?»

Da quando le avevo detto che sarei andata via, appena sentiva pronunciare la parola «montagna» cambiava stanza.

«Cosa ci trovi lì?» mi chiedeva, e stanza la cambiavo io, con le stesse fitte allo stomaco che mi inseguirono anche in rifugio.

Elbio passava a prendere il caffè tutti i giorni, a pranzo per conto suo e dopo cena con Luca.

Lo beveva tiepido e a piccoli sorsi, mentre il garzone tirava giù d'un fiato bicchieri di genepì e assenzio.

Si sedevano sulle panche del terrazzo e ogni tanto chiacchieravano con Carlo quando finiva di lavorare, mentre io andavo a fumare sul retro e aspettavo che Daniele tornasse dal suo allenamento.

Una sera mi chiamarono e mi avvicinai, la sigaretta in bocca e in mano un bricco di acqua calda e una tazza con due dita di genziana.

Luca stava raccontando com'era arrivato lì, e lo ascoltai mentre annodavo la mia chioma nella treccia che facevo prima di dormire.

I Morèl lo avevano assunto da qualche mese, anche lui figlio di malgari e cresciuto in un alpeggio che la famiglia affittava per la transumanza ogni estate. Dopo la morte di suo padre l'anno prima, la madre aveva dovuto vendere le bestie perché Luca non era in grado di prendersene cura da solo e di assumere un aiuto non potevano permetterselo.

« Qui voglio imparare bene il mestiere e ricominciare dove ha finito mio papà. » Raddrizzò le spalle mantenendo lo sguardo fisso di fronte a sé. « Poi loro sono bravi, sono famosi » aggiunse volgendosi verso Elbio, concentrato a fissare un punto in mezzo al buio.

La luna illuminava la conca di una luce debole, smorzata dai picchi e dalle creste che ci circondavano. La loro ombra era un manto più scuro sul prato.

« *Va' là*, ma quali famosi, è che tra noi ci si conosce » gli rispose, e iniziò a battere col piede sul pavimento.

« Quando sono pronte le tome portacene un po' però » disse Carlo.

« Eh, quando sono pronte » ed Elbio si alzò, infilando le mani in tasca.

Mi chiedevo cosa avesse in quelle tasche, per tenerci sempre le mani dentro.

Tranne il Barba, che aveva una camera per sé in cui nessuno era autorizzato a entrare, dormivamo tutti assieme in una stanza sul lato est del rifugio.

L'unica fonte di luce del camerone, così lo chiamavamo, era una finestrella quadrata con la maniglia rotta, e per chiuderla usavamo un pezzo di corda da arrampicata. Sul davanzale c'era un piccolo vaso di terracotta; una volta doveva aver ospitato una pianta che qualcuno, per troppo tempo, si era dimenticato di annaffiare. Ne rimaneva ormai solo il fusto secco, le foglie sgretolate dal vento.

L'alba ci alitava dritta in faccia, e Carlo aveva preso una vecchia tovaglia fissandola con due chiodi per farne una tenda. Se prima di addormentarci non dimenticavamo di accostarla, la mattina l'ombra sul pavimento era a quadretti.

C'erano tre letti a castello e per riporre le nostre cose, vicino alla porta, sei armadietti simili a quelli degli spogliatoi delle palestre. Dentro non riuscivamo a farci stare quasi nulla e portammo su tre sedie, trafugate dallo stanzino in cui tenevamo quelle da aggiungere in sala nei giorni di massima affluenza.

La confusione del camerone peggiorava quando pioveva e dovevamo tirar dentro le lenzuola, le federe e i coprimaterassi messi ad asciugare al sole. Da un capo all'altro della stanza, quasi all'altezza del soffitto, passavano dei fili di plastica che si utilizzavano per stendere in inverno e li trasferivamo lì. L'aria si profumava di bucato e per arrivare al letto vagavamo in quel labirinto di lenzuola.

«Puzzate di lavanderia» diceva il Barba.

«Sempre meglio che di cane bagnato» rispondevo.

Verso fine giugno la banda si infoltì, e ad amplificare quel caos giunsero un altro paio di ragazzi, Gioele e Berto. Era la prima volta che lavoravano dal Barba, intenzionati ad arrotondare i guadagni dell'inverno. Si erano licenziati da una cava di pietra e i risparmi che volevano accumulare li avrebbero utilizzati per il corso da guide alpine. «Sempre se passiamo le selezioni» dicevano, «mica è così facile, noi ci proviamo, se poi non va vediamo.»

Il Barba li conosceva sin da bambini, erano saliti spesso assieme ai rispettivi padri e sosteneva fossero identici a loro, «fatti con lo sputo». Figli d'arte in quanto cavatori, della passione per le montagne che avevano ereditato dai genitori assieme all'amicizia, le mani poderose e il sangue furfante, volevano farne un mestiere. Da adolescenti avevano cominciato ad andarci per conto proprio: appena cadeva un po' di neve mettevan le pelli agli sci e quando si scioglieva arrivavano correndo a bere un grappino e poi se ne tornavano giù. D'estate invece quassù non si erano mai visti; se riuscivano a prendersi qualche giorno libero migravano verso le pareti grandi, nomi maestosi di fronte a cui chinare il capo e abbassare la voce, da segnare sul curriculum di coloro a cui importano più il grado e la fama dei luoghi che l'andare. Altrimenti, dopo aver timbrato il cartellino a fine turno, montavano in macchina, il bagagliaio e i sedili pieni di corde, rinvii, moschettoni, friend, nuts, magliette su cui si era asciugato il sudore ma che si potevano mettere ancora una volta, jeans sdruciti e scarpette, miriadi di scarpette minuscole, alcune da risuolare, altre tenute insieme con lo stesso scotch che avvolgevano alle dita appena gli si apriva un callo.

Finché non calava il sole e anche oltre, potevi incontrarli sulle falesie più dure della valle ad allenarsi tra placche, strapiombi, fessure e diedri.

Le magliette rimanevano sempre in macchina o buttate a terra.

Arrivarono di lunedì assieme al Barba, partito alle tre del mattino per far la spesa. Ogni sera prima controllava i frigoriferi, infilava la testa nei due congelatori, scendeva nella dispensa del piano interrato e annotava su un foglio a quadretti ciò che mancava, brontolando sull'aumento dei prezzi e così – cosa significasse quel così lo sapeva solo lui – non si poteva più andare avanti. Al suo ritorno il fuoristrada strabordava di sacchi di farina di mais, barattoli di polpa di pomodoro, uova, latte a lunga conservazione, forme di toma, pasta, micche, legumi in scatola e bag in box di vino. Di verdura e frutta ne comprava poca, e dovevano essere cotte sul momento o utilizzate nel giro di pochi giorni. A eccezione delle carni, prediligeva alimenti facili da conservare e che non necessitassero di essere refrigerati, e appena arrivava chiamava in aiuto Daniele e Carlo per scaricare tutto e mettere a posto.

Quel giorno se ne occuparono Gioele e Berto, che entrarono dal retro oberati di scatole. Le reggevano sugli avambracci e le maneggiavano con una tale destrezza quasi fossero vuote.

Il primo che vidi fu Berto; ghignava con le labbra di sbieco, un incisivo scheggiato e i capelli rasati a pelle. Aveva spalancato la porta spingendola con il piede e Gioele, la barba nera e crespa e gli occhiali da sole sulla fronte, lo aveva imitato per non farla richiudere. Il Barba alle calcagna, li stava coprendo di insulti. «Disgraziati, ma che cazzo di modi sono, se 'sta porta si rompe me la pagate voi! E muovetevi che mica abbiamo tutta la mattina!» e loro due ridevano, dirigendosi verso il piano interrato.

«E vi sembra il caso di andare così di corsa? Se cadete di giù non chiamo nessuno, avete capito? Che non ci metto nulla a mandarvi a fare in culo io!» continuava a urlare il Barba sulla tromba delle scale, e mentre scrivevo il menù del giorno strinsi le labbra tentando di non ridere anche io.

Finito di svuotare il fuoristrada, rientrarono con due zaini da alpinismo. Era quasi l'ora di pranzo e stavo uscendo a «fare le acque». Prima di ogni pasto mi caricavo di dodici bottiglie di vetro alla volta e dopo averle riempite con l'acqua gelata che scorreva nella fontana poco distante, il getto raccolto e filtrato da una vasca in legno, le distribuivo sui tavoli conteggiandone una ogni due persone. «L'acqua è di tutti e non si paga», era questa la filosofia del Barba, così come non si vendevano bibite in lattina o in plastica.

«E chi sei tu?» chiese Gioele.

«Chi saresti tu» risposi, e lo scansai stringendo forte i manici delle casse, tenendole sollevate più che potevo e cercando di non far sbattere le bottiglie tra loro.

Risero, e mentre mi allontanavo sentii il Barba dire: «Ve la raccomando proprio, quella».

3

Elbio scandiva la routine della giornata.

Quando lo vedevo entrare al pomeriggio erano circa le due, e alla sera da poco passate le nove. Avevo notato, però, che tra quei due caffè cambiava.

Se alle due entrava impolverato, i capelli scarmigliati e la barba un po' incolta, alle nove tornava con il ciuffo pettinato, la camicia ben abbottonata, le scarpe pulite e il viso liscio. Il profilo duro del mento incontrava la mascella rigida, gli zigomi pronunciati, il naso dritto e le sopracciglia scure, diverse dal colore dei capelli.

Era una presenza discreta, lasciava a Luca l'onere di parlare. Lui si limitava ad ascoltare e quando Berto e Gioele lo tiravano in causa, seppur lo conoscessero da anni come ogni altro abitante della valle, rispondeva schivo rimanendo incollato al muro, un bambino in attesa che i compagni lo invitino a giocare.

Dall'arrivo di Gioele e Berto era nata tra noi colleghi una coesione maggiore, la loro amicizia ci aveva contagiati. Ci sbilanciavamo in scherzi bonari che alleggerivano i servizi, in battute ironiche per cui nessuno si offendeva. La cucina era il nostro teatro, e il Barba accorreva quando ci sentiva ridere forte.

«Cos'è 'sta cagnara?» chiedeva, e lo includevamo nel buonumore generale. «Siete tutti matti» commentava scuotendo la pelata, ma di smettere non ce lo aveva mai ordinato.

In quei giorni di giugno la stagione non era ancora iniziata e riuscivamo a finire di lavorare verso le dieci. Mentre Daniele era già uscito per la sua corsa notturna e Carlo andava a buttare l'umido scortato da Paola Fox, la fedelissima volpe che lo amava come un benefattore, i due pulivano il pavimento della cucina, uno spazzando a terra e l'altro al seguito con lo straccio.

«Bea, hai preparato tutto?» gridavano. «Sì!» rispondevo io, spillando tre birre e versando in una tazza del Fernet Branca.

Ci riunivamo sul terrazzo, in un tavolo accanto al parapetto, e spesso si aggregavano anche Elbio e Luca. Stavamo lì a chiacchierare, a giocare a carte o a Jenga, e quando i ragazzi alzavano un po' il gomito cominciavano a cantare. Erano canti delle valli, in quella lingua di vocali lunghe e *c* morbide, e la loro voce sembrava provenire dai secoli passati. Raccontavano storie d'amore, altri invece erano intrisi di doppi sensi, con protagoniste ragazze circuite da preti e monaci. Il dialetto stavo imparando a capirlo in fretta, forse per istinto di sopravvivenza. Di primo acchito quei suoni mi erano apparsi inestricabili, e ogni volta che i miei colleghi o i valligiani che salivano in rifugio si rivolgevano a me nella loro lingua d'elezione dovevo chiedere di ripetere la frase in italiano. Adesso invece avevano acquisito un rigore e una logica che mi affascinavano.

Io e Carlo eravamo sempre gli ultimi a coricarci. « Aspetto che finisci la sigaretta » diceva, e sfruttava i momenti in cui restavamo soli per confidarsi. Mi aveva raccontato delle difficoltà economiche dei genitori e del suo obbiettivo di rilevare un locale in valle e avviare un bar.

« Sono qui perché voglio aiutarli e non chiedere niente, avere la possibilità un giorno di decidere cosa fare e dove stare. Non ce la faccio più a vederli vivere così, e se riesco ad aprire il bar possono avere un'alternativa. Ma solo se hai i soldi sei libero di scegliere. » Abbassava le spalle secche, appoggiava i gomiti sulle cosce e guardava l'altopiano, i capelli lunghi fino al mento una barriera, e si voltava ogni tanto abbozzando un sorriso.

Se lui con me si era scoperchiato, gli altri di ciò che avevano lasciato giù parlavano di rado, e quando accadeva trattavano il proprio passato come se stessero riportando una notizia di poco conto ascoltata per caso alla balera.

Di Daniele sapevo solo che la sua compagna viveva a valle; l'unica volta in cui avevo provato a domandargli cosa gli fosse capitato al ginocchio, aveva abbandonato la cucina ed era uscito sbattendo la porta sul retro, « Te era meglio se nascevi senza lingua » il rimprovero del Barba. Era tornato mezz'ora dopo, la maglietta appiccicata al petto e i capelli sudati, e sembrava nulla fosse successo.

A Berto invece era sfuggito che il dente rotto, un trofeo recente, se lo era scheggiato arrampicando. Non aveva intenzione di farlo sistemare perché, secondo lui, con buone probabilità sarebbe ricapitato. Gioele attualmente era integro, ma un paio d'anni prima aveva avuto il naso gonfio come un'arancia. Gliel'aveva rotto Berto con un pugno, deviandogli il setto nasale.

« E non ti sei arrabbiato? » gli chiesi, spostando lo sguardo da lui all'amico.

« Ma va', mica lo ha fatto apposta. Si stava menando con un altro, li volevo separare e per sbaglio ha preso me. Poi comunque mi ha chiesto scusa » e aveva chiuso l'argomento grattandosi la gobba sul naso, senza specificare altro.

C'è chi crede che i rapporti di amicizia si stimino nella quantità di esperienze, ricordi, segreti, vita, che due persone conoscono l'una dell'altra. Confidare a qualcuno il proprio passato, con relativi dolori e sofferenze, significa aver raggiunto una determinata intimità, stipulato un legame autentico, essere amiche.

Quella regola quassù non aveva valore.

Della mia compagnia sapevo poco, eppure mi pareva di conoscerli da sempre.

Quando il Barba parlava di noi agli altri ci chiamava « banda », un nome che mi era piaciuto subito. Lo avevo associato a qualcosa di unico, di privato, di cui solo pochi prescelti potevano far parte. Nella mia mente eravamo disertori, reietti, banditi, gente ai margini della società che si era ritrovata quassù. Anche io, dopo aver superato un esame di selezione, ero stata eletta tra i membri. La neofita, quella a cui si doveva spiegare tutto e tutto aveva da imparare. Ma finalmente sentivo di essere parte di qualcosa, e mi andava bene così.

Anche quella sera di fine giugno ci eravamo ritrovati sul terrazzo e Berto, Gioele e Carlo cantavano già da un po'. Scandivano il ritmo battendo le mani e schioccando le dita, alternandosi le strofe e intonando assieme il ritornello. « Entro la fine dell'estate le impari tutte pure te e ci fai da soprano », e quando risposi che ero stonata, Berto alzò le spalle. « Che ti frega! » e mi invitò a ballare, saltellando a tempo e facendomi girare in una piroetta.

Durante una pausa tra i cori, mentre stavo andando a preparare un altro giro di birre, sentimmo un suono acuto e gracchiante provenire da lontano. Fu una frazione di secondo, ma quel che era parso un grido aveva squarciato il silenzio, con lo stesso effetto di un lampo che taglia il cielo.

Ci zittimmo e ci voltammo verso la conca immersa nel buio. A quell'ora se non rimaneva nessuno a dormire eravamo gli unici fuori, le nostre voci e in sottofondo il richiamo delle volpi o qualche roccia solitaria che franava, rimbalzi che l'eco rendeva boati.

Chiunque avesse deciso di venire a prendere un grappino a tarda ora sarebbe per forza arrivato dalla sterrata, ma lì ogni cosa appariva immobile. L'unica fonte di luce proveniva dalla bussola, che per la legge di tutti i rifugi doveva rimanere sempre accesa.

«Ma che cos'era?» chiesi, non ricevetti risposta e mi accorsi che avevo le mani sudate.

Ero spaventata ma non volevo che i miei colleghi se ne accorgessero.

«*'Sta fumna*», mi appellavano ogni volta che mi lamentavo oppure li sgridavo. La lingua gli batteva tra i denti e il palato, scandendo quello che pareva un insulto e racchiudeva una debolezza incolmabile.

«Lascia fare a me» dicevano, e mi toglievano di mano un sacco con venti chili di micche. «Dai, dillo che sei stanca» alla fine del servizio della domenica, «Sei sicura che ce la fai?» quando li aiutavo a rassettare una stanza e mi caricavo sulle spalle un materasso da spostare nel ripostiglio.

Essere *fumna* già di per sé era uno svantaggio. Fossi nata in valle si sarebbe potuto sorvolare, ma io ero anche *strangera*, cittadina, un altro punto a sfavore. Secondo loro la città appiccicava addosso vezzi, sciccherie, abitudini superflue che ti rendevano inadatto a una vita più dura, alla vita di quassù.

«Non importa che sia in città o a duemila metri, voi uomini siete sempre uguali» sbottavo quando si dimenticavano di alzare la tavoletta del gabinetto.

«E voi donne sempre scassacazzo» rispondevano, e la tavoletta, forse per ripicca, forse per distrazione, la lasciavano abbassata.

«La cittadina stamani si è fatta bella» mi sbeffeggiavano quando uscivo dal bagno dopo la doccia, i capelli ancora elettrici dal getto del phon e profumati di olio di cocco. Come se le donne di montagna o le valligiane non si lavassero e gradissero sedersi su una tavoletta schizzata di urina. Avrei voluto vederle, queste altre donne così diverse da me.

Ma se quella vita a loro era capitata per caso io me l'ero scelta, la volevo ed ero in grado di viverla. Avevo rinnegato la città, non dovevo essere respinta dalla montagna.

Fumna e *strangera* però me li portavo addosso come un marchio indelebile. Nemmeno il tempo sarebbe riuscito a lavarli via e pensai fosse colpa loro se quella notte, guardando il nero che ammantava l'altopiano, avevo avuto paura.

I miei colleghi si erano alzati in piedi e si sporgevano dal parapetto, guardando verso l'altopiano.

«Daniele da quanto è partito? Non è che si è fatto male?» chiesi, e Carlo mi fece segno di tacere.

«Chi è là?» urlò Gioele.

Il vento era calato, e nell'aria ferma il suono dei campani echeggiava lontano, quasi impercettibile, accompagnato solo dal ronzare della lampada fuori dal rifugio.

In risposta arrivò un «noi» che, in preda all'ansia, non associai a nessuno.

«Ah, son quei due là» disse Berto rimettendosi a sedere.

«Menomale» commentò Carlo, i gomiti alla ringhiera. L'atmosfera si era allentata di colpo, non per me.

«Ma per 'ste birre dobbiamo aspettare Natale?» sbottò Gioele.

In qualsiasi altro momento lo avrei preso a male parole, invece rientrai in silenzio e prima di riempire i bicchieri bevvi qualche sorso d'acqua fredda dal lavandino. Vedere i miei colleghi così tranquilli mi aveva rasserenata, ma sentivo ancora un turbamento masticarmi la pancia.

Quando tornai fuori trovai i due malgari al nostro tavolo.

Incrociai lo sguardo di Elbio e ci fissammo finché non occupai l'unico posto libero, accanto a lui. Era stravaccato contro il parapetto e si raddrizzò, profumava di dopobarba.

« A gridare è stato 'sto *piciu* di Luca, che non ha acceso la frontale ed è inciampato in una buca » disse Berto, tirandogli uno scappellotto.

« Mica c'è bisogno che mi faccio luce per arrivare qui » si difese lui, le sopracciglia ispide aggrottate, lo sguardo contrito di un bambino sgridato dai grandi.

« A te mi sa di sì invece » commentò Elbio, e quando notò che alla sua battuta avevo riso anche io, un lembo di labbro gli vibrò all'insù.

Carlo cominciò a cantare, Luca gli andò dietro.

« Bea, la sai quella del Frate Cappuccino? » chiese Berto, e mi strizzò l'occhio intonando le magagne di un frate confessore che, con il suo saio legato da un cordone, andava in giro per il paese a curare le ragazze ammalate.

Bastava tirarglielo e passava tutto, come col Fernet Branca.

Secondo il Barba, il Fernet era la cura per ogni male. Me lo aveva detto una sera quando mi aveva vista preparare una tisana.

« Ma cos'è che stai facendo tu? »

« Una tisana. Ho mal di pancia. »

« Ma quale tisana! Ma cosa vi insegnano laggiù? Vatti a sedere che il mal di pancia te lo faccio passare io. »

Guardandolo trafficare con tazze e bicchieri e sentendo il fischio della lancia che scaldava l'acqua, avevo realizzato che il posto in cui lavoravo era anche la mia casa. Che il divano su cui ero seduta era lo stesso su cui si riposavano gli escursionisti, che il tavolo in cui mangiavamo era lo stesso a cui si accomodavano altri clienti, che le pentole, i piatti, le padelle, oggetti che appartengono alla tua intimità, qui erano condivisi con chiunque.

Il Barba si era avvicinato con una tazza in mano.

« To', bevi. »

All'interno c'era un liquido dall'odore pungente, quasi balsamico, che ti faceva arricciare il naso appena entrava nelle narici. Aveva il colore del brodo di cicoria, che mio nonno beveva prima di ogni pasto. Costringeva anche me a fare lo stesso, sostenendo mi facesse bene.

« Ma cos'è 'sta roba? » chiesi.

« Te bevi! Ma è possibile che fai sempre tutte 'ste domande? »

Avevo appoggiato le labbra sul bordo e assaggiato la bevanda con la punta della lingua. Era amara, un retrogusto di zucchero emerse in sordina.

L'avevo bevuta tutta, e il mal di pancia mi era passato.

4

Era partito da quaranta minuti e ancora non era tornato.

Pensavo alle sue scarpe, quelle della sera, il nodo ben fatto e la gomma bianca.

Continuavo a fissare il punto in cui la luce della sua frontale si era affievolita, inghiottita piano dal buio. Adesso probabilmente stava iniziando a sentire i calzini bagnati, l'umidità che il calar del sole posava sui prati d'alta quota doveva avergli inzuppato la tela delle scarpe da ginnastica.

Riuscivo a immaginarlo, Elbio, mentre camminava.

Guardava verso l'alto.

Nessuno, eccetto lui, avrebbe fatto caso a quelle macchioline più scure sparse lungo il pendio, chiedendosi da dove provenisse il suono sottile dei campani. A furia di star con loro non si accorgeva più del baccano che facevano le sue vacche, ma di notte lo aiutava a trovarle, capire quanto fossero distanti, fare attenzione a non pestare i merdoni che avevano disseminato durante il giorno mentre cercavano ciuffi d'erba più teneri, lasciando una scia di terra smossa.

Ogni tanto una folata di vento gli sollevava la camicia gelandogli il sudore all'attaccatura dei capelli. Eppure procedeva senza fatica. Quei pascoli e quelle rocce li conosceva, come li avevano conosciuti suo padre e suo nonno.

La frontale l'aveva spenta, la luna bastava. Un animale della montagna, abituato alle strade che non hanno un sentiero.

Teneva una mano in tasca e, nell'altra, un bicchiere di vetro.

«Dammi un *bicier*» aveva detto quando avevo confessato davanti a tutti di non aver mai assaggiato del latte appena munto.

«A che ti serve?»

«Dammi un *bicier*» aveva ripetuto contraendo le dita, il braccio teso, ed era rimasto in piedi ad aspettarmi mentre entravo in rifugio a prenderlo.

Ne avevo scelto uno alto, con l'orlo un po' consunto e il vetro reso opaco dai graffi, di quelli che si tengono al fondo della dispensa e si danno all'ospite meno simpatico se tutti gli altri sono a lavare. Lo aveva afferrato ed era partito verso il buio, diventando un puntino di luce.

Sarei voluta andare anche io, con lui.

Ormai erano trascorse tre settimane dal loro arrivo. Poco prima, mentre chiacchieravamo, avevo scoperto che quell'anno erano saliti in anticipo. «Fa caldo», lo aveva motivato così, alzando le spalle e abbassando il mento, il labbro inferiore leggermente sporgente.

Alla fine di giugno si erano sciolte anche le ultime tenaci chiazze di neve e l'erba aveva iniziato a crescere a ridosso delle pietraie. Così, aveva condotto le vacche a pascoli più alti. A consumare l'erba di quella zona avrebbero impiegato una decina di giorni, per cui si sarebbe alzato alle quattro per andarle a prendere e scortarle in malga per la prima mungitura. Dopo sarebbero tornati lassù, rimanendo fino a sera.

«E cosa fai tutto il giorno?» gli avevo chiesto, e lui aveva trattenuto una risata.

«Le guardo. Sono un mandriano.»

Le sue vacche erano settantatré e ciascuna portava il nome di una città. La sua preferita l'aveva battezzata Mantova, il primo nome che il giorno in cui era nata aveva visto sulla cartina dell'Italia, comprata da consultare come dizionario dei nomi.

Elbio credeva fossero state le vacche a insegnare ai pastori ad appoggiare bene il peso sulle rocce, a non inciampare e a non slogarsi le caviglie. «E se gli escursionisti le guardassero un po' di più, imparerebbero un sacco di cose.»

Mentre attendevamo il suo ritorno, Luca ci raccontò che a star su al pascolo facevano a turno. «Capita che c'è bisogno di Elbio alla grangia, se suo padre glielo dice la sera prima gli girano e non tira più un fiato, e già parla poco di suo. In realtà ci vorrebbe qualcuno che ha la voglia, che viene su e rimane con noi, ma è un lavoro duro, che ti stanca, tutti preferiscono fare altro oppure mollano subito.»

Quasi ogni giorno Gioanin, un paio di braccianti e talvolta la Ghitin – una donna come me, avrei voluto vederla, conoscerla, chissà cos'abbiamo di diverso, pensai, chissà quanto ci mette a lavarsi i capelli – salivano all'alpeggio e preparavano yogurt, ricotte, tomini freschi e panna da caricare sul furgone e vendere al mercato a valle. Anche noi compravamo la ricotta da loro, ma nonostante la malga fosse più vicina rispetto alla bergeria di Sandra, per i tomini continuavamo a rifornirci da lei. « Le capre son tanto cretine quanto fanno bene il latte » sosteneva il Barba, e non c'erano santi.

Così Elbio, quando non era al pascolo, scendeva a girare le tome vecchie, a stagionare quelle nuove, a cagliare il latte e a mettere l'impasto della ricotta nelle formine. Dopo aver finito di preparare i formaggi bisognava tirare a lucido la casera, dar da mangiare alle galline e ai conigli, se c'era affluenza aiutare la madre nel piccolo punto vendita e controllare lo stato delle mungitrici per la tornata della sera. Verso le sei si infilava una tuta impermeabile arancione e un paio di stivali di gomma; quando Luca era di ritorno lo aiutava a guidare le vacche in fila indiana, le faceva entrare una a una nella stalla nuova e le attaccava al macchinario.

Pensai che, nonostante lavorasse tanto, il caffè di metà giornata non lo aveva mai saltato.

Chissà se in quel momento era già arrivato al pascolo, se il bicchiere non gli era caduto rotolando giù per una scarpata frantumandosi contro una roccia.

No, aveva le dita forti Elbio, non si sarebbero fatte scivolare il bicchiere.

Magari le scarpe erano ancora pulite, oppure era finito con entrambi i piedi dentro un cumulo di merda. « Lo sapevo che *na busa* la prendevo » avrebbe pensato a pochi passi dalla mandria.

Forse adesso stava scavalcando la rete elettrificata che attivava ogni sera per delimitare la zona dove le bestie trascorrevano la notte. Ora sfiorava il dorso di una vacca, Padova, chissà se c'era una Padova, se aveva indicato quella città sulla sua cartina e aveva deciso di chiamarne una così. Lo vedevo sollevare la zampa posteriore di un'altra, Latina, e controllare non si fosse rotta, prima mica non lo aveva notato che zoppicava un po', e poi si avvicinava a Mantova, che aveva già iniziato a muovere su e giù la coda. Le si metteva di fianco accarezzandola dietro l'orecchio, le mani grandi, i palmi ruvidi, le unghie cortissime per non farci entrare la terra. Al suo tocco lei si girava e sbuffava aria dal naso.

«Mantova, di *làit* ce n'hai un po'?» le chiedeva grattandole il collo.

Nella mano sinistra reggeva il bicchiere. Non era necessario riempirlo, un paio di sorsi erano sufficienti.

Si inginocchiava e col palmo destro le afferrava una mammella, la pelle logorata dall'età e dalle morse della tettarella. Lo immaginavo chiudere il pugno, bloccare le dita con il pollice e aumentare la pressione sulla parte più bassa. Al primo colpetto, un getto di latte giallastro sarebbe schizzato nel bicchiere macchiandone un po' il bordo. I primi avrebbero raggiunto il vetro con un rumore rigido, ma una volta lambito il fondo sarebbe diventato soffice, suono di latte che accoglie altro latte. A quell'ora le vacche non ne avevano così tanto a disposizione. Sarebbe passato a un'altra, e alla fine ne avrebbe ricavate tre o quattro dita.

«Siete state brave» e prima di tornare indietro avrebbe salutato Mantova con una pacca sulla pancia.

Adesso stava correndo giù, il bicchiere in mano. Lo stringeva ancora più forte, percepiva il latte tiepido all'interno. Ci appoggiava sopra il palmo, forse così avrebbe trattenuto il calore. La sua ombra volava sui prati, sulle zolle di terra e sulle rocce. In fondo, dopo la curva, intravedeva la luce della bussola del rifugio, quella che non si spegneva mai.

Doveva fare in fretta, il latte non si doveva raffreddare. Non guardava più dove metteva i piedi ma in basso, giù, verso la luce.

Tanto ormai nella *busa* ci era finito dentro, e se ne pestava un'altra andava bene lo stesso.

Lo sentimmo arrivare dai passi sulle scale.

Aveva il collo e la fronte lucidi e in mano reggeva il bicchiere, pieno quasi a metà di un liquido chiaro, un po' torbido.

Venne verso di me. Il latte si muoveva alla cadenza dei suoi passi.

«E adesso *bevite el bicier*» rise Luca, mentre Elbio me lo porgeva.

«È per me?» chiesi.

«Sì. Mi dispiace solo che non c'è più schiuma, appena munto è tutta bella alta. Il problema è che anche il latte è un po' poco, e tempo di arrivare quella che c'era se n'è andata.»

Continuavo a fissare il bicchiere.

«Fidati, è buono» intervenne Carlo. «Sai quanto ne ho bevuto io da bambino? E non mi è mai successo nulla.»

«No, non è per quello» risposi mentre sfilavo il bicchiere dalle dita di Elbio. Il vetro era tiepido. Lo annusai, strizzai il naso e bagnai appena le labbra. Un retrogusto sapido e di erba mi inondò la bocca, la lingua che schioccava contro il palato. Non riuscivo a capire se mi piacesse e mi sentivo in errore, come se ci fosse qualcosa di ovvio a sfuggirmi.

Guardai Elbio. Seguiva ogni mio movimento rimanendo serio, in attesa. Aspettava fossi io a parlare, a esprimere un verdetto.

Mi leccai il labbro superiore.

«È salato» dissi, e tutti si misero a ridere. Elbio invece sorrideva, le guance rosse che le fossette agli angoli della bocca spingevano verso l'alto.

«È diverso da quello del supermercato vero?» chiese.

«Sì.»

«Ti piace?»

«Perché, a te no?»

«A me il latte non piace mai» confessò abbassando la voce, così che solo io potessi sentirlo. Le sue mani erano tornate al solito posto, e le osservavo contorcersi in tasca.

«Quando mai si è sentito di un pastore a cui non piace il latte» pensai mentre fissavo il bicchiere.

Finii il latte in un paio di sorsi.

Ebbi la sensazione di sentirmi scorrere in gola il sapore che, assieme a quello del Fernet, per me la montagna avrebbe sempre avuto.

5

In montagna si dice che le mandrie portano i *rat*, o almeno così sosteneva il Barba. «Quelle bestiacce qui non ci devono entrare, si mangiano tutto» e aveva disseminato il rifugio di trappole. Ogni mattina le controllava, e quando aveva catturato un topo esultava.

«Tiè» diceva, prendeva la carcassa per la coda e andava a buttarla giù per la brua.

Non credo ci fosse una base scientifica nella sua teoria, e tranne me nessuno sembrava turbato da quella lotta che portava avanti con convinzione.

Una mattina lo sentii imprecare dalla dispensa al piano interrato.

«'Sti bastardi!» urlò, e tornò in sala con una forma di toma mangiucchiata ai bordi.

«Adesso vedono come li sistemo per le feste, eccome se vedono» ripeteva fissando la toma con astio, quasi fosse stata sua la colpa di essersi lasciata mangiare.

«Ma non hai mai pensato che esistano altre soluzioni?» gli chiesi mentre mettevo a bagno le orchidee. Ogni tanto tornava dalla spesa portandone una nuova, e per non rischiare si rovinasse la teneva sul sedile posteriore durante il viaggio. Gli piaceva guardarle, ma non lo sfiorava nemmeno il pensiero di doversene prendere cura. Era un compito che spettava a me due volte a settimana, e verificava sempre me ne fossi ricordata.

«Vuoi far diventare il rifugio un vivaio?» gli avevo chiesto quando era rientrato con l'ennesima, gialla e maculata di viola.

«Ma che cazzo vuoi» e mi aveva raccomandato di metterla in un punto soleggiato ma non troppo, altrimenti si sarebbe sciupata. Come riuscissero a sopravvivere sopra i duemila metri rimaneva un mistero. Eppure stavano lì, alle finestre a sud-ovest, e quando cadeva un fiore ce n'era un altro pronto a schiudersi.

«Ma quali altre soluzioni, devono morire tutti» sbottò il Barba.

«Se non la smetti con questa carneficina, io me ne vado.» Il Barba si voltò, il sopracciglio alzato.

«Sentimi bene signorina, tu e le tue manie da paladina degli animali avete rotto il cazzo. Di queste cose non ci capisci niente, e faresti bene solo a star zitta.»

«Io parlo quanto voglio. E guarda che ci sono altri modi, non c'è per forza bisogno di farli morire soffocati.»

«E quali sarebbero questi altri modi?»

«Potresti prendere dei gatti.» Lo dissi sovrappensiero, mentre toglievo l'ultima orchidea dal suo vaso di coccio e la spostavo in una scatola di plastica, che avrei riempito d'acqua fredda per l'ammollo.

«Dei gatti? Ci mancano solo i gatti qui dentro, già sembriamo un museo di scienze naturali con tutti gli animali che ci smolla il Parco.»

Teneva ancora la toma in mano e, anche se era arrabbiato con me, mi veniva da ridere. Quella sua aria sempre scontrosa mi inteneriva, provai l'istinto di abbracciarlo.

«Non è mica una novità, i gatti si usano per tenere lontani i topi. Secondo me potrebbe essere una soluzione.»

«Ma si può sapere 'ste idee chi diavolo te le mette in testa?»

L'idea me l'aveva messa in testa Elbio qualche sera prima. Aveva aspettato che finissi di lavorare e ci eravamo messi a chiacchierare sul terrazzo.

Gli stavo raccontando che proprio non riuscivo ad accettare che quei topolini venissero uccisi in maniera così crudele.

«Che ci vuoi fare. Io lo capisco, al Barba, mica può farsi mangiare tutto da loro.»

«Quindi anche tu hai la grangia piena di trappole.»

«No, noi no, abbiamo i gatti. Se ci sono i gatti, i topi non vengono. E se si avvicinano ci pensano loro.»

Lo raccontai al Barba, aggiungendo che mi sembrava un modo più misericordioso di morire.

«Ascoltami bene, tu. Io di quei pastori ne ho pieni i maroni.

Qui funziona così, e se non ti sta bene per me te ne puoi anche andare.»

Uscì dal rifugio, probabilmente a buttar via la toma nella fossa dell'umido, dove sarebbe diventata cibo per le volpi.

Un paio di giorni dopo, il Barba mi chiamò a rapporto.

«Tu» esordì «vai dai Morèl, che ti devono dare una cosa.»

«Cosa?»

«Ma è possibile che devi sempre fare domande? Vai!» disse, e senza aspettare una risposta salì al primo piano, dove aveva spedito Berto e Gioele a rifare le camere.

Quel mattino, il cielo era scuro e tirava vento.

Mentre infilavo la giacca, mi resi conto che nonostante fossero arrivati da più di un mese, non ero mai stata alla grangia di Elbio.

Mi incamminai lungo l'altopiano. Nella luce grigia i colori dell'erba, le fronde degli alberi, i cespugli di ortiche, ogni cosa sembrava minacciosa, come le raffiche di vento che mi battevano sulle ginocchia, tagliavano la pelle degli zigomi e screpolavano le nocche delle mani.

Il sentiero proseguiva fino alla macchia di larici che nascondeva le malghe e costeggiava il letto del torrente. Le sue acque schiumavano, si disperdevano nell'aria; dalla corrente emergevano dei massi ricoperti da una patina verde, forse un'alga, che li rendeva scivolosi.

Delle montagne che circondavano la conca alcuni versanti erano percorribili, con qualche larice a sfidarne la pendenza, altri completamente franati, ghiaioni che anche il camminatore più esperto, se avesse provato a metterci piede, sarebbe venuto giù assieme alle pietre. La Becca si stagliava di fronte a me con le sue guglie mozzate, su cui la presa bianca del ghiaccio aveva allentato gli artigli. Dal terrazzo del rifugio sembravano stringermi in un abbraccio che in quel giorno di nubi fosche si era trasformato in una morsa.

Un cartello di legno indicava la direzione da seguire per raggiungere la malga dei Morèl. La freccia puntava dritta verso la macchia di larici e FORMAGGI, TOME, LATTE, PANNA FRESCA era vergato a mano in bianco, con caratteri in stampatello.

Mi addentrai fra gli alberi, ma prima di lasciarmi il boschetto alle spalle mi fermai ai piedi di un larice, più scuro e nodoso degli altri. La corteccia era sollevata e in alcuni punti colava un po' di resina. Si era seccata ed era rimasta appiccicata lì, una lacrima ambrata che si ferma e smette di cadere.

L'alpeggio dei Morèl era più grande di come lo avevo immaginato. Era stato costruito su un terrazzamento a ridosso di un versante ripido, in cui l'erba cresceva tra le scariche di pietrisco. La roccia pareva sabbia e le raffiche di vento se la portavano appresso in piccoli mulinelli. Uno degli edifici si estendeva in lunghezza, con una porta a doppie ante chiusa da un catenaccio, le falde in lamiera e finestre alte e squadrate simili a feritoie. Gli altri invece erano baite in muratura bianca, con i tetti in legno e pietra, le persiane rifinite e dei fiori rossi, arancioni, azzurri a decorarne i davanzali. Erano discostate dal lungo fabbricato e si riunivano in un piccolo complesso a sé stante, collegate da un viottolo in lastricato chiaro.

All'entrata, delimitata da una staccionata, erano parcheggiati un fuoristrada e un furgone con le portiere spalancate, ma nel cortile non c'era nessuno. In lontananza si udiva solo il chiocciare delle galline e lo scroscio dell'acqua, probabilmente azionata da una pompa.

Chiesi se ci fosse qualcuno e attesi qualche minuto prima di veder apparire dal fabbricato un uomo alto, i capelli scuri e il collo di un toro. Indossava un grembiule bianco che gli lasciava scoperte le braccia massicce.

«Salve» dissi, lui non rispose. Continuava a rimanere immobile, fissandomi. Mi sentivo un'intrusa in terra straniera.

«Sono la ragazza del rifugio. Mi ha mandata il Barba.»

L'uomo mise due dita in bocca, fischiò e gridò il nome di Elbio.

Elbio arrivò con lo scricchiolare della ghiaia, un paio di stivali di gomma gialla, il ciuffo piatto sulla fronte, le braccia scoperte anche lui, il volto arrossato, gli occhi grandi che sotto quelle sopracciglia sembravano ancora più verdi.

Prima di tornare dentro, l'uomo mi lanciò ancora un'occhiata. Non mi sarei sorpresa se dalle narici gli fossero usciti degli sbuffi di fumo.

Elbio si avvicinò a me solo dopo che fu rientrato, e sorrise scoprendo i denti.

«Io sono qui ma non so nemmeno perché» gli dissi. «Mi devi dare tu oggi le ricotte?»

Lui si mise a ridere.

«Vieni» rispose, e mi fece strada.

In montagna nessuno fa domande. Si preferisce guardare, aspettare, e le risposte trovarsele da soli. Io invece volevo sapere tutto subito, faticavo ad avere pazienza.

Lo seguii per il viottolo, la suola dei suoi stivali batteva sulla pietra, come se fossero troppo grandi per lui e i piedi ci vagassero dentro.

Ci fermammo davanti a una baita discostata dalle altre. Di fianco alla porta c'era una panca, un vaso di gerani, la ruota di un vecchio carro appoggiata alla facciata, che non capii se fosse lì per bellezza o semplicemente dimenticata.

Quando Elbio aprì la porta della grangia scorsi una stanza ampia, con un tavolo di legno al centro ancora apparecchiato, una sedia con una caterva di vestiti buttati sullo schienale, un divano stinto a fiori, una cucina a gas con un pensile sopra. Sentivo profumo di formaggio, di fieno, di polvere che si adagia sugli oggetti.

Elbio rimase fermo, una mano sulla porta, e fece un fischio.

In risposta ottenne un miagolìo sottile, tenue, e una coda che saettava su una delle due sedie.

«Se vuoi entra, ma devo chiudere altrimenti scappano.»

Entrai. La coda era sparita, quel miagolare timido no.

«Hanno paura e si nascondono, ma li dobbiamo prendere» disse Elbio guardando sotto al tavolo.

«Elbio» lo chiamai. Lui era in ginocchio accanto al divano.

Impiegò qualche secondo a voltarsi verso di me e gli dissi che non capivo perché fossi lì con lui a cercare dei gatti quando sarei dovuta tornare in rifugio il prima possibile, il Barba probabilmente era già furioso adesso.

Elbio era ancora carponi e stringeva in mano un lembo della trapunta a fiori.

«Se mi aiuti te li do, son qua sotto.» *Ciatìn, ciatìn*, venite qui, chiamava tra gli schiocchi delle labbra. «Va tutto bene, lei è brava, *ciatìn, ciatìn*, forza venite.»

Un pentolino in rame sbucava dal lavandino di fianco alla madia; appesa alla parete, la foto in bianco e nero di un vecchio rudere, in primo piano un uomo dal volto pulito e una donna con in braccio un bambino. Le tendine sbiadite ricamate al tombolo, una vecchia stufa nell'angolo con un portello al centro e dei cassetti a lato – aveva un nome, *potagé*, ma non apparteneva alla mia lingua e come si chiamava in quel momento non lo sapevo.

Rimasi ferma sulla porta a guardare Elbio con la mano infilata sotto al divano, e mi venne voglia di abbracciarlo.

I gattini li mettemmo in una grossa scatola con dei fori sul coperchio, che Elbio fissò con due giri di spago.

Li aveva portati su suo padre Gioanin la mattina stessa. Un paio di mesi prima la gatta che tenevano nella cascina giù a valle aveva partorito una cucciolata da otto e quei due micini erano gli ultimi rimasti.

Erano un maschio e una femmina, lui bianco a macchie nere e lei bianca, fulva e grigia.

Mentre tornavo in rifugio tenevo la scatola stretta al petto, come se potessi proteggerla dal vento che gridava sguaiato. I due *ciatìn* gli rispondevano, e la scatola non smetteva di piangere e miagolare. Le facevo delle carezze, quasi il tocco delle mie mani potesse superare lo strato di cartone.

Quando arrivai il Barba era seduto vicino alla piglia del salone, un paio di occhiali e un plico di fogli di carta che cercava di disporre sul tavolo secondo una logica sconosciuta.

Mi avvicinai sorridendo, la scatola ancora stretta tra le braccia. Sentivo i micini rigirarsi, le loro zampette muovere qualche piccolo passo.

«Vuoi vederli?» gli chiesi.

«No. Ti sia ben chiaro che non mi hai convinto tu, mi sono convinto da solo. E dato che hai voluto la rogna te la vedi tu, io non ne voglio sapere nulla, basta che da grandi facciano il loro mestiere.»

I gatti scalpitavano, li sentivo raspare con le unghie sul cartone.

«Dovrai aspettare.»

Il Barba si alzò gli occhiali sopra la fronte.

«Sono anni che aspetto. Mese più, mese meno.»

Lasciò le carte sul tavolo e mi piantò lì, a domandarmi cosa stesse aspettando e che non era arrivato così in alto da raggiungerlo.

I gattini li sistemai nel camerone. Arrabattai una cuccia tagliando i lati della scatola e ammucchiando dei vecchi asciugamani, nella dispensa trovai due contenitori in plastica da utilizzare come ciotole, ma per la lettiera non sapevo come fare.

Scesi di nuovo in cucina ed esposi il problema ai miei colleghi.

«Mettici delle foglie e dei rametti» suggerì Berto.

«No, serve la sabbietta.»

«Per fare che?»

Evitai di rispondere e me ne andai indispettita in sala, dove il Barba era in contemplazione di fronte alla finestra.

«I gatti non hanno la sabbia, e nemmeno da mangiare.»

Il Barba si voltò. Lo avevo messo di fronte a un problema che non aveva preso in considerazione, ed essere preso alla sprovvista non gli piaceva.

«Ma è urgente?»

«Se non vuoi trasformare il camerone in una latrina e farli morire di fame appena arrivati, direi proprio di sì.»

Il Barba ci pensò su un attimo.

«Eh be', domani scendi a piedi in paese e va' a comprare le cose.»

«A piedi?»

«Quelli hai, a meno che tu non sappia volare.»

Il paese distava più di quattro ore dal rifugio. Dopo aver percorso il sentiero fino al parcheggio del sanatorio, avrei dovuto camminare altri otto chilometri sulla strada asfaltata tutta a tornanti fino alla statale. Da lì, in una quarantina di minuti avrei raggiunto il centro abitato più vicino, dove c'era una piccola drogheria. Un assurdo spreco di tempo e di energie, pensai, calcolando che a risalire con un carico avrei impiegato di più.

«Cos'è, non ce la fai a far due passi?» mi incalzò lui.

«Non credo di riuscire a portare su tutto nello zaino.»

«Mica è normale che i rifugi hanno la strada. In quelli seri se ti servono poche cose non stai a chiamare l'elicottero, ti butti le gambe in spalla senza fiatare, scendi e risali. Ecco, te fai finta che la strada non c'è.»

«Però qui la strada c'è» ribattei. Il Barba pestò un piede a terra ma stette fermo, a fissare fuori dalla finestra.

«Come se fosse una cosa buona, no? Ma che ne capisci tu, non capisci niente. Sono queste strade che hanno rovinato la montagna di qui, quelle che salgono e pure quelle che stanno a valle. La gente ci si è ammassata appresso e per il resto, chi s'è visto s'è visto.»

Esitai. Mi parve assurdo che lui, sempre preoccupato di non perdere nemmeno un secondo dietro a questioni inutili, potesse pensare di mandarmi a piedi in paese. Ma per quanto non comprendessi la logica della sua decisione ne percepivo il gusto amaro, impastato alla malinconia. La mia richiesta faceva parte di un mondo nuovo, diverso da quello che aveva amato e che gli era mutato di fronte agli occhi. Lo aveva visto trasformarsi e non aveva potuto fare nulla per impedirlo. Il suo diniego era un insegnamento: vuoi la vera vita di montagna, Beatrice? Eccotene un assaggio.

«Va bene» dissi, e tornai a lavorare.

La sveglia del giorno dopo tirò tutti giù dal letto e tra le lamentele generali, scendemmo in anticipo a fare colazione.

Poco prima di partire, mi raccomandai: «Guai a voi se fate uscire i gattini dal camerone. Sono troppo piccoli e se scappano le volpi se li mangiano».

«Ma non dovrebbero *ciapà i rat*?» chiese Gioele, che la sera prima si era divertito a prenderli per la collottola e lanciarli sul letto, convinto fosse un gioco anche per loro.

«Come fanno se i topi tra un po' sono più grandi di loro?»

«Bea, ma cosa vuoi che ti dica uno che quando si è stufato del suo pesce rosso l'ha dato da mangiare al gatto dei vicini?»

intervenne Carlo e tutti risero, compreso Daniele che di solito prima delle nove non proferiva parola.

«Questa mica la sapevo» disse, e ghignando diede una pacca sulla schiena a Gioele.

«Siete dei mostri.»

«Io so solo che dei gatti in rifugio non li ho mai visti e tra un po' diventiamo lo zimbello di tutta la valle, tra te e quel disgraziato.» Il Barba si versò altro tè nero e ci sciolse dentro due cucchiaini di miele.

«Non ho capito.» Davanti avevo una tazza di caffè americano, con una dose doppia di espresso. Sulla superficie galleggiava qualche briciola di pane.

«Meglio così, e comunque non capisci mai un cazzo te» continuò il Barba mentre spalmava su un biscotto un velo di marmellata di *ramasin*, che distribuiva con la punta del coltello fino a coprirne gli angoli.

Il Barba aveva un suo modo di dire le cose, il volto severo e i movimenti sgarbati, una tenerezza spigolosa. Se fosse stato un albero, sarebbe germogliato noce. Di solito il noce non cresce in quota, non si trova mai in mezzo ai boschi ed è sempre solitario. Se gli si piantano accanto altri alberi muoiono in fretta, perché le sue radici tendono a prendere per sé tutti i nutrimenti della terra. Eppure produce frutti buoni, con il mallo duro sì, ma che agli scoiattoli piace tanto rubare.

«Sei sicura che riesci ad arrivare giù da sola?» mi domandò Daniele.

«In che senso?» risposi, sollevando un sopracciglio.

Alzò le spalle. «Era così per chiedere.»

«Tu ci andresti giù da solo?»

«Certo.»

«Allora se puoi farlo tu, non vedo perché non debba farcela io.»

Raccolsi la tazza e le posate per portarle in cucina.

Mi rivolsi a Carlo. «Ti prego, ai gattini pensaci tu.»

«Non ti preoccupare Bea. Scendi tranquilla e fai quello che devi fare» disse, stringendomi l'avambraccio.

Mentre salivo le scale per recuperare la giacca, Daniele mi urlò dietro.

«Oh Bea, e non comprare pesci rossi che qui fanno una brutta fine!»

Tra le loro risate, riconobbi anche quella legnosa del Barba.

Quando uscii l'alba faceva capolino. Dal tepore del rifugio passai all'aria notturna, che mi raspò il viso come pietra pomice. In spalla portavo lo zaino vuoto e gli scarponcini erano allacciati ben stretti.

I raggi del sole avevano iniziato l'invasione, il cielo attorno alle cime si stava tingendo di giallo. Sfumava nel bianco e nell'azzurro della prima linea, il chiarore guadagnava terreno attaccando il blu della notte. Mentre il cielo combatteva, al di fuori dell'area illuminata dalla lampada della bussola il mondo era un sovrapporsi di sagome che, senza l'ausilio del giorno, stentavo a riconoscere. Oltre a me non si muoveva nulla, e la montagna sembrava ancora custodita dalla stasi del sonno.

Mi incamminai e, mentre pensavo che tutto attorno a me dormiva ancora, Elbio era già sveglio da quasi due ore e stava mungendo le sue vacche.

6

Entrai in drogheria verso le dieci, e in pochi minuti avevo comprato tutto ciò che serviva. Ero pronta ad affrontare le cinque ore di camminata per risalire in rifugio: in mano tenevo due buste di sabbietta profumata, mentre lo zaino era carico di crocchette. Mi auguravo di incontrare qualcuno sulla via e chiedere un passaggio fino al parcheggio del sanatorio.

Non badai subito al clacson che sbraitava al lato opposto della strada, ma quando mi voltai per capire chi fosse il rabbioso autista, trovai il Barba ad aspettarmi. Non aveva nemmeno spento il motore della Panda, e appena montai sul sedile di fianco a lui ripartì, la portiera ancora aperta a metà.

«Sei in ritardo» disse, mentre faceva manovra in retromarcia senza guardare indietro.

«Non mi aspettavo nemmeno venissi» precisai, e accesi l'autoradio.

Alzò gli occhi al cielo e imboccò la deviazione sulla statale, dove un cartello indicava la direzione del rifugio.

«Dovevo fare delle cose.»

«Comunque la Panda me la potevi far usare.»

Il Barba assunse un'espressione inorridita, come se avessi appena pronunciato un'eresia e per punizione gli toccasse mettermi al rogo.

«Tu la Panda non la tocchi nemmeno se mi minacciano con un fucile.»

La Panda era un cimelio storico, salpata un paio di anni prima dalle pianure della Puglia per approdare nel cortile del rifugio. Serviva una macchina di servizio che i dipendenti potessero utilizzare per salire in autonomia, andare a buttare la spazzatura o sbrigare qualsiasi incombenza passasse per la mente del Barba; non era previsto, invece, che lui se ne innamorasse follemente.

L'aveva trovata in vendita su un sito di annunci online e scorrendo le foto allegate, in cui l'auto sfoggiava la carrozzeria ammaccata, la vernice verde scuro e il paraurti più solido di un ariete da sfondamento, aveva intuito che lei era quella giusta. Ne ebbe la conferma durante la telefonata con il proprietario, alla frase «anche quando ci ho attaccato un carrello con due cinghiali, andava che era una meraviglia», scandita con un marcato incedere salentino.

Pattuito l'acquisto della Panda e del carrello, il Barba aveva chiesto aiuto a un amico e, a bordo del fuoristrada, avevano guidato fino al tacco della penisola per recuperarla.

Era bastata una stretta di mano, una mazzetta di contanti alla vecchia maniera e, senza nemmeno una sosta, avevano rifatto la strada all'inverso: il paziente amico viaggiava in testa, il Barba alle calcagna sulla Panda, il carrello fissato al gancio da traino.

Sul bagagliaio aveva appiccicato un adesivo, che con dei caratteri in stampatello rossi fiammanti recitava GAUTE DA SUTA; perché, così diceva, la sua Panda era una draga e non aveva nulla da invidiare a qualsiasi jeep.

Chi decideva di percorrere il sentiero a piedi, dopo un tratto che risaliva il versante della montagna, posteggiava l'auto davanti a un sanatorio costruito negli anni Trenta per la cura della tubercolosi. I malati dovevano rimanere isolati per almeno un mese, e gli studi dell'epoca avevano notato che le possibilità di contagio in città erano altissime. La causa veniva associata al nascente proletariato urbano, le migliaia di contadini che abbandonavano le loro terre per andare a lavorare nelle fabbriche. Al contrario, sopra i mille metri l'incidenza si riduceva, le case di cura iniziarono a spuntare come funghi nelle località montane di tutta Europa e appena si liberava un letto un nuovo paziente era pronto a occuparlo.

Ormai abbandonata e priva di qualsiasi funzione, era una struttura immensa a quattro piani, che con la sua facciata rosa pallido e due torrette assomigliava alla versione scadente di un castello delle fiabe. Fino a qualche anno prima veniva utilizzata come residenza per le gite scolastiche ma adesso, per quanto ribassassero il prezzo, non era ancora stata acquistata. Il Barba aveva deciso che del retro poteva prendere possesso lui, e che era il luogo giusto per lasciare i due gatti delle nevi: d'inverno con quello più piccolo e sgangherato trasportava la spesa e con l'altro, un enorme battipista di seconda mano dismesso dagli impianti da sci, batteva il sentiero che portava in rifugio.

Quando passammo accanto al sanatorio, il Barba deviò ed entrò nel parcheggio.

«Ma dove andiamo?» gli chiesi.

«A fare un picnic tra l'erba e i fiorellini.»

«Potevi dirmelo, ho comprato da mangiare solo per i gatti.»

«Devo recuperare il carrello, mentre scendevo a prenderti ho buttato la spazzatura» e accostò di fianco ai due gatti delle nevi, protetti da teloni cerati gialli.

Nello smistare i rifiuti il Barba era meticolosissimo, e come noi anche i clienti avevano a disposizione i bidoni per la raccolta differenziata. Un giorno aveva visto un bambino gettare un involucro di plastica dentro al cestino della carta. «Che cazzo fai?» gli aveva urlato, e lo aveva obbligato a raccoglierla sotto gli sguardi attoniti dei genitori, a cui aveva rimproverato l'incapacità di educare il figlio.

Scesi dall'auto e chiesi al Barba se avesse bisogno di una mano per agganciare il carrello. «Ma figurati se mi devi aiutare tu» rispose, così accesi una sigaretta e mi allontanai.

Al portone d'ingresso del sanatorio si arrivava salendo una scalinata circolare e un'ampia terrazza costeggiava la facciata, su cui si intervallavano vetrate decorate con motivi geometrici. Erano incrostate di sporco e polvere, ma riuscivo a intravedere un lampadario a bracci pieno di nappe di cristallo e un lungo corridoio foderato da una moquette rossa, fiancheggiato da pilastri in serpentino e muratura. Ai lati, delle poltroncine di velluto, disposte come se gli ospiti si fossero appena alzati per ordinare un cocktail al bar. Immaginai quel luogo gremito di medici e infermiere che spingevano i pazienti sulle sedie a rotelle, poi assediato dai villeggianti, donne con le gonne al ginocchio, capelli cotonati e fili di perle a braccetto di uomini impomatati di brillantina, il cappello a tesa larga e pantaloni con le pinces.

Il Barba mi richiamò con un colpo di clacson, e voltandomi

notai che vicino al parapetto un maiale dormiva al sole. Un respiro più profondo gli fece tremare la coda e le zampe iniziarono a scalciare all'aria. Forse sognava, ma di cosa potesse sognare un maiale non avevo idea.

«C'è un maiale!» gridai mentre lo raggiungevo.

«E allora?»

«E allora che ci fa lì? Da dove viene?»

«Ma che te ne importa a te, sali dai.»

Il Barba partì veloce, le ruote del carrello sferragliavano sull'asfalto e il fracasso rimbombava nell'abitacolo.

Passammo accanto al maiale. Continuò a dormire come se attorno a lui non si fosse mosso nulla, la pancia ricoperta di peluria bionda che si alzava e si abbassava.

La strada era costellata di buche e continuavo a sobbalzare sul sedile.

Il Barba procedeva imperterrito, senza rendersi conto che gli ammortizzatori della Panda erano ormai al limite; il carrello sballottava quanto me e temevo che a breve si sarebbe sganciato, volando giù per la brua fino a schiantarsi contro un albero.

Il primo tratto si addentrava nel bosco, dove crescevano faggi e betulle dai tronchi fini, bianchi e grigi. Erano altissimi, le loro fronde talmente fitte che la luce filtrava a fatica e punteggiavano il suolo di riflessi chiari. Avevo imparato che più il sole riusciva a penetrare quell'intreccio di foglie, più ci stavamo avvicinando all'altitudine in cui sarebbe finito.

Si chiamava «quota del bosco» e a me piaceva solo perché sapevo che prima o poi ne sarei uscita. Stabiliva il confine tra due montagne diverse: quella in cui d'autunno raccoglievi funghi e castagne e d'estate trovavi riparo dal sole che picchiava e ti scottava le spalle, e quella libera, dove batteva il vento e la vegetazione diventava sempre più timida fino a sparire, al limitare del regno delle pietraie.

Abbassai il finestrino e misi fuori la mano. L'aria mi passava tra le dita, le sospingeva indietro.

Dall'alto la statale sembrava una vipera che strisciava e una cappa rendeva il paesaggio sfocato. La valle sparì in una curva e passammo sul versante opposto. Adesso c'erano prati e pareti verticali su cui sarebbero riusciti a salire solo stambecchi e camosci. In alcuni punti l'erba iniziava a ingiallire e i fiori a seccarsi, il cielo talmente pieno che sembrava una bocca a volerti ingoiare, le montagne i suoi denti aguzzi.

Da lì in poi la strada peggiorava ancora. Era deformata da scanalature profonde, squarci che scoprivano le travi di sostegno del terreno, le cunette in cemento ormai frantumate. Colpa un po' della pendenza, dell'acqua che durante il disgelo e le piogge di primavera colava verso il basso, ma per lo più dei fuoristrada che ci passavano sopra quando la terra ancora non era asciutta. Lì, le macchine, non sarebbero dovute arrivare mai. Ci sono luoghi adatti a sopportare solo il peso dei piedi.

«Nemmeno un mese e guarda qua che bordello. E a preoccuparmi di sistemarla sono sempre io.»

I prescelti per quella bega potevano essere solo Berto e Gioele. Per sanare quei buchi avrebbero tolto la terra altrove cercando di riempirli e appianarli il meglio possibile. Ma erano faccende da sbrigare all'alba, quando chi sarebbe salito in macchina stava ancora a letto. Con la ressa di clienti, era difficile che per due o tre ore non ci fosse bisogno di loro. Eravamo una catena, e se mancavano due anelli nel momento di massima tensione si sarebbe spezzata.

Incontrammo due auto e un quad. Il Barba si affiancò al ciglio della strada e appena gli passarono accanto li seguì con lo sguardo, finché non scomparvero dallo specchietto retrovisore. Si lasciarono dietro una nuvola di polvere, e sbandavano di qua e di là.

Ripartimmo, continuando a commentare la frequenza delle buche.

A pochi metri dal tornante che precedeva l'arrivo in rifugio, il Barba aveva piantato un cartello: RALLENTARE!!! INSERIRE LA PRIMA. Se per tutti era un consiglio di guida dettato da un vigile delle altezze, per me era il segnale che stavo arrivando a casa.

Quando entrai in rifugio c'erano l'odore della polenta e della salsiccia al sugo sul fuoco, assieme a quello del legno, degli scarponi caldi nella bussola e del sole che batteva contro i vetri.

Passai a salutare Daniele e Carlo e andai in camerone a posare i viveri per i gattini. Si erano arrampicati sulla pila di materassi di riserva, aggrappandosi alla stoffa con le unghie morbide e miagolando quando rischiavano di cadere.

Cambiai l'acqua nelle ciotole, ne riempii un'altra di crocchette, in una vaschetta di plastica misi della sabbietta e non volli chiedermi dove, nel tempo in cui mi ero assentata, avessero fatto i loro bisogni.

«I miei pisellini», li chiamai mentre cercavano di salirmi sulle gambe, un nuovo ostacolo da scoprire, una nuova altezza da scalare fino in cima.

Erano troppo piccoli per essere forti, e non avrei permesso a nessuno di lanciarli nel mondo privandoli del tempo per crescere.

La città ci rende più dolci, in montagna si direbbe «deboli». Siamo percossi da sentimenti superflui che lassù, dove ogni cosa ha la sua utilità, non trovano spazio. Se non sei abbastanza furbo muori, se non resisti abbastanza al freddo ti va in cancrena un dito e poi in necrosi l'intera gamba. Se non sei abbastanza veloce le volpi ti prendono, e se guardi solo in basso e mai in alto un gipeto ti afferra tra i suoi artigli e ti porta via.

7

«Da oggi arrivano gli scassacazzo» disse il Barba a colazione.
«Vedrai il telefono come non la smetterà di squillare. Rispon-
derai più tu di un centralinista indiano» aggiunse guardandomi, e così fu.

Quel primo venerdì sanciva l'inizio ufficiale della stagione, il
mio battesimo al lavoro vero, o almeno così credevano i miei
colleghi.

Se fino ad allora la colazione era stata alle sette e mezza,
adesso avremmo turnato per accontentare chi voleva partire
all'alba. Dovevamo essere almeno un paio, scendere in sala verso le tre e mezza, controllare che tutto andasse come di consue-
to, far pagare il conto e riapparecchiare per chi arrivava dopo.
Ma oltre alle sveglie a scaglioni, a cena sarebbero saliti molti
più clienti, in auto oppure a piedi per una passeggiata in notturna. Al Barba non piaceva mandarli via troppo presto. Si era
rassegnato al fatto che fossimo un rifugio dove si veniva anche
a far baldoria. Non l'appoggio per una traversata o una salita
verso una cima ma un ristorante, un punto di arrivo per riempirsi lo stomaco più che di partenza per lunghe ascensioni. Per-
ciò c'era chi doveva rimanere sveglio e aspettare che, gonfi di
grappa o di genepì, gli «scassacazzo» decidessero di levare le
tende e tornarsene a casa loro. «Preferirei ci fosse più gente
alle quattro» si era lasciato sfuggire il Barba la prima sera di
pienone, e mi parve che nelle sue parole risuonasse un accenno
di acrimonia.

I «sorveglianti» eravamo spesso io e Carlo, e dopo aver al-
lestito il buffet delle colazioni e pulito lui la cucina e io la sala,
stavamo dietro al bancone ad aspettare, ed Elbio e Luca rimanevano a farci compagnia.

Il giorno della mia discesa in paese, mentre gli preparavo il
caffè macchiato della sera, Elbio mi aveva detto che quella mat-

tina era passato, e non avendomi vista aveva pensato che me ne fossi andata per non tornare più.

« E perché mai? » mi ero messa a ridere.

« Non lo so. Però potevi anche dirlo. Ti ci portavo io in paese » disse, guardando la bandiera del Tibet appesa al muro.

« Tanto tornavo presto. »

« Se te ne vai pure per poco, si dice lo stesso. »

Aveva bevuto il caffè e se n'era andato, senza aggiungere altro.

Impiegò qualche giorno a farsi passare quel risentimento, e capii che con lui avrei dovuto prestare più attenzione a come mi comportavo. Abituata all'irruenza del Barba e alla diffidenza che in passato aveva velato ogni mio rapporto, non credevo di poter ferire qualcuno con un gesto che io stessa consideravo di poco conto.

A me non è mai piaciuto salutare. Significa che non si ha intenzione di tornare, e all'epoca stavo ancora cercando di capire dove volevo restare. Forse anche Elbio aveva intuito la mia indecisione e mi percepiva sfuggente: oggi c'ero, domani chissà.

Ero sempre stata una ragazza schiva, che riusciva ad approfondire poco i rapporti. Pronta ad ascoltare, non a rivelare. Ogni confidenza mi sembrava inopportuna, e i problemi avevo imparato a risolverli per i fatti miei, eludendo il bisogno di raccontare a chi ci circonda le gioie e i dolori. Forse ero così presuntuosa da credere che non li avrebbero sopportati, che non possedessero il nerbo per caricarseli sulle spalle e accettarli. Non ho mai avuto difficoltà con il dolore altrui, ma ero certa che gli altri potessero averne con il mio.

Mi spaventava credere che Elbio potesse far eccezione.

Quella sera era rimasto solo un gruppo di ragazzi e, una volta sazi, parevano intenzionati a prosciugare le nostre scorte di birra. Io e Carlo sapevamo che avrebbero tirato per le lunghe, e il Barba si era raccomandato di redarguirli se avessero alzato troppo il tono di voce. « Che io mica domani mattina ho voglia di sentirmi rompere i maroni da quegli altri che si devono svegliare alle quattro per far la Becca e non hanno dormito » e se n'era filato dritto in camera sua.

Berto e Gioele erano a letto da un paio d'ore e io stavo aspettando Elbio per pulire la macchina del caffè.

Quando entrò, sopra la camicia portava un gilet di cuoio e lana grezza e in mano stringeva un mazzo di erica bianca e rosa.

«*Ardlu sì*» fece Carlo, «e questi fiori?»

«*Le fiur sun per la Bea*» rispose Elbio, e me li porse.

«Eh? Ma scherzi?» e sbattei lo straccio nel lavandino.

«Perché? Non ti piacciono?» Continuava a tenere il gambo dei fiori con entrambe le mani, le braccia dritte nella mia direzione. Sembrava un bambino.

«Ti pare il caso di fare 'sto teatro? E voi due smettetela di ridere che sembrate delle scimmie» rimproverai Carlo e Luca.

«Non ci provare più Elbio, sia chiaro.»

«Io i fiori te li porto quando mi pare. E adesso per favore posso avere un caffè?»

Appoggiò il mazzo sul bancone.

«Se lo fai, io li butto.»

«E buttali, ce ne sono campi pieni.» Alzò le spalle e venne da ridere anche a lui.

Osservai il mazzo, adagiato al centro del bancone. I fiori erano penduli e sul calice riluceva la brina. Parevano delicatissimi, pronti a sfaldarsi al minimo tocco. Sul fusto legnoso si alternavano foglie morbide e carnose, ogni ramo sfoggiava le sfumature più impercettibili. Profumavano di aria tiepida, di caramello e di arancia candita.

Presi dalla dispensa un bicchiere dal vetro spesso e consumato, che mettevamo vicino alla cassa nel weekend e su cui attaccavamo il bigliettino per le mance. I clienti lo scambiavano per uno svuotatasche, e a fine giornata era pieno di ramini. Tagliai in obliquo il fondo degli steli, riempii il bicchiere di acqua fresca e sistemai dentro i fiori. Lo appoggiai di fianco alle bottiglie di liquori, sulla mensola più alta.

«Guardate qua che belli. Danno un tocco di allegria» mi scappò, e avrei voluto rimangiare ciò che avevo appena detto.

Secondo Carlo avrebbero avuto vita breve, convinto che la mattina seguente il Barba li avrebbe buttati. «Dirà che è erbaccia. Mi ci gioco la paga del giorno.»

Appiccicai una striscia di carta adesiva sul bicchiere. Ci avevo scritto sopra *I fiori di Bea*.

«Vediamo se li butta anche così» e raccomandai a Elbio di non portarmene più.

Lui annuì, lo sguardo perso sulle travi del soffitto.

«Io da domani chiudo a chiave il rifugio» disse il Barba la prima domenica di luglio, dopo che Gioele aveva smesso di mangiare per spillare la birra a un cliente.

Durante la stagione capitava che il rifugio iniziasse a riempirsi prima dell'orario del servizio. «La cucina apre a mezzogiorno» specificavo al telefono, ma chi arrivava in anticipo ordinava panini, birre o quartini di vino, taglieri di salumi e formaggi da spiluccare al sole nell'attesa. Il menù variava poco, rifugio è sinonimo di polenta e ai clienti davamo ciò che si aspettavano. A causa dell'ondata di prenotazioni dividevamo il pranzo in due turni, così da accogliere il doppio delle persone; oltre a noi, rifugi in quella zona non ce n'erano, ed eravamo quasi sempre al completo. Era il pensiero del pranzo pantagruelico a condurre molti fino a su, non il piacere della passeggiata. E quando arrivavano, la maggior parte pretendeva di essere servita seduta stante.

«La gente bisogna educarla» era regola assoluta, e non fui mai sgridata se rispondevo a tono a chi si rivolgeva a me in maniera sgarbata.

Nel weekend non ero più sola a gestire la sala. Il sabato mattina arrivavano due ragazze, da poco diplomate in uno dei licei del fondovalle. Il primo giorno si erano tenute a distanza. Conoscevano i miei colleghi e non si aspettavano di trovare un'intrusa, un volto nuovo tra quelli familiari con cui avevano lavorato l'estate precedente. Diffidavano delle mie origini di città, del mio essere *strangera*. D'altro canto, nemmeno io mi ero posta in maniera conciliante. Le consideravo due ragazzette da tenere d'occhio, che non sapevo come avrebbero lavorato durante il servizio.

Non credevo che saremmo riuscite a entrare in sintonia, eppure bastarono un paio di settimane. Il rifugio ha una sorta di potere magico: tessere legami tra persone che, se si fossero incontrate in qualsiasi altro luogo, avrebbero creduto di non avere nulla da spartire. La mole di lavoro era aumentata dal giorno alla notte, e appena si finiva di fare qualcosa ce n'era un'altra da sbrigare con altrettanta urgenza; mi confortava fossero due *fumne* a condividere con me quella nuova routine in cui la prerogativa era diventata correre.

« Che bello, vedrai sempre le montagne » avevano commentato i miei amici laggiù in città quando avevo annunciato che sarei salita per un po' in rifugio. All'inizio anche io lo avevo creduto, e immaginavo camminate durante i ritagli di tempo, sentieri da scoprire, letture al fiume. Invece le montagne riuscivo a vederle solo quando sparecchiavo i tavoli del terrazzo o dalle finestre del salone, passandoci accanto di sfuggita.

Mi andava bene averle anche così, quel poco alla sera, scoprire com'era la vita lì, in bocca il sapore amaro e fresco della birra a fine giornata, i piedi roventi e le ginocchia stanche.

8

Fu la seconda settimana di luglio che giunse l'allarme, e lo portarono una mattina i guardiaparco.

Passavano spesso a trovarci per due dita di grappa, un caffè o un piatto di pasta, e se il Barba scorgeva in lontananza i loro fuoristrada verdi dal tettuccio bianco, il lunotto impolverato e il cofano incrostato di fango, trovava sempre qualcosa da fare. «Non ci sono» diceva, e spariva fino a quando non se n'erano andati. «Io non li sopporto proprio quelli» borbottava, e «Nascondi il *sërpoul!*» urlava a Daniele, che legava assieme i fusti con lo spago e correva a imboscarlo nella dispensa al piano interrato.

Quel mattino però, arrivarono in tutta fretta e chiesero subito dove fosse il Barba.

Il loro capo si chiamava Roberto e portava il pizzetto, i capelli raccolti sopra la testa, il cappellino militare con la visiera attaccato alla cinta dei pantaloni.

«Gli dobbiamo parlare, è urgente» disse dopo aver rifiutato il solito grappino, «per favore, vallo a chiamare.»

Il Barba se ne stava nascosto nella plonge a chiacchierare con Berto e Gioele che lavavano e asciugavano i piatti della colazione, mentre Carlo aiutava Daniele a porzionare la salsiccia.

«Tu, hai scritto il menù e l'hai appeso fuori?»

«Adesso lo faccio, ma...»

«E cosa aspetti, la benedizione del Santo Signore? Son già le nove.»

«Roberto del Parco ti vuole parlare.»

«Ti ho già detto di dirgli che sono impegnato.»

«Insiste, dice che è urgente.»

«Che due maroni», e si diresse verso la sala battendo forte i piedi.

Lo seguii e rimasi a osservarlo dalla soglia dell'office mentre raggiungeva Roberto e gli altri due guardiaparco al bancone del bar.

Discutevano a bassa voce, capii solo che era stata uccisa una pecora. Parevano abbastanza preoccupati, volti elettrici e lividi come cumulonembi.

Senza perdere tempo, uscirono dal rifugio assieme al Barba. Montarono sulla jeep, diretti chissà dove.

Che i lupi bazzicassero per quelle zone si sapeva, ma da parecchio non si facevano vedere. Solo d'inverno era capitato di trovarne qualche orma nella neve, ma durante l'estate migravano in alto, forse infastiditi dal caldo e dal continuo viavai di gente.

Fonsin, il marito di Sandra, si svegliava ogni mattina alle quattro, e come Elbio andava al pascolo, radunava le capre, le portava in stalla per mungerle e a lavoro concluso si dedicava alle pecore. Loro servivano per la lana, di tosarle se n'era occupato a primavera e ci avrebbe ripensato in autunno. Adesso bastava se ne stessero buone a brucare erba tutto il dì, lui doveva solo contarle per assicurarsi che nessuna fosse scappata e mancasse all'appello. La sera, prima di tornare alla bergeria attivava l'elettrificazione del recinto per tenere lontane le volpi, le donnole e le faine. Di quello non si dimenticava mai, eppure stavolta, senza un'apparente motivazione, gli era passato di mente. Forse lo avevano chiamato Sandra o Lorenzo, gli era squillato il cellulare, si era perso nei crucci delle bolle da pagare o, passati trent'anni, era giunto il momento anche per lui di *pijé na cantunà*. Di fatto non se n'era ricordato a cena, non si era svegliato di soprassalto la notte e nemmeno sogni premonitori gli avevano fatto visita.

Par paghè e mori j'è sempar temp, recita un vecchio proverbio che, attaccato ai soldi com'era, a Fonsin non doveva piacere affatto. «Sono anni che compro i tomini da lui e mai un centesimo di sconto» si lamentava il Barba. Ma se ogni cosa ha un prezzo da pagare e per di più all'istante, lo stesso valse per la sua disattenzione. Al mattino, giunto al pascolo si era ritrovato in mezzo a un gran belare, e poco distante aveva rinvenuto il cadavere di una pecora: la testa staccata dal corpo, il ventre di-

72

laniato, le costole spolpate, brandelli di carne e lana intrisa di sangue sparsi tra i ciuffi d'erba.

Fonsin aveva chiamato subito la sede del Parco. «È tornato il *lüv*, mi mangerà tutto il gregge» non la smetteva di gridare al telefono, e nessuno all'Ente gli aveva creduto finché non si erano recati sul posto. Il cadavere era stato fotografato per ulteriori accertamenti, ma di dubbi non ce n'erano, anzi, si erano stupiti che la preda fosse stata una soltanto. Il responsabile non era quindi un branco, ma un lupo ramingo e solitario che, secondo i guardiaparco, aveva avuto la fortuna di trovare il gregge non protetto mentre vagava in cerca di cibo. Come e perché i cani da guardiania non si fossero accorti della sua presenza rimaneva un mistero. Le leggi di natura non sono infallibili, posseggono anche loro angoli ciechi e zone d'ombra, dinamiche che si spiegano con un'alzata di spalle. Come nel caso di Fonsin, che prima di allora non aveva mai fatto cilecca. L'indulgenza l'aveva riservata tutta a se stesso e per i suoi cani non ne era rimasta nemmeno una briciola. Con un lungo tubo di ferro, gli aveva inflitto botte e percosse sotto gli occhi di tutti.

Il Barba ce lo raccontò a pranzo.

«Adesso ricomincerà la guerra e io ci starò dentro con tutte le scarpe.»

Non capii a cosa si riferisse finché, verso le sei del pomeriggio, si presentarono in rifugio Fonsin, Elbio e Gioanin.

Gioanin varcò la soglia per primo, e senza salutare domandò dove fosse il Barba. Parlava in dialetto, dando per scontato che lo capissi. Fonsin mi fece un cenno toccandosi il cappello ed Elbio lo imitò. Aveva il volto teso e continuava a girarsi indietro, le mani in tasca e la bocca stretta.

Il Barba arrivò poco dopo. Li guardò uno per uno e indicò un tavolo nell'angolo più appartato della sala. Mi chiese di portare un litro di vino rosso con quattro bicchieri e di non disturbarlo per nessuna ragione.

Ascoltai tutto quello che si dissero.

E se qualcun altro fosse stato in sala, non avrebbe potuto fare altrimenti.

«Siamo di nuovo qui.» Era stato Gioanin a cominciare. Aveva il volto rosso, il naso lucido, la barba crespa e riccia come i capelli, gli zigomi screpolati e gli avambracci coperti di nei. Quando parlava spalancava la bocca e stava seduto col braccio appoggiato allo schienale della sedia, guardando ogni cosa come se ne fosse il proprietario. «Hai saputo che è successo a mio cugino?»

«Me l'han detto.» Il Barba versò il vino nei bicchieri. «Brutta storia.»

Elbio fissò il suo, e quando gli altri tre uomini lo presero e ne bevvero la metà, lui lo accostò appena alle labbra e lo ripose di fronte a sé.

«E questa è solo la prima. Ne ammazzeranno altre.» Gioanin spostò i gomiti sul tavolo, le mani giunte sotto al mento. La mia faccia era grande quanto un suo palmo.

«Magari è stato un caso.» Il Barba manteneva lo sguardo fisso sulla parete alle spalle di Gioanin, e solo ogni tanto lo rivolgeva velocemente su di loro. La sala era in penombra, non avevo ancora acceso le luci. Fuori, l'altopiano iniziava a raffreddarsi e l'erba si sfumava del blu del crepuscolo.

«Magari no» intervenne Fonsin. «*Sun pericolos ziu fanal!*»

«Non sono pericolosi, basta lasciarli stare.» Il Barba si riempì il bicchiere e fece lo stesso con quelli di Gioanin e Fonsin. «E poi, è uno solo.»

Elbio guardava fuori dalla finestra.

«E a mio cugino chi glieli ridà i soldi della pecora morta?»

«A me di queste cose non interessa. Sono affari vostri e del Parco.»

Gioanin batté un pugno sul tavolo e bestemmiò. Pensai che se gliene avesse tirato un altro si sarebbe spezzato a metà.

Alzò il tono di voce, si tirò su in piedi. Non capiva perché il Barba fosse sempre bastian contrario, doveva essere dalla loro parte, battersi con loro, non potevano rischiare di andare in malora per colpa del lupo.

Per la prima volta dall'inizio della conversazione il Barba lo fissò, e continuando a fissarlo si portò in piedi anche lui. Con calma, scostando la sedia dal tavolo e stendendo prima un ginocchio, poi l'altro. Non era alto come Gioanin ed era di gran lunga più esile. Allo stesso tempo però, sapevo che nemmeno uno schiaffo lo avrebbe smosso di un solo centimetro. Parlò in italiano, scandendo bene ogni parola, la voce una picca conficcata nel ghiaccio.

«Vi siete fatti asfaltare la vostra maledetta strada, e io ho lasciato perdere. Facciano pure, ho detto, non voglio casini. Ogni anno ci sono sempre meno marmotte. Lo sanno tutti che fine fanno, ma nessuno dice niente. Mi fa incazzare, e ingoio anche questa ogni estate. Ma se volete sparare al lupo io non starò zitto. Col cazzo.»

Si alzò in piedi anche Fonsin e la sua sedia cadde a terra. Si spostò di fianco a Gioanin, mentre Elbio non si mosse.

Mi accorsi di essere rimasta immobile sull'uscio dell'office, e anche gli altri della banda si erano affacciati dalla cucina. Eravamo tutti in attesa di qualcosa. Vibrava nell'aria, noi elettrici e pronti a scattare.

Invece Gioanin non reagì. Se ne andò in silenzio come era arrivato, senza sbattere la porta o prendere a calci il primo oggetto che gli capitasse a tiro. Fonsin lo seguì, il Barba continuava a rimanere fermo. Anche Elbio si alzò, facendo strisciare la sedia sul pavimento. Guardò il Barba, guardò me, e di nuovo fuori dalla finestra.

Uscì a passi lenti, senza dire una parola.

Iniziava a far buio, e il Barba accese la luce.

Poi salì le scale in direzione della sua stanza e sparì fino al mattino successivo.

Elbio non si fece vedere né la sera, né il giorno dopo, né quello dopo ancora, e la giornata non pareva più la stessa. La sua assenza aveva mescolato l'ordine delle cose, cambiato abitudini inflessibili.

L'erica iniziò ad avvizzire. Il bianco e il rosa dei fiori che conservavo nel bicchiere di vetro si stavano spegnendo, le foglie pendevano sempre di più, secche e giallognole.

Alla fine dei miei rimproveri se n'era infischiato e me ne regalava davvero un mazzo ogni sera, perseverava in quella sfida ormai diventata un gioco. Un paio di giorni prima mi aveva offerto il mazzo con un inchino e in sala gli spettatori avevano fischiato e applaudito, battendo le mani sui tavoli e facendo tintinnare bicchieri e posate. Io avevo ceduto e mi ero unita all'euforia generale. L'ostentato fastidio finalmente era caduto, smascherando l'imbarazzo che mi sgomitava sulle guance, dello stesso colore di quelle di Elbio.

Ma in quel momento non sapevo come mi sarei sentita a rivederlo, se quell'allontanamento volontario oppure imposto da suo padre fosse un bene. Mi tormentava il dubbio che anche lui parteggiasse per l'uccisione del lupo e il solo pensiero lo trasformava in un essere cattivo, una persona con cui non avrei più voluto avere a che fare.

Eppure ripensavo ai suoi occhi vagare al di là dei vetri. Come se fosse lui la montagna, costretta a subire le decisioni che gli uomini caricavano su di lei senza potersi opporre, sino a farsi distruggere e mutilare.

Io del lupo non sapevo niente, ma avevo capito che esistevano dei patti taciti, degli accordi stipulati in silenzio per mantenere stabili i rapporti tra coloro che abitavano quei luoghi. Il Barba li aveva infranti, e il suo dissenso aveva trascinato con sé il rifugio. Mi chiedevo come mai la sua parola fosse tenuta così da conto, come mai i pastori sentissero il bisogno del suo appoggio.

Quella sera finii di rassettare la sala e uscii sul terrazzo. Il vento scioperava, non sapeva a chi dare ragione, e mi sembrò di esser sorda. Tutto era immobile, così credevo, che presunzione.

Sperai di sentir ululare un lupo, ma a lui dei miei desideri non fregava nulla.

9

Nessuno di noi durante la stagione poteva scendere, e se amici o parenti volevano vederci dovevano per forza raggiungerci in rifugio.

«Se Maometto non va alla montagna, la montagna viene a Maometto» e io mi domandavo chi, tra loro che salivano e noi che stavamo quassù, fosse Maometto e chi la montagna.

Non avevamo tempo per fermarci, intavolare grandi discussioni o fare due passi lì attorno. Così i nostri visitatori si sedevano a mangiare un piatto di polenta, aspettando un attimo di tregua in cui scambiare due parole. Alcuni rimanevano a dormire, e allora si sperava nella solidarietà di un collega che dicesse «non preoccuparti, qui finisco io», così da staccare prima per raggiungerli. Di solito stazionavano in terrazzo, e già al pomeriggio avevano lasciato le pedule nella bussola, sostituendole con le *patërle* in plastica offerte in dotazione ai clienti. «Almeno non sporcano tutto di terra», ma il pavimento del rifugio era una fangaia lo stesso e pulito non lo era dal giorno dell'apertura. Il Barba comprava ogni numero delle ciabatte di colore uguale, così da essere più veloci da riconoscere e da appaiare. Ogni mattina però le trovavamo sparpagliate sul pavimento, gettate qua e là senza criterio. «Vado a mettere a posto la moschea» annunciavo, e con pazienza andavo alla ricerca di destri e sinistri e li riallineavo sui ripiani della scarpiera.

Berto e Gioele erano i più richiesti. Giù a valle li conoscevano in molti, e a parte i loro coscritti della provincia con cui avevano sciato o arrampicato negli anni, passavano a salutarli anche amici dei loro padri o compaesani che si domandavano dove fossero finiti. «Sempre a perdervi in chiacchiere voi due» li rimproverava il Barba quando si attardavano troppo con qualcuno, ma ho sempre pensato che se avessi chiesto quanti affetti avevano lasciato giù, avrebbero risposto «Nessuno».

I genitori di Carlo prenotavano un tavolo a pranzo a domeniche alterne. Lei lavorava in una fabbrica tessile del fondovalle, lui come carpentiere, e d'inverno era costretto a star via di casa per mesi, in base alle necessità degli appalti. Per loro apparecchiavamo sotto alla finestra, di fianco al davanzale su cui le orchidee si beavano al sole. Entravano dalla porta sul retro e chiedevano di poter salutare il figlio, «giusto due secondi». Lui li sentiva, usciva dalla plonge sfilandosi i guanti di plastica gialla e asciugava le mani sul grembiule. Si spostavano nell'office dove a quell'ora io, la sala già pronta, stavo tagliando il pane con un coltello che ogni anno mieteva due o tre dita. Avevamo dei cestini di fil di ferro intrecciato, come quelli delle case delle nonne. Piegavo un tovagliolo e sopra sistemavo cinque grandi fette di pane ciascuno. «Il pane si porta con l'antipasto, altrimenti se lo mangiano tutto prima e poi ne vogliono ancora» erano le disposizioni del Barba. In base alle prenotazioni si preparavano i cestini in anticipo, e una volta finito venivano coperti con una tovaglia.

Carlo e i suoi genitori stavano sulla soglia e cercavo invano di non ascoltarli, un'intrusa nei loro fugaci attimi di intimità. A ogni domanda Carlo rispondeva «*Tut bin*» e sapevo che stava sorridendo, come se sorridere garantisse che non c'era nulla di cui preoccuparsi.

La compagna di Daniele veniva a trovarlo di lunedì. Faceva l'infermiera, e barattava i turni di notte di sabato e domenica in cambio dei primi due giorni della settimana liberi. Arrivava verso l'ora di cena e leggeva un libro sul divano, oppure posava lo zaino e andava a fare una passeggiata nei dintorni. Già dalla mattina, Daniele cominciava a pensare cosa proporre per cena. «Che cucino alla Egle stasera?»

Ciò che piaceva a lei, di riflesso lo metteva in menù per tutti gli ospiti e me lo comunicava nel pomeriggio. Il Barba a quell'ora si ritirava in camera sua per sbrigare i conti, ma il lunedì, il menù era la prima cosa che voleva sapere appena tornava giù.

«Risotto alla lavanda?!» aveva urlato un giorno. «Daniele!» e come un montone imbizzarrito si era fiondato in cucina. Aleggiava odore di torta al cioccolato e fagioli in umido, anche loro intenti a prendersi a pugni e discutere tra loro.

« Dimmi che è uno scherzo ». Gli occhi quasi gli uscivano dalle orbite e fissava Daniele pulire un mazzo di lavanda essiccata, spezzando i gambi e separando i fiori dallo stelo. « Mi devo far prendere per il culo da tutta la valle?! »

« Guarda che se urli così ti viene il crepacuore » aveva ribattuto lui impassibile, mentre dal tagliere trasferiva quel cumulo violetto in una padella.

Egle mangiava sola, e quando le portavo i suoi piatti sorrideva. Aspettava che Daniele finisse di lavorare e lo accompagnava a correre. Se era disponibile prenotava una stanza per due e il letto di Daniele, quella notte, rimaneva vuoto. Lei ripartiva la mattina all'alba per arrivare in tempo al lavoro. Si abbracciavano sulla porta, io distoglievo lo sguardo.

Lui sussurrava « *Fai ocio* » e lei rispondeva « Anche tu ».

« Veniamo un giorno a pranzo », « Stiamo una notte a dormire » erano state le promesse dei miei amici. Li avevo avvisati, non avrei avuto tempo di stargli appresso, sarei sempre stata occupata, ma a loro era parso non importare. « Basta che ti vediamo. » Sapevo non sarebbe successo, e nemmeno tanto in fondo, lo speravo. Avrebbero portato appresso dei pezzi di città, ricordandomi che un giù esisteva. Ai miei occhi sarebbero stati degli intrusi, persone del passato che quando incontri per strada saluti a malapena e quel che sei tu, ciò che in quel momento vuoi essere, non riuscirebbero mai a capirlo.

Durante il liceo ero stata un anno in Irlanda. Le prime settimane passavo molto tempo al cellulare, a scrivere e videochiamare gli amici e i compagni di scuola per farmi raccontare ciò che accadeva in Italia, come se così potessi farne parte lo stesso.

La sorte aveva scelto per me un paese di scogliere, con i pub vicino alla spiaggia e i campi da golf preferiti di Bill Clinton.

Vivevo presso una famiglia del posto, i soldi del mio sussidio mensile mascherati da un'accoglienza affettuosa che mai era stata tale. Tuttavia mi ero costruita una vita anche lì, e senza accorgermene le conversazioni avevano cambiato interlocutori, nuovi *ladz*, *classmates*; quelli italiani riaffioravano per caso, come rami secchi sbatacchiati dalle rapide di un fiume. Il futuro però si condensava in quel « *When I'll go back* », quando tornerò. Per quanto mi ci fossi immersa, quei mesi erano solo parentesi.

Quassù, invece, era ancora diverso. «Quando tornerò» non volevo nemmeno esistesse.

Solo una volta qualcuno venne a trovarmi. Una coppia di amici di famiglia con cui per anni, oltre al lavoro, i miei genitori avevano condiviso il pianerottolo di casa. Fui stupita di vederli, non credevo nemmeno sapessero che lavoravo lì. Mia madre non sfoggiava con orgoglio il mio trasferimento in rifugio, ma mi ricordai che andavano spesso in montagna. Anni prima mi ero offerta di organizzare un'escursione assieme e il marito, gli occhiali con le lenti sempre graffiate, si era messo a ridere. «Fai cose troppo difficili. Noi camminiamo e basta, tu arrampichi e sali e scendi da dove ti pare, ti annoieresti.»

Trovai un posto libero in sala e li feci accomodare. Mangiarono tranquilli, chiacchierando, il frastuono non li sfiorava. Incrociavo i loro sorrisi mentre portavo le comande, divisa tra i «signorina signorina» che esigevano altro pane e altro vino.

Appena mi accorsi che stavano andando via, chiesi al Barba di potermi assentare una decina di minuti. Ci sedemmo sull'unica panca libera del terrazzo.

«Si vede che stai bene qui» disse la moglie. Si tingeva sempre i capelli di colori diversi. Quel giorno li aveva fucsia, con due ciocche viola a contornarle il viso.

«Molto.»

Sfilai il tabacco dalla tasca del grembiule e rollai una sigaretta.

Domandai del lavoro, dei figli. Avrei potuto chiedere di tutto purché non si parlasse di me.

Quando finii di fumare ci alzammo in piedi e ci abbracciammo.

Avrei voluto dirgli che avevo scelto di lavorare in rifugio perché dalle montagne non volevo più scendere o salire, ma restare, camminare. E che quella gita con loro, a camminare e basta, l'avrei voluta organizzare.

Invece raccolsi da un tavolo due bicchieri da birra sporchi e rientrai.

10

La centralina continuava a bloccarsi, e il Barba non sapeva più cosa fare.

Capitava nei momenti di maggior fermento, in tarda mattinata o all'ora di cena: le luci erano accese, la lavatrice girava al massimo, in forno stava abbrustolendo la polenta concia, i clienti in camera a concedersi una doccia dopo la salita, i telefoni attaccati alle prese e il malcontento diffuso perché mancava il wi-fi.

Tutt'a un tratto il rifugio si spegneva, come se volesse salvarsi da un'esplosione.

Ovunque fosse, il Barba si faceva sentire e inventava le bestemmie più ardite. Correva verso il contatore e attivava il generatore d'emergenza; attingeva da un serbatoio a gasolio che sì, riattaccava la luce in tutto il rifugio, ma non per molto.

«Lo sapete quanto inquina il gasolio?» sbraitava. «E pure quanto costa! Berto! Gioele! Uno o l'altro, andate in centralina a vedere che è successo!» e mentre uno dei due partiva di corsa, lui usciva dal retro. Si ergeva sul muretto di pietra, il suo albero maestro, e vagava con lo sguardo come se le risposte che cercava si nascondessero lì attorno.

Il fiume si era seccato all'improvviso. Nel giro di poche settimane la massa d'acqua che attraversava l'altopiano e cadeva poi giù verso la valle era diventata un rigagnolo da prendere in giro.

Il Barba sosteneva di non aver mai visto la montagna così arida. «Guarda, pare sabbia» e batteva al suolo la punta del piede per mostrarmi la terra chiara.

Una montagna che soffre d'inverno è una montagna che patisce d'estate. Una frase che borbottava specialmente davanti alla finestra che affacciava sulla Becca.

La centralina idroelettrica era un cubo di lamiera, con una

porta rossa chiusa da un catenaccio annerito e butterato dalla ruggine. Nessuno avrebbe provato a entrarci, tranne piccoli animali in cerca di un riparo o il vento, che nei giorni di malumore avrebbe potuto scardinarne i battenti. Ci si arrivava tramite un sentiero oppure, per fare più in fretta, si correva per la scarpata saltando sui massi, sollevando i gomiti al petto per mantenere l'equilibrio, evitare le tane di qualche roditore e non rotolare giù.

Il Barba aveva smesso di sperare che la luce saltasse per colpa della griglia intasata da rami, foglie, sassi trasportati dalla corrente o cadaveri di qualche roditore. La pressione non era abbastanza, e di conseguenza non arrivava abbastanza acqua.

«È peggio dell'anno scorso» e inveiva contro la primavera passata, in cui aveva piovuto troppo poco. Molti laghi della zona erano alimentati da sorgenti sotterranee, se non c'erano precipitazioni non venivano rimpinguate e di conseguenza la disponibilità d'acqua diminuiva sempre di più.

Siccome la Becca taceva, il Barba iniziò a telefonare ai gestori di altri rifugi in giro per il Piemonte; li conosceva tutti, e probabilmente intuiva già le risposte alle sue domande: «Com'è da voi lassù? Acqua ce n'è? Eh no, neanche qui piove» e sbatteva il cordless sul tavolo alla fine di ogni conversazione.

Con l'avanzare di luglio e il caldo prepotente, stilò un elenco dei consumi di energia, evidenziando ciò che era superfluo.

Un mattino arrivò in sala. Avevo appena caricato i chicchi di caffè nella campana e stavano macinando lentamente, sbattendo tra loro come biglie in un sacchetto. Ho sempre amato bere il caffè americano la mattina. Non troppo caldo, non troppo freddo, da mandar giù a piccoli sorsi e sentirlo raggiungere lo stomaco, una morsa acida o un tepore lieve assieme al pane col miele. Il Barba mi osservò stringere il gruppo nella macchina e attivare il tasto dell'erogazione. «Goditelo» si interruppe, lo sguardo incerto. Ciò che stava per dire sembrava costargli uno sforzo immenso. «Dopo, pulisci bene la Cimbali e spegnila. Mi raccomando eh, niente residui.»

Il caffè era pronto. Le ultime gocce scendevano nella tazza.

«Da oggi 'sta macchina non si usa più, consuma una fraccata di elettricità. Se qualcuno te lo chiede, di' che il caffè se lo prendano quando scendono al bar della Gina.»

«Va bene» risposi, e fissai la tazza. La crema più chiara sulla superficie stava già iniziando a spaccarsi.

«Dopo ci parliamo» disse, «adesso ho da fare.»

Uscì senza fare colazione. Lo seguii dalla finestra, il manico della tazza stretto tra le dita e l'altra di fianco, a godersi il calore della ceramica. Camminava a passo svelto in mezzo all'altopiano. Se non avesse indossato un pile rosso si sarebbe confuso tra le sterpi, come una volpe o una marmotta.

Rientrò dopo un'ora, salì nella sua stanza e tornò in sala con il computer sottobraccio. Inforcati gli occhiali, cominciò a battere sui tasti, utilizzando un dito alla volta per cancellare e ribattere ancora.

Pochi anni addietro il Barba, sconfitto, aveva aperto il profilo del rifugio sui social network. Scriveva un post al giorno, tra le quattro e le cinque del mattino, e forniva informazioni sulle temperature, sul vento, sui cambi repentini del meteo. Faticava ad ammetterlo, ma ci aveva preso gusto: mi era capitato di leggere i suoi bollettini e ognuno celava una vena poetica che mai avrei pensato potesse appartenergli. Col tempo si erano trasformati in una sorta di diario in cui raccontava episodi della nostra vita quassù e ricordi della sua vita da gestore. Ogni post era corredato da foto che scattava con il cellulare o che spedivano alcuni clienti via mail. Era diventato uno scrivano, e quando qualcuno si complimentava con lui per la bellezza del suo aggiornamento mattutino, «Ma va' là» rispondeva, mentre tirava indietro le spalle e gonfiava il petto.

Di solito scrivere lo rilassava, ma quel giorno continuava a trucidare la tastiera del computer, le guance e la fronte grinzose.

A pranzo riportò anche a noi l'annuncio pubblicato poco prima: la fontana di fianco al rifugio, sempre aperta per rifornire d'acqua gli escursionisti, era stata chiusa, e lo sarebbe stata finché l'emergenza non fosse rientrata. Nemmeno noi l'indomani avremmo aperto al pubblico. La centralina necessitava di un esame e di una manutenzione, di cui si sarebbero occupati il Barba e i miei colleghi. Io ne avrei approfittato per pulire in maniera approfondita il salone e sbrigare lavoretti che il continuo viavai di gente rendeva impossibili da portare a termine.

Il Barba, come fece con noi mentre mangiavamo riso bollito e piselli al pomodoro – verdura che avere in tavola era un regalo – aveva provato a spiegare ai suoi lettori che gesti così drastici erano il riflesso di un problema più grave.

«Che ne capiscono loro, di queste cose. Stamattina sono pure dovuto andare da quelli là a chiedere di chiudere gli abbeveratoi delle vacche» aggiunse, «menomale che c'era solo Elbio e ha detto che con suo padre se la sbriga lui.»

Erano una decina di giorni che Elbio non si faceva vedere in rifugio. Nonostante il litigio con i pastori, Sandra continuava a portare i tomini ogni mattina ma pareva sempre di gran fretta. Sostava sulla porta giusto il tempo di riprendere le formette vuote e poi tornava filata alla grangia.

Anche del lupo si erano perse le tracce. Dopo l'incursione notturna non aveva più attaccato nessuno ed era svanito nel nulla.

Avevo trascorso il pomeriggio al telefono, chiamando tutti i clienti per disdire le prenotazioni della cena, il pernottamento e il pranzo del giorno seguente.

Mi ero beccata parecchi improperi da chi era costretto ad annullare i programmi all'ultimo.

«Com'è possibile?» si arrabbiavano, insistevano «Ci basta solo un panino per cena.» «Chiedetelo alla pioggia» rispondevo stringendo il cordless, e depennavo i nomi di chi ero riuscita a contattare.

«Mi costerà caro» diceva il Barba. Alzava le spalle facendole ricadere verso il basso e batteva le mani sulle cosce. Aveva lo sguardo caparbio di chi è abituato a combattere, e ha affrontato qualsiasi sfida del passato al pari di una battaglia da vincere. Rispetto alla fazione avversaria, lui era il generale dell'esercito sgarrupato, con i soldati denutriti che da mesi andavano avanti a polenta e segatura, dalle divise logore, la tomaia delle scarpe tenuta assieme da un pezzo di corda, poche munizioni nei cannoni e le carabine ammaccate. Eppure quell'esercito di disperati la scampava ogni volta, la tenacia sopra ogni cosa.

Di fronte alle condizioni della montagna però, giaceva impotente. Si era costretto alla resa, senza margine di patteggiamento.

Quella sera il rifugio era vuoto. Non l'avevo mai visto così, privato dell'attesa di qualcuno che potrebbe arrivare, sulla strada ma con il telefono senza campo per avvisare.

Alle sei, l'ora in cui di solito cenavamo, il Barba ci chiamò a raccolta.

«Ho impastato e sta lievitando, pensate a come volete la pizza che stasera c'è quello.»

Ci sedemmo a tavola alle nove, apparecchiando sul terrazzo e bevendo tre litri di vino rosso.

La pizza la mangiammo fredda, troppo impegnati a chiacchierare e a godere del tempo che di solito non avevamo.

Anche il Barba rimase per la prima volta con noi e si ritirò a letto a notte fonda, un'eresia per lui che alle dieci dormiva già della grossa.

Forse credeva di trovare consolazione nelle nostre risate, e gli dispiaceva mostrarci che non eravamo stati in grado di aiutarlo.

Il giorno dopo ci fu concesso di alzarci più tardi. Facemmo colazione alle otto e mezza e a ognuno vennero assegnate le mansioni della giornata.

Il Barba, Daniele e Carlo scesero in centralina verso le nove, delle corde a tracolla e una cassetta degli attrezzi con chiodi, trapani, martelli, cacciaviti e bulloni, che facevano lo stesso rumore della mia scatola di costruzioni da bambina prima di rovesciarla sul tappeto.

Indossavano abiti vecchi, e il Barba aveva la pelata protetta da un cappellino con la visiera e le occhiaie da un paio di lenti arancioni. Berto e Gioele erano stati incaricati di sistemare come meglio potevano le buche lungo la sterrata, e si erano avviati uno portando in spalla una vanga, l'altro un piccone.

Io invece, prima che mi chiamassero per staccare la corrente e non rimanere fulminati mentre armeggiavano con il quadro

85

della centralina, avrei dovuto passare l'aspirapolvere in salone per poi lavare a terra, spolverare e pulire i frigoriferi del bar.

«Vedi di tirare tutto a lucido eh» mi disse il Barba puntandomi l'indice contro «che solo quello devi fare, e devi farlo bene.»

Nessuno sembrava preoccuparsi che stessi rimanendo sola, e io non ne feci parola. A parte i rari momenti in cui occupavo il bagno per lavarmi, era impossibile ritagliarsi del tempo senza qualcuno intorno.

In città la solitudine l'avevo sempre amata e ambita, adesso mi sentivo un po' inquieta. Se fosse successo qualcosa nessuno mi avrebbe sentita, e nessuno sarebbe venuto a soccorrermi. Ma cosa potesse accadere, a parte scivolare e rompermi un braccio o una gamba, nemmeno io lo sapevo, e cercai di tranquillizzarmi.

Quando furono partiti, chiusi a chiave la porta della bussola e quella sul retro, poi bevvi dell'acqua dal lavandino del bar. Il getto scorreva leggermente più copioso del giorno precedente, e lo interpretai come un buon segno. Spalancai le finestre per cambiare l'aria e cominciai a tirar su le sedie sopra ai tavoli.

I gatti si rincorrevano in giro per la sala. Li avevo portati giù dal camerone e, imboccate le scale, gli si era rizzato il pelo e avevano preso a graffiarmi la schiena tentando di fuggire e tornare nell'unico luogo che conoscevano. Non erano abbastanza grandi per rimanere liberi, ma stavano crescendo a vista d'occhio. Diventavano sempre più audaci, e il loro corpo si era irrobustito e affusolato.

Averli lì con me, anche se dovevo badare che non salissero sulle mensole e non buttassero giù i vasi con i fiori o le varie chincaglierie ammassate ovunque, mi calmò. Quando accesi l'aspirapolvere, altro cimelio che non si poteva buttare, gli soffiarono contro ma, una volta presa confidenza con il rumore, si misero a giocare col filo.

Il Barba avrebbe telefonato per darmi le indicazioni necessarie a staccare la corrente dal quadro elettrico, situato sul pianerottolo che portava alle nostre stanze. «Se arriva qualche telefonata, rispondi dal telefono rosso», quello a muro, collegato alla linea fissa. Rimaneva sempre attivo e per legge doveva essercene uno in tutti i rifugi. Era indispensabile se si rimaneva isolati, specialmente d'inverno durante le bufere di neve, ed era l'unico mezzo per comunicare con il mondo giù in caso di emergenza.

Quando il cordless squillò stavo strizzando il mocio, pronta a lavare il salone con acqua bollente e candeggina.

«L'hai passato l'aspirapolvere?» esordì il Barba.

«Sì, e avrei fatto anche prima se ti decidessi a cambiarlo.»

«Sentimi un po', non ho tempo da perdere. Sei davanti al quadro elettrico?»

«Ci sono» risposi mentre salivo le scale.

«Eh no che non ci sei, ti sento che stai camminando.»

«Adesso ci sono» sbuffai, e aprii lo sportello. Mi ritrovai davanti a file di levette e pulsanti tutti uguali.

«La vedi la levetta rossa?» chiese il Barba.

«Ne vedo dieci, di levette rosse.»

«Perché sei distratta ne vedi dieci. Guarda al centro dell'ultima colonna a destra, quella della centralina.»

Individuai la levetta, più spessa rispetto alle altre.

«Trovata.»

«Bene, adesso ascoltami. Fino a quando non rientriamo non toccare niente, non ti azzardare. A parte dove sono adesso, qui il telefono non prende. Se hai bisogno di qualcosa arrangiati. Se ti devo dire qualcosa io, un modo lo trovo.»

Il Barba era convinto di riuscire ad averla vinta anche sui ripetitori telefonici.

«Agli ordini.»

«E adesso abbas...»

Tirai giù la levetta prima che finisse la frase, e subito si spensero le luci al neon.

Scesi, posai il cordless nella base e mi guardai attorno.

Il rifugio era silente, il salone in lieve penombra. Il ronzio dei frigoriferi e il rimbombo del riscaldamento ad aria, sottofondo costante a cui avevo smesso di prestar caso, erano svaniti. Si udivano solo i versi dei gattini intenti a mordicchiare i copritovaglia in plastica, li avrei trovati a striscioline.

Fuori non tirava vento e il sole esondava nel cielo in tutta la sua arroganza, di una luce così forte da rendere fumosi i profili del paesaggio. Mi chiesi se i suoi raggi, quando toccavano terra, facessero rumore. Ogni tanto il fischio di una marmotta bucava l'aria, il vibrare dei campani delle vacche nelle ultime due settimane era scomparso. Elbio le aveva portate in alto e ci sarebbero rimaste ancora parecchio, tempo che l'erba di sotto ricrescesse e la temperatura non si abbassasse troppo per farle rimanere la notte. Chissà dov'era, adesso.

Chissà se sarebbe tornato.

Ricordai la sera del litigio, il suo sguardo che nemmeno quando Gioanin e Fonsin avevano alzato la voce si era distolto dalla finestra. Era rimasto a fissare lo stesso punto a cui si appellava il Barba, la punta della Becca, e mi chiesi se anche lui credesse che la montagna fosse l'unica in grado di fornire delle risposte alle loro domande.

Se era così, magari avrei potuto provare a mia volta.

11

La banda tornò in rifugio poco prima dell'una, e io avevo finito di fare tutto.

Il mocio era stato passato a terra due volte, e mentre il pavimento era bagnato mi ero dedicata alla pulizia dei frigoriferi, svuotati e lucidati con l'aceto. Una volta asciutta la sala, ogni mensola era stata spolverata e ogni ninnolo lucidato con un panno, le piante annaffiate, le orchidee messe in ammollo. Ero riuscita anche a spazzare la bussola e a lavare i vetri delle finestre e delle teche. I bagni dei clienti erano stati scrostati, la carta igienica sostituita, i dispenser del sapone ricaricati, un deodorante per ambienti riesumato dal ripostiglio e appoggiato sopra l'asciugamani elettrico. Le Fraternali nell'espositore erano state ordinate e avevo ritagliato dei pezzetti di cartone per esporre il listino dei prezzi. Mi ero addirittura arrischiata a sistemare la dispensa della cucina, sperando di non incappare nelle ire di Daniele.

Il Barba era entrato ad ampie falcate, lo sguardo febbrile di chi presagiva una catastrofe. Aveva legato la giacca in vita ed era rimasto con la maglietta a mezze maniche. La pelle cadeva all'interno delle braccia, ma non per questo mi parvero meno forti. Non sapevo quanti anni avesse, non lo sapevano neppure i miei colleghi, ma se si dice che il corpo sia un libro aperto, che il tempo lo scalfisca con i suoi segni, allora quello del Barba era uno scudo impenetrabile. Non aveva perso tempo e si era messo a ispezionare il rifugio in ogni angolo, il sospetto mal celato tra le labbra, per verificare che durante quelle ore non avessi battuto la fiacca. Non mi ero aspettata di ricevere alcun complimento, ma l'assenza di critiche mi fece intuire che era soddisfatto del lavoro.

I gattini intanto avevano annesso il salone al proprio regno. Saltavano sui tavoli, si appostavano per tendersi agguati, ebbero addirittura l'ardire di strusciarsi sui pantaloni consumati del Barba, che si irrigidì.

«Ma hanno un nome 'sti due?» chiese, mentre quello maculato provava a scalare il suo polpaccio destro.

«No, non ancora» e presi in braccio l'altra.

«Eh, vediamo di trovarglieli. Comunque da adesso basta tenerli chiusi in stanza. Quando non c'è casino li facciamo scendere e tra un po' spostiamo la cuccia nella bussola.»

«Ma sono troppo piccoli!» protestai.

«Se non li butti nella mischia non cresceranno mai. E ti ricordo» continuò «che non sono animali da compagnia, ma servono a *ciapà i rat*.»

Corrugai la fronte e non risposi. Il gattino maculato continuava a tormentare l'orlo dei pantaloni del Barba, ed ebbi paura lo cacciasse con una pedata.

«Bando alle fesserie, qualcuno ha chiamato?»

La suoneria del telefono rosso assomigliava al trillo di una sveglia. Trapanava i timpani, e se fossi stato intenzionato a ignorarla avresti cambiato idea rispondendo per l'esasperazione. Sulla cornetta era attaccato un adesivo con i recapiti del CAI di Torino, del Soccorso Alpino e del Pronto Soccorso.

Durante la mattinata c'era stata qualche prenotazione. Mi ero portata l'agenda lì a fianco e le avevo segnate, rincuorando gli escursionisti. «Domani riapriamo, sì che riapriamo. Abbiamo avuto qualche problema tecnico, ma adesso è tutto risolto.»

Il Barba la consultò sbrigativo e la rimise sul bancone del bar.

«Adesso vado a farmi una doccia» annunciò. «Daniele! Tra venti minuti che sia pronto il pranzo, voi fate come volete ma io a digiuno non ci sto!»

Dopo aver sparecchiato, il Barba ci disse che era un uomo di buon cuore.

«Questo pomeriggio fate quello che volete ma non voglio vedervi tra le palle.»

Sparì per le scale e sentimmo scattare la serratura della sua stanza.

Berto e Gioele non se lo fecero ripetere due volte, e nel giro di dieci minuti marciarono alla volta di qualche via lunga carichi di corde e moschettoni; Carlo andò a schiacciare una pennica mentre Daniele partì di corsa armato di zainetto e camel bag. Mi ritrovai di nuovo sola nel salone. Da quando ero quassù non avevo avuto un giorno di riposo, e la prospettiva di un intero pomeriggio libero mi spiazzava. Non ero abituata a fermarmi, non mi piaceva. Ma pensai che rimanevo sempre in rifugio a lavorare e quel giorno c'era troppo sole per spenderlo al chiuso. Mi cambiai e uscii.

Il parcheggio era vuoto così come il terrazzo, le panche accostate ai tavoli, senza il vociare dei clienti. Se al posto di quella baita in legno, pietra e muratura ci fosse stato solo il rudere un tempo dimora dei partigiani, chissà se sarebbe interessato a qualcuno salire. Come se la meta fosse il pranzo in rifugio e non il luogo in cui era stato costruito.

Mi incamminai nella conca. Spuntoni di roccia emergevano sfrontati dal greto del fiume. Anche l'erba in alcuni punti avvizziva e i larici, sparuti qua e là, parevano stanchi, mortificati dal caldo. L'afa faceva tremare l'aria, eppure sentivo i polmoni leggeri.

Nello zainetto avevo una borraccia e uno dei tre romanzi che mi ero portata dietro dalla città e non avevo mai avuto tempo di aprire. Se li avessi finiti, sarei stata costretta a spulciare tra i titoli della libreria del rifugio. C'era di tutto: libri di cucina, botanica, saggi di economia, manuali di autoaiuto, volumi di cui qualche cliente ci faceva omaggio.

Raggiunta la metà della conca abbandonai il sentiero sterrato e mi diressi verso un masso solitario, vicino all'ombra di un larice, solo proprio come lui. Lo avevo notato perché sembrava essere capitato lì per caso, caduto dal cielo, la roccia chiara solcata da striature rosse e nere. Anche l'esterno era levigato e l'estremità piatta e spaziosa. Per salire dovetti puntare il piede sinistro su una piccola rientranza a lato e cercare l'equilibrio ancorando i polpastrelli alla superficie ondulata. Feci forza sul polpaccio, la coscia in tensione, sollevai il piede destro da terra e lo accostai alla pietra. Mossi le dita verso l'alto ispezionando quel manto liscio alla ricerca di un altro appiglio. Stirando le braccia e la schiena riuscivo ad afferrarne l'estremità, agganciai le dita e mi diedi lo slancio, trazionandomi sugli avambracci e spalmando il piede destro sulla roccia per avere un'ulteriore spinta e tirarmi su.

Ce la feci al primo tentativo e mi sedetti con le gambe incrociate verso la Becca.

I miei movimenti erano stati naturali, meccanici. Mi resi conto che il mio corpo serbava memoria dei giorni in cui tagliavo le unghie a filo con la carne, trascorrevo interi pomeriggi in falesia e mi costringevo alle levatacce per raggiungere vie lunghe in alta quota. Scossi la testa e mi sdraiai, i palmi sulla roccia. Aveva assorbito il calore del sole e ne sentivo le minuscole asperità, le mani macchiate di una polverina rossa e nera.

Chiusi gli occhi e tutto si fece arancione, a chiazze blu e verdi.

Quella era la mia casa e io mi stavo godendo il suo giardino.

«Non si lavora oggi?»

Non avevo sentito Elbio arrivare, e mi alzai di scatto. Nella fossa delle clavicole mi si erano raccolte delle piccole pozze di sudore, e le sentii gocciolare sul petto.

Nelle due settimane in cui non si era fatto vedere era diventato ancora più biondo. Il naso gli si stava spelando, le efelidi gli costellavano gli zigomi, le guance, la fronte. Teneva le mani in tasca e spostava il peso da un piede all'altro.

Se era qui, dovevano essere passate da poco le due.

«Il rifugio è chiuso fino a domani. Ormai la macchina del caffè è spenta, comunque.»

«Lo so.» Esitò e si passò una mano sul mento.

Io mi legai i capelli, appiccicati sulle tempie.

La confidenza che avevamo raggiunto si era sfilacciata, e lui stava tentando di riacciuffarne le estremità per ricominciare a tesserla.

Mi chiesi se mi avesse vista da lontano, se si fosse avvicinato di proposito.

«Certo che tra tutti, proprio lì dovevi metterti» disse, e indicò il masso col mento.

«In che senso?» Mi sedetti con le gambe a penzoloni. Sollevò il volto, abbassai il mio. Ci fissammo e lui si mise a ridere.

«È la pietra delle *masche*.»

«Le *masche*?»

«Sì, le streghe.»

Arricciai il labbro. «E che vuol dire?»

«Una volta qua venivano le *masche* a preparare gli incantesimi, e così hanno attirato degli spiriti maligni che ci vivono dentro. Se appoggi l'orecchio li puoi anche sentire che si muovono. E poi sotto fanno la tana i serpenti.»

«E tu ci credi?» gli chiesi, mentre si avvicinava al masso.

«In molti ci credono. Mio nonno diceva che gli spiriti ogni tanto si agitano e che la notte lo spostano. Giurava sempre che quando era arrivato non era qui, ma un po' più in là.»

«E perché dicono così solo di questo? Non è mica l'unico.»

«Boh. Forse perché è diverso.»

Seguì le scanalature con i polpastrelli, come se si fosse dimenticato che lì c'ero anche io. La sua guancia quasi mi sfiorava il polpaccio.

«Elbio» lo chiamai, e lui si riscosse. In realtà non avevo nulla da dirgli e rimasi in silenzio. Lo osservai mentre, assorto, riprese a tracciare linee sulla roccia, avvicinando sempre di più le sue dita alla mia gamba.

«Senti, io sto andando al pascolo» e alzò il viso, strizzando gli occhi per proteggerli dal sole.

«Ciao allora.»

«Era per chiederti se vuoi venire, sempre se non hai da fare.»

Scandagliai ogni versante. Delle vacche non c'era traccia.

«Va bene» e mi preparai a scendere.

Lui tese le braccia nella mia direzione e lo fulminai con lo sguardo.

Saltai giù, flettendo le ginocchia per attutire la caduta.

«Da che parte andiamo?» chiesi, pronta a mettermi in testa.

«Di là» rispose. Rimise le mani in tasca e iniziò a camminare.

A portarsi in testa lui, impiegò pochi passi.

«Tira un po'» mi avvertì Elbio dopo aver superato la macchia di larici. Puntò il dito verso il declivio di fronte a noi e mosse l'indice a zig-zag, disegnando la traccia di un sentiero che a lui pareva chiarissimo. «Poi là scavalliamo» concluse, e io annuii.

Elbio in piano camminava svagato, le ginocchia leggermente divaricate. In salita invece procedeva spedito e ogni suo passo era solido. Mi aveva già staccata di qualche metro e non guardava mai a terra; se incontrava uno scalino di roccia ci balzava sopra con un piede solo, come se saltellasse sui tasselli del gioco della settimana.

La strada non era tracciata e non c'erano né ometti né segnavia a indicarne la direzione, ma in certi punti l'erba appiattita e qualche zolla smossa lasciavano intuire che qualcuno ci passava spesso. Le felci mi solleticavano gli stinchi, lasciandomi dei segni bianchi sulla pelle. Il sole batteva duro in faccia, e dovevo coprirmi la fronte con la mano.

Dopo una ventina di minuti mi fermai e mi volsi verso la conca. Eravamo saliti parecchio tagliando il pendio e il rifugio e la grangia erano due puntini colorati. Le acque del fiume rifulgevano, qualche bagliore più intenso appariva e svaniva finché non cominciava a scendere. Poi sembrava la montagna se lo mangiasse per risputarlo verso valle, dove poteva continuare la sua corsa.

Anche Elbio si era fermato.

« Sei come gli asini » disse.

« Sarai tu come gli asini » risposi piccata, e ricominciai a camminare con più lena di prima.

« Ma cosa hai capito » sbuffò « quanto sei permalosa. »

« E allora spiegami. » Mi affiancai a lui.

« Gli asini quando partono hanno un passo tutto loro, ma lo tengono e non si fermano mai. Mio nonno ne aveva tre, quando non c'era la strada saliva con quelli. »

Riprendemmo a camminare, mi superò di nuovo. La sua nuca ciondolava, e mi ricordò l'andatura della mandria il giorno dell'*ènarpa*. Se io camminavo come un asino, allora lui camminava come le sue vacche.

Ci aspettava un tratto ripido e dopo averlo superato aiutandosi con le mani, Elbio me ne tese una. Le dita lunghe e spesse erano coperte di graffi, e sul palmo sorgevano calli più scuri, simili a piccole colline.

Salii per conto mio, e lui aspettò qualche secondo prima di rimettersela in tasca.

12

Se la meta da raggiungere è la cima, riesci più o meno a quantificare quanto tempo manca, o il dislivello che resta. La vetta si erge di fronte a te, a pochi metri il passo ritrova vigore, vuoi arrivare il prima possibile. Io invece rallentavo, e mi veniva voglia di scendere per ricominciare a salire da capo.

Gli altopiani però non te li aspetti mai: sbucano alla fine di un'erta bella tosta o di una curva e le ginocchia avvezze alla pendenza d'improvviso si ritrovano distese, formicolano per il cambio di terreno e ad abituarsi impiegano qualche secondo.

Elbio mi aspettava alla fine di una mezza costa, girato di tre quarti.

Sorrideva, e non capii perché finché non lo raggiunsi.

Avevo conosciuto la montagna a sedici anni. Non è stato uno di quegli amori che ti porti dietro dall'infanzia. Sapevo che in passato i miei genitori affittavano un appartamento in un paesino vicino a degli impianti, e ogni fine settimana partivano da Torino per sciare sulle piste della Via Lattea. Poi ero nata io, per limitare le spese avevano perso quell'abitudine, e in montagna non c'erano più tornati.

Accadde un mattino d'aprile, uno di quelli in cui la primavera inizia a svelarsi, e c'era un cielo così terso che mi sembrava un delitto sprecarlo rinchiusa in un'aula di scuola. Scesi dal tram alla fermata del lungo Po Antonelli, dal lato in cui la notte si radunavano orde di ragazzi davanti ai Murazzi. La mattina invece diventava deserto, e i gabbiani più audaci osservavano dagli argini gli allenamenti dei canottieri.

Fu scendendo le scale che portavano sulla riva del fiume che lo vidi la prima volta. Mi sembrava impossibile non avesse catturato la mia attenzione fino ad allora, ma forse sono sempre le cose più vicine quelle a cui prestiamo meno attenzione. Il Monviso bucava il cielo e se ne stava lì, bianco, con un fido scudiero al suo fianco. Pensai che se avessero chiesto a un bambino di disegnare una montagna l'avrebbe raffigurata così, una piramide di neve e roccia dalla punta un po' sbeccata. Mi sembrò di scoprire che non era tutto piatto, una pianura infinita che si inabissava nel mare. Esistevano punti più alti, da cui abbassare lo sguardo e ammirare il mondo.

Presi coscienza che le montagne esistevano, e fui sopraffatta dal desiderio di salirci sopra.

Così come otto anni prima, quando fui di fianco a Elbio e vidi ciò che avevo davanti, esplosi di meraviglia.

Le vacche pascolavano placide in una valletta irradiata dal sole, incuneata in mezzo ad alture morbide che la proteggevano parzialmente dalle raffiche di vento. L'erba scintillava di un verde carico d'acqua che nasceva solo in primavera, e nei tratti spogli crescevano degli arbusti con il tronco nodoso, alcuni ricoperti di aghi, altri di fiori vermigli. Era occupata per la maggior parte da un lago dalle rive limpide che si scurivano verso il centro. A fianco, su uno spuntone di roccia, era appoggiato un bastone di legno col manico ricurvo. Era un luogo in cui speravi il tempo si fermasse, per non dovertene andare mai.

I cani abbaiarono e ci corsero incontro. Elbio mi fece segno di rimanere indietro e li richiamò a sé fischiando. Non ce n'era uno che assomigliasse a un altro. Il primo, in testa al gruppo, era possente, le zampe muscolose, il pelo folto e bianco e lo sguardo altezzoso, come se fossi un'incombenza imprevista a cui porre rimedio. Quello di taglia media, color miele, pareva il più amichevole e affiancava il molosso in attesa di un ordine. L'altro era piccino, grigio e nero, non la piantava di abbaiare nonostante la vicinanza di Elbio. Mi puntavano, le orecchie dritte e il corpo in tensione. Elbio si abbassò e iniziò a parlare con loro in dialetto. Quando si rialzò, li ricacciò indietro urlando. Loro obbedirono ma, il muso girato, continuavano a buttare un occhio nella mia direzione.

Lo raggiunsi cauta.

«Non ti preoccupare, adesso la smettono. È che non ti hanno mai vista, fanno il loro lavoro.»

Mi vennero in mente i nostri gattini, anche loro destinati a lavorare, come se in montagna nulla e nessuno potesse esistere senza un compito specifico.

«Non sono di razza vero?» chiesi, osservando i cani che si erano posizionati ai lati della valletta.

«Macchè, quelli di razza non sono mica così bravi. Li mischi, così prendono un po' dalla madre, un po' dal padre.»

«E i cuccioli li addestrate voi?»

«No, ci manca solo che addestriamo noi i cani, già di tempo ce n'è poco così. Quelli bravi imparano stando con i più grandi, gli insegnano il mestiere. Poi non è che tutti vanno bene, a volte le cagne vanno a imboscarsi e tornano incinte e lì è un terno al lotto.»

«In che senso?»

Ci pensò un attimo.

«Devono avere il carattere. Tipo, quando qualcuno si avvicina alla mandria, ci sono i cuccioli che abbaiano e quelli che invece ti vengono incontro e ti fanno le feste o se ne scappano per i fatti loro. Questi qua lo capisci subito che non vanno bene.»

«E se non vanno bene?»

A quella domanda, Elbio irrigidì la schiena.

«Li diamo via, se riusciamo.»

«E se non riuscite?»

Elbio si girò di scatto, il volto duro, quasi si stesse trattenendo. Mi provocò la sensazione di una scarica di detriti.

«Noi li diamo via» rispose, la voce secca, e capii che il discorso era chiuso.

Si incamminò verso il laghetto mentre io rimasi immobile, come quando avevo sentito discutere suo padre e Fonsin riguardo al lupo. Ero di nuovo attanagliata dai dubbi, e se avessi ceduto all'impeto avrei ridisceso il pendio da sola per tornare a prendere il sole sulla pietra delle *masche*, ma non lo feci. Sentivo che Elbio era diverso, diverso non sapevo nemmeno da chi. Ma avevo paura di sbagliare, e la fiducia è sempre stata una gran bella rogna.

Si sedette sulla roccia di fianco al lago. Mi dava le spalle, come se già sapesse che sarei andata via.

Prima che me ne rendessi conto, stavo camminando in direzione del lago.

« Le ho portate qui per l'acqua » mi spiegò Elbio. « Domani che riapriamo gli abbeveratoi torniamo più giù. »

Alcune vacche bevevano sulle sponde, e quando mi sentirono arrivare si voltarono a fissarmi. Dalle narici buttavano fuori un'aria pesante e dondolavano la coda. Mi mantenni a distanza, ma continuarono a vigilare su ogni mio movimento.

Le altre si spostavano per il prato e ruminavano flemmatiche. Notai anche tre vitelli che non si allontanavano più di qualche metro dalle loro madri.

Una dopo l'altra iniziarono a ignorarmi, tranne quella più vicina a me.

A differenza del corpo, tutto pezzato, aveva le orecchie rossicce e il muso bianco, sostenuti da un collo possente da cui pendeva un campano di ottone. Muggì, un suono grave, ed Elbio mi fece segno di allontanarmi un altro po' da lei.

« Mantova, stai buona » la richiamò, e balzò giù dalla pietra per grattarle le orecchie e accarezzarle il ventre.

« Ha un caratteraccio » mi spiegò mentre apriva il marsupio che teneva legato in vita e ci infilava dentro la mano, « è pure permalosa e vuole fare quello che le pare, se la attacchi alla mungitrice elettrica cerca di mordermi. Vero *bestiassa*? »

Le avvicinò il palmo al muso e lei leccò i granelli di sale che c'erano sopra. Le diede altre due pacche sul collo e lei se ne andò, tornando a brucare l'erba.

Elbio si sedette, e io presi posto di fianco a lui.

Era rilassato, la rabbia che gli avevo letto negli occhi poco prima sembrava averlo abbandonato.

« Qui ci vengo quando voglio stare solo » confessò guardandosi le ginocchia strette tra le braccia, come le mie.

« Tu stai sempre solo » e dopo averlo detto mi pentii, rendendomi conto di quanto quella constatazione fosse sciocca.

« Ma va', ci son loro » e raccolse la mandria con lo sguardo. « Mio nonno mi portava sempre qui da bambino. »

Esitò, poi riprese guardando di fronte a sé.

« Sai, in questa valle durante la guerra ci stavano i partigiani perché era alto, non c'erano le strade e si nascondevano nel bosco, ma poi se ne sono andati e per un po' nessuno è più tornato. Mio nonno è stato il primo a portare per qui le vacche. Eh, era giovane, vent'anni, ne aveva poche ma si arrangiava da solo. Suo padre era un *caminant* che consegnava vacche, capre e maiali, li andava a prendere alle stazioni e li portava da chi li aveva comprati, ma poi gli è arrivata la lettera, lo hanno spedito in Albania ed è morto lì. Allora per tirar su due soldi sua madre ha mandato mio nonno da un *marghè* che se lo portava appresso e gli insegnava il mestiere, e quando ha imparato s'è comprato le prime bestie sue. Si è fatto tutto da sé, pure la prima grangia con la camera da letto e la cucina, così poteva portare anche mia nonna quando saliva in alpeggio, altrimenti se era per lui poteva pure dormire per terra all'aperto. »

Immaginai Elbio da bambino assieme a suo nonno, che risalivano lo stesso versante percorso da noi poco prima. Aveva i baffi e i capelli bianchi come cirri e un neo sulla guancia destra. Forse era l'uomo che avevo visto in foto alla malga.

« Eh, il *nonu*. » Elbio prese a grattarsi le pellicine dalle dita. Si accanì sul pollice, tirandole via appena si sollevavano ai lati dell'unghia.

« Mia nonna non l'ho mai conosciuta, ma il nonno c'è sempre stato. Pensa che ha portato lui in ospedale mia madre quando sono nato io. Ha badato alle vacche fino all'ultimo, non era mai stanco. Il giorno prima che se ne andasse era a mungere con me. Il suo bastone è con lui, altrimenti te lo facevo vedere, era proprio bello. Lavorava il legno con un coltello e dopo ogni transumanza incideva un segno nuovo. Diceva che sopra c'era scritta tutta la sua vita, ma la sapeva leggere solo lui. Faceva dei cerchi e delle linee, io non so cosa volevano dire, nemmeno mio padre lo sa. Quello non ce lo ha mai insegnato. »

« Come si chiamava tuo nonno? »

« Oreste. » Dal pollice gli uscì un rivolo di sangue. Se lo pulì sui pantaloni.

Due vacche si erano messe l'una di fronte all'altra. Avevano abbassato la testa e, corna contro corna, si spingevano battendo gli zoccoli a terra.

«Litigano?» chiesi a Elbio.

«Giocano. Quelle sono Martina e Alba. Si vogliono bene, a volte si leccano pure.»

Rimanemmo a guardare la loro lotta finché, tutt'a un tratto, si allontanarono ognuna per conto proprio, come se nulla fosse successo.

Elbio non parlò più, ma non sembrava a disagio. Nemmeno io lo ero, e non volevo inquinare quel silenzio. In passato mi ero costretta a raccontare, commentare, giusto per mandare avanti delle conversazioni e far passare più in fretta il tempo. Adesso se non mi andava di dire nulla, stavo zitta. Ed Elbio era uguale a me.

Mi sdraiai e chiusi gli occhi. I passi delle bestie sul prato, il tintinnare dei loro campani, l'acqua che si infrangeva sulla riva limacciosa, ogni cosa sembrava più vicina di quanto fosse in realtà.

Sentii dei tonfi, un crepitio sommesso si espandeva nell'aria. Risuonava in sottofondo come se una magia lo avesse trasportato da un'altra dimensione.

Era il rumore della roccia che si restringe e si dilata.

Il rumore delle montagne che si muovono.

Elbio mi sfiorò il braccio.

«Certo che è strano» disse.

«Cosa?» mi appoggiai sui gomiti e sollevai il petto.

«Tutti 'sti *pissacan*» indicò il prato. Era disseminato di fiori gialli e di soffioni.

«Ah, il fiore della cicoria selvatica!»

«Sì, quello. Il tarassaco. Di solito qui non ci cresce, fa troppo freddo.»

«Così in alto non ho mai visto nemmeno i soffioni.»

Mi fissò interdetto.

«Va be', è la stessa cosa.»

Tentennai. Mi scocciava chiedere chiarimenti, da quando ero arrivata in rifugio molte delle mie conversazioni si basavano sulla richiesta di un perché.

« Se non lo strappi prima, il fiore si richiude e quando si riapre non è più giallo, perché si è seccato e diventa bianco, tipo lana. È per questo che cresce ovunque, perché il vento sparge in giro i semi. »

« Non lo sapevo » ammisi, incantata.

« Eh, perché sei di città. »

Mi raggomitolai, portando le ginocchia sotto al mento.

« Da bambina accompagnavo mio nonno a raccogliere la cicoria. Partivamo con un sacchetto di plastica, andavamo nei campi vicino alla sua casa di campagna e fino a quando non era pieno non potevamo tornare. Poi la pulivamo in terrazza, la davamo a mia nonna e a cena la mangiavamo bollita. »

« Quindi non sei sempre vissuta in città. »

« Sì, ma passavo tutte le vacanze con i nonni perché mia madre doveva lavorare e non poteva pagarci l'estate ragazzi. Lei diceva che l'aria di campagna ci faceva bene e ci saremmo divertiti. Io odiavo stare lì. »

« Perché? »

« Perché pensavo che mia madre ci abbandonasse, che non volesse più né me né mio fratello. E poi non c'era niente tranne campi di granturco, piantagioni di kiwi e vipere. Mio nonno stava appresso all'orto, mia nonna ai suoi fiori e alle marmellate. Ne faceva in continuazione, sbucciavamo chili di pesche, albicocche e susine ogni settimana, ce n'erano troppe per mangiarle e mio nonno non si sognava nemmeno di buttarle. Le facevamo cuocere con lo zucchero e poi il composto si metteva nei barattoli. D'inverno mia nonna stava sempre a chiedere barattoli a tutti, se li dovete buttare dateli a me, e toglieva una per una le etichette con l'acqua calda e l'alcol. Comunque, ci metteva la marmellata, li chiudeva e li facevamo bollire. Quando si raffreddavano ci scrivevamo sopra l'anno, e ne avanzava talmente tanta che la regalava a tutto il vicinato, a patto che le riportassero i barattoli. Ma io mi annoiavo lo stesso e volevo tornare in città. E quando ero in città, volevo andarmene da un'altra parte. »

« Quello lo capisco. »

« Cosa? »

« Che in città non ci volevi stare. Però non so cosa vuol dire. »

« Che cosa non sai? »

« Cosa vuol dire volersene andare. Io da qui non me ne andrei mai. »

« Ma ci sei mai stato? »

« In città? »

« Sì. »

« Ma che ti credi. Sono stato pure al mare. A Torino ci sono andato delle volte, a sbrigare dei documenti per il pascolo e la grangia. Non mi è piaciuta tanto, ho dovuto mettere la mappa sul cellulare e non ci capivo niente. » Si mise a ridere. « Io non lo so come fate voi, a stare uno sopra l'altro. Aprite la finestra e vedete il cemento. E poi c'è troppa gente, vai al bar e nessuno ti conosce, tutti corrono di qua e di là e hanno sempre fretta, nessuno ti guarda in faccia e l'aria puzza. » Mentre elencava quello che non gli piaceva della città, teneva il conto battendo sulla punta delle dita, come se stesse stilando una lista di pro e contro per convincermi a restare.

« Comunque se mi obbliga qualcuno a vivere in città, magari mi ci abituo. Non lo so. Non ci ho mai pensato. »

Si strinse nelle spalle e rivolse di nuovo lo sguardo verso la mandria.

C'era qualcosa in Elbio che mi disarmava, nel suo modo di dire le cose con candore. Eppure mi domandavo come potesse essere certo che il suo posto fosse lì e non altrove, al di fuori dei luoghi in cui era cresciuto e dell'unica vita che avesse mai conosciuto.

Ripensai a me, raminga, a ciò che avevo fatto in passato. Sapevo ciò che avevo amato, ciò che avevo odiato e odiavo ancora, ma lo avevo vissuto con tutta l'intensità del mio corpo, facendomi scuotere sino alle viscere. Alla fine, ero giunta quassù. Non sapevo se fosse il mio posto, ma ero decisa a sgomitare per farmi spazio. Non riuscivo a comprenderne i motivi, ma mai mi ero sentita così serena, senza fingere di essere ciò che non ero.

Forse Elbio aveva capito tutto sin dal principio e si era solo evitato un lungo giro di boa. O forse le montagne che per me rappresentavano la libertà, per lui erano una prigione.

Ma di cosa ci fosse fuori da quelle mura, pareva non interessargli nulla.

13

« Ma tu sai che ora è? »

Quando glielo chiesi, Elbio guardò il sole.

« Mah, non saranno neanche le quattro. Devi tornare? »

« No, il Barba ci ha dato tutto il pomeriggio libero. »

« Ti va di camminare un altro po'? »

« Certo », e lui sorrise.

Ci dirigemmo verso una scarpata a ovest della valletta, l'ultimo punto in cui sarebbe arrivata l'ombra. L'erba tingeva di verde il pendio ancora per qualche metro, dopo la ingurgitava la roccia. Il terreno era franato; probabilmente una slavina in inverno, che con lo sciogliersi della neve aveva lasciato la ghiaia fina e i massi più pesanti verso il fondo. Doveva essere caduta qualche anno prima, la pietraia sembrava stabile. Sotto il peso di Elbio qualche sasso ballava, ma tornava al suo posto appena lui passava oltre. Avanzava tranquillo e tagliava dritto per arrivare in fretta sul versante opposto. « Andiamo su per lì » annunciò, indicando il punto alla fine della scarpata.

Lo seguii senza discutere, curiosa di scoprire dove mi stesse portando.

Elbio guardava in basso e lo imitai. Sapevo che c'era un mondo anche lì sotto, ma non ero mai stata capace di leggerlo. Sparsi tra le rocce notai dei mucchietti di palline dure, simili a pigne.

Domandai a Elbio a quale animale appartenessero. Lui tornò indietro e si abbassò, le gambe divaricate come un ranocchio. Le scrutò arricciando le labbra.

« Di qui ci passano spesso gli stambecchi, dovrebbero essere loro. »

« Non ne vedremo vero? »

« Difficile. D'estate si tengono alla larga, c'è troppo casino, e poi sono sempre meno. Però queste non sono di tanto tempo fa, sono scure. »

« Peccato, in questa zona ancora non ne ho visti, tranne Norberto, ma credo che lui non faccia testo. »

Ridemmo con discrezione, come se avessimo paura di disturbare qualcuno.

Il cielo aveva iniziato a sfilacciarsi, qualche nuvola copriva il sole e rinfrescava l'aria. Appena i raggi venivano oscurati, sentivo la pelle contrarsi per una frazione di secondo.

« Ma te invece come ci sei finita qui? » mi chiese a un tratto, senza voltarsi.

« Qui in rifugio? »

« In montagna. »

« È una storia lunga. »

Attese continuando a fissare a terra, ma io non risposi. Sentivo una matassa incastrata in gola e srotolarla, farla uscire una porzione di filo alla volta, mi faceva paura.

« Va be'. » Elbio ricominciò a camminare, mettendosi le mani in tasca.

In cima non c'era una croce. Forse non era abbastanza alta, forse non si avvicinava abbastanza al cielo e a nessuno aveva ispirato un senso di comunione con il divino. Ne avevo viste tante, di croci, e più vette avevo raggiunto più mi ero convinta che quelle strutture di metallo capaci di resistere alle intemperie facessero assomigliare le Alpi a un cimitero.

Se la cima di una montagna non possiede la propria croce, perde dignità. Ma ogni montagna merita lo stesso rispetto, quindi tanto vale toglierle tutte.

Non vederne una lì mi sollevò. Avrebbe testimoniato il passaggio di altri piedi, e la sua assenza mi rese più facile immaginare che fossimo stati noi i primi ad arrivarci.

Davanti a me c'era solo una lingua di roccia che si assottigliava, un trampolino di lancio sopra lo strapiombo. Poi, la vista si apriva su altre montagne. Sembravano non finire mai.

« Sai » cominciai a parlare. Sapevo che Elbio mi stava guardando, ma tenni lo sguardo dritto di fronte a me. « Una volta in un rifugio ho incontrato un nepalese, si chiamava Lakpa e lavorava come aiuto cuoco. Mi trovavo lì perché al mattino dovevo attaccare una via lunga, i miei compagni erano già andati a dormire ma io non avevo sonno. Stavo chiacchierando con i suoi colleghi e lui si è seduto accanto a me. Aveva le braccia enormi e le gambe due giunchi, un corpo che nell'ambiente che frequentavo all'epoca avrebbe fatto invidia a chiunque. Se ne stava in silenzio con le mani incrociate sul tavolo, grosse come ruspe, e capelli fini e neri come non li avevo mai visti. Non ricordo chi lo avesse chiamato sherpa, in quel momento mi è sembrato uscisse da una fiaba. Gli chiesi cosa avesse fatto, dove fosse stato, come se fossero le cime che hai raggiunto a qualificarti. Si vedeva che era restio a rispondere, ma ho insistito lo stesso. Mi disse che era stato sull'Everest cinque volte e io mi esaltai. Feci una domanda stupida, ancora me ne vergogno. Gli chiesi com'era, lassù, a 8849 metri sopra il mondo. »

« Sarà stato bello » intervenne Elbio.

« Mi ha detto proprio così. È bello. Io mi aspettavo una rivelazione sulla vita, non lo so. Rimasi delusa, ma probabilmente fu più deluso lui, perché ero l'ennesima persona che della montagna non ci aveva capito nulla. Chissà in quanti gli avevano chiesto la stessa cosa, come se sulla vetta dell'Everest si nascondesse un segreto accessibile solo a chi riesce a raggiungerla. In realtà non c'è nulla. Solo ghiaccio, roccia e tantissimo cielo. Forse adesso ho capito che lassù in cima trovi quello che puoi trovare anche qui. »

Tornammo alla valletta e ci sedemmo sulla riva del lago. Mi accorsi che qualcosa si muoveva, dei piccoli puntini impazziti, e mi avvicinai a osservarli. Erano avannotti che con le loro code timoniere nuotavano frenetici. Appena la mia ombra li raggiunse si dispersero, allontanandosi verso acque più profonde.

« Quindi te sei un'alpinista. »

« No. Cioè, ho fatto delle ascensioni e ho arrampicato per un po'. »

« E poi? »

« Poi ho smesso. »

Si alzò il vento e si mise a schiaffeggiare l'erba.

Io ed Elbio stavamo in silenzio a osservare il lago incresparsi.

Le vacche continuavano a pascolare, come se il mondo fosse tutto lì e non avessero bisogno d'altro. Si stava avvicinando l'ora sospesa, quella in cui il giorno e la notte si danno il cambio. Quella in cui non sai se hai caldo o freddo, la luce si fa flebile, l'aria si tinge di blu, e il buio cala come una mannaia.

Lui si grattò via un po' di terra secca dalla punta delle scarpe.

« Sai come si chiamano i fiori che ti portavo al *rifugiu* ogni sera? »

« Sì, ma dovresti smetterla, sai? »

« Ah sì? »

« Sì, dovresti smetterla. »

« *Che l'è, t'imbarassi?* » rise, e mentre tentavo in tutti i modi di evitare il suo sguardo, in altrettanti modi lui era intenzionato a incastrare il mio. Era diventato serio, e più mi cercava con le sue iridi di felce, meno io volevo lasciarmi trovare.

« *Tu si bela cum un fiur. E quando sun con ti non voglio star dapermì.* »

Lo disse d'un fiato, con le parole strette fra loro per durare il tempo di un respiro. Anche se cominciavo ad avere freddo sentii la faccia bruciare, un bollore impietoso come il sole che sferza i ghiacciai dei Quattromila.

« La Genova è incinta » continuò, « me lo sento che partorisce una femmina, e quando nasce io la chiamo Erica. »

Mentre stavo per dirgli che forse intendeva Erice, mi girai verso di lui. Lo vidi sgranare gli occhi e puntare lo sguardo in mezzo alle ginocchia. Intuii fosse a disagio, ma non ne comprendevo il motivo e mi guardai intorno alla ricerca di un indizio.

Guardai anche me stessa, il mio petto, e appena mi accorsi che facevano capolino sotto la canotta bianca, capii. Sono sempre state le mie sentinelle del freddo, i capezzoli. Con l'aria gelida del mattino e della sera, premono contro il tessuto come due piccoli bulbi.

Mi sporsi verso Elbio, gli afferrai la mano e me la portai sul seno.

Era la prima volta che lo toccavo.

In confronto alle sue, le mie mani sembravano quelle di una bambina. Le dita così sottili, che durante gli anni di arrampicata mi avevano invidiato tutti perché riuscivano a infilarsi nelle fessure e reggersi anche ad appigli minuscoli, adesso mi facevano sentire in svantaggio. Se avesse voluto liberarsi, non sarei riuscita a trattenerlo.

Quando intese che il suo palmo e le sue dita mi stavano cingendo il seno, Elbio sussultò. La sua pelle era aspra e calda, la mia gelida. Sfregava sulla sua, la mia presa ancorata al polso per impedirgli di scappare.

Prese coraggio e mi guardò.

Mi stava chiedendo aiuto.

Allora mi avvicinai io e gli diedi un bacio sulle labbra.

14

Che ospitassimo la Wild Race lo scoprii da una locandina apparsa un pomeriggio sul vetro della bussola.

Nella parte superiore era stampata la data in cui si sarebbe svolta, e tra i loghi degli sponsor troneggiava il disegno di un omino che correva sul versante di una montagna, in mezzo a conifere sparse su surreali prati fioriti. Dai piedi gli usciva una fiammata e la lingua gli penzolava dalla bocca per la fatica.

«E questo cos'è?» domandai al Barba.

«Un gran rompimento di coglioni» rispose, e per avere qualche informazione in più mi appellai alla pazienza di Carlo.

La Wild Race, o corsa delle Tre Valli per gli autoctoni, era una competizione che si svolgeva annualmente nella seconda metà di luglio e richiamava atleti dall'intero arco alpino. Per molti serviva da allenamento, in vista degli ambitissimi Tor des Géants e Tor des Glaciers.

Il regolamento era semplice: correre finché il ritmo del sonno e della veglia non andava in tilt e il corpo non implorava pietà. Solo allora era concesso fermarsi, ingollare barrette proteiche e tentare di dormire un paio d'ore, impresa più che ardua con tutta quell'adrenalina in circolo.

I partecipanti sarebbero arrivati in rifugio il giorno prima della partenza prenotando una stanza, montando una tenda in spazi prestabiliti o sostando nei propri furgoni camperizzati.

Saremmo stati sommersi da una masnada di persone, e il Barba si era già preoccupato di contattare alcuni ragazzi che ci avrebbero dato una mano.

Al pensiero di dover interagire con gli atleti gli si adombrava il viso, e come se i futuri contatti umani richiedessero una preparazione, per tutta la settimana se ne stette per conto suo. Accettò di parlare al telefono solo con gli sponsor che domandavano dove avrebbero potuto montare i banchetti e piazzare le telecamere per riprendere la partenza, o con qualche giornalista dei quotidiani locali.

Del fermento che accompagnava l'ultra-trail al Barba non fregava niente, nonostante gli fruttasse il cuscinetto di guadagni che, a detta sua, sarebbe stato indispensabile per campare durante l'inverno.

Quando apriva l'agenda per leggere i nomi dei prenotati ne riconosceva la maggior parte e li commentava sbuffando, soprattutto se arrivavano « dalla pianura ».

Clemenza non ne dispensava nemmeno a chi proveniva dalle valli.

« Alla fine, sono tutti uguali », ma uguali a cosa o a chi non era dato saperlo.

Gli organizzatori giunsero in rifugio due giorni prima del grande evento. Erano tre uomini di mezz'età, che scesero da un furgone fiammante con la carrozzeria costellata di adesivi. Ridevano forte, non si toglievano mai né gli occhiali da sole né il cappello con la visiera e camminavano nel salone con l'aria di chi, lì dentro, poteva fare ciò che voleva. Appena il Barba li vide accennò un sorriso, una marionetta a cui fili invisibili tiravano all'insù gli angoli della bocca. Loro non se ne accorsero e presero a dargli delle pacche sulle spalle, dicendo che erano contenti di rivederlo. Lui di felicità non ne emanava nemmeno un po', e si limitò a rispondere « Eh, già » con lo sguardo di chi si era rassegnato al proprio destino.

Gli proposero di fare un discorso per aprire la gara, ma lui rifiutò.

« Io con questa storia non c'entro nulla, vi ospito e basta » e assisteva impotente all'affissione di striscioni e bandierine colorate.

« Adesso mi tocca pure parlare con quell'altro » si lamentò a cena.

« Tanto dopo viene » lo informò Carlo.

« Come se non lo sapessi » e mi tirò un'occhiataccia, che finsi di ignorare mischiando il riso e i ceci nel piatto.

Il Barba aspettò Elbio seduto al tavolo di fianco alla porta, come se volesse tendergli un agguato. Appena entrò, seguito da Luca, gli fu addosso.

«Dobbiamo parlare» gli disse, e si accostarono al bancone del bar. Versai in due bicchierini della grappa al larice, che da quando avevamo spento la Cimbali sostituiva il suo caffè macchiato.

Mentre il Barba chiacchierava del più e del meno girando intorno a ciò che realmente lo crucciava, Elbio appoggiò la mano sul bancone, lasciandola sporgere di fronte a me. Fissai le nocche scure, le unghie corte e spesse e le dita carnose quasi mi stessero minacciando, e con il terrore che potessero provare a sfiorarmi, tornai a preparare gli amari ordinati dagli ultimi clienti.

«Domani arrivano quelli che corrono» esordì il Barba, ostentando noncuranza.

«Eh lo so, due bei maroni.»

«A me lo dici, che ce li ho tutti qui! Però senti, non è che riesci a portar via le vacche? Quelli prendono la strada che passa vicino alla vostra grangia, vanno ancora avanti fino al bivio e poi scavallano per lì dal colle.»

Elbio impiegò un po' a rispondere, e sentii che mi stava seguendo con lo sguardo mentre fingevo di rassettare un tavolo.

«Io le vacche le porto via, basta che dove passano non rimane sporco come l'anno scorso.»

«Hai ragione.» Quando il Barba pronunciò quelle parole, per poco non mi cadde la pila di piatti che reggevo in mano. «Ma cosa ci posso fare io, se sono dei coglioni? Fosse per me li prenderei a sprangate, ho pure litigato con quei tre che mettono su 'sta messinscena. Ma quelli se ne fottono, e io continuo a mettermi a pulire come uno schiavo dopo che passano. Non la puoi menare nemmeno troppo, altrimenti arriva la pro loco e ti dice che questi sono eventi che valorizzano le nostre zone, che portano soldi e altre cazzate.»

Mentre Elbio e il Barba parlavano, Luca si era seduto in disparte, e seppur fingesse di fare un solitario con il mazzo di carte che tenevamo su un ripiano della libreria, non perdeva una parola di quello che dicevano.

«L'anno scorso mi è quasi morta una vacca perché aveva ingoiato la plastica di una di quelle barrette.»

«Lo so. Ma più di questo non posso fare.»

« Magari possiamo mettere un cartello. »

« Se servisse, io ne metterei anche venti, di cartelli. Il problema è che questi arrivano, dicono che è tutto bello, che amano la montagna, ma poi scendono. Se nei posti non ci vivi non li capisci, e di prendertene cura te ne sbatti. »

La discussione durò a lungo. Si interrogavano a vicenda sulle soluzioni per evitare che non solo gli atleti, ma anche i turisti gettassero a terra carte, tappi di bottiglie o qualsiasi altro rifiuto. Ma entrambi sapevano che erano parole lanciate al vento, che quello era solo uno sfogo e con la coscienza altrui c'era poco da fare.

Elbio se ne andò presto, con le mani in tasca e lo sguardo pensieroso. Lo intravidi dalla finestrella che affacciava sulla bussola, Luca gli era passato davanti e lui era rimasto a guardare la porta chiudersi.

Il Barba invece salì in camera sbraitando. Non vedeva l'ora che quell'agonia finisse, e supplicava il Santo Signore. Prima o poi, si decidesse a lasciarlo in pace.

Gli atleti arrivarono a scaglioni dal primo pomeriggio, a bordo di fuoristrada rombanti che occuparono tutti i posti del parcheggio.

I gatti, ancora senza nome ma ormai quasi indipendenti, erano subito diventati un'attrazione per i nuovi venuti. « Dei gatti in montagna! » esclamavano appena li vedevano sonnecchiare nella cuccia all'angolo della bussola. Si avvicinavano e provavano ad accarezzarli, anche se loro rizzavano il pelo mostrando tutto il loro disappunto.

« Pure i *ciat* li odiano » commentò il Barba mentre, per evitare che mordessero o graffiassero qualcuno, li riportavo in camerone.

Più aumentava l'orda di invasori, più il Barba si innervosiva. Aveva deciso che la sua roccaforte sarebbe stata la cucina e li spiava dalla finestra, intenzionato a restare rintanato lì fino alla partenza della gara, alle otto del giorno successivo.

« Per la mia sanità mentale » sosteneva. « E se qualcuno mi vuole parlare mandatemelo qui, perché già non bastano i tre cretini e l'orda al seguito, poi arriveranno pure i guardiaparco. »

Non smetteva di tormentare Daniele, che cucinava senza sosta. Ogni cinque minuti gli chiedeva se aveva contato quanti chili di pasta avessimo in dispensa e se bastassero per tutti. «Guarda che quelli se la mangiano pure a colazione» continuava a ripetere, e Daniele grugniva.

«Metti su a cuocere tanto sugo» lo incalzava il Barba, appoggiandogli sul piano da lavoro i barattoli di polpa di pomodoro.

«Ma quale sugo, la pasta la mangiano con l'olio» replicava Daniele.

«E se la chiedono al sugo?»

«Quando correvo io, tutti la mangiavano con l'olio.»

Sapevamo quanto quei giorni fossero per Daniele fonte di rabbia e sofferenza. Gli sbattevano in faccia il ricordo di ciò che era stato, l'infortunio e il ritiro. La cicatrice che sbucava dall'orlo dei pantaloni sembrava ancora più nera e ogni volta che gli passavo accanto il mio sguardo cadeva lì, e speravo non se ne accorgesse.

Mentre spillavo birre bionde a profusione, buttai un occhio alla sala. Assomigliava al bar della palestra di arrampicata che frequentavo in città.

Gli atleti, più uomini che donne, rifulgevano nel loro abbigliamento tecnico dalle tinte fluorescenti, i loghi delle marche stampati sulle T-shirt traspiranti, e chiacchieravano in terrazzo elencando le loro ultime imprese.

«Sono stato qui, sono stato lì, ho fatto questo e quell'altro», una lista infinita volta a sfoggiare i gradi di difficoltà delle montagne raggiunte.

Credevano di conoscere la montagna come i veri montanari, *muntagnin*, di esserlo diventati per adozione, e si esibivano con orgoglio.

Li squadravo pavoneggiarsi da lontano, e pensavo che lì in mezzo non ce n'era nemmeno uno.

Dei montanari che conoscevo, due se ne stavano rintanati in cucina a battibeccare e farsi i dispetti; altri due probabilmente erano in giro a chiacchierare, il buonumore stampato in faccia, che a correre e arrampicare andavano con magliette piene di buchi acquistate al mercato e riesumate dai meandri delle loro utilitarie.

L'altro, l'ultimo, lo immaginavo da qualche parte con le sue vacche, seduto su un masso, a osservarle mentre pascolavano.

15

Da quando eravamo saliti insieme al pascolo, avevo evitato qualsiasi situazione in cui potessi rimanere sola con Elbio.

Eppure, i giorni in cui saltava le visite in rifugio perché Gioanin si fermava a dormire alla grangia, pativo la sua assenza. Se non scorgevo il camioncino del padre percorrere a ritroso la sterrata sollevando nugoli di terra riarsa, sapevo che quella sera non lo avrei visto ordinare una grappa al larice e temporeggiare al bancone, nell'attesa di un mio gesto che potesse spingerlo a prendere un'iniziativa.

Ciò che era accaduto aveva cancellato tra noi ogni confine, e non capivo se mi fossi pentita oppure no. Se fossi pronta a dare, a raccontare, a decidere se nel posto che stavo tuttora cercando ci fosse spazio per lui.

Nel frattempo però i miei colleghi avevano intuito che lassù, durante quel pomeriggio di riposo, tra me ed Elbio era successo qualcosa.

Quando ero tornata in rifugio mi avevano accompagnata le ombre lunghe delle creste. Tutti erano già seduti a tavola e mi avevano rivolto sguardi indagatori. «Dove sei stata, che hai fatto, con chi eri», domande celate che non osarono pronunciare.

Non avevo fame e quella sera preferivo non cenare. Ancor prima di finire la frase il Barba era saltato sull'attenti, indicando il piatto tenuto in caldo apposta per me.

«Guarda che quella roba mica si butta, te la mangi domani.»

Avevo annuito e me n'ero andata in camerone, per stare un po' per conto mio.

Nei giorni seguenti nessuno mi aveva chiesto nulla, ma il Barba non smetteva di lanciarmi occhiate ostili.

«Voi *fumne* portate male» borbottava ogni tanto mentre gli passavo accanto.

«Non siamo mica su una nave» rispondevo.

«È la stessa cosa» e scuoteva la testa. «Ovunque andate, fate sempre *burdel*.»

Intanto, sotto gli occhi di Elbio erano sorte due mezzelune violacee.

Ogni sera si aggirava per il rifugio come se nelle scarpe nascondesse due zavorre, e attendeva che la sala si svuotasse giocando a carte con Luca.

«Gli fai perdere il sonno» mi aveva detto una volta Carlo mentre lo osservavamo sbadigliare.

«Ma va', io non c'entro nulla» cercai di sdrammatizzare, ma non mi aveva creduta.

Trascorsero un paio di settimane, agosto scalzò luglio e un mattino fui chiamata a rapporto dal Barba.

«Tu, vai a prendere le ricotte.»

«Ma Sandra deve ancora portare i tomini.»

«Infatti devi andare dai Morèl.»

«Non puoi mandarci Berto o Gioele?»

«Ascoltami bene, signorina» e mi puntò l'indice a pochi centimetri dal petto, «a me non interessa cosa state combinando tu e quell'altro cretino, che arriva qui e ti guarda con la faccia di un pesce bollito mentre te scappi manco fossi inseguita da un cinghiale. Io delle vostre magagne non ne voglio sapere nulla, mi interessa solo che ti sbrighi, Daniele deve fare le polpette e non può mica stare appresso alle tue turbe.»

Senza possibilità di replica, mi avviai verso l'altopiano con le ginocchia molli e il cuore che pompava senza regole, come se volesse scapparmi via.

Vicino alla grangia c'era movimento, e da una casupola con una tenda moschiera all'ingresso uscì una coppia di anziani. Portavano con sé due buste da cui si intravedevano dei pacchetti avvolti nella carta oleata.

Ancor prima di scostare i fili in plastica della tenda fui travolta da un odore acre, simile a quello di una vecchia cantina. Entrai nella piccola bottega, dai muri bianchi e con un bancone refrigerato. Dietro al vetro erano esposti formaggi di diverse stagionature, dalla crosta scura o ricoperta da erbe tritate.

Intenta a sistemarli c'era una donna. Indossava un grembiule bianco e una cuffietta dello stesso colore da cui spuntavano ciocche di capelli biondi, striati di grigio. Che fosse la madre di Elbio non c'erano dubbi. Ogni linea del suo viso sembrava ricalcata su quello del figlio, fatta eccezione per gli occhi, azzurri.

La salutai e lei ricambiò, continuando a riordinare i formaggi.

«Si vede che è passato *me fieul*. Qui c'è un bel *casin*.»

Elbio sua madre la nominava di rado, e così ogni altro membro della sua famiglia. Di lei sapevo solo che «non le devi nemmeno chiedere le cose che lei già le ha sistemate», «si fa i mercati anche da sola», «non si stanca mai». Avevo fantasticato tanto su di lei, una di quelle donne di montagna da cui mi ero sentita così distante e a cui avrei voluto assomigliare.

«Te sei la ragazza che lavora dal Barba?» chiese, e io annuii.

Margherita, gli zigomi alti e la fronte distesa, non sorrideva ma non la percepivo ostile. Mi osservava dedicandomi l'attenzione che si riserva a una *straniera*; ma a differenza di tutti gli altri, forse, stava tentando di captare in cosa davvero, in fondo, potessimo essere diverse.

«Mi ha mandata a prendere le ricotte.»

«Sono belle fresche, le ho appena fatte.»

Si diresse verso il retro e tornò con un contenitore di plastica. Lo avvolse in un foglio di carta e lo appoggiò all'estremità del bancone. Ai muri erano appese delle coccarde, e incorniciati gli attestati dei premi che le loro vacche e i loro formaggi avevano vinto alle fiere.

«Gliene ho messe due in più. Diglielo a quello là.»

«Grazie. Quanto ti devo?»

«Elbio mi ha detto che con i conti ci pensa poi lui.»

«Dov'è?» mi scappò.

Margherita mi fissò e a rispondere impiegò qualche secondo.

«Sta con mio marito nella stalla. C'è una vacca in travaglio, una bella rogna. Menomale che non è giorno di mercato.»

Mi ricordai di Genova, la vacca che, così sosteneva Elbio, avrebbe dato alla luce una vitellina.

«Di solito i vitelli nascono in autunno» continuò, «la monta la facciamo fare d'inverno, in estate c'è troppo da fare per stare dietro pure a quello. Ma a volte ai tori parte il chicchero, e non c'è santo che tiene. Sono tori, quello sanno fare.»

«Non ho mai visto un vitello appena nato.»

«Io anche troppi» e incrociò le braccia sotto al seno «ma va bene perché è appena morta una vacca, l'abbiamo fatta portare via qualche giorno fa.»

Entrarono un paio di ragazzi e io salutai Margherita, ringraziandola ancora.

Lei non ricambiò, non abbozzò alcun sorriso. Ero certa che Elbio non le avesse raccontato nulla, ma lei doveva aver sospettato qualcosa.

Seppi che mi stava seguendo andar via, con lo sguardo di una madre che ha appena conosciuto l'origine delle pene di suo figlio.

Arrivarono le dieci e mezza ed Elbio entrò in rifugio scarmigliato, la frontale storta, i capelli che andavano qua e là.

«Beatrice, Beatrice» chiamava euforico, la faccia accaldata.

«Che c'è?» chiesi.

«Devi venire alla grangia» e incurvò la schiena, appoggiando le mani sulle ginocchia.

«Perché?»

«Perché devi vedere una cosa.»

«Cosa?»

«Ma perché fai sempre tutte 'ste domande?»

«Sto ancora lavorando. Devo chiedere al Barba.»

Carlo, che stava prendendo dalla madia le stoviglie per apparecchiare le colazioni, si intromise dicendo che il Barba ormai dormiva e poteva cavarsela da sé.

Che io ed Elbio non ci parlavamo da due settimane e da sola con lui non volevo rimanere, me ne dimenticai mentre chiudevo la zip della giacca.

Se mi avessero chiesto com'era fatta la conca, avrei saputo raccontarla a menadito.

Là c'è il fiume, poco prima del fiume una porzione di terra in cui non cresce erba e subito dopo un argine fitto di giunchi, lì una macchia di fiori, giù di là un cembro che non riesce a star su dritto e sembra un cespuglio, verso destra un sentiero che gira intorno e porta al lago.

Ma quella notte camminavo senza capire dove mi trovassi. Il cielo era nuvoloso, luna e stelle coperti da un manto grigio. L'unica luce proveniva dalle nostre frontali che rischiaravano solo due metri.

Elbio camminava avanti, le gambe lunghe che si muovevano svelte, come se ciò che voleva mostrarmi potesse svanire all'improvviso.

Quando aveva capito che sarei andata con lui l'angolo destro della bocca gli era tremato, combattendo contro l'istinto di sollevarsi.

Adesso però taceva. Io ho fatto il mio, ora tocca a te, mi diceva la sua schiena, il colletto della camicia a quadri blu e grigi che gli copriva il collo.

«Come va?» chiesi, e lui rallentò.

«Non c'è male. Si lavora tanto. E tu?»

«Non c'è male, si lavora tanto anche da noi.»

Si voltò, puntandomi il raggio di luce della frontale dritto negli occhi. Mi parai con la mano.

«Scusa» disse, riprendendo velocità.

«Non sapevo ci stessimo allenando per una maratona.»

«È che è già tardi.»

«Stamattina ho incontrato tua madre.»

«Me l'ha detto.»

«Mi ha raccontato che tu e tuo padre stavate facendo partorire una vacca. E che un'altra è morta.»

«Eh, era vecchietta la Fiorenza. Diciotto anni *l'è durà*.»

Sospirò e quietò il passo, le mani sempre in tasca.

«Le eri affezionato?»

«A me dispiace sempre quando una vacca muore. Mio padre si arrabbia, dice che le bestie sono soldi, che devono stare bene fino a quando fanno il latte buono, e dopo si devono vendere al macello, altrimenti sono spese che non tornano. La Fiorenza l'abbiamo tenuta solo perché era la preferita del nonno. Io lo so che ha ragione, un po' mi ci sono anche abituato. Ma mi dispiace sempre, non ci posso fare nulla.»

Elbio si stava giustificando per un sentimento che a me pareva normale. Ma forse in casa sua, nel suo mondo, non lo era.

Ci addentrammo nella macchia di larici. Al buio, l'intreccio dei rami e degli aghi assumeva le sembianze di mani mostruose. Dal complesso della grangia si scorgeva un bagliore arancione, attutito dalle tende che oscuravano la finestra.

Elbio proseguì, dirigendosi verso un altro fabbricato.

La luce giallognola di un'unica lampadina che pendeva dal soffitto illuminava un corridoio. Faceva da spartiacque a due file di batterie con dei parapetti in ferro, al muro pendevano delle catene e il pavimento era coperto di fieno.

Appena avanzammo, sentii muggire. Un avvertimento profondo, intimidatorio. Elbio mi fece segno di star tranquilla, e dopo pochi passi vidi che alla nostra destra era legata una vacca, ogni porzione del manto bruna all'infuori del muso. Ci puntava e continuando a muggire batteva uno zoccolo a terra.

«Stai buona» ed Elbio le accarezzò il dorso. «L'ho legata, altrimenti col cavolo che ti faceva avvicinare.»

Dal lato opposto, su un letto di paglia e fieno, era disteso un vitellino.

Eccetto le orecchie grigie e qualche marezzatura a sporcargli il pelo, era candido, d'un bianco immacolato.

Tendeva il collo verso di me e mi osservava reclinando il muso. Aveva allargato le pupille, d'un nero liquido e dolce, da poche ore stavano scoprendo ciò che per nove mesi era esistito fuori dal ventre di sua madre.

Dilatò le narici, due buchi nella pelle morbida del naso a cuore. Ero un odore sconosciuto e mi fiutava per impararlo, dalla bocca gli pendeva la punta rosa della lingua.

Provai ad accostarmi un altro poco e la madre muggì più forte.

«No Bea, no» mi rimproverò Elbio, e io arretrai.

Avrei voluto accarezzarlo, immaginavo il suo pelo soffice e ancora umido. Mi inginocchiai, e appena mi mossi tese il collo anche lui. Puntò le zampe e provò ad alzarsi in piedi, ma dopo un paio di tentativi si rimise sdraiato e chiuse gli occhi.

Elbio intanto si era affiancato a me e fissavamo il piccolo in silenzio. Mi sbilanciai verso di lui, sfiorandogli il braccio.

«È bellissimo» dissi.

«Eh no, è bellissima.»

Si abbassò verso la vitellina, distese le braccia «Ti presento Erica» disse sorridendo.

Pensai che essere nata femmina l'avrebbe salvata. Sarebbe potuta crescere con la madre, senza essere venduta e mandata al macello.

D'impeto, abbracciai Elbio con una forza che credevo di aver perso, la stessa con cui, in un tempo lontano, mi reggevo alle tacche degli strapiombi, bucandomi i calli pur di non mollare la presa. Le ossa dello zigomo e della mandibola premevano contro il suo sterno, ma le mie mani non si incontravano dietro la sua schiena. Però volevo tenerlo stretto, e avevo incastrato le sue costole nell'incavo dei seni.

Elbio non ricambiò subito la mia stretta, anzi, sembrò averlo pietrificato. Ma pacate, come se prima avesse dovuto leggere un manuale di istruzioni, le sue mani si posarono sulle mie spalle un dito alla volta, fino ad avvolgerle con tutto il palmo.

Finalmente la sua schiena si distese e con la guancia contro la flanella ruvida, intrisa dello stesso odore che aleggiava nella stalla e a cui ormai ero abituata, pensai che Erica, la piccola vitellina, aveva iniziato a mettere ordine nel mio *casin*.

16

I vacanzieri, migranti stagionali, credevano bastasse salire quassù per trovare un po' di refrigerio.

Ma anche ai duemila metri del rifugio il *caud* non lasciava tregua, e il Barba fissava rassegnato il termometro. L'anelato armistizio con l'arsura arrivava solo al calar della sera, e giungeva misericordioso qualche refolo di vento a ramazzare l'altopiano, sospingere i rami dei larici e ristorare gli escursionisti, mai stati così felici di infilarsi una felpa e chiudere la cerniera della giacca.

Come sudavamo noi durante il giorno, sudavano anche i ghiacciai delle alte quote.

Per i giornali l'estate in alta montagna assumeva toni cupi, e le affiancavano parole come «morte» e «assassina», titoli di grande effetto sulle pagine delle testate nazionali.

Sopra le Alpi volavano gli elicotteri gialli e rossi del Soccorso Alpino. Ancor prima di vederli li sentivamo, l'aria che ronzava e tremava tra le pale. Ma erano diretti verso altre valli, mai verso la Becca, che stava placida al suo posto.

Le montagne nella veste di sicarie non riuscivo a immaginarle, e non ci riusciva nemmeno il Barba, che leggeva le notizie di cronaca al computer e si infuriava.

Smentire l'immagine di una montagna sterminatrice era diventato non solo il suo obiettivo, ma l'unico argomento di discussione con chiunque gli capitasse a tiro: dai clienti occasionali, agli avventori abituali o a vecchi conoscenti della valle. Perorava la causa con tale veemenza che alla fine della stagione sarebbe probabilmente finito in ospedale con lo stomaco perforato da almeno un paio di ulcere.

Alpinisti ne passavano anche da noi, ma mai quanti quelli che affollavano i rifugi alle pendici dei Quattromila.

«Ormai sono diventate un parco giochi» sbraitava il Barba,

«la gente pensa che sta andando a passeggio tra le fresche frasche di una collina. L'altro giorno hanno beccato un deficiente in infradito su un ghiacciaio. Ma hanno la segatura al posto del cervello 'sti qua?»

C'erano però gli incidenti, e capitavano anche a chi era esperto. Ma come sottolineava il Barba erano incidenti, scandito sillaba per sillaba, e la colpa non era da attribuire alle montagne, bensì alla *malör*. «E quando succedono le cose serie e c'è davvero chi ha bisogno, quei cristi del Soccorso sono impegnati a salvare il culo a dei coglioni. Fosse per me, gli farei andare in cancrena i piedi.»

Io da quelle questioni me ne tenevo fuori, e della mia passata ed esigua carriera alpinistica non volevo che nessuno venisse a conoscenza.

Una sera però mi ritrovai a discuterne con Elbio. Mi aspettava fino a tardi, io lo rimproveravo. «Alle quattro ti devi svegliare», ma rispondeva che non era un problema e ormai ci aveva fatto l'abitudine. Quando finivo di lavorare andavamo a passeggiare nella conca. Ero circondata dai miei colleghi tutto il giorno e il lavoro non mi lasciava tregua; raccontare a Elbio ciò che accadeva, le dinamiche e gli aneddoti, mi aiutava a evadere dalla bolla in cui, pur essendo arrivata in rifugio da mesi, mi sentivo sola. Mancava qualcosa per affermare la mia appartenenza a quel luogo e smettere di percepirmi *strangera*. Il mio unico conforto era la certezza che avrei ritrovato Elbio alla fine di ogni giornata, come se potesse essere lui l'anello di congiunzione tra me e la montagna.

La sua tranquillità suscitava in me il desiderio di essere ignifuga come lui, e invidiavo la solidità della sua solitudine.

Elbio non aveva bisogno dell'approvazione di nessuno, proprio come il Barba. Insegnatemi come fate a non sentirvi soli nei luoghi che chiamate «casa mia».

«Se in rifugio dovesse capitare un giornalista, il Barba gli staccherebbe la testa a morsi» conclusi quella sera, dopo aver raccontato a Elbio la sua ultima scenata, innescata da un articolo intitolato «Montagna sempre più pericolosa». Mentre facevo strada per l'altopiano senza la minima idea di dove stessi andando, gesticolavo infervorata, lui mi ascoltava sogghignando.

« Che ci vuoi fare, è la stessa storia da anni e si incazza sempre peggio. »

« So già che sarà così anche d'inverno, appena inizia la stagione dello sci alpinismo. »

« Ah questo non lo so, può darsi. Il Barba d'inverno non l'ho mai visto, lui rimane qui, io scendo a valle. Però ha ragione. Che gli alpinisti muoiono sono cose che capitano, come gli incidenti in autostrada. »

La leggerezza delle sue parole mi piombò addosso come se un mattone mi fosse appena caduto sulla testa. Nonostante fossi d'accordo con lui, non avrei avuto il coraggio di esternarlo così, quasi con noncuranza.

Approfittai del silenzio che seguì per cambiare discorso e d'impeto feci la domanda che, dalla discussione tra Gioanin, Fonsin e il Barba, mi tormentava.

« Perché il Barba e tuo padre si odiano? »

Elbio fu colto alla sprovvista. « Eh. È una storia lunga. »

Intuii che stava provando a tergiversare, ma non ero intenzionata a demordere.

« Falla diventare corta. »

Chiuse gli occhi, infilò più a fondo le mani nelle tasche.

« Il Barba era tanto amico di mio nonno. Quando lui è arrivato, la mia famiglia era già qui e io da bambino al rifugio ci passavo molto tempo. Se non volevamo stare alla malga o al pascolo, io e mia sorella andavamo dal Barba e ci divertivamo un sacco, ci faceva aiutare in cucina e portare il pane ai tavoli. Il nonno tutte le sere beveva una grappa con lui, si sedevano in terrazzo e chiacchieravano. Te l'ho detto, era uno all'antica, le vacche le gestiva a modo suo. Voleva fare le sue tome e starsene in alpeggio più che poteva, la nonna era già mancata e lui era felice solo quassù. Dei guadagni gli fregava poco, bastava averne abbastanza per vivere tranquilli. »

Parlava a bassa voce, il raggio della frontale puntato a terra.

« Mio papà invece di soldi ne voleva fare, e diceva che i *marghè* come il nonno sarebbero falliti, che i tempi stavano cambiando. Così ha comprato altre vacche e nuovi macchinari, le mungitrici elettriche e quelle cose lì. Il nonno lo lasciava fare, diceva che tanto quando moriva sarebbe diventato tutto suo, ma non è che era d'accordo, me le ricordo le loro litigate. Poi io non so tante cose e non capivo tutto quello che succedeva, ero piccolo. A un certo punto è saltata fuori la questione della strada. Nessuno doveva sborsare niente, i soldi li metteva la Regione e il Barba ha piantato un gran casino. Diceva che la strada rovinava la montagna e in macchina qui non si doveva arrivare, che chi voleva salire poteva andare a piedi. Mio padre invece pensava che una strada serviva a far venire più gente, che era comoda per portare giù i formaggi, che si poteva arrivare senza faticare due ore.»

«E tuo nonno cosa diceva?»

«Non diceva niente. Io lo so che era contrario alla strada, ma non ha mai dato ragione a nessuno. Quando poi è diventato tutto ufficiale il Barba se l'è presa a morte anche con il nonno, quando passava in rifugio non gli parlava e allora dopo un po' lui ha smesso di andarci. Io ci stavo comunque di tanto in tanto, il Barba non mi ha mai detto che non potevo ma si vedeva che non gli faceva più molto piacere. Poi ogni cosa che succedeva era buona per darsi addosso con mio padre, e adesso non si possono vedere manco da lontano.»

Quando Elbio finì di raccontare impiegai un attimo a ricomporre i frammenti che ricordavo dalle conversazioni con il Barba, il suo odio nei confronti dei Morèl e di quella strada che partendo dalla statale aveva dilaniato la sua montagna.

«E tu cosa ne pensi?» chiesi a Elbio.

«Che devo pensare?»

«Penserai pure qualcosa.»

Avevo alzato la voce, e nel buio della conca dormiente sembrò ancora più alta. Non riuscivo ad accettare che Elbio non avesse una sua opinione, o che non trovasse il coraggio di esprimerla.

Si comportava allo stesso modo di suo nonno.

«Io penso che quel che è fatto è fatto, che la strada ormai c'è e quindi tanto vale usarla.»

Riprese a camminare, tornando verso il rifugio.

«Io non lo so se farei tutto quello che fa mio padre, ci sono cose su cui non sono d'accordo. Ma è lui che decide, funziona così. Poi ogni tanto ci parlo, lui mi ascolta, ma su tante questioni la pensa a modo suo.»

« E del lupo tu cosa pensi?»

Elbio gonfiò le guance, sbuffò e si strofinò le tempie. Stava cercando di formulare un pensiero che forse non aveva mai confessato a nessuno, e accettarlo gli costava una gran fatica.

« Io penso che se mio zio Fonsin si ricordava di elettrificare la rete, il lupo la pecora non gliela ammazzava. E non ti so dire perché non hanno abbaiato i cani. Io non la voglio dare la caccia al lupo, questa è casa sua. Però capisco anche quello che dice la mia famiglia.»

Rimasi in attesa, nella speranza che aggiungesse altro.

« È difficile. Adesso però ti accompagno che ho sonno.»

Camminava veloce e dovetti accelerare il passo per raggiungerlo. Gli tirai fuori la mano sinistra dalla tasca strattonandogli il polso e la strinsi. Lui mi lasciò fare, e cominciai ad accarezzargli il dorso con il pollice.

Avrei voluto confortarlo, ciò che aveva detto sarebbe rimasto un segreto.

Ma intuii che avrebbe preferito dimenticare l'intera discussione, e dopo che mi ebbe salutata lo osservai dal parapetto del terrazzo far ritorno alla grangia.

In pochi metri la sua frontale si spense.

Magari si era scaricata, oppure voleva starsene solo, senza che nessuno sapesse dove stava andando.

125

17

Elbio non mi era mai sembrato un provocatore, intenzionato ad attizzare micce silenti. Ero certa patisse le tensioni tra Gioanin e il Barba, e non avrebbe fatto nulla per alimentare nuovi pretesti per litigare.

Fu per questo che quando mi chiese di prenotare un tavolo a suo nome per il pranzo della domenica successiva, credetti fosse governato da uno degli spiriti che, secondo le credenze di suo nonno, si aggiravano per l'altopiano e abitavano la pietra delle *masche*.

Piombò in rifugio un pomeriggio di metà settimana, durante un tempo morto in cui stavo chiacchierando con dei ragazzi fiorentini. Mi piaceva ascoltare le storie degli escursionisti: ingegneri, studenti, impiegati, commessi, idraulici, persone di ogni età provenienti dai luoghi più disparati che spendevano i propri giorni di riposo camminando verso l'alto, un gesto che li univa in eucarestia. Di quei tre mi avevano incuriosita gli zaini gonfi con i pentolini appesi e le scodelle che tintinnavano, i sacchi a pelo legati sulla parte posteriore assieme ai calzini stesi ad asciugare. Erano entrati per mangiare qualcosa, «va bene tutto», ma in cucina erano già in fermento per la cena così gli avevo imbottito dei panini. Ci si erano avventati famelici, e tra un boccone e l'altro mi dissero che stavano percorrendo un tratto della Grande Traversata delle Alpi, piantando la tenda in un posto diverso ogni sera. Erano partiti il giorno prima e li attendevano due settimane di sali e scendi. Delle Alpi, dicevano, li affascinava un'imponenza estranea all'Appenino. Nei loro racconti figuravano montagne spezzate, brulle e selvagge, dove in inverno la neve era un soffio blando e fugace. Eppure le descrivevano con affetto, le loro montagne di casa, lontane da me e da quelle che avevo conosciuto fino ad allora. Avrei voluto vederle, camminarci sopra, saggiarne le asperità.

Durante gli anni mi ero stupita di quanto valli adiacenti, con l'alternanza di sole, ombra, corsi d'acqua e formazioni geologiche, potessero sembrare nazioni diverse. Quella era addirittura un'altra catena, un altro organismo.

Chissà come avrei descritto le mie montagne, se qualcuno me lo avesse chiesto. Quali erano davvero, se ne avevo trovata una o in me ne convivessero tante, addirittura tutte.

Quando Elbio entrò, attese che finissi di parlare. Si era appoggiato al muro, le mani incrociate dietro la schiena, spostava il peso da un piede all'altro cercando di guardare altrove. Era in tenuta da lavoro, il ciuffo sbucava dal cappello appiccicato sulla fronte, una maglietta d'un blu stinto pezzata sotto le ascelle, i jeans risvoltati sopra gli scarponi. In confronto a quei ragazzi sorridenti che avevano appena cominciato a godersi la vacanza, sembrava grande, adulto, e loro bambini senza preoccupazioni. Erano semplici da conoscere, gli altri, Elbio invece era un mistero che seppur opponessi resistenza, volevo toccare, studiare da vicino. Un esemplare che si nasconde dai viandanti di montagna e preferisce starsene per conto proprio, mantenersi segreto.

Congedai i ragazzi e mi avvicinai a lui. Mi appoggiò la mano sul fianco di sfuggita, come fosse un gesto sbagliato, la ritrasse nella tasca e io ci infilai dentro anche la mia.

« Che ci fai qui a quest'ora? »

Mi fissò, solenne. « Volevo chiedere se domenica a pranzo mi puoi riservare un tavolo. »

« Ma sei serio? »

« Certo, sono venuto apposta. »

Controllai l'agenda, avevamo già raggiunto il limite di prenotazioni sia per il primo sia per il secondo turno, evidenziato dalla scritta STOP con tanto di punto esclamativo.

« Siamo pieni Elbio, mi dispiace » gli dissi con un certo sollievo, ma lui insistette: « E non puoi fare un'eccezione? »

L'unico a potermi autorizzare a sforare il numero era il Barba, che in quel momento probabilmente si stava dilettando nel torturare Daniele.

« Vado a chiedere al Barba, aspettami qui » dissi, immaginando la sua reazione e gli improperi che mi avrebbe tirato dietro. «Le regole sono uguali per tutti, quelli là si credono sempre di essere speciali» e mi sarei sorbita le frecciatine sulla gentaglia con cui ero andata a immischiarmi.

«Se me lo chiami, ci parlo io» mi disse Elbio, e rassegnata andai a cercarlo.

«Barba, Elbio ti vuole parlare» esordii varcando la soglia della cucina. Carlo era seduto su una sedia e davanti a sé aveva affiancato due pentoloni: uno era colmo di patate che dopo aver pelato gettava nell'altro, pieno di acqua fredda. Daniele le prendeva da lì, le tagliava a tocchetti e le riponeva in una teglia. Bloccarono la catena di montaggio e alzarono la testa a fissare prima me e poi il Barba, che mi dava la schiena. Era ai fornelli e sbirciava, tenendo leggermente sollevato il coperchio, la cottura del brasato al vino rosso.

«Mi hai sentita?»

«Sì, ma preferivo non sentirti» rispose lui mentre afferrava un forchettone e sistemava la carne nella pentola. «Che vuole?»

«Non lo so» mentii, «ti sta aspettando in sala.»

Grugnì e mi passò accanto guardandomi come se volesse azzannarmi al collo.

Temporeggiai nell'office ripiegando dei tovaglioli e rientrai in sala solo quando fu il Barba a chiamarmi, «tu», ero sempre io.

Elbio se n'era andato, lui stava scrivendo sull'agenda. «Guarda che domenica ho aggiunto quelli là che vengono a pranzo in quattro al secondo turno.» Mi sarei aspettata un commento sarcastico o poco gradevole nei confronti dei Morèl, invece tornò in cucina senza aggiungere altro.

La prenotazione non era segnata a nome di Elbio, ma di Renata.

Elbio e sua sorella sembravano non azzeccarci nulla l'uno con l'altra.

In rifugio entrò lei per prima, seguita da Elbio che la fissava come se attendesse qualcosa di irreparabile. Assieme a loro c'erano due ragazzini con la faccia da bambini e corpi spessi, probabilmente i cugini più giovani.

Se Elbio era discreto e non amava stare al centro dell'attenzione, le risate di Renata surclassavano il vociare della sala. Aveva il viso tondo e i lineamenti marcati, le guance scorticate dal sole, gli occhi bruni come i capelli, legati in una coda di cavallo e tirati da una fascia azzurra. Indossava un gilet e una maglia bianca, un paio di scarponi simili a quelli che il fratello usava al pascolo.

Appena Renata mi vide, ghignò e tirò uno spintone al fratello, che si rabbuiò e la fissò storto.

«*Piantla sübit per piasì*» ma lei gli mollò un'altra gomitata, bisbigliando frasi in dialetto che non riuscii a sentire.

A gestire con me il servizio c'erano anche Gioele e il Barba. Nel momento in cui Renata si accorse di lui, le si aprì il volto. Rise ancora, felice, il Barba si girò verso di lei.

«Ammazza oh, *l'erba grama a mor pà mai!*»

«*E tu si sèmper mata cum na cioca*» le urlò di rimando, e lei gli soffiò un bacio.

Finché non andai a prendere le ordinazioni al loro tavolo, Renata seguì ogni mio movimento.

«Allora, che combinate tu e mio fratello?» chiese quando mi avvicinai. Rimasi pietrificata, ma Renata non se ne accorse. Era tranquilla e sorrideva incoraggiante, mentre gli occhi di Elbio imploravano pietà e i due ragazzi ridevano battendo le mani sul tavolo.

«E bravo lo zio» sghignazzò il più grande. Avrà avuto all'incirca sedici anni, e realizzai che non erano i cugini, bensì i figli di Renata. Elbio mi aveva detto che era sette anni più grande di lui, doveva essere rimasta incinta appena maggiorenne.

Per liberarmi dall'imbarazzo, Elbio ordinò quattro menù completi e un litro di vino rosso. Riportai la comanda a Daniele e mentre stavo versando il vino nella brocca, pensai a com'ero io, a diciannove anni. Frequentavo l'università, lavoravo, trascorrevo ogni momento libero inerpicata su qualche falesia, mentre lei si stava prendendo cura di un neonato e probabilmente conviveva con il suo compagno, o addirittura era già sposata. Mi parve una vita opposta alla mia, un mondo che rispondeva a un'altra grammatica.

Elbio doveva averla sgridata, perché per il resto del pranzo si limitò a ringraziarmi quando portavo i piatti, e se le veniva di ridere si copriva la bocca con la mano.

Mi aveva messa a disagio, ma la sua leggerezza e la sua sfacciataggine mi ispiravano simpatia. Percepivo la naturalezza in ogni suo gesto, dal chiedere una doppia razione di polenta concia al tirare dei buffetti al figlio minore che continuava a riempirsi il bicchiere di vino, a dare a Elbio del *terlüc*.

Quando venne il momento di pagare, il Barba le disse che faceva meglio a rimettere il portafoglio in tasca e a non tirarlo fuori più.

Lei si infervorò: «Non rompere o mi offendo».

«E offenditi pure, non mi interessa» ribatté lui.

Elbio stava un passo indietro, il Barba non lo degnava di uno sguardo.

Origliai degli stralci di conversazione mentre sparecchiavo i tavoli. Il marito di Renata era un malgaro a sua volta e possedeva un alpeggio in una valle parecchio distante. Lei lavorava con lui, assieme al cognato e due garzoni, anche i due figli davano una mano.

«Se non ci sono io a tenere a bada quelli là, voglio proprio vedere che fine fanno» stava dicendo al Barba sorseggiando un genepì.

Le passai accanto, si voltò di scatto e mi domandò quanti anni avessi.

«Ventiquattro» dissi, lei strabuzzò gli occhi.

«Elbio, *it buge?*»

«Renata, *sta' ciuta*» e il Barba si adombrò.

Le offrì un altro bicchiere, lei rifiutò.

«Eh magari, devo guidare tre ore per ritornare, anzi è già tardi e poi chi prepara la cena a quegli altri. Sono solo venuta a trovare 'sto qui altrimenti chi lo vede mai» disse gesticolando, aveva le mani gonfie e callose.

Incrociò il mio sguardo e mi fece l'occhiolino. «Trattamelo bene» aggiunse mentre Elbio cercava di trascinarla fuori dalla porta.

Abbozzai un sorriso, il Barba era serio. Non aveva riservato a Renata lo stesso trattamento degli altri Morèl, anzi. Pareva contento di averla rivista, l'aveva guardata con un'indulgenza bonaria, parlandole come se fosse ancora la bambina che in passato gironzolava per il rifugio, la nipote del suo vecchio amico Oreste. Forse l'essersene andata, l'appartenere a una famiglia nuova e a lui estranea, aveva mitigato il risentimento che serbava nei confronti di chi, invece, aveva corrotto la sua montagna.

«Quella il marito l'ha rovinata» bisbigliò, lo sguardo fisso sulla porta da cui Renata era appena sparita.

18

Se avevo creduto che luglio fosse stato sfiancante, dalla prima settimana di agosto ogni giorno diventò domenica.

I turisti salivano a frotte, e fino a tarda notte correvo dalla sala alla cucina prendendo comande, apparecchiando o sparecchiando, strappando ricevute e rispondendo al telefono, oramai un'appendice del mio braccio. La dimensione di cura per ciascun cliente, di sorrisi e chiacchiere quando ordinavano un quartino di vino al bancone, aveva ceduto il posto a movimenti frenetici e saluti veloci che soddisfacevano appena le norme di buona educazione.

Anche tra noi colleghi gli unici scambi riguardavano il lavoro, e il raccoglimento e la confidenza dei mesi precedenti non riuscivano più a trovare spazio. A fine giornata crollavamo a letto, le serate a ridere e cantare un miraggio.

Vivevamo giornate sempre uguali, in cui tensioni e nervosismi si susseguivano senza sosta.

Concedersi una doccia era un lusso, non riuscivamo a farne più di una a settimana. Andavamo avanti meccanici, la catena di montaggio di una fabbrica che non si fermava mai. In certi momenti dimenticavo addirittura di essere in montagna, e mi sembrava di lavorare nel ristorante di una qualsiasi località turistica.

Aveva ragione, il Barba, ed empatizzavo con lui quando borbottava che un giorno lì avrebbe chiuso i battenti e sarebbe migrato ancora più in alto. « Mi bastano pochi tavoli, una ventina di posti al massimo, con gente che non pretende più di un materasso e un piatto di pasta. »

Anche Elbio si era rassegnato ad avermi poco per sé. Si accontentava degli attimi fugaci in cui gli versavo la sua grappa al larice, e rimaneva a fissarmi correre come una scheggia impazzita.

Incrociavo il suo sguardo. «E io?» sembrava sussurrare, e mi sfiorava un dito mentre gli porgevo il suo bicchierino. Non sapevo se riuscisse a leggermi le iridi, ma anche un analfabeta avrebbe capito che gli stavano urlando, in mezzo a quel marasma di voci, che mi dispiaceva, che non potevo farci nulla. Nell'ingenuità di chi crede che per certe questioni esista una misura di compensazione, non volevo mai farlo pagare. «Ma smettila» borbottava, e lasciava accanto alla cassa monete o banconote stropicciate che tirava fuori dalle tasche.

La gente lo scrutava quasi fosse un'attrazione, una rara bestia mitologica proveniente dal cuore della montagna. Ma se io facevo caso a quegli sguardi e mi infastidivo, lui nemmeno se ne accorgeva. Beveva la sua grappa e tornava al pascolo, con le ginocchia svagate, le scarpe sporche e la camicia legata in vita.

In quelle settimane, l'unico evento fuori dall'ordinario accadde mentre stavo ritornando in rifugio dalla bergeria di Sandra.

Aveva telefonato tardi avvisando che non sarebbe riuscita a portarci i tomini, il Barba aveva dato in escandescenze e per placarlo mi ero offerta volontaria per andarli a prendere.

Ero scesa correndo e stavo risalendo a passo svelto mantenendomi sul ciglio della strada, con i contenitori legati assieme da due giri di spago stretti fra le braccia. Guardavo il cielo, pieno di nuvole che mutavano forma rapide e regalavano una piacevole frescura. Fu per questo che inciampai su una pietra che sporgeva dal terreno e persi l'equilibrio. Nel tentativo di non rovesciare i tomini caddi io, e finii a peso morto dentro un cespuglio.

Mi scrollai la terra di dosso, non sembrava mi fossi fatta male e ripresi la strada. Sentivo però un prurito fremermi lungo il corpo, e nel giro di pochi minuti mi ricoprii di macchie e ponfi. Bruciavano in maniera insopportabile, la pelle tutt'attorno si era arrossata. Ne ero cosparsa ovunque: sulle gambe, sulle braccia, sul collo, sul mento, e mi fermavo a grattarmi sperando di trovare sollievo.

Quando rientrai parevo affetta dalla varicella, e lasciate le scatole nell'office, mi sedetti a raspare le ferite.

Il primo a vedermi fu Carlo. «Bea, ma cosa ti è successo?»

chiese preoccupato, e si avvicinò a controllarmi gambe e braccia.

Le mie lamentele attirarono il Barba. «Carlo, si può sapere che fai, in cucina c'è un casino! E te invece, perché ti spidocchi?»

«Credo di essere caduta in un cespuglio di ortiche» risposi mentre mi ispezionavo l'interno coscia.

Si mise a ridere come se fossi il suo giullare più spassoso e mi disse di star buona e aspettarlo lì.

Tornò indietro con Berto e Gioele che sghignazzavano sguaiati.

«Ma come hai fatto?» e li mandai a quel paese, continuando imperterrita a grattarmi.

Il Barba ordinò di badare alla sala durante la mia assenza, e mi spedì in bagno a sciacquarmi.

«Smettila subito, se continui così tanto vale che ti do un foglio di cartavetro» disse, e mi afferrò i polsi per impedirmi di scorticarmi. «Usa l'acqua fredda, se per sbaglio ci butti sopra quella calda sbraiti così forte che ti sentono fino alla Becca. Strofina bene dove hai le bolle e poi torna qui che ci penso io e ti rimetto a nuovo. Piantala di fare 'sta faccia che non è successo niente di grave!»

Cercava di rimanere serio, ma era palese si stesse trattenendo dal prendermi per i fondelli.

Andai a lavarmi e quando tornai di sotto mi sentivo come un'aragosta buttata viva in una pentola d'acqua bollente.

Nel frattempo il Barba aveva riesumato dalla cassetta dei medicinali una boccetta rosso rubino e una confezione di garze sterili. Le sfilò dalla scatola e le impregnò con l'unguento. Me ne porse una e mi fece distendere le gambe sulla sedia di fronte.

«Te pensa alle braccia» e iniziò a tamponarmi gli stinchi e i polpacci.

L'intruglio aveva un odore forte, che mi anestetizzò le narici. «Cos'è?» chiesi.

Mi spiegò che quel liquido simile al sangue si chiamava olio di iperico. «L'ho comprato per Daniele, che crede di aver le mani d'amianto e tira via le teglie dal forno senza guanti.»

134

Cominciai a provare sollievo, e dalle braccia passai al collo e al mento.

«Comunque le potevi raccogliere un po' di ortiche, facevamo una frittata. Quel cretino dell'amico tuo prima ci ha portato le uova.»

«Se credi di essere simpatico, sappi che non lo sei.»

«Lo so. Te invece sai che sei proprio una babbiona?»

Il Barba stavo ancora imparando a conoscerlo, e mai avrebbe ammesso, nemmeno a se stesso, che in quel momento si stava prendendo cura di me.

Il suo rimedio funzionò e i bruciori si alleviarono, ma sul viso mi tediarono ancora per un paio di giorni.

Elbio se ne accorse subito e quando gli confessai cosa mi era successo scoppiò a ridere anche lui.

«Sei proprio buffa» commentò, e mi soffiò sul mento.

«Non prendermi in giro anche tu» sbottai, dandogli una spallata.

«Buffa e anche permalosa.»

Mi sollevò il viso dandomi un bacio sull'ustione, dove poco prima si era posato il suo alito.

Tra la fine di agosto e l'inizio di settembre il freddo scende dalle alte quote, le prime nevi ammantano i tremila metri e i rifugi più impervi avviano le procedure di chiusura.

Ribaltano le cucine e le camerate per pulirne ogni angolo, tolgono i materassi, piegano le coperte e ripongono i cuscini negli armadi, fissano le finestre, staccano la corrente, svuotano le dispense e nelle strutture che rischiano di essere travolte dalle valanghe nei mesi successivi, vengono posizionate delle lunghe travi per aiutare il tetto a sostenerne il peso.

Quando i rifugi sono pronti per il letargo, i dipendenti escono in fila, gli zaini gonfi, riempiti con la frettolosa malinconia di chi sta per concludere un lungo viaggio ed è in ritardo per la partenza. Spetta al gestore l'onere dell'ultimo giro di chiave alla porta, il saluto d'addio a quella che per tre o quattro mesi è stata casa, e a cui si farà ritorno solo l'estate successiva.

Scendere con la consapevolezza di non ritornare ti fa sentire stanco ancor prima di iniziare a camminare. Ti giri indietro molte volte, e i luoghi che fino a quell'istante hai visto ogni giorno si velano di abbandono. Tu lasci loro, ma anche loro lasciano fuori te. Chiudono i cancelli, alzano le barriere, l'inverno unico guardiano.

I rifugi aperti tutto l'anno si contavano sulle dita di una mano. Il nostro era tra quelli, ma la fine della stagione estiva andava celebrata anche per noi, così il quattro di settembre il Barba ci annunciò che due giorni dopo avremmo chiuso al pubblico.

Saremmo andati a cena nel rifugio di un suo amico, per festeggiare assieme ai suoi dipendenti la loro chiusura.

«Poi dormiamo lì e ce ne scendiamo dopo colazione» e si raccomandò di farci belli.

Come potessimo agghindarci per una salita in montagna rimaneva un mistero ma lui, in effetti, bello si fece. La mattina della partenza si presentò in sala vestito di tutto punto, con un maglione rosso a trecce e il colletto di una camicia che spuntava dal girocollo.

«Copritevi, che lassù farà un freddo becco» e dopo aver verificato che i gattini fossero chiusi in rifugio con le ciotole piene di cibo, caricò me, Berto, Gioele, Carlo e Daniele sul suo fuoristrada, senza specificare dove fossimo diretti.

Arrivammo al rifugio dell'amico del Barba verso metà pomeriggio, dopo un viaggio in macchina di quasi tre ore, cinque di camminata e milleseicento metri di dislivello sul groppone.

Pochi percorrevano quel sentiero a piedi. Dal paese partiva una funivia che ti scaricava a quota tremiladuecento, a solo un'ora di distanza dal rifugio. Quando ci eravamo passati accanto, il Barba l'aveva squadrata con astio.

«Ci butterei una bomba e la farei esplodere» disse.

Durante la salita Berto, Gioele e Daniele rimasero in testa, il Barba subito dietro assieme a me e Carlo. Nessuno di noi patì la diminuzione di ossigeno, anche se le prime due ore faticai a tenere il passo dei miei colleghi, di cui scorgevo solo gli zaini e la suola delle scarpe che crepitava sulla roccia.

Sin dal fondovalle vedevamo stagliarsi nel cielo il bianco luminoso dei ghiacciai.

Per un periodo avevo creduto che la mia altitudine fosse quella delle pietraie, in cui i sentieri si addentrano tra le gole e i passaggi si limitano a una stretta lingua di terra incanalata tra versanti, la luce attutita dalle pareti di roccia. Dove certi tratti sono equipaggiati dalle corde fisse e devi avere sempre appresso un imbrago, una longe e un paio di ramponcini. Dove i raggi del sole si riflettono sul ghiaccio, e per vedere qualcosa devi indossare gli occhiali.

Le quote da cui si torna indietro, in cui non si rimane, in cui i larici non mettono radici.

Il rifugio dell'amico del Barba era stato rimodernato di recente, e alla costruzione principale in pietra a due piani se ne affiancava una dalle forme longilinee in legno chiaro, con un'ampia vetrata che affacciava sul paesaggio e sulle cime dall'altro lato della valle.

All'ingresso ci accolse Piero, il naso e le guance scottate, una chioma tendente al grigio legata da un elastico lilla. Dopo aver abbracciato il Barba, strinse la mano a ognuno di noi fissandoci negli occhi. I suoi erano taglienti come lame, ti passavano attraverso.

Alle sue spalle, al bancone, c'era una ragazza che attirò subito la mia attenzione.

Fu il quattro settembre in quel rifugio sotto il ghiacciaio che incontrai Valeria la prima volta: un fascio di muscoli in tensione e lo sguardo sempre allerta nascosto da un ciuffo di capelli color carbone.

Ipotizzai avesse una decina d'anni più di me. Ci fissava a braccia incrociate, come se stessimo invadendo il suo territorio. Non era l'unica donna: assieme a lei si affaccendavano altre ragazze, fui sorpresa di vederne così tante.

Oltre a noi, non c'era nessuno. Gli ultimi ospiti se n'erano andati la mattina, e il giorno seguente sarebbero iniziati i lavori di chiusura del rifugio.

Mentre il Barba e Piero andarono a fare una passeggiata, io e i miei colleghi ci sedemmo sul terrazzo, riappropriandoci dell'intimità che in quel mese estenuante avevamo perso. Ripercorremmo le tensioni, le liti, gli scambi divertenti intercorsi con i clienti. Ciò che all'epoca aveva portato asprezze si trasformò in risate liberatorie, ricordi che ci univano, facendoci di nuovo sentire la banda di matti invincibili che un modo per sbrogliarsela lo trovava sempre.

La ragazza uscì e ci portò una birra a testa, continuando a scrutarci con sospetto. Camminava con decisione, come se stesse andando incontro a una rissa. Carlo fu il primo a notare la nostra somiglianza, il passo battagliero che ci accomunava.

Non la rividi fino a cena, quando fece strisciare la sedia a terra e prese posto di fianco a me.

Aveva gli occhi contornati da due righe di matita nera, sbavata agli angoli.

Chissà quali commenti mi avrebbero riservato il Barba e i miei colleghi se anche io, una mattina, mi fossi presentata truccata; magari era stata criticata anche Valeria, e se n'era infischiata. Non avrei mai creduto che un filo di trucco potesse considerarsi un atto di coraggio, eppure in quel momento assunse le dimensioni di una rivolta.

Probabilmente dovevo averla incuriosita a mia volta perché attaccò bottone chiedendomi come fossi finita a lavorare in un rifugio.

Mi venne facile confidarmi e anche per lei fu spontaneo fare lo stesso. Nei suoi confronti provai una sorta di attrazione, se l'avessi incontrata a valle forse non sarebbe mai nata. Emanava l'energia di chi nonostante le cicatrici continua a correre forte.

Ed era una *fumna*, proprio come me.

Mi raccontò che lavorava lì da tre anni, dall'apertura a inizio giugno fino a settembre. Poi si riposava un paio di mesi e a novembre ripartiva, diretta in Francia per la stagione invernale. Lì aveva un contratto come maestra di snowboard e anche se le pesava dover abbandonare l'Italia, all'estero i guadagni erano nettamente più alti.

« E stai sempre sola? »

« Come faccio ad avere un compagno con una vita così? A un certo punto devi scegliere. Io ho scelto e al resto ci ho solo fatto l'abitudine. »

Fissò il Barba, che stava addentando uno stinco di maiale tenendolo per l'osso.

« E con lui? Non mi pare molto simpatico. »

« Basta saperlo prendere. È una delle persone più buone che abbia mai conosciuto. »

« Non sembra. »

« Nemmeno a me all'inizio. Da dove vengo, i miei colleghi li considererebbero tutti strani. Io invece in mezzo a loro non mi sento fuori posto quasi mai. »

« Anche io ho imparato a stare bene qui, ma quando sono arrivata è stata una fatica, Piero non prende gente che non conosce, ci aveva presentati un amico in comune. Ero l'unica nuova e sono entrata in un gruppo solido. Con Piero, la settimana in cui sono arrivata ci siamo urlati addosso, non ci potevamo sopportare ma adesso abbiamo trovato una quadra. Ci è voluto un po', però ora mi sento a casa. Poi quando lui parte con gli interventi del Soccorso, qui mi occupo di tutto io. È una bella responsabilità, se qualcosa va storto sono io a doverne rispondere. Ma mi assumo volentieri il rischio, a questo posto ci tengo. »

Mangiammo per un po' in silenzio. Poi, mi fece la domanda fatidica.

« Da dov'è che vieni tu? »

« Da Torino », confessione che avrebbe intaccato la mia reputazione.

« Dai, anche io. »

Fui sorpresa. Valeria sembrava nata e cresciuta tra le montagne, per le cose che sapeva e per la sicurezza con cui ne parlava. Invece era una *strangera* anche lei e la sua, come la mia, era stata una scelta. Sentii germogliare nei suoi confronti una stima che fino ad allora avevo nutrito per pochi altri.

Aveva deciso da sé il luogo in cui abitare, quello che ti fa stare bene quando spalanchi le ante della finestra ogni mattina.

Magari pensava anche lei, come me, che la propria casa si possa scegliere.

« Appena chiude il tuo rifugio e scendi a Torino, potremmo andare a bere qualcosa insieme. »

« Il rifugio non chiude. Siamo aperti anche d'inverno. »

« E tu rimani? »

« Non lo so. »

« Be', penso che dovrai sbrigarti a decidere. »

139

« Lo so. »

« Io il mio numero di telefono te lo lascio lo stesso. Se non scendi, può essere che decida di fare un salto io da voi. »

Le sorrisi, rivederla mi avrebbe fatto piacere.

Ma cominciai a pensare a ciò che sarebbe accaduto nei mesi successivi, e per cui ancora non avevo una risposta.

Sapevo che a breve il Barba ci avrebbe chiesto quali fossero le nostre intenzioni per l'inverno. Quei mesi erano trascorsi veloci come un sogno. Un sogno faticoso, duro, da cui mi svegliavo ogni giorno all'alba ma che avrei voluto rivivere ogni notte.

Prima di ricacciare indietro quelle inquietudini e continuare a godermi la serata, mi resi conto che la *dèsarpa* era alle porte, e presto Elbio sarebbe sceso a valle assieme alle sue vacche.

19

La pioggia lavò via l'estate.

Bagnò la terra, e dalla terra si sollevarono nubi cariche d'umidità che si sparpagliarono tra le rocce e avvolsero le creste.

Seppur in ritardo, le invocazioni del Barba avevano raggiunto il cielo e la risposta che attendeva era stata portata da cumulonembi scuri, carichi di fulmini.

L'instabilità del meteo ci costrinse a rallentare. Forse fu per la mancanza improvvisa di escursionisti che il momento delle decisioni giunse in anticipo, bussando alla sera del quinto acquazzone.

Era quasi una settimana che l'acqua trucidava l'aria, cadeva così fitta da anticipare il crepuscolo. Le raffiche di vento si abbattevano sul rifugio, rimbombavano tra le mura accompagnate dallo scrosciare instancabile delle gocce sui vetri, che non avevano nemmeno il tempo di iniziare a scivolare per essere sostituite da gemelle nuove.

Anche le temperature si erano abbassate e la stufa aveva cominciato a crepitare prima del previsto. Il fuoco, acceso dalla mattina, veniva ciclicamente ravvivato con ciocchi di legna e smetteva di scoppiettare solo prima che andassimo a dormire. Quando spegnevamo le luci, vedevamo la cenere rossa brillare nel buio.

Al Barba non importava mai cosa ci fosse da mangiare, ma quella sera aveva chiesto espressamente gnocchi alla crema di gorgonzola e noci. Quando Daniele li portò in un'enorme padella fumante, il Barba prese posto a capotavola e prima di servirsi aspettò che tutti fossimo seduti. Non partecipò alla conversazione e mangiò masticando con calma, facendo colare la salsa in eccesso sul bordo del piatto prima di ogni boccone. A metà pasto si alzò, e tornò con due caraffe di vino rosso e un cestino di pane; aveva iniziato a diventare vecchio, la crosta floscia e la mollica stopposa. Il Barba non ci badò e raccolse la crema dal suo piatto e dalla padella, si pulì le labbra con il tovagliolo, bevve due bicchieri di vino e temporeggiò mentre finivamo di mangiare, rompendo a striscioline un tovagliolo di carta.

Chiese se avessimo ancora fame, prima di ricevere risposta si alzò di nuovo e tornò indietro con sei piattini e la torta di marroni e farina di castagne, la sua preferita, che aveva sfornato Daniele nel pomeriggio.

Noi ci scambiavamo occhiate interdette, allarmati dal silenzio e dalla cortesia del Barba. Per tutta la cena non si era lamentato e non ci aveva imposto la minima fretta.

Mentre portavo le stoviglie sporche nella plonge, tagliò dalla torta sei grosse fette e ne diede una ciascuno. La sua la finì in fretta, e raccattò le briciole schiacciandole con le dita. Poi incrociò le braccia sul tavolo, e solo quando mandammo giù l'ultimo morso versò un secondo giro di vino e disse che ci doveva parlare.

« L'estate sta finendo e io mi devo organizzare. Lo scorso inverno sono rimasto solo, a parte qualche fine settimana in cui salivano a darmi una mano se c'erano tante prenotazioni. Ma quest'anno voglio che qualcuno stia sempre qui con me, e di prendere gente nuova non mi va. » Distese le braccia e appoggiò i palmi sulla tovaglia.

« Fino alla prima metà di ottobre vi vorrei ancora tutti, perché arriveranno le scuole e di gestire cento bambini non ne ho la minima intenzione, potrei buttarne anche qualcuno fuori dalla finestra. Poi però devo sapere che cosa succederà, perché mi devo preparare. »

Rimase in attesa, e nessuno di noi fiatò.

Capii che in quel momento il Barba aveva eretto uno spartiacque, come quelli che disegni nella terra con un rametto di legno. Li calpesti e spariscono dopo poco, ma ormai il campo è stato stabilito, dentro o fuori.

Mi ritrovai a guardare fuori dalla finestra. La pioggia imperversava sul rifugio senza buone intenzioni e sul vetro si riflettevano le luci delle lampade. Mi specchiavo anche io, il viso in ombra e i colori del cappello tessuto a maglia, che in quei giorni in cui il freddo aveva iniziato a farci visita non toglievo mai.

Per la prima volta avrei voluto chiedere un consiglio alla Becca, ma tra quella massa di acqua scatenata che oscurava ogni cosa, l'unica a farsi spazio era la sagoma di un vecchio larice.

Se ne stava lì, solo, allontanato dai fratelli che crescevano in luoghi improbabili oltre la quota del bosco.

Come fosse nato a pochi metri dal rifugio era un mistero. Sapevo però che i larici erano gli alberi delle nostre montagne, e quando ci passavo accanto a terra erano sparse una miriade di pigne. Le udivo scricchiolare sotto il peso dei miei passi e i semi schizzavano come proiettili tra gli steli d'erba, per la gioia degli uccelli che avrebbero risparmiato un duro lavoro di becco e di zampe per estrarli.

A breve le chiome dei larici si sarebbero incendiate, bruciando i versanti. Avrebbero cominciato a sfumare all'estremità dei rami, tingendosi a metà quando nessuno li vedeva; per qualche giorno sarebbero stati ibridi di arancione, giallo e verde. Novembre poi li avrebbe spogliati dagli aghi morbidi, e per scaldarsi potevano solo sperare nell'arrivo della neve.

È in questo che sono diversi dagli abeti, dai pecci e dai pini. Se loro non subiscono l'alternarsi delle stagioni, i larici cambiano, fanno la muta, sono i più ribelli.

Quando ero salita in rifugio di alberi non sapevo nulla, avevo imparato a riconoscerli per sentito dire. Senza libri di botanica, ma grazie al Barba e a Elbio che li nominavano attorno a me.

Uno dei due mi aveva raccontato che le nocciolaie nascondono i pinoli dei cembri sotto i terreni aridi, un trucco per sopravvivere alle annate di carestia. Spesso però li dimenticano, e seppelliti in luoghi sconosciuti non si sa che fine facciano: molti muoiono o restano dormienti, alcuni riescono a germogliare.

Nessuno mi aveva mai parlato di uccelli che sotterrano i semi dei larici. Erano destinati a farsi trasportare dal vento e per nascere altrove non restava che fidarsi di lui.

Forse io ero come uno di quei semi, e per questo il mio posto non lo avevo ancora trovato.

Il primo a prender parola fu Carlo. Lo vidi sorridere, un sorriso tenue.

« Fino a ottobre io ci sono, e se vorrai posso salire a darti una mano durante le vacanze di Natale. Ma sono tre anni che faccio su e giù, ho messo da parte un bel gruzzolo e adesso voglio vedere cos'ha da offrirmi la valle. Qui ho imparato tanto, ma se voglio provare ad aprire qualcosa di mio, per me e per i miei genitori, devo scendere. Quassù tutto quello che potevo conoscere l'ho conosciuto, e adesso sento che questi luoghi non hanno più niente da insegnarmi. Che la mia vita non è qui. »

Il Barba annuì e vagò con lo sguardo verso noi altri, alla ricerca del prossimo costretto a confessare.

Gioele parlò sia per sé sia per Berto, al suo fianco.

« Noi a gennaio ci iscriviamo alle selezioni per il corso guide, questo te l'avevamo detto all'inizio, lo sapevi. È da due anni che aspettiamo che esca il bando e già così saremo tra i più vecchi a provare. La scuola costa tanto, i soldi adesso li abbiamo. Qui siamo stati bene, anzi, ti volevamo ringraziare perché siamo due spiantati e tu ti sei fidato lo stesso. Ma adesso che inizierà a nevicare dobbiamo allenarci sullo sci, il ghiaccio e tutte le altre cose. Noi speriamo di riuscire a passare ma non è detto, provano in tanti e molti saranno più bravi di noi, faranno tempi migliori e scaleranno su gradi più duri dei nostri. Anche noi a Natale se hai bisogno possiamo salire, ma appena finiamo con le gite dei bambini dobbiamo tornare giù, perché se rimaniamo qui non ci possiamo muovere. »

« Ma se la selezione la passa solo uno di voi due? » chiese a bruciapelo il Barba, e i due ragazzi alzarono le spalle.

Berto continuò. « Eh, come deve andare andrà. Io non ci penso, penso solo al mio esame e che voglio arrivare preparato perché di riprovare non me lo posso permettere. Se mi scartano, mi arrangerò. A me lavorare con le mani piace, magari andrò a fare il falegname o il manovale in cantiere, e in montagna ci tornerò solo nel weekend. Mica scappano le montagne, stanno lì. Non ti dico che non mi dispiacerebbe, ma se non passo io e passa 'sto pirlone, eh, son contento lo stesso. »

« Pure io » lo interruppe Gioele, e accennarono un risolino.

« È una bella schifezza, quella selezione. Ci sono i raccomandati, il figlio del figlio, l'amico del cugino e se ne sbattono di chi se lo merita.»

«Però non è che devi pensare subito che non ce la fai e fa tutto schifo. Mica siamo scemi, lo sappiamo che è così. Però ci proviamo lo stesso.»

«Comunque, se avete bisogno qui potete tornare.»

Berto e Gioele chinarono il capo, e Daniele si alzò in piedi.

«Io devo andare via. Non glielo posso più chiedere alla Egle di fare 'sto tran tran, su e giù e poi di nuovo. Direi che santa lo è già stata abbastanza.»

«Ma in inverno ti farei scendere di più, non è come l'estate. Ti fai due settimane qui, una settimana a casa e siamo tutti contenti.»

«Lo so, ma non andrebbe bene lo stesso. È che io sto sempre con una parte di testa giù, lei con una parte di testa qui. Siamo divisi a metà. Non la voglio lasciare più sempre sola la sera. Non è una vita normale questa, capisci?»

Avevo preventivato che la discussione si sarebbe accesa e il Barba avrebbe potuto infervorarsi. Invece, era calmo e misurato.

«Non è vero che non è una vita normale.»

«È una vita normale se la tua vita è qui e giù non hai niente.»

Il Barba accusò il colpo ma non replicò. Daniele doveva aver toccato un nervo scoperto, ma non era intenzionato a mostrarcelo.

Daniele continuò a infierire, quasi dovesse assegnare delle colpe.

«Qui non si può costruire niente.»

«E cosa ti sembra questo che hai attorno? Ti sembra niente? L'ho costruito io, e l'ho fatto da solo.»

«Appunto, da solo. Io non voglio rimanere solo, ce la fai a capirlo?»

Io non avevo mai smesso di guardare fuori dalla finestra, e le parole di Daniele mi avevano turbata, come quelle di Berto, Gioele e Carlo.

Nelle loro voci riconobbi tre montagne diverse. Una diversità dettata dai loro sguardi, dalle emozioni che li legavano al luogo che durante quei quattro mesi era diventato una casa. Ma per loro l'unica via di salvezza, l'unico modo per mandare avanti le proprie vite, consisteva nello scendere, nell'andare via.

E quando il Barba mi chiese «E tu che intenzioni hai?» non fui in grado di rispondere.

«Non lo so» balbettai, e lui spostò lo sguardo nella mia direzione. Non riuscii a intuire se fosse rivolto a me o verso ciò che c'era fuori dalla finestra, anestetizzato dalle gocce di pioggia.

«Come non lo sai?»

«Non lo so.»

«Me lo devi dire.»

«Di sicuro fino a ottobre rimango per dare una mano con le scuole. Al dopo ancora ci sto pensando.»

«Che te pensi poco e male già lo sapevo, ma a me interessa se rimani o no.»

Fino a quel momento non avevo immaginato che il Barba mi considerasse una risorsa adatta all'inverno, e se avessi deciso di andare via ero quasi certa non gli avrebbe arrecato un grande dispiacere.

«Dammi qualche altro giorno.»

Il Barba iniziò a sparecchiare e noi rimanemmo immobili, come se alzarci potesse rompere l'atmosfera delle cose sospese, ancora in procinto di accadere ma che vedi stagliarsi all'orizzonte.

I miei colleghi erano attorno a me ma il nodo che ci aveva uniti durante quei mesi si era allentato, corda lasca mentre arrampichi quando chi ti assicura non è esperto e se cadi ti fai più male. Si sarebbe sciolto con lo scorrere dei giorni, fino a quello in cui ognuno avrebbe intrapreso la propria strada.

Saremmo tornati corde libere.

Il Barba prese un mazzo di carte e cominciò a mischiarle. «Giochiamo» disse, e non capimmo se celasse un ordine o un favore.

Forse, stava solo cercando di arrabattare per noi l'ultimo ricordo insieme di quell'estate.

20

Il giorno seguente fu un sabato di quiete. La pioggia si era placata e una decina di clienti pranzavano ai tavoli. Daniele girava la polenta, Carlo sbrinava i frigoriferi, Berto e Gioele trafficavano in piccionaia e controllavano le perdite del tetto, sostituendo le assi marce del rivestimento. Il Barba stava seduto in sala e scriveva da almeno un paio d'ore, con gli occhiali che gli erano scesi leggermente sul setto nasale.

Il maltempo aveva costretto i topi a sfidare il pericolo e cercare riparo all'interno del rifugio, il dominio dei gattini non era bastato a farli desistere.

Più che di padrona, nella loro concezione di mondo avevo assunto il ruolo di madre e, come pegno d'amore, appena catturavano un *rat* lo adagiavano accanto ai miei piedi e si sedevano in attesa di una ricompensa. Se c'erano dei clienti nei paraggi chiamavo in soccorso Berto o Gioele, e nonostante il Barba si raccomandasse di far sparire i cadaveri con riserbo, li prendevano in mano e andavano a gettarli tra le sterpaglie.

Quel pomeriggio invece ero sola, e appena giunse il dono della giornata accarezzai i gatti per ringraziarli, presi una paletta e aiutandomi con la scopa feci scivolare il corpicino sulla plastica.

Fu mentre andavo a buttare quel topo morto giù per la brua che vidi Elbio arrivare in rifugio sotto un ombrello nero, i raggi rotti in alcuni punti, le scarpe e l'orlo dei pantaloni inzuppati dalla montagna bagnata.

«Che tempo di merda» esordì, sbattendo i piedi sul pavimento. Notò cosa stavo tenendo in mano e rise. «Ormai sei una del posto» e mi fissò mentre lo lanciavo lontano, cibo per volpi e gipeti.

Mi raccontò che la settimana passata condurre le vacche al pascolo era stata un'impresa. La pioggia, seppur fina, le innervosiva, e quando le portava in stalla per ripararle dalla grandine scalpitavano perché stavano ammassate.

« Dovevo immaginarlo che arrivava il maltempo, se ne stavano sempre sdraiate. »

Si rabbuiò all'improvviso, il ciuffo appiattito sulla fronte a coprire gli occhi.

« Sabato prossimo scendiamo. »

« Di già? » chiesi, la saliva mi impastò la lingua.

« Eh, il tempo è brutto, fa freddo. Pioverà ancora ed è un casino. Mio padre sta cominciando a portar via i formaggi, così poi chiudiamo la grangia e lasciamo tutto a posto per l'anno prossimo. »

Si stava torturando le tasche, le martoriava e tendeva il tessuto fino a scucirlo.

« Ho capito. »

« E te che fai? »

« In che senso? »

« Nel senso, quando scendi. »

« Non lo so se scendo. »

« Fai l'inverno qui? »

« Non lo so, ci sto pensando. »

Non capivo se Elbio fosse contento o meno di quella possibilità. Sarei stata lontana da lui in ogni caso, sia rimanendo a lavorare in rifugio sia che fossi tornata in città.

« Se non sai cosa fare puoi anche venire a lavorare giù da noi » gli partì in un soffio.

« Non penso che il lavoro in malga faccia per me. »

Non parve sconfortato, come se si aspettasse la mia risposta ma volesse comunque tentare la sorte ai dadi.

« Però se rimani ti posso venire a trovare? »

Avrei voluto ripetergli che non sapevo dove sarei stata, se sarei rimasta. Non avevo deciso nulla e quella discussione mi stava mettendo addosso una pressione che non ero pronta a sostenere. Ma il suo sguardo indifeso, di chi si è messo a nudo ed è pronto a ricevere una coltellata in petto senza emettere un lamento, disinnescò la mia irritazione, addolcì ogni mio tono sgarbato.

« Devo chiedere al Barba, ma non penso ci siano problemi. »

« E se scendi anche tu? »

« Ti vengo a trovare io. »

Ci sorridemmo, mi alzai in punta di piedi e mi bagnai il naso e le guance contro la stoffa umida della sua giacca.

Quando mi chiese se potesse avere il suo bicchierino di grappa al larice prima di tornare al pascolo, lo presi per mano e rientrammo assieme in rifugio.

La mattina della *désarpa* l'altopiano era invaso da coltri di nebbia spessa e bianca. Avevano inghiottito tutto tranne la punta della Becca, che pareva farsi largo in una cortina di fumo. L'aria era frizzante, penetrava sotto i vestiti, si attaccava alla pelle come uno strato di colla vinilica che una volta secca si sarebbe staccata in sottili pellicine.

Il mio desiderio di vedere la mandria scendere sembrava irrealizzabile. Al terrazzo del rifugio arrivava solo l'eco ovattata dei campani, trattenuta dalla bruma.

Dell'imminente partenza di Elbio non se n'era più parlato. Entrambi, forse, ci eravamo illusi che ignorarla l'avrebbe resa più lontana, fingendo che si fosse bloccato il conto alla rovescia e l'ultimo giorno non sarebbe mai arrivato.

Non riuscivo a immaginare una montagna senza pastori, senza vacche, senza Elbio. La loro presenza era parte integrante del paesaggio, la loro assenza una mutilazione.

Ero certa sarebbe passato a salutarmi. Lo aspettavo, e per non farmi cogliere di sorpresa avevo trovato una serie di lavori urgenti da svolgere all'esterno: spazzare la terrazza, svuotare e scrostare i posaceneri, lavare i vetri per eliminare gli aloni di terra che il cielo aveva scagliato assieme alla pioggia.

Elbio emerse dalla nebbia vestito di tutto punto: camicia abbottonata fino al collo, gilet blu, cappello a secchio con la banda rossa. La fine della transumanza era un giorno di festa, e lui l'ospite d'onore.

La sera precedente era venuto in rifugio con alcuni amici, giunti a dare una mano per riportare la mandria a valle. Molti erano ragazzi giovani, dell'età di Luca, che avrebbe continuato a lavorare per i Morèl durante l'inverno.

Avevano ordinato parecchi giri di birra, e in poco tempo erano diventati alticci.

Il Barba si era raccomandato di tenere bene il conto e che non venisse offerto nulla. « Finalmente domani se ne vanno » aveva sbottato con astio mentre ci invitavano al tavolo per l'ennesimo brindisi. Daniele, di malumore perché da una decina di giorni non andava a correre, era rimasto ingrugnito in disparte, lamentandosi con Carlo che con quel baccano non avrebbe preso sonno. Berto e Gioele invece si erano trasformati nell'anima della festa, raccontando aneddoti, applaudendo, ridendo, cantando. Io non ero riuscita a partecipare all'euforia generale e così Elbio, che abbozzava sorrisi e sollevava il boccale solo per i brindisi.

Quando arrivò, era grigio e in tumulto come le nubi che si scontravano nel cielo.

Si avvicinò guardingo, il bastone ricurvo in mano e una camicia di flanella poggiata con noncuranza sulla spalla destra.

« Noi andiamo. » Gli tremava la voce, i suoi occhi foglie coperte di pioggia.

Mi misi di fronte a lui. Per incrociare il suo sguardo dovevo alzare la testa e tendere il collo.

« C'è la nebbia, non vi perdete? »

« Ma che perdete, la sappiamo a memoria 'sta strada. Poi se non scendiamo è un problema, dobbiamo riorganizzare tutto e non si può, pure se pioveva dovevamo andarcene oggi. »

« Se vuoi ti faccio un caffè. Ho costretto il Barba a comprare una moka, l'ha portata con la spesa lunedì scorso. »

« Hai fatto un miracolo. Quello è proprio un *pitòch*. »

« Se aspetti un attimo la preparo, la metto sul fuoco e torno. »

Tentennò, ma non si lasciò corrompere e scosse la testa.

« Eh mi piacerebbe un caffè ma siamo di corsa, stan chiudendo l'alpeggio e io non dovrei nemmeno essere qui. »

Prese la camicia dalla spalla, la piegò in due e me la porse.

« Senti, io ti ho portato la camicia che hai detto che ti piaceva. Visto che non ci vediamo più la tieni te e quando la metti mi pensi. »

Era una camicia di flanella a quadri bianchi, neri e grigi, con i bottoni di corno e il colletto in pelo.

L'aveva usata di recente per ripararsi dalle raffiche di vento.

« Ti sta bene » era stato il mio commento. Mi ero stupita nel vederlo indossare un indumento così pesante, lui che sembrava immune al freddo.

« Dentro c'è il pile » e mi aveva mostrato il rivestimento della manica, prima di infilare le mani nelle due ampie tasche sui lati, requisito indispensabile di ogni capo del suo guardaroba.

Presi in mano la camicia, tutta infeltrita, il tessuto stopposo, e la provai. Mi arrivava alle ginocchia, la linea delle spalle a metà del braccio.

Elbio sollevò con cautela la mano destra e la posò sul mio viso, muovendo piano il pollice.

Percepivo la trama rugosa dei suoi palmi, gli avvallamenti della pelle e i calli a graffiarmi la guancia destra.

« *Cum si bela* » sussurrò.

Lo lasciai fare. Avrei voluto bloccargli il polso come quel giorno al lago, quando la fine dell'estate nemmeno ci sfiorava.

Invece rimasi immobile e strinsi forte i polsini della camicia, il tessuto conficcato sotto le unghie.

Elbio se ne andò dicendo che mi avrebbe chiamata presto, ma quel presto non sapevo quantificarlo. In città un paio di giorni, in montagna magari un paio di settimane.

Forse scendendo il suo tempo sarebbe mutato, mentre il mio avrebbe continuato a scorrere placido, senza fretta alcuna.

Nella nebbia, che le vacche si stessero avvicinando si intuiva dal vibrare dei campani, dai richiami dei pastori, dall'abbaiare dei cani. La stessa orchestra arrivata quassù all'inizio di giugno adesso si stava spostando altrove: il freddo calava come un falco in picchiata, i pascoli futuri orizzonti di terra brulla.

Mentre ascoltavo le ultime note abbandonare la conca, il silenzio mi aggredì.

La montagna mi sembrò svuotata, e anche un po' più triste.

21

Il Barba attendeva ancora la mia risposta.

Mi interrogava ogni volta che i nostri sguardi si incrociavano, e spostavo il mio da tutt'altra parte. Intanto il tempo seguitava a fare i capricci e il sole e la nebbia giocavano a rincorrersi. La montagna si era inasprita, e nel suo raccogliersi dava spettacolo: un grande falò, i larici le sue lingue di fuoco che bruciavano ogni angolo. Il bosco crepitava di aghi secchi, rami spezzati e pigne, figlie delle conifere smantellate dall'umidità notturna, un suolo ricco di note che ostacolava i passi felpati degli ungulati.

L'incendio dell'autunno avrebbe portato via ogni cosa, lasciandosi dietro letargo e distese di cenere.

Il presto di Elbio era durato meno di ventiquattr'ore, e chiamava ogni paio di giorni. Non capivo se fosse intenzionale o meno, ma il telefono squillava all'ora in cui d'estate veniva a bere la sua grappa, la stessa in cui finiva di badare alle vacche. Il Barba ormai aveva capito l'antifona, Elbio era stato soprannominato «quel *gadan*», e commentava i nostri brevi scambi serali. «Ma roba da matti» diceva, «non ci posso credere», «mi occupano la linea per amoreggiare» e io, infastidita, lo invitavo a smetterla di origliare e a farsi gli affaracci propri.

Elbio al telefono era ancora più taciturno del solito e lasciava fossi io a dominare la conversazione. Di lui, diceva, non valeva la pena raccontare nulla, le giornate erano tutte uguali e giù a valle il caldo non era ancora migrato.

Gli mancava l'alpeggio e presto avrebbero iniziato a nutrire le vacche a foraggio. Adesso che era tornato alla loro cascina vicino al paese, doveva riabituarsi a quei luoghi, nonostante i ritmi fossero gli stessi.

« Sarebbe bello poter rimanere su tutto l'anno. »

Dal suo tono rassegnato trapelava la consapevolezza che quel desiderio era impossibile da realizzare. Era lui a doversi piegare ai bisogni della sua mandria, a sottostare ai suoi cicli. Era il guardiano delle vacche, le mungeva, se ne prendeva cura, ma non era quella la gerarchia dei ruoli.

Le vacche erano le dittatrici del tempo e della vita di Elbio.

Destinato a quel mestiere, non avrebbe mai potuto fare quel che voleva.

Le ultime tre scolaresche partirono un venerdì dopo pranzo, lasciando il rifugio sottosopra.

In sala i tavoli erano ammucchiati ai lati, e quelli che non avevano trovato spazio erano stati incastrati l'uno sopra l'altro all'esterno.

Mentre rimettevamo ogni cosa al suo posto, sentivo una strana elettricità tra i miei colleghi, come se i loro muscoli fossero rivestiti di rame.

« Questi ultimi due giorni saranno infiniti » esordì Daniele mentre sollevava uno dei tavoli facendolo passare attraverso la finestra.

« Eh manca poco ormai » rispose Berto, che lo afferrò per le gambe e lo posizionò a casaccio.

« A me un po' dispiace » disse Carlo, come stesse per traslocare in una casa nuova e al tempo stesso rimpiangesse quella vecchia. Se sai che te ne andrai, gli oggetti che sono appartenuti alla tua quotidianità assumono contorni diversi, si velano di abbandono. Li riconosci ma ti sembrano già distanti, non puoi più avanzare pretese su di loro.

« Anche a me dispiace, ma tanto ti dispiace sempre per qualcosa, devi solo scegliere quella che ti fa dispiacere meno » commentò Daniele, che appoggiò un piede sul davanzale e lo scavalcò, rientrando in sala.

Carlo sembrò pensarci un attimo, ma fece un cenno di assenso, così come Berto e Gioele.

Dal canto mio avrei preferito se ne andassero subito ed evitassero di prolungare quell'attesa. Mi domandavo come sarebbe stato il rifugio senza di loro, mura portanti, se si potesse ricostruire o fosse destinato a finire in malora.

Uscii senza dire nulla, calai sulla testa il cappuccio della felpa e mi allontanai, andando a sedermi a ridosso di un masso.

Spesso nel tardo pomeriggio dalla valle, dalla terra, salivano le nuvole. Si addensavano in una coltre compatta e spumosa, che si stabilizzava a una cinquantina di metri sotto di noi. Mi illudevo nascessimo da quel mare di nuvole, che sotto non esistesse altro. Con quella barriera nessuno poteva raggiungerci, e chiunque avesse tentato si sarebbe impantanato là in mezzo senza trovarci mai.

In quel tramonto, mi impedii di alzare gli occhi verso i cirri che striavano il cielo.

Volevo rimanere nell'incanto che ci manteneva sopra il mondo.

Mentre stavo lì a fumare, con un braccio a cingermi le ginocchia e il fresco della sera sulla punta del naso, sentii dei passi avvicinarsi.

Non mi voltai.

«È finita» dissi.

«Eh già. Domenica sera scendono tutti.»

La voce del Barba risuonò piatta e monocorde, anche per lui pareva non esserci alcun finalmente.

Spensi la sigaretta sulla roccia e ne rollai un'altra. Il Barba rimase in piedi a braccia conserte, fissando le nuvole con la stessa intensità che dedicava alla Becca.

Mi osservò mentre distribuivo il tabacco sulla cartina e lo appiattivo con i polpastrelli. Posizionai il filtro sull'estremità destra, lasciandolo sporgere a metà, e avvicinai la striscia di colla alla bocca, inumidendola con la punta della lingua. Dopo aver unito le estremità della carta, spinsi il filtro all'interno, in modo da compattare il tabacco sul fondo e fumarla fino alla fine senza bruciarmi le labbra.

La accesi riparando la fiamma dell'accendino con la mano opposta, il primo tiro mi gracchiò nella trachea.

«Lo sai che quella roba è veleno?» mi domandò stringendo le palpebre.

« Sì. »

« E allora perché lo fai? »

« Perché mi piace. »

« Sei proprio stupida » disse scuotendo la testa, io mi misi a ridere.

« Io invece scendo lunedì e chiudo il rifugio » continuò, e gli si spense lo sguardo, assieme alla sua postura sempre dritta e fiera.

« E dove vai? » chiesi, quella domanda che nessuno aveva mai osato porgli.

« A casa. »

Stavo per buttar fuori il fumo ma rimase incastrato in gola. Lo ingoiai, lo assorbirono i polmoni. Se c'era una cosa di cui non avevo mai dubitato era che la casa del Barba fosse il rifugio, come se abitasse lì da sempre e la sua nascita risalisse a trent'anni prima, senza una vita precedente.

Avrei voluto chiedergli altro, ma appena ripresi fiato per parlare, lui mi anticipò.

« E tu? »

« E io cosa? »

Il Barba sbuffò.

« Cos'hai intenzione di fare? »

La sigaretta si era spenta, la incastrai tra le labbra e prima di rispondere la riaccesi e feci un paio di tiri.

Il mare di nuvole era calmo, senza onde a scuoterlo, senza venti a portare burrasca.

« Cos'è, mi vuoi cacciare? »

« Se non te ne vuoi andare tu, io non ti caccio. »

« Se tu non mi cacci, allora io non me ne vado. »

Decisi di restare nel momento in cui lo pronunciai ad alta voce.

Il Barba rimase impassibile, nessuna emozione gli increspò il volto.

Rimanemmo così, lui in piedi io seduta, a guardare quella barriera che ci separava dal resto del mondo.

Dopo un po' mi disse che lunedì sarei scesa con lui, e che sarebbe tornato a prendermi nel fine settimana per tornare in rifugio insieme.

Infilai il mozzicone in tasca e mi strinsi le ginocchia con entrambe le braccia.

Desiderai che il tempo si fermasse, che potessimo restare lì, sopra quel mare di nuvole, pronti ad affrontare la discesa dell'inverno.

SECONDA PARTE

Inverno
Il larice solo

22

Fu un inverno che iniziò senza neve.

Un inverno da far battere i piedi, prendere a pugni i muri e inveire contro le divinità, perché a volte è troppo difficile prendersela con gli uomini.

Con Dio è un terno al lotto, questione di fede. Quella del Barba era intermittente, e ricordava di averla solo nei momenti cattivi, mai in quelli buoni.

Anche mesi addietro, mentre ci stavamo accordando sul nostro ritorno in rifugio, aveva invocato l'aiuto del Signore per fronteggiare le disgrazie. In quel caso la disgrazia ero io, che non capivo dove avessimo appuntamento.

«Secondo te quale stazione? Genova Piazza Principe?» aveva sbraitato al cellulare, così forte da doverlo allontanare dall'orecchio. «Ma *porca malura*, un minimo di buon senso ogni tanto lo usi? Signore mio, perché mi punisci così? Questa me la devo pure tenere per tutto l'inverno.»

Aveva un criterio suo per definire le disgrazie, il Barba. Questioni che a me apparivano normali per lui erano problemi insormontabili e ciò che io consideravo fuori dal mio controllo, il suo pane quotidiano.

Il luogo del nostro incontro era stato pattuito per intuizione, la stazione dei treni di una cittadina al limitare della valle, la stessa a cui mi aveva accompagnata all'andata. Da lì in poi la tratta ferroviaria si interrompeva, i binari viravano verso altre pianure.

La stazione aveva due banchine, una macchinetta di merendine vuota e un distributore di bevande calde che avrebbe erogato solo acqua sporca.

Ero scesa dal treno con un'orda di studenti che correvano per arrivare a scuola prima del suono della campanella. Sebbene avessi riferito al Barba l'orario esatto, sapevo che per il suo orologio ero già in ritardo. Si era fermato in doppia fila e quando avevo bussato sul finestrino per farmi sbloccare il bagagliaio mi aveva fatto segno di no, «c'è la spesa» ovattato dal vetro. Sui sedili posteriori mi sarei aspettata di trovare i suoi bagagli, ma oltre al trasportino con i gatti non c'era niente.

La sera precedente alla nostra partenza dal rifugio, il dilemma si era tratteggiato chiaro e limpido. «Madre snaturata» mi ero rimproverata mentre salivo fino alla camera del Barba. Prima di ottenere un suo cenno di vita, avevo bussato più volte.

«Che vuoi?» Aveva socchiuso la porta infilando fuori giusto la punta del naso, come se nella stanza stesse nascondendo un'amante.

«Ma i gatti?»

«I gatti cosa?»

«Questa settimana non possono mica rimanere da soli.»

«Oh cazzo» e si era coperto la bocca con la mano. «Eh, te li porterai dietro tu.»

«Non posso.»

«E perché mai?» Gli si era inarcata la voce e dalla fessura avevo intravisto il sopracciglio destro tremare, segno che il minuscolo vaso della sua pazienza era sul punto di traboccare.

«Mia madre è allergica.»

Era una bugia, ma se fossi tornata con due gatti mia madre, che aveva proibito gli animali in casa per il terrore che perdessero i peli, mi avrebbe sbattuta fuori, e non volevo litigare con lei ancor prima di arrivare.

Il Barba aveva mandato a fare in culo me, mia madre e tutto il mio albero genealogico, ma pur continuando a lamentarsi aveva portato i gatti con sé, nel misterioso luogo in cui avrebbe trascorso quella settimana.

Ora, mentre guidava alla volta del rifugio, cercavo un segno che potesse farmi intuire dov'era stato. Un velo di abbronzatura, un callo sulle dita, un filo di pancia, un sorriso più dolce. Ma quell'altrove non aveva recato alcun lascito.

In città invece, io ero stata accolta da un mal di testa che mi aveva dilaniata, costringendomi a letto i primi due giorni. Avevo elaborato una teoria: se esisteva il mal di montagna doveva esistere anche il mal di città. Funzionava all'inverso, stai male se si alza la pressione e arriva più ossigeno all'organismo. Mi ero dovuta riacclimatare allo smog, ai rumori, al traffico e alla casa dei miei genitori, senza potermi appellare al cortisone o al Diamox.

Sul treno che mi aveva riportata a Torino un peso mi opprimeva il petto, le gambe occupavano molli lo spazio riservato al passeggero di fronte. Non stavo tornando a casa, casa mia l'avevo lasciata di malavoglia ed ero impaziente di andarmene ancor prima di arrivare. Torino mi faceva paura. Avevo lasciato tutto a metà e speravo che gli interrogativi, stufi di rimanere aperti, si fossero risolti per inerzia.

Risalendo i tornanti della valle con il Barba che mi sfidava al gioco del silenzio, mi parve di riprendere a respirare dopo giorni di intubazione.

«E allora?» avevo iniziato, aggiudicandogli la vittoria.

«E allora cosa?»

Risi di gusto, senza mano davanti alla bocca a coprirmi i denti. Mia madre mi aveva sempre sgridata per questa mancanza di decoro, ma non ero mai riuscita a capire cosa, nei denti, potesse risultare sconcio.

«Come stai?»

Il Barba mi fissò stralunato, come se gli avessi fatto la domanda più intima che esistesse.

«Bene, ti sembra che stia male?»

«No, ti vedo in gran forma come sempre.»

«E allora perché dai fiato alla bocca?»

Mi girai di nuovo verso il finestrino a contemplare la montagna inzaccherata dall'autunno.

L'unica sensazione che mi era mancata dello scendere in città era la bellezza dei momenti in cui risalivo in montagna. La trepidazione quando la strada si fa impervia, i tornanti più stretti, la temperatura nell'abitacolo che si abbassa con l'aumentare dell'altitudine, le botteghe aperte sotto alle logge.

Il senso di vicinanza alla montagna era sempre stato accompagnato da quello di lontananza dalla città. Le inquietudini ti abbandonano, si incastrano nel paesaggio che scorre. Al ritorno sono lì ad aspettarti e mentre ripercorri la stessa strada all'inverso ciò che hai lasciato si riappropria dei tuoi pensieri.

Per prolungare quella serenità, all'epoca credevo l'unica soluzione fosse non scendere.

Rimanere in alto, non tornare mai.

Eravamo giunti al limitare della strada, bloccata da due paletti e un catenaccio su cui era appeso un cartello con il segnale di pericolo. STRADA CHIUSA era stampato in bianco su sfondo rosso, e il Barba lo ammirava compiaciuto.

Mentre liberavo il passaggio mi domandai se un divieto così blando fosse sufficiente a impedire l'accesso alle auto non autorizzate. A scoraggiarne la salita, forse, avrebbero provveduto il freddo e il ghiaccio.

Il Barba passò, chiusi la catena e rimontai in macchina.

Oltre al fuoristrada che assaltava la sterrata, non c'era nessuno. La montagna era smossa solo dal vento che sbadigliava tra le sterpaglie. Nel giro di poche settimane chiunque si era dimenticato di lei. Mi fece impressione vedere la porta della bergeria di Sandra sprangata, le finestre chiuse, i fiori secchi sull'uscio. Anche il sole ci aveva voltato le spalle, cedendo il trono a un grigio nebuloso.

Il Barba storse la bocca e fissò la punta della Becca sporgere dalle mura di roccia tra cui si snodava la strada.

«Fa troppo caldo» borbottò, «non è normale.»

La nostra cima era pelata, la prima nevicata dell'anno in ritardo.

La montagna era in balìa di tempi che non conoscevo. Un po' mi metteva malinconia, un po' mi sembrava essersi riappropriata del suo stato originario. Il lato selvaggio dei luoghi inadatti a essere abitati, che devono essere lasciati in pace.

Ma il Barba andava controcorrente, io assieme a lui.

Lassù avremmo trascorso una stagione che di noi non ne voleva sapere.

Arrivati in rifugio, aiutai il Barba a scaricare la spesa.

Quando eravamo andati via aveva lasciato aperta la porta della bussola, e dalle orme infangate sul pavimento intuimmo che era passato qualcuno, ignaro della nostra chiusura.

Per una tradizione antica, la bussola dei rifugi doveva rimanere agibile per offrire riparo ai viandanti della montagna. Coloro che erano passati da noi probabilmente non avevano avuto bisogno di ripararsi dalle intemperie, ed erano solo rimasti indispettiti dal mancato pranzo con la polenta.

Salii in camerone a posare lo zaino. I letti dei miei colleghi erano materassi abbandonati sulle reti metalliche, svestiti da cuscini e lenzuola. Fino al mese prima avrei supplicato per passare del tempo in solitudine e adesso in quel vuoto avevo bisogno di riambientarmi, per quanto fosse assurdo riambientarsi a casa propria.

Nel pomeriggio uscii sul terrazzo.

L'altopiano era una distesa gialla e ignuda, ravvivata dalle acque del fiume che si scontravano violente, riempiendo la conca di un gorgoglìo cupo. Aveva ripreso possesso dei suoi argini, merito delle piogge delle settimane passate. In lontananza il getto della cascata rombava, si riversava con foga giù per il dirupo.

La macchia di larici rifulgeva in un falò vanitoso, che non voleva passare inosservato.

D'estate si era mimetizzata in mezzo agli altri verdi, adesso si arrogava la scena.

Mi pugnalava in faccia l'assenza di Elbio, e finché i larici non persero i loro aghi, a fumare andai sul retro.

Capii presto che in autunno la montagna iniziava ad accomodarsi in uno stato d'inerzia, e non potei far altro che accettarlo.

Nei giorni feriali da fare c'era ben poco ed era raro si fermassero ospiti a cena o a dormire. Passata l'ora del pranzo, in cui per lo più rifocillavamo docili plotoni di pensionati, mi occupavo delle pulizie di tutti i piani, dei bagni, dei corridoi, delle scale e del lavaggio di lenzuola, stracci, asciugamani, grembiuli.

Se d'estate non c'erano né il tempo né la manodopera per farlo, in inverno qualsiasi cosa uscisse dalla lavatrice doveva essere stirata. Lo strumento per soddisfare quell'ulteriore fisima del Barba era un mangano degli anni Settanta, la pressa ingiallita lungo i bordi e marrone al centro. Stazionava vicino alla scala che dal camerone portava in piccionaia, addossato a una finestra con una grata in ferro battuto. Impilavo il bucato asciutto su una sedia e quando se ne accumulava abbastanza lo smaltivo. Mi mettevo all'opera seduta su uno sgabellino e alzavo e abbassavo la pressa schiacciando un pedale ormai molle. A contatto col calore il tessuto esalava un vapore bianco, quando lo rigiravo dal verso opposto mi scottavo i polpastrelli. Stiravo con parsimonia, il timore di ritrovarmi senza nulla da fare il giorno seguente, e smettevo al calar del buio. Per fortuna non c'era alcuna luce che potessi accendere.

I ritmi cambiavano all'avvento del sabato. Anche i flussi del fine settimana erano diminuiti, ma a gestirli eravamo io e il Barba. In un modo o nell'altro riuscivamo a sfangarla, seppur arrancando.

Il momento peggiore era il pranzo della domenica. «Tu occupati di quello che c'è di là, io sto di qua» ordinava, e si legava in vita e al collo un grembiule arancione con un ridente maialino armato di coltello e forchetta stampato sul petto.

«E il cappello non lo metti?» lo avevo canzonato la prima volta in cui assunse la veste ufficiale di cuoco.

«Magari ti credi pure spiritosa» aveva sibilato passandosi la mano sulla pelata.

Riempivamo al massimo una sessantina di coperti, numero irrisorio rispetto all'estate ma notevole per due persone a doverlo gestire. Il Barba si era rivelato un'instancabile macchina da guerra: durante il servizio teneva la linea sotto controllo e impiattava le porzioni pulendo eventuali schizzi di cibo con uno straccio. Preparava in anticipo *fujot*, scodelle e taglieri in base al numero dei prenotati, che imparava a memoria.

«Ma il tavolo da tre non è ancora arrivato? E quello da sei?» domandava per saggiare il mio controllo sulla sala. Se non c'erano comande in attesa si rintanava nella plonge e sciacquava i piatti, allineandoli nel cestello della lavastoviglie.

Al serrarsi dei ritmi si dedicava solo alla cucina, e pretendeva che le stoviglie sporche fossero posizionate sul tavolo di fianco all'acquaio, divise per tipo, le posate in una bacinella con acqua calda e sapone per evitare il cibo si incrostasse.

Alle cinque anche gli ultimi ritardatari ripartivano verso valle, e noi potevamo finalmente rimettere in ordine.

Ogni compito veniva diviso equamente e appena finivo di pulire la sala ci davamo il cambio. Io continuavo a lavare i piatti, il Barba lustrava la cucina. Metteva da parte ciò che avremmo mangiato per cena e conservava il resto degli avanzi in contenitori ermetici, etichettandoli con ora, data e nome della pietanza come esigevano le norme sanitarie, smontava i fornelli in ghisa e lucidava i ripiani d'acciaio con l'aceto.

Per *fare la plonge* legavo i capelli, mi imbardavo con il grembiule di Carlo, giallo e lungo fino ai polpacci, e un paio di guanti che arrivavano al gomito. Il Barba mi prendeva in giro, dicendo che assomigliavo a un palombaro.

Tra tutte le mansioni era quella che odiavo di più. Svuota gli avanzi nel secchio dell'umido, metti piatti bicchieri taglieri scodelle nel lavello, grattali con la paglietta, sciacquali, impilali nel cestello, fai partire la lavastoviglie, asciugali e mettili da parte, ancora e ancora, le pile sembravano non finire mai. Le pentole erano le più rognose, la peggiore quella della polenta. Sul fondo

165

si rapprendeva uno strato spesso e grumoso, e per rimuoverlo oltre all'acqua calda serviva un coltello. Lungo i bordi del tegame invece, si appiccicava una patina che il Barba, prima di portarmelo, staccava con un pilucchino. Ammucchiava quelle scaglie di polenta croccante in una ciotola e gli piaceva sgranocchiarle prima di cena sorseggiando una birra ghiacciata.

Alla fine del lavaggio il pavimento si trasformava in un pantano d'acqua unta, sporco e pieno di impronte, un miracolo non scivolare. Nonostante i guanti le mie mani si raggrinzivano e i polpastrelli diventavano bianchicci e porosi. Mentre pulivo il lavandino il Barba svuotava il secchio dell'umido giù per la brua, in una fossa dove gli animali selvatici della zona si sarebbero litigati la cena. Poi lo sciacquava con una pompa e lo asciugava con dei fogli di carta assorbente.

Non ci si sedeva a mangiare prima di aver passato la scopa e lavato il pavimento; allora potevamo concederci il pasto più lauto della settimana, lo stesso consumato a pranzo dai clienti.

A conclusione di quelle domeniche sfiancanti mi sarebbe piaciuto chiacchierare col Barba, ma lui apriva bocca solo per accogliere forchettate piene di cibo, e non lasciava presagire la benché minima intenzione di conversare. Teneva lo sguardo sul piatto o lo faceva roteare per la sala soffermandosi sulla finestra che affacciava sulla Becca, anche se fuori il buio era insondabile da almeno un paio d'ore. Eccetto brevi scambi, fosse stato per lui avremmo potuto dimenticarci il suono della nostra voce.

Avevo sperato che la sua reticenza al dialogo fosse passeggera, e non mi rassegnavo alle sue labbra serrate a doppia mandata. Sospettavo però che quel silenzio fosse la conseguenza di una conversazione avvenuta la nostra prima serata in solitaria.

Lo avevo placcato sulle scale, gli occhi pesanti e l'obbiettivo di coricarsi.

Senza preludi o salamelecchi, gli avevo chiesto se Elbio potesse venire a trovarmi quando non lavoravo, e rimanere magari a dormire.

Mi ero ripromessa di utilizzare toni cortesi, ma la voce mi era uscita acuta e più che una richiesta era sembrata una decisione già stabilita, di cui lo stavo solo mettendo al corrente.

Il Barba si era fermato a cavallo di due scalini, girato di tre quarti. Mi aveva fissata, i solchi del viso tesi. In attesa della sua risposta e senza rendermene conto, avevo iniziato a tirare su e giù la zip del pile.

Le spalle gli erano cadute verso il basso e ricominciando a salire le scale aveva semplicemente detto «Va bene», per poi aggiungere: «Se c'è neve però io a prenderlo con la motoslitta non ci vado».

Ma la neve seguitava a non arrivare, il gatto e la motoslitta erano ancora coperti dai teloni cerati sul retro del sanatorio ed Elbio saliva con il fuoristrada.

Le sue visite non avevano una cadenza regolare. Le preannunciava con un giorno d'anticipo, domandando se io e il Barba avessimo bisogno di qualcosa da giù.

Per me commissionavo tabacco, cartine e filtri, il Barba mugugnava. «Non ho bisogno di niente, io», ma in presenza di Elbio riusciva a mettere più di tre parole in fila, addirittura lo aspettava per cenare.

«A che ora arriva quel *dësgrassià?*» chiedeva al tramonto.

«Credo alle otto e mezza» e lui sbuffava, andandosene via pestando i piedi.

A quell'ora di solito avevamo terminato i nostri oneri quotidiani da parecchio, e lui era già in camera sua o a leggere un libro davanti alla stufa.

Cucinava per tutti e tre un primo, un secondo e un contorno. «Nessuno si permetta di dire che non sono ospitale», e se sminuzzava troppo fini carne e verdure sul tagliere immaginavo stesse pensando che sotto la lama ci fosse Gioanin.

Se Elbio aveva discusso o meno con il padre prima di arrivare, lo si intuiva dal passo e dalla veemenza con cui apriva la porta. Appena udivo sbattere la portiera dell'auto mi sporgevo alla finestra e lo guardavo attraversare la terrazza. A volte era nervoso, altre più mogio, altre ancora astioso oppure titubante. Si guardava attorno, le mani nelle tasche, i capelli biondi che spuntavano dal cappello a cuffia, il naso e le guance rosse.

Quando lo abbracciavo mi scontravo con il freddo che in pochi metri avevano assorbito i suoi vestiti. Lo sentivo rilassarsi, una manciata di neve in un paiolo. Forse ricordava in quell'istante il motivo per cui era venuto fin quassù, per cui magari ne era valsa la pena.

Il Barba, lo stomaco che brontolava da un paio d'ore, sbucava dalla cucina con le pentole in mano ancor prima che Elbio si fosse tolto il giaccone.

«Datevi una mossa che si mangia.»

Loro si servivano mestolate di spezzatino o salsiccia, io mi avventavo sul «cibo dei malati», patate bollite, lenticchie al pomodoro o un misto di verdure surgelate.

«Non sapevo che non mangiavi la carne» mi aveva detto Elbio una sera, «perché?»

«Non mi piace pensare che un animale venga ucciso o sfruttato negli allevamenti per finire nel mio piatto.»

Secondo il Barba anche questo era un vezzo da cittadina. Sosteneva che se fossi stata sul punto di morire di fame o senza altro da mangiare, una fetta di carne l'avrei sbafata eccome e le storie sul «mi sembra cannibalismo» avrebbero lasciato il tempo che trovavano.

«Non ci ho mai pensato» aveva bisbigliato Elbio, fissando la forchetta con un tocco di vitello sospesa a mezz'aria prima di infilarla in bocca.

La sua noncuranza non mi infastidì, nemmeno le critiche del Barba. A loro perdonavo cose che alla gente di città recriminavo. Quassù esistevano altre regole a cui rendere conto, un sistema di valori a cui non potevo applicare la mia morale.

Elbio e il Barba chiacchieravano, io li ascoltavo. Domande generiche sul lavoro, pettegolezzi su persone a me sconosciute, punti di incastro tra le loro vite. Percepivo una distensione da parte di entrambi, l'atteggiamento del Barba più docile rispetto all'estate e quello di Elbio meno guardingo, come se il rifugio fosse tornato il luogo accogliente della sua infanzia. Ma dell'uno o dell'altro non si parlava, nessuno dei due chiedeva. Gioanin, Oreste e Margherita non furono mai nominati, e se Elbio sapeva dov'era stato il Barba durante la fuga autunnale, non ne fece cenno.

Avrei voluto raccontassero storie del loro passato, ma intuii che i momenti da ricordare insieme cozzavano con i conflitti che li avevano divisi, e forse per superarli dovevano fingere che quel tempo non fosse esistito.

Mi trovavo in mezzo a due uomini che avevano serrato i ranghi, rendendosi inaccessibili. Eppure mi piaceva pensare fossi stata io a fungere da collante, ad averli riavvicinati. Mi faceva sentire importante, consapevole d'essere almeno servita a qualcosa di buono.

A fine pasto sparecchiavamo, il Barba accennava un saluto e saliva nelle sue stanze lasciando soli me ed Elbio. Allora iniziavo a parlare, a srotolare il grumo di parole accumulate durante il silenzio della settimana. Ciò che avevo represso lo riversavo addosso a Elbio, che ascoltava con la schiena ricurva e le mani giunte in mezzo alle gambe. Affiancavamo due sedie di fronte alla stufa, per guardarci dovevamo torcere il collo.

Lui annuiva, sogghignava, aspettava che mi saziassi dei miei discorsi senza manifestare noia o impazienza. Stava attento, si ricordava cosa gli avevo raccontato durante le visite precedenti. Intanto le persiane erano già state chiuse, il rifugio pronto ad affrontare la notte. Appoggiavo sul tavolo una bottiglia di amaro con due cicchetti, ma bevevo sempre sola. Lui rifiutava scuotendo la testa e abbassando le palpebre, il ciuffo che ballava sulla fronte.

«Devo guidare» e scostava il bicchiere, allontanava la tentazione.

Elbio non osava avvicinarsi a me senza che fossi prima io a lanciargli un segnale. Bastava uno sguardo mantenuto più a lungo, lui allargava le braccia e mi rintanavo nel suo petto, graffiandomi le guance sulla lana grezza del maglione. Era intriso dell'odore del suo mestiere, un afrore che gli esalava sapido dalla pelle. Me ne riempivo le narici e rimanevo lì, in quella stretta lieve, dove non dovevo dimostrare niente a nessuno.

Nonostante provassi a rimandarlo il più possibile, quando mi scostava e si alzava stiracchiando le braccia capivo che per lui era giunto il momento di ripartire. Continuavo a sperare che a tarda ora avrebbe desistito dal mettersi in viaggio.

«Non mi piace che guidi col buio» insistevo. «Sono già le undici e mezza.»

«Tanto anche se dormo qui per tornare in tempo mi devo svegliare presto e guidare con il buio.»

«E allora se non cambia nulla, rimani.»

«Preferisco di no», erano le stesse parole ogni volta. Le lasciavo cadere, nascondevo la delusione.

«Se non torno chi le munge le vacche domani mattina?» e sdrammatizzava, immaginando Luca a gestire la mandria da solo, Mantova indispettita che gli piantava un calcio sulla coscia.

«Mica ti lego al letto» e lui arrossiva, sgranava gli occhi come quel pomeriggio sulle rive del lago, un'altra vita. Concepiva il mio corpo come una terra straniera. Per scoprirla aveva bisogno di una guida ma se ne vergognava.

Mentre Elbio si accartocciava improvvisavo un sorriso flebile, incerta se credere fossero quelle le uniche motivazioni che lo spingevano a non restare. Ero convinta c'entrassero anche Gioanin e i loro scontri ogni volta che veniva a trovarmi, e se non fosse rientrato a dormire si sarebbero ripetuti più aspri alla mattina.

Forse aveva paura che distogliessi il figlio dal lavoro, che gli chiedessi di scegliere tra me e loro, di abbandonare la tradizione e il mestiere che portavano avanti da generazioni. Tentavo di comprendere, ma allo stesso tempo mi pareva impossibile che a ventotto anni Elbio tollerasse i rimproveri del padre a causa di un letto intatto, di una notte passata fuori. Avrei voluto fosse lui a scegliere, e più ne acquisivo consapevolezza, più mi arrabbiavo.

Sfogare su di lui il mio risentimento lo avrebbe allontanato, così lo accompagnavo al fuoristrada posteggiato di fianco alla Panda, nascondendo il naso dentro la giacca e tirando il cappuccio sulla testa. Durante quel breve tragitto stavamo entrambi in silenzio. Qualsiasi cosa avessimo detto sarebbe stata sbagliata.

«Ti chiamo domani» prometteva, e mi abbracciava mascherando uno sbadiglio sulla mia spalla.

Entrava nell'abitacolo, girava la chiave nel cruscotto e metteva in moto, un cenno con la mano e un sorriso sbiasciato prima di partire. Le ruote scricchiolavano sulla ghiaia e gli abbaglianti tranciavano il buio in fasci, occhi di un rapace notturno.

Rimanevo ferma lì finché non sparivano.

Alla mattina il Barba cercava di fiutare eventuali tracce di Elbio, un segugio che voleva scoprire cosa fosse accaduto sotto al suo tetto, come se gli eventi, la tristezza o la felicità custodissero un proprio odore. Ben presto però aveva capito che non c'era nulla da scovare, nessun segreto da dissotterrare.

A colazione mi fissava di sottecchi mentre scioglieva il miele nel tè, il tintinnare ritmico del cucchiaino sulla ceramica e lo sguardo indagatore. Forse lo terrorizzava l'eventualità di dover consolare una giovane donna scossa dai singhiozzi e voleva prepararsi, raccogliere il coraggio e l'indulgenza.

Ma la mia frustrazione si raffreddava nel sonno e al mattino mi immergevo nella routine, fingendo che la sera precedente fosse stata uguale a quelle trascorse in solitudine.

24

Valeria venne a trovarmi con l'ultima pioggia d'autunno.

Non ci aspettavamo il suo arrivo, non aspettavamo l'arrivo di nessuno. Quando il cielo diventava d'acciaio e le nubi si stratificavano, sapevamo che avrebbero riversato il loro peso su di noi. Le gocce, a volte sommesse, altre virulente, battevano sul rifugio come se qualcuno ci stesse lanciando addosso pugni di riso, invitati a un matrimonio che gareggiavano a chi colpisse più forte gli sposi.

Poteva andare avanti qualche ora o tutto il giorno, ma appena cessava una nebbia lattiginosa, o forse nuvole basse, sfumava tra i bricchi e si insinuava tra le fronde dei larici. Marroni, gialli, rossi e arancioni diventavano densi, caricati dall'acqua.

Uscivo a ubriacarmi dell'odore di roccia bagnata, petricore, della terra zuppa, degli aghi delle conifere su cui le gocce non riuscivano a rimanere aggrappate.

Fu così che quel pomeriggio mi trovò Valeria: appoggiata al parapetto del terrazzo, il viso e le mani umide, talmente inebriata e assorta da non essermi accorta dei suoi passi sulle scale.

«Lo sapevo che ti avrei trovata» aveva esordito.

Sussultai, mi voltai verso di lei. Aveva ancora il cappuccio del guscio calato sulla testa e gocciolava da capo a piedi come una grondaia. Il trucco le si era sbavato, colava dalle ciglia in rivoli neri a striarle le guance. Le sorrisi ma non mi avvicinai.

«Che ci fai qui?» Ero sorpresa e al contempo felice di rivederla. Dalla cena sotto al ghiacciaio non ci eravamo più sentite, e avevo creduto che la sua proposta di venire a trovarmi in rifugio fosse stata dettata dall'entusiasmo del momento. Invece era lì, di fronte a me, ma non mi sentivo così in confidenza da arrischiarmi ad abbracciarla. C'era in noi una sorta di prudenza, una cautela che ci spingeva a girarci intorno per capire se la sintonia provata due mesi prima fosse reale.

« Te l'ho detto che se non scendevi tu sarei salita io. E poi oggi avevo voglia di muovere le gambe. »

« E come sapevi che ero qui? »

Valeria alzò gli occhi al cielo.

« È un interrogatorio? »

Risi, lei rise con me e in quel momento il Barba spalancò la porta del rifugio. Stava per pronunciare qualcosa, probabilmente un rimprovero per il tempo che avevo sprecato là fuori, ma si bloccò appena si accorse che non ero sola.

« E te che ci fai qui? » le chiese, più che una domanda sembrò un'accusa.

« Son venuta a trovare Bea » rispose, sostenendo il suo sguardo. « Comunque ora vorrei entrare ad asciugarmi, sono fradicia. »

La accompagnai sotto le occhiate inquisitorie del Barba, le portai degli asciugamani e le indicai il bagno.

Non appena fece scattare la serratura, lui mi fu accanto.

« Sentimi un po' » disse, « hai organizzato una festa stasera? Già viene quel cretino e va bene, poi pure quella là e nemmeno me l'hai detto. »

« Non lo sapevo che sarebbe salita a trovarmi. »

« E intanto lo stronzo che cucina per tutti sono io » concluse, e se ne andò a smaltire il malumore nella sua stanza.

Aveva smesso di piovere e fino al calar del buio io e Valeria passeggiammo per la conca. Non era mai stata su da noi e indicava ogni cima chiedendone il nome. L'unica che conosceva era la Becca, che torreggiava col suo berretto di cotone.

Quando la sua curiosità fu sazia, continuammo a procedere in silenzio sul sentiero che si snodava per l'altopiano. Le suole delle nostre scarpe schiaffeggiavano il fango, lasciandone l'impronta.

« Comunque ho immaginato fossi rimasta a lavorare qui perché stamattina ti ho inviato un messaggio. Volevo proporti di fare qualcosa, ma dopo due ore non l'avevi ancora ricevuto. Allora mi son preparata e son venuta, a stare a casa mi annoiavo e ho pensato che se pioveva magari saresti stata più libera. »

Quell'ammissione mi stupì. Tra gli amici che mi avevano

promesso una visita nessuno si era presentato, ormai avevamo quasi perso i contatti. C'è chi sostiene che le amicizie autentiche permangano negli anni, che l'affetto non svanisca da un giorno all'altro e i legami non si spezzino così facilmente. I miei non li avevo sciolti di proposito, ma sapevo che non tutti i fili coprono qualsiasi distanza, e io ero lontana. Eppure Valeria l'avevo vista una sola volta, era bastata. Per ragioni che all'epoca non riconoscevo, sapevo che mi capiva senza bisogno di spiegazioni.

«Sono contenta che tu sia qui.»

«Eh be', menomale.»

Mi raccontò che a fine stagione era tornata a Torino. Stava vivendo in un piccolo appartamento sfitto di proprietà del fratello, glielo prestava tra la stagione estiva in rifugio e quella invernale sulle piste da sci. Quell'anno però non si sentiva così impaziente di migrare in Francia. Lo definì un dubbio passeggero, ramo d'abete che ti si para in faccia mentre cammini nel bosco. Adesso voleva godersi quel periodo di riposo, ricaricare le energie. I due mesi e mezzo che trascorreva in città erano per lei una stasi: leggeva, dipingeva con gli acquerelli, andava spesso a trovare i genitori, ogni mattina correva sul lungo Po del Valentino e appena il tempo lo consentiva scappava a camminare in montagna.

«C'è una montagna che non si calcola nessuno. Non è alta, supera di poco i duemila, ma a me delle altezze non me n'è mai importato. A metà strada c'è un rifugio chiuso da anni, sarà per questo che ci va poca gente, meglio. D'estate è zona di pastori, ma in autunno appena inizia a far freddo l'alta valle si svuota. Ci sarò salita più di cento volte ma è come fosse sempre la prima, è uno dei miei posti preferiti. Di solito vado al pomeriggio perché come tramonta lì il sole non lo vedi da nessun'altra parte. L'ombra blu che si getta sulla valle copre le cime e gli tesse attorno la foschia come una ragnatela. Una volta se vuoi ti ci porto.»

Dalle sue parole traspariva un amore affine al mio.

Mi sentii giusta, con Valeria accanto.

Annuii alla promessa di ritrovarci su un'altra montagna e salirci assieme.

L'aria si era scurita, la luce bruna esaltava il rosso della macchia di larici. Eravamo giunte fin lì senza accorgercene. Dalla *dèsarpa*, non ci ero più tornata.

« Oltre cosa c'è? » chiese Valeria, che aveva piegato la schiena e scrutava attraverso l'intrico di fronde.

« Ci son delle malghe » risposi, rimanendo sul vago.

« Vero, ho anche visto il cartello prima. Quelli che ci lavorano li hai conosciuti? »

« Sì » e trattenni un sorriso. « Stasera viene a cena il figlio del proprietario. »

« Che tipo è? A me di solito i pastori non piacciono molto. »

« Lui è uno a posto. Si chiama Elbio. »

« Che nome strano. »

Valeria intuì subito che tra me ed Elbio c'era qualcosa ed Elbio non riuscì a mascherare il fastidio che gli causava la presenza di Valeria. Se c'era lei, dopo cena sarebbe stato difficile rimanere soli e la prospettiva non doveva piacergli affatto.

Dal canto suo il Barba si tratteneva, e appena Valeria gli rivolgeva la parola pareva essere imbrigliato da una museruola. Il suo modo di fare ironico e spavaldo lo innervosiva, se non fosse stata la prediletta di Piero non avrebbe esitato a mandarla a stendere. Invece si sforzava di essere mansueto, e più Valeria si accorgeva della sua ostentata cortesia più si divertiva a punzecchiarlo.

La prospettiva di trascorrere una serata tutti assieme mi aveva messa di buonumore, credevo si sarebbero amalgamati con facilità.

Dopo cena il Barba si accomiatò di gran fretta e rimanemmo noi tre, sul tavolo una bottiglia di genziana. Quando Elbio distese il braccio e circondò lo schienale della mia sedia, Valeria si ritrasse, le gambe accavallate e le braccia conserte, e appena notò le nostre mani appoggiate sulla mia coscia le si allargarono gli occhi. Si accanì contro Elbio tempestandolo di domande sulla vita in alpeggio, dalla produzione dei formaggi alla gestione della mandria. Lui rispondeva educato ma aveva la schiena rigida, la mascella uno schiaccianoci in tensione. Intuii che si era imposto di non parlare in dialetto e calibrava ogni frase come se stesse sostenendo un esame. Anche io cominciai a provare un misto di disagio e risentimento, bolo acre che scalpitava quando incrociavo lo sguardo di Valeria.

Stava giudicando Elbio basandosi su impressioni fugaci, su stereotipi e pregiudizi. E con lui stava giudicando anche me, le nostre mani strette.

Verso le undici disse che per lui era giunto il momento di andarsene. Si rivestì senza abbottonare il giaccone, la sciarpa scomposta, un lembo gli pendeva fino al ginocchio.

Salutò Valeria con un cenno e le augurò la buonanotte, lei ricambiò e rimase seduta. Io mi ero alzata in piedi, accanto a lui.

«Ti accompagno» dissi, e uscimmo insieme.

Superammo le finestre del salone, prima di imboccare le scale lo strattonai per il gomito e lo girai verso di me per abbracciarlo. Mi sentivo dispiaciuta, rammaricata, anche se non sapevo il perché. Mi sollevò da terra, io scalciai per gioco, disse che ero leggera come uno stelo d'erba. Lo baciai sulla tempia e gli accarezzai il viso. Non meritava di sentirsi inappropriato, fuori luogo.

«Dove l'hai trovata quella?» mi chiese sottovoce.

«L'ho conosciuta quando sono andata a cena dall'amico del Barba, ti ricordi?»

«Sì, ma di lei non mi hai parlato. Non sapevo che eravate amiche.»

«Deve essermi sfuggito.»

Mugugnò, mi rimise a terra.

«Se mi dicevi che veniva lei, sarei salito un altro giorno.» Era risentito, gli sfiorai il sopracciglio, virava all'ingiù.

«Non lo sapevo. È arrivata questo pomeriggio senza avvisare. Credo volesse farmi una sorpresa.»

«Eh va be', ma mica si fa così. Io quando vengo te lo dico sempre.»

Azzardai una risata, provai a rabbonirlo mentre proseguivamo verso la macchina. Sarebbe tornato presto, «ho del tempo da recuperare», risposi che certo, avevo voglia di stare con lui anche io, disse che era tardi, mi salutò veloce, lo guardai andare via.

Quando rientrai Valeria non si era mossa ma aveva riempito i nostri bicchieri di genziana.

Ero arrabbiata e al tempo stesso mi sentivo in imbarazzo, in dovere di giustificarmi per una colpa ignota, rimediare a un torto che le avevo arrecato. Fu per questo senso di colpa che rimasi zitta, mi sedetti accanto a lei e scolai la mia razione di liquore. Mi bruciò nella trachea, poi nello stomaco, me ne versai ancora.

«Così è per questo che sei rimasta.» Afferrò il suo bicchiere reggendolo tra il pollice e l'indice, fece roteare il liquido scuro prima di bagnarsi le labbra.

«Vive a valle adesso.» Valeria si girò verso di me, io piantai un gomito sul tavolo. Ghignò, tirò indietro la testa, spostò i capelli dietro al collo.

«Fate sul serio?»

Il suo tono era pregno di sarcasmo. Avrei voluto alzare la voce, «Ma si può sapere che vuoi», eppure esitai.

«Non lo so» sussurrai infine.

Valeria si alzò, sfilò dalla tasca le chiavi della camera che le avevamo assegnato.

«Scusa, non sono affari miei. Adesso vado, sono un po' stanca. Magari domani mattina mi porti ancora a fare due passi?»

All'improvviso mi sentii rallentata, come se la carica alcolica di quegli ultimi sorsi di genziana mi fosse salita in un'unica botta. Pensai a Elbio guidare veloce tra le curve della statale per rincasare il prima possibile. Rividi Renata, la sua coda di cavallo, le guance screpolate e le mani gonfie, il pensiero costante del marito al pascolo, la sua fretta di rientrare per dargli una mano e preparare la cena per lui e i suoi figli. Da un alpeggio si era spostata a un altro, aveva creato una famiglia ricalcando la stessa in cui era cresciuta, come se non se ne fosse mai davvero andata. Per un attimo ai suoi tratti si sovrapposero i miei, mi mancò il fiato e fui attanagliata dall'angoscia, ebbi la sensazione che la pelle del mio ventre si tendesse verso l'ombelico.

«Ehi, tutto a posto?»

Valeria era china su di me, mi stringeva la spalla e mi fissava allarmata, pronta a intervenire.

« Sì, devo aver un po' esagerato. Questa genziana scende giù talmente bene che non ti accorgi di quanta ne bevi. »

Mi alzai con cautela, Valeria mi sorresse, arricciò le labbra, lasciò la presa appena fu certa che mi reggessi in piedi. Inspirai forte, abbozzai un sorriso che lei ricambiò prima di abbracciarmi.

Quella stretta fu un sollievo, confermava che la sua stima nei miei confronti non era svanita. Ma la sensazione di oppressione era ancora lì, che tirava tra la gola e la pancia.

Si accavallava al ricordo del volto di Renata, assorto e malinconico.

25

A metà dicembre arrivò un gelo secco che non ci mollò più.

Il freddo dilaniava le notti e di giorno sembrava i raggi del sole fossero stati derubati dal calore.

Accendevo le sigarette nella bussola controllando che il Barba non se ne accorgesse, ma se uscivo e non continuavo a tirare spiravano, e dovevo ritentare la sorte.

« Magari ti decidi finalmente a smettere » commentava appena rientravo e si sventolava la mano vicino al naso, arricciato dal disgusto. « Ogni volta ti porti dietro una zaffata che mi fa vomitare. »

Il meteo, sibilla cumana del Barba, attribuiva le basse temperature a una perturbazione giunta dall'Asia. Il suo nome mi rievocava la figura di un dio che camminava lento sopra le nostre teste e dietro di sé lasciava ondate di gelo. Il Barba ce l'aveva anche con lui, « deve nevicare, con 'sto freddo se va bene ne vengono giù venti centimetri ». La neve « seria » arrivava dal mare, dal Golfo del Leone o dai golfi liguri, un miraggio nel deserto che ci aveva concesso giusto una spolverata a inizio mese. Seppur sulla Becca qualche lastrone di ghiaccio vivo continuasse a resistere, intorno a noi la montagna era di un marrone brullo e spento, una steppa prostrata dalla siccità.

Senza neve, rimarcava il Barba, il freddo era inutile, e pregava che quel vento dall'est fosse scalzato dai fratelli del sud e ce la recassero in dono come i re magi.

La maledizione non aveva colpito solo noi. In molte località dell'arco alpino neve non ce n'era, e sulle piste da sci i cannoni sparavano fiocchi artificiali per assicurare ai turisti qualche weekend di svago, agli albergatori le camere piene, agli impianti di risalita gli skipass conservati nella tasca sulla manica della giacca, agli chalet comande di birra, vin brulé e cioccolate calde. Il Barba scorreva le foto delle altre montagne sullo schermo

179

del computer e sciorinava teorie e improperi. Che senso aveva sciare se per sciare ci voleva la neve e di neve non ce n'era? Che senso aveva ricrearne di finta? Smantellava così i modelli di sviluppo economico che da mezzo secolo avevano travestito la montagna da parco divertimenti, senza i quali la sopravvivenza di intere valli e centinaia di famiglie sarebbe stata a rischio.

Detestavo sentirmi impotente mentre la montagna moriva di sete e mi sforzavo di immedesimarmi nel Barba, che chissà da quanto tempo scuoteva la testa e ripeteva che nulla era più normale.

Anno dopo anno doveva averla osservata deperire, patire stenti sempre maggiori, deformarsi e sovrapporsi ai ricordi di quando aveva preso in mano la gestione del rifugio.

«La montagna d'inverno va lasciata in pace. Se c'è fresca, vuoi sciare e hai fegato, mettiti su un paio di pelli, sali fin dove riesci e poi scendi. Non che vai avanti e indietro come un coglione che fa la gara a chi ancheggia meglio», e ridevo del suo purismo senza grigi, tutto bianchi e neri. Nonostante fossi d'accordo e comprendessi la sua rabbia, sapevo che non si poteva radere tutto al suolo in un baleno e ripartire da zero senza sapere da dove, senza un piano di riserva.

Ma lui voleva solo un uditorio, e io ero l'unica a poterlo ascoltare.

Mentre lo sciopero della neve continuava il suo picchetto, le vacanze natalizie si avvicinavano. Il Barba aveva detto che se mi faceva piacere, mi avrebbe accompagnata alla fermata dell'autobus il pomeriggio della vigilia, così da poter tornare a Torino e trascorrere il Natale in famiglia.

«Tu scendi?»

«Ma cosa scendo, me ne sto qui senza nessuno che rompe i coglioni.»

Ci riflettei qualche giorno e alla fine decisi di restare in rifugio.

Il Barba era rimasto interdetto. «Se lo fai per me, non devi mica.»

«Non lo faccio per te» gli avevo risposto, in parte era vero.

Quando giunse il momento di comunicarlo a mia madre mi

appartai. Ero seduta sul divano e prima di comporre il numero che fin da bambina sapevo a memoria, temporeggiai qualche minuto rigirandomi il cordless tra le dita.

« A Natale sto qui » e dall'altra parte del telefono ci fu solo silenzio.

« Passami il tuo capo » mi aveva ordinato lei, scandendo ogni sillaba. Mi sembrò fosse di fronte a me, la bocca che si allargava e si chiudeva, la lingua che batteva contro i denti, le rughe agli angoli degli occhi.

« No che non te lo passo. »

« Non solo ti sfrutta e ti fa lavorare e pulire cessi tutto il giorno, non ti permette nemmeno di scendere il giorno di Natale. »

Realizzato quel duplice attacco, mi infuriai.

Le dissi che era stata mia la scelta, il Barba non c'entrava nulla. Allo stesso modo avevo scelto io di lavorare lì, nessuno mi stava sfruttando e fin da subito ero stata consapevole della vita a cui sarei andata incontro.

Mia madre cercò di interrompermi, io le parlai sopra, « spero che prima o poi ti rassegnerai e ti renderai conto che sto molto meglio qui a pulire i cessi di quanto stavo prima, a fare le cose che qualcun altro aveva deciso al posto mio. »

Prima di attaccare, la sentii urlare.

« Spiegami cosa ti abbiamo fatto. »

Appena riagganciai mi accorsi che il Barba aveva origliato la conversazione appoggiato alla piglia. Mi fissava a braccia conserte, con il ginocchio alzato e il piede spalmato sul blocco di muratura. Io inspiravo ed espiravo dal naso e dalla bocca, mi sentivo rovente, alla prima battuta inopportuna avrei aggredito anche lui.

Non credo fosse riuscito a sentire la sua voce gracchiare dagli altoparlanti del telefono, ma ripeté le stesse parole di mia madre.

« Ma si può sapere cosa cazzo ti hanno fatto? »

Non sapevo cosa mi avesse fatto la mia famiglia, cosa mi avesse fatto ciò che avevo lasciato in città. Alle decisioni a cui avevo dovuto sottostare non mi ero ribellata se non con un flebile pigolare. Ma quando avevo alzato la testa, frantumato bicchieri contro i muri e detto di no, mi era tornato in mente il principio della rana bollita, letto mentre studiavo per un esame dell'università. Non ricordo la materia, ma quel breve trafiletto mi era rimasto impresso, inciso addosso.

Una rana nuota tranquilla in una pentola d'acqua fredda. Sotto la pentola c'è un fornello con il fuoco acceso e l'acqua comincia a intiepidirsi. La rana rimane lì, a godersi quel piacevole tepore. Ma la fiamma continua a scaldare l'acqua, la temperatura sale ancora e la rana, seppure stia iniziando a soffrire il caldo, non si muove, non scappa. Quando la temperatura è ormai diventata insostenibile la rana non ha più le forze per saltare via, salvarsi, ed è destinata a morire bollita.

Le ultime forze per saltare via io le avevo trovate, nascoste tra muscoli e legamenti, però di ustioni ne avevo riportate parecchie. Sapevo che si stavano rimarginando ma quella pentola, oltre alle ferite, aveva fatto esplodere in me la rabbia. Una rabbia senza colpevoli e senza carnefici, che non aveva bersagli contro cui scagliarsi e si riversava addosso a chiunque.

La montagna però mi aveva domata. Incanalava la mia furia tra i valichi e le vette, nelle tane degli animali, nelle anse del fiume, tra gli aghi degli alberi, in quel cielo che era una bocca immensa e se la ingoiava tutta anche se non glielo avevo mai chiesto.

A volte con la rabbia ci nasci dentro, e non lo sai nemmeno perché sei così arrabbiato.

Mentre il Barba mi guardava io ero in balia della collera, del fiele e del rancore e non sapevo cosa rispondergli.

«Tutto e niente» ma avevo paura non mi avrebbe capita.

Per la prima volta fui io ad andarmene, sbattendo forte i piedi a terra e la porta del camerone.

Il venticinque dicembre ero scesa in sala alla solita ora, e mi stranii nel trovare la porta del rifugio e le persiane ancora chiuse.

Uscii ad aprirle, apparecchiai per la colazione e aspettai che il Barba mi raggiungesse. Dopo un'ora non si era ancora fatto vedere, così mangiai per conto mio, fumai, feci entrare i gatti, ormai bestie raminghe che ci onoravano della loro presenza solo durante i pasti, accesi la stufa e mi sedetti a leggere un libro.

Il telefono squillò, smise dopo pochi secondi, lo accostai all'orecchio per accertarmi avesse risposto il Barba. Se l'interlocutore fosse stato qualcuno che voleva salire per pranzo pregustavo già le sue urla pirotecniche, «ma non avete niente di meglio da fare a Natale che venire qui a rompere i coglioni?»

Invece udii una risata piccola, trillante e acuta, seguita da quella di un uomo, deformata dal riverbero della linea.

Intuii fosse il Barba e attaccai subito.

Mi sembrò di aver invaso una sua dimensione privata, di avergli mancato di rispetto e sperai non si fosse accorto di quell'intromissione.

Quando si presentò in sala erano le dieci passate, un insolito sorriso sulle labbra.

Mi alzai per preparare il suo tè nero, ma mi bloccò. «Sta' buona, faccio da solo.»

Stetti ferma dov'ero, e continuai a leggere finché non mi chiamò.

«E allora che si dice?»

«Parli con me?» chiesi sbalordita.

«Vedi qualcun altro?»

«Ci sono anche i gatti.»

«Ancora non sono diventato così matto.»

Rimasi interdetta, il pollice in mezzo alle pagine del libro per tenere il segno, indecisa se raggiungerlo.

«Ti degni di venire qui, che odio non guardare in faccia le persone quando ci parlo?»

Mi sedetti di fronte a lui, intento a pucciare dei biscotti nella tazza e ingurgitarli in un sol boccone. Sfilava quei rettangolini di burro e farina di mais da pacchetti monoporzione di solito riservati ai clienti. Ne aveva ammucchiati un po' sul tavolo, sulle dita e ai lati della bocca gli si erano appiccicate delle briciole.

«Se li vuoi, prendili» mi disse aprendone un altro.

Più per timore che per gola, ne afferrai uno.

«Quindi che vuoi fare oggi?» e per poco la frolla non mi andò di traverso.

«Non saprei» risposi mentre mi riempivo un bicchiere d'acqua dal rubinetto del bar.

«Io approfitterei della neve per recuperare il gatto.»

Solo allora mi accorsi che aveva iniziato a nevicare. Dalla finestra vidi i fiocchi ondeggiare nell'aria, un incedere lento che si adagiava sulla montagna fine come polvere. Ovattava i colori e ogni forma sbiadiva, candeggiata al bianco del cielo.

«Sembra fatto apposta, manco fossimo in un film. Da lassù qualcuno ci sta pigliando tutti per il culo.» Il Barba rise e venne da ridere anche a me.

«Se vuoi pranziamo, ci facciamo una passeggiata fino al sanatorio e ritorniamo con il bestione. Le motoslitte le lasciamo lì, così domani le usano quei tre cretini e non devo andare a prenderli io.»

Il giorno successivo Berto, Carlo e Gioele sarebbero saliti per darci una mano durante le festività. Avevamo tantissime prenotazioni e per Capodanno eravamo al completo da metà novembre.

«Va bene, mi fa piacere fare una passeggiata con la neve» assentii mentre lui continuava a mangiare i biscotti, quasi fosse intenzionato a finire il tè inzuppandoceli dentro.

«Tanto dura poco, da domani non nevica già più.»

«Lo dice il meteo?»

«Lo dico io che 'sti posti li capisco meglio del meteo.»

Finì il tè in due lunghe sorsate reggendo la scodella con entrambe le mani e la appoggiò rumorosamente sul tavolo.

«Per pranzo cosa vuoi?» Nei miei sogni più arditi, il Barba poteva raggiungere un tale livello di buonumore solo se i guardiaparco non venivano a trovarlo per un mese.

«Non so. Scegli tu.»

«Sei te quella complicata signorina, mica io.» Aveva preso in mano il cucchiaio e lo stava tamburellando sul tavolo.

«La torta di erbe e le patate al forno magari.»

«E basta?» Il Barba controllò l'ora dal gioiello di tecnologia che portava al polso. Quando me lo aveva mostrato spiegandomi il funzionamento, dall'altimetro alla misurazione del battito cardiaco e della saturazione dell'ossigeno, mi ero domandata a cosa gli servisse. Da anni rimaneva fermo alla stessa quota.

«Te adesso stattene ben lontana dalla cucina che ho da fare. All'una e mezza si mangia.»

Raccolse le stoviglie e se ne andò a passo marziale, il clangore delle pentole e dei coperchi mi intimava di stare alla larga.

Misi in ordine e preparai la tavola per il pranzo, sorridendo.

Mentre il Barba si cimentava ai fornelli, il telefono squillò di nuovo.

«Sarà quell'altro che vuole farti gli auguri» urlò, la voce sfumata nella ventola della cappa.

Era Elbio, il suo intento quello previsto dal Barba. In sottofondo sentivo il frastuono di parole sparse che si accavallavano, dialetti geroglifici, scalpiccio di piedi bambini, risate.

«Ma in quanti siete?»

«Eh tanti, da parte di mia madre sono una fraccata di parenti. Io ho già cinque cuginetti sai? Non ti dico che casino hanno fatto a messa, non si riesce a farli star buoni.»

Chi era attorno a lui ne reclamò la presenza.

Elbio, Elbio, Elbio, nome solo suo.

«Vai pure Elbio, festeggia bene» gli dissi, e lui parve mortificarsi. La mia fretta nel troncare la conversazione era palese, non mi sforzai di nasconderla. Il clima di festa che lo circondava mi metteva a disagio.

«Ci sentiamo poi con calma» lo salutai, cercando di smorzare la tensione.

Lui mugugnò. «Fai gli auguri anche a quell'altro.»

«Ricambia» mentii, e attaccai.

Mi arrischiai verso la cucina, tentata dal profumo di farina cotta. Il Barba scrutava dentro al forno, la concentrazione annidata tra le grinze della fronte, in parte coperte da una bandana che si era legato in testa.

«Se la guardi, la roba mica è pronta più in fretta» e lui mi scacciò colpendomi con lo strofinaccio che pendeva dalla tasca del grembiule.

«Fila via!» gracchiò.

Quando ci sedemmo a tavola pensai che nessun altro pranzo, nessun'altra festa, avrebbe retto il confronto con la nostra.

26

Dall'inizio della stagione invernale reputavo la neve un'insidia. Per quanto la montagna ne soffrisse la mancanza, credevo che la sua assenza avrebbe evitato catastrofi di qualsiasi sorta. Quassù da noi nessuno sarebbe morto sotto una valanga, a nessuno sarebbe crollata addosso una parete di ghiaccio.

Niente neve, niente incidenti, niente interventi del Soccorso Alpino.

Anche se ne era caduta poca il ventisei dicembre mi svegliai agitata, preoccupata per la salita dei miei colleghi.

« Perché non hanno ancora telefonato, non dovrebbero essere già al sanatorio? » avevo domandato al Barba mentre preparavo il caffè.

« E che ne so, non saranno ancora arrivati. »

« Ma son già le sette. »

« Magari stanno andando piano in macchina perché c'è ghiaccio. »

« E se è successo qualcosa? »

« Oh ma la vuoi piantare? » mi sgridò, e iniziò a scongiurare la iella con una serie di gesti scaramantici.

La telefonata non arrivò e fui attanagliata dall'ansia finché Carlo, Berto e Gioele non piombarono in rifugio. Entrarono dalla porta sul retro, Carlo in testa, Berto e Gioele al seguito che si sganasciavano dalle risate.

Li raggiunsi collerica, pronta a rimproverarli per l'angoscia che mi avevano causato, ma Carlo era più arrabbiato di me.

« In motoslitta con voi due non ci salgo mai più, siete dei terroristi! » e loro due continuavano a sbellicarsi, le labbra screpolate.

Il Barba accorse dalla cucina con un sedano in mano.

« Ma si può sapere cosa diavolo succede? Che è tutta questa cagnara? »

Appena Carlo lo informò che Berto e Gioele avevano spinto i motori delle motoslitte fino a centocinquanta chilometri orari il Barba, al grido di battaglia «Disgraziati», cercò di malmenarli. «Ma vi rendete conto che se vi ammazzate poi è colpa mia?! Col cazzo che vado in galera per delle zucche vuote come voi» e mentre abbracciavo Carlo ridevo anche io, pregando che la buona sorte continuasse a vegliare su quei ragazzi.

Lo sguardo di Carlo si era conservato dolce, ma meno travagliato e più sereno.

Gli chiesi come stesse, cosa facesse, «Stasera ti racconto tutto» mi bisbigliò all'orecchio prima di andare a posare lo zaino in camerone.

Berto e Gioele invece erano diventati più compatti e tonici, i nasi arrossati e il segno delle maschere da sci attorno agli occhi.

Non ci vedevamo da tre mesi, mi sembrarono molti di più. Chissà se mi avevano ritrovata cambiata oppure la stessa, una copia carbone della Beatrice salutata in autunno. Loro si erano mossi, si erano spostati, erano mutati, mentre quassù ogni cosa era rimasta immobile, le giornate una ragnatela che contribuivo a tessere.

Da quando ero risalita avevo paura della sera, del dopo cena e delle ore morte che precedevano il sonno. Nell'assenza di un compito da svolgere, di una distrazione, affioravano i dubbi. Mi chiedevo se andasse bene così, se mi stessi accontentando della compagnia del Barba e delle sporadiche visite di Elbio, se quella vita potesse rendermi felice.

Mi sentivo scissa tra due esistenze parallele che non avrebbero mai potuto incrociarsi, convergere l'una nell'altra. Nutrire legami con chi non viveva in rifugio era difficile, se non impossibile. Ogni tanto venivo aggredita dallo sconforto e mi mancava avere qualcuno intorno, poter decidere di incontrarlo in qualsiasi momento, fare qualcosa di diverso da una passeggiata nella conca o in direzione del bosco. Entrare in una libreria, guardare un film al cinema, bere un cocktail in un dehor erano consuetudini di un altrove. Quando però quei gesti appartenevano alla mia quotidianità, era stata la montagna a mancarmi. Del resto non me ne fregava niente, nulla sembrava importante.

Nonostante fossi contenta del ritorno dei ragazzi, avevano stravolto il nuovo equilibrio che, scandola dopo mattone, ero riuscita a edificare, dai plinti ai pilastri fino alla capriata del tetto. Mi ero abituata, a me e al Barba. Destavamo ilarità e sorpresa in chiunque ci vedesse, dagli avventori ai suoi amici rifugisti che, disoccupati dell'autunno e dell'inverno, passavano a trovarlo a pranzo e gli raccontavano com'era andata la stagione. Spesso ebbi l'impressione che alcuni provassero per lui una sorta di gelosia. A settembre l'altitudine delle loro montagne li costringeva a scendere, ad abitare altre case. La Becca invece non intimava al Barba di andarsene, sarebbe potuto rimanere quassù per sempre.

«Ma come fai a sopportarlo?» mi chiedevano, e prima che potessi rispondere lui si intrometteva affermando che casomai era il contrario.

Da Santo Stefano in poi fummo travolti dal caos. Il nostro assetto lavorativo era cambiato: il Barba aveva sostituito Daniele in cucina, Carlo rimaneva in sala con me, Berto lavava i piatti in plonge e Gioele aiutava dove c'era bisogno.

Intrappolato nell'autunno, quell'inverno senza neve agevolava le salite in rifugio. Le ciaspole erano inutili, bastavano scarpe resistenti all'acqua, calze di lana e un giaccone antivento.

Avevo adottato una formula prestabilita, indicazioni approvate dal Barba che ripetevo al telefono per tutelare gli escursionisti. «Devi dire anche quello che a te sembra ovvio, perché per alcuni magari non lo è» e così descrivevo l'abbigliamento da scegliere, i tempi di percorrenza, l'ora in cui il sole sarebbe tramontato, la chiusura della strada alle auto. «Ma non c'è neve» disquisivano al telefono. «Disposizioni del Comune» replicavo, «se vi beccano i guardiaparco dovete pagare una sanzione» e di sovversivo non ci fu nessuno.

Per quanto odiasse parlare al telefono, c'era un'unica cosa che il Barba non delegava: quando gli alpinisti chiamavano per sapere le condizioni della Becca, a spiegarle doveva essere lui. Se era impegnato segnavo nome, cognome e recapito telefonico degli interessati in un riquadro in agenda, a fondo pagina, così che potesse ricontattarli.

« Se mi spieghi bene cosa devo dire, posso anche farlo io » gli proposi.

« Te ci sei mai salita sulla Becca? »

« No. »

« E allora come pensi di poter dire a qualcuno cosa deve fare, dove deve andare, com'è la roccia, se ci sono dei punti pericolosi. Guarda che con queste cose mica si scherza. La gente in montagna ci può pure morire. »

« Lo so ma... »

« Ma niente, no che non lo sai, devi stare zitta. Qui ci vivo da trent'anni e anche se vedo come gira il tempo, come cambia la montagna, nemmeno io a volte sono sicuro perché ci sono cose che non puoi prevedere. Lassù com'è non lo sai davvero fino a quando non ci sei, cambia ogni giorno. Se a qualcuno succede qualcosa devi essere sicuro che non gli hai detto una cazzata, che sei stato più preciso che potevi, perché poi la colpa è tua. E se proprio dev'essere colpa di qualcuno, che sia mia. Io sono il gestore e di queste cose me ne occupo io e basta. »

Mi ero vergognata della mia superficialità, della leggerezza di quella richiesta. D'estate era successo che qualcuno chiedesse indicazioni sulle vie alpinistiche, ma il Barba si era sempre trovato nei paraggi e gli avevo passato il telefono senza oppormi o fare domande. Avevo creduto che quei pochi mesi vissuti in montagna mi avessero resa in grado di occuparmi della sorte altrui.

Non era così.

Quando finivamo di lavorare, io e i miei colleghi avevamo ripreso l'abitudine di riunirci a chiacchierare seduti al tavolo più vicino alla stufa, le birre sostituite da punch al mandarino e pastis. Gesti naturali in passato, adesso rimarcavano il tempo e la distanza che ci avevano separati. Mi trovavo insieme ad amici con cui avevo condiviso giornate, volti, la stanza da letto e il bagno, ma che all'improvviso si erano smaterializzati, abbandonando il rifugio e trasferendosi lontano. Era accaduto così tanto, a loro, che faticavano a trovare le parole per raccontarlo, a scegliere ciò che era stato importante.

Berto e Gioele si erano dedicati a rimpolpare il curriculum

alpinistico trascorrendo settimane fuori casa, il paesino di mille abitanti in cui erano cresciuti. « Mai spesi tutti 'sti soldi in benzina » e raccontavano salite e discese, bivacchi e rifugi. « Sarebbe bello vivere così per sempre, starsene in giro in montagna e fare quello che ti pare. » Gli allenamenti li avevano assorbiti, le selezioni si stavano avvicinando e da febbraio a marzo avrebbero migrato verso le località in cui si sarebbero svolte le prove d'ammissione.

« Abbiamo solo arrampicato e sciato dove si riusciva » conclusero, condensando e liquidando gli incontri, le persone che avevano conosciuto, i tagli sulle mani, i momenti di gioia e di sconforto.

Carlo invece aveva trovato lavoro in un piccolo ristorante della valle e stava imparando a servire ai tavoli. « Non ce la facevo più a stare chiuso in una stanza per ore senza vedere nessuno oltre a piatti e acqua zozza. » Gli piaceva, si divertiva, la paga non era male ma non buona come quella del Barba. « Oltre al lavoro in sala, il proprietario mi sta anche insegnando un po' di caffetteria. Ci ho messo qualche settimana a riambientarmi, ma adesso ho anche ripreso a uscire con i miei vecchi amici. »

« E la *murusa* ce l'hai? »

Carlo annuì, e Berto e Gioele lo tramortirono con due pacche sulla schiena.

« Qualcuno di voi ha notizie di Daniele? » chiese, nel tentativo di sviare l'argomento.

« Lo abbiamo incontrato per caso il mese scorso in un fuoripista » disse Gioele.

« E che dice? »

« Niente, lo sai com'è fatto. Ce l'aveva con quelli degli impianti perché il giornaliero era aumentato e la neve faceva schifo. Però aveva ragione, era ghiacciata e in certi punti si vedeva la terra. »

« Mia madre mi ha detto che lavora in fabbrica » si intromise Carlo. « Lo ha saputo da una sua amica che fa la segretaria lì. »

« Non ce lo vedo proprio » commentò Berto, e per un attimo il suo volto parve macchiarsi di dispiacere.

Quando fu il mio turno, non seppi cosa dire.

Ero rimasta dove mi avevano lasciata.

«Sempre uguale, ma sto bene qui. Anche col Barba pensavo andasse peggio. Ti abitui a tutto.»

«E con Elbio?» prese coraggio Carlo e per eludere la domanda risi, fingendo imbarazzo.

Nell'ultimo periodo Elbio mi mancava a intermittenza. Il desiderio di vederlo e averlo con me la notte appariva fugace come uno stormo di passaggio. Nelle ore precedenti alle sue visite mi sentivo in fermento ma adesso nemmeno lui c'era, non condivideva più il mio mondo. Aveva iniziato ad appartenere alla vita di giù, distante quanto la valle.

Le mancanze non sono mai orizzontali o verticali ma vanno in obliquo, come le depressioni tra i valichi, i picchi di un cuore che ansima.

«Guarda che non ci sono più posti» avevo urlato per sovrastare il clangore delle fruste elettriche. Era un mattino di novembre, la nebbia ci aveva rinchiusi nella sua prigione e aveva buttato la chiave.

«Hai contato male» aveva ribattuto il Barba. «Prendine ancora dieci.»

«Ho contato benissimo, per il trentun dicembre siamo al completo» continuavo a insistere mettendogli l'agenda sotto agli occhi, lui la scostava brusco. Emetteva un gorgoglìo cupo, gutturale, una lince che sta per balzare al collo di un camoscio. Non aveva voluto sentir ragioni ed ero stata costretta a obbedire.

«Si accettano scommesse» aveva commentato Berto quando raccontai che a Capodanno dieci ospiti avrebbero dormito all'addiaccio, ed eravamo impazienti di assistere alla reazione del Barba appena avesse preso atto del suo errore.

Dovemmo attendere finché, a tre giorni dal veglione, si mise di buona lena a preparare la piantina delle stanze.

«Ma *porca malura*» si spolmonò, la penna che aveva lanciato contro al muro lasciò uno spruzzo di inchiostro. Non poteva più tirarsi indietro e chiamare gli ospiti in esubero per annullarne le prenotazioni. Noi lo prendevamo in giro, lui rimuginava, ma quando l'eureka arrivò la voglia di ridere svanì. Sarebbe stato il camerone ad accogliere i dieci raminghi e così, su un

tappeto rosso di proteste e malcontento, ci ordinò di raccogliere le nostre masserizie e trasferirci in piccionaia. Del suo uso
arcaico aveva conservato solo il nome ed era stata adibita a ripostiglio e deposito di cianfrusaglie. Da tempo immemore venivano ammassate reti del letto arrugginite, sedie sfondate, sci
che scioline non ne vedevano da decenni, oggetti dimenticati
dai clienti raccolti in sacchi dell'immondizia. Nessuno di recente l'aveva utilizzata per dormire e il Barba spedì Berto e Gioele
a pulirla.

« E tutta quella roba dove la mettiamo? »

Il Barba aveva alzato le mani. « Che ne so io? *Fè vui àutri*,
basta che non buttate via niente. »

Non tornarono in sala fino a sera, ammantati di polvere e
sudore. « Non avete idea di cosa abbiamo trovato. »

« Non ci tengo a saperlo » dissi, indispettita nei confronti
del Barba.

« Abbiamo portato su delle reti decenti e anche dei materassi, però non ci sono i cuscini, se li prendiamo noi non bastano
per i clienti. »

Ci voltammo verso il Barba, degno erede di Ponzio Pilato,
che fingeva di riordinare i blocchetti delle ricevute.

Ma al di là delle notti passate al gelo, i materassi che puzza-
vano di muffa, i fastidiosi passi dei ghiri che abitavano tra le
scandole del tetto e la polvere che ci provocava una tosse perpetua, i giorni precedenti al veglione trascorsero leggeri e il
Capodanno fu un momento di festa anche per noi.

Il rifugio era affollato da famiglie con bambini, coppie,
gruppi di ragazze e ragazzi. Nonostante capricci e richieste
che ci costringevano a lavorare fino allo stremo, fummo contagiati dall'allegria e la spensieratezza di chi in vacanza riesce a
dimenticare ciò che lo attende al ritorno. La chiusura della strada scremava i clienti e ci purgava dai *merenderos*, come li apo-
strofava il Barba.

Il menù proposto per il cenone era semplice, senza sfarzi,
senza rincari di prezzo. Il Barba fu accolto dagli applausi quando portò in sala il suo augurio, una gigantesca torta di pan di
spagna, panna montata e crema pasticcera, « un capolavoro » a
cui si era dedicato dal giorno precedente.

« Altro che panettone con quelle uvette mollicce » ripeteva mentre tagliava le fette da servire, le nostre le tenne da parte. Intuimmo l'avvicinarsi della mezzanotte quando i clienti uscirono sul terrazzo cantando il conto alla rovescia. Non capii perché si fossero fiondati in massa fuori, in una notte che rasentava i meno dieci gradi. Forse si aspettavano fuochi d'artificio, forse attendevano una grande sorpresa. Ma allo scoccare dell'anno nuovo non accadde alcunché di magico o inaspettato. La montagna era silenziosa e nulla pareva sfiorarla. Il cielo era coperto di nuvole e non si vedeva nemmeno una stella.

Appena finirono le vacanze natalizie, Elbio venne a trovarmi.

Avrebbe voluto raggiungermi la sera dell'Epifania, ma gli chiesi di aspettare che partissero Carlo, Berto e Gioele. Provai sollievo nel salutarli, abbracci veloci mentre il Barba suonava il clacson del fuoristrada, « se non vi muovete ve ne andate giù a piedi », il finestrino appannato aperto a metà.

Quelle due settimane erano trascorse senza che me ne accorgessi. Mi ero imposta di non abituarmi alla presenza dei miei colleghi, alle giornate piene di cose da fare, problemi da risolvere, clienti con cui chiacchierare. Sapevo che esisteva una data di scadenza e presto sarei tornata alla monotonia dell'inverno.

Quel lunedì Elbio arrivò in anticipo, all'ora del vespro.

Colse alla sprovvista sia me sia il Barba. Stavo stendendo le lenzuola in camerone e fu lui a chiamarmi dalla tromba delle scale.

« È arrivato! »

« Chi? »

« Il Santo Signore! Chi secondo te? »

Lasciai il bucato nella bacinella, Elbio mi aspettava in sala con le mani in tasca. Aveva il volto riposato, le guance distese, le vacanze gli avevano dato beneficio. Tentennò ad avvicinarsi, la confidenza dispersa nella memoria.

« Ti aspettavamo più tardi » gli dissi mentre strofinavo sui pantaloni le mani umide. Il freddo le aveva lacerate, la pelle arrossata e riarsa da tagli che appena uscivo sanguinavano.

« Eh lo so, ho fatto presto. Non ci vedevamo da tanto e volevo stare di più. »

Avrei voluto rispondere che se desiderava trascorrere più tempo con me avrebbe potuto fermarsi a dormire, ma rimasi zitta imponendomi di non tornare più sull'argomento.

Eppure la settimana successiva avevo già cambiato idea. Quando gli proposi di restare non ero più intenzionata a demordere, e all'accenno del suo ennesimo rifiuto fui dominata dall'acrimonia.

« E allora vai, non prego nemmeno i santi, figuriamoci se devo mettermi a pregare te », i molari che stridevano e la mascella tesa.

Si era già infilato la giacca, le mani inermi, dune di calli striate da graffi e croste, il cappello che gli sbucava dalla tasca. Si massaggiava la fronte, scostandosi il ciuffo di capelli.

Sospirava, buttava fuori aria quasi cercasse di combattere la mancanza di ossigeno. Guardava la porta, poi guardava me, che aspettavo si decidesse ad andarsene.

Invece si tolse la giacca, la riappoggiò sulla sedia e tornò a sedersi dandomi la schiena. Sorreggeva la testa tra le mani come se fosse appena stato colpito da un attacco di emicrania. La stufa non aveva più nulla da bruciare, gli ultimi tizzoni emanavano un barlume tiepido.

Mentre mi avvicinavo a lui mi sentii una bambina capricciosa, che aveva ottenuto un giocattolo dopo aver strepitato e lanciato i pugni all'aria davanti alla vetrina di un negozio.

Gli misi una mano sulla spalla e lui la strinse, le dita molli e sudate.

Lo lasciai lì, presi la chiave del rifugio dal cassetto e diedi due giri alla porta, controllando più volte che fosse chiusa tirandola verso di me e alzando e abbassando la maniglia.

Elbio era in piedi e mi aspettava sulla soglia dell'office. Spensi le luci e ci dirigemmo insieme verso le scale di servizio, senza bisogno che lo guidassi.

In camerone faceva più freddo rispetto alla sala. Se non c'erano ospiti il Barba spegneva il riscaldamento ad aria prima di coricarsi. « Tanto ci sono le coperte e di quelle ne abbiamo quante ne vuoi. »

Lo sguardo di Elbio continuava a vagare fra i tre letti a castello, i materassi nudi buttati sopra le reti.

«Dove vuoi dormire?» gli chiesi.

Tentennò qualche secondo prima di indicare il posto sopra al mio, l'unico rifatto con la malagrazia del mattino. Andai a recuperare lenzuola e coperte pulite, quando tornai lo trovai in piedi di fianco al letto. Fissava il gancio inchiodato al muro, dove avevo appeso la camicia a quadri che mi aveva regalato.

«Tutto bene?» e gli accarezzai il braccio.

Accennò un sorriso e annuì, sfilandomi il fagotto di lenzuola dalle mani.

Spostammo il letto a castello cercando di non farlo stridere sul pavimento. Elbio arrivava all'altezza del materasso superiore, io dovevo alzarmi in punta di piedi.

Quando finimmo di imbastire il suo letto, presi da sotto il mio cuscino il pile e i pantaloni felpati della tuta che usavo come pigiama e mi diressi verso il bagno per togliermi le lenti a contatto, lavarmi i denti, prepararmi al sonno. Appena mi spogliai fui scossa da brividi che dalla punta dei piedi risalirono fino al collo, la pelle tesa, i peli ritti come giunchi, i capezzoli che bruciavano.

Mentre strofinavo il viso con acqua calda e sapone posai lo sguardo sullo specchio. Una cornice di vapore si stava condensando agli angoli.

Mi osservai sfiorare con i polpastrelli le macchie di pelle screpolata agli angoli della bocca e sulle guance, le sopracciglia un sottobosco cresciuto senza criterio, il pallore adombrato in solchi viola sotto agli occhi, l'aiuola di peluria germogliata di fianco alle labbra. Ero sbattuta, così avrebbe detto mia madre. Mi avrebbe consigliato marche di mascara, matite per il contorno occhi, tonalità di correttore e fondotinta per nascondere quei segni, quasi fossero una debolezza. Quassù non mi ero mai preoccupata di essere in ordine, di essere bella.

Adesso che Elbio si trovava nella stanza accanto non riuscivo a immaginare cosa sarebbe successo, cosa speravo potesse accadere. Se lo voleva anche lui, se mi avrebbe chiesto di stare attenta per non fare troppo rumore.

In camerone notai i suoi pantaloni piegati sullo schienale

della sedia, la cintura infilata nei passanti e la fibbia che penzolava. Era rimasto in canottiera e si era già rintanato sotto le coperte, girato sul fianco a guardarmi.

« Se hai freddo posso darti una felpa. »

« Nelle tue felpe ci infilo un gomito. »

« C'è anche la tua camicia. »

« Con quella faccio la sauna » disse scuotendo la testa.

« Come vuoi. »

Accesi la lampada sul comodino e riposi i miei vestiti nell'armadietto. Tentavo di guadagnare tempo e sentivo lo sguardo di Elbio seguire i movimenti delle mie dita che allineavano i lembi del tessuto.

Mi tolsi il pile, scostai le lenzuola e le coperte dal mio materasso e mi sollevai verso di lui. Non si era mosso di un centimetro, come se si stesse nascondendo nella tana di un lupo e il minimo rumore potesse svelarne la presenza.

Mi venne da ridere, lui rise con me. Mi chiesi se stessimo ridendo per lo stesso motivo, se ne avessimo due diversi, qual era il suo.

« Quando devi andare via svegliami, così scendo ad aprirti la porta. »

« Ho visto dov'è la chiave, posso fare da solo. »

« No, la devo richiudere, almeno torno a dormire più tranquilla. »

Sembrò incerto e temetti cambiasse idea, si rinfilasse i vestiti e scappasse via.

« *Va bin* » bisbigliò, mi fece una carezza e gli bloccai il polso, il suo palmo sul mio viso.

Avrei voluto dirgli che ero contenta fosse rimasto, ma tenni quelle parole per me. Dubitai addirittura fossero vere, e che vedendolo andar via il mattino successivo avrei sentito la sua mancanza.

Mi sporsi verso di lui e lo baciai, la mia mano gli scivolò sulla nuca, gli passai le dita tra i capelli fino a raggiungere il collo.

Lui si era irrigidito, aveva la mente altrove. Si scostò, mi soffiò il suo no sulle labbra, camuffato in un « domani devo alzarmi presto ».

Fui sorpresa io stessa di non esserci rimasta male, come se in fondo me lo aspettassi. Era lui a sapere cos'era giusto, dove bisognava tornare indietro, qual era il confine per avanzare pretese o avere aspettative. Mi tornò in mente Renata, la sua dedizione alla vita in alpeggio che, durante l'estate, avevo guardato da lontano e annusato dai racconti di suo fratello. Un mondo che tuttora mi affascinava, ma che percepivo incompatibile con me. Mi domandai se fosse proprio Renata la chiave per comprendere la mia assenza di delusione e al tempo stesso la riluttanza di Elbio. Se per lui ciò che sarebbe potuto accadere avrebbe sancito un vincolo da cui non ci si poteva più liberare. Un patto fuori dal nostro tempo ed estraneo a ogni altro uomo che avessi mai conosciuto prima di lui, ma ai cui dettami io non sarei sottostata.

Poco prima di spegnere la luce Elbio fece pendere il braccio dal suo letto. Lo vidi sbucare lesto come una corda lanciata in soccorso a qualcuno che sta per cadere.

Mentre il mio pollice faceva scattare l'interruttore e nel camerone ogni contorno svaniva, con l'altra mano presi la sua.

Quando mi addormentai probabilmente lui era ancora sveglio. Di quella notte la stretta delle sue dita e il volto rassegnato di Renata sono le ultime cose che riesco a ricordare.

Chissà come avrebbe reagito sapendo che pensavo a sua sorella, che avevo paura di diventare come lei.

27

Il Barba non era abituato alle sconfitte, e nei problemi si incaponiva finché non giungeva a una soluzione. Eppure ne avevamo uno che si protraeva da mesi e per arginarlo fino ad allora aveva trovato solo cure palliative.

Le piogge autunnali non erano riuscite a sanare la siccità che dilagava, e la carenza di neve aveva inferto il colpo di grazia.

Il rifugio aveva arrancato per tutte le vacanze di Natale. Aveva offerto corrente a singhiozzi, la luce saltava in continuazione e acqua ed elettricità andavano centellinate. Berto o Gioele erano stati costretti a scendere ogni giorno in centralina, ma dopo poche ore la corrente si staccava di nuovo e il Barba imprecava.

Avrebbe voluto andare lui a controllare la situazione, ma non poteva muoversi dalla cucina, il suo Santo Signore non gli aveva concesso in dono l'ubiquità. «Se non ci sono io qui, rimangono tutti digiuni.»

Cercava di accendere il forno il meno possibile, cominciava a cucinare quando tutti dormivano e il rifugio non sfrigolava.

Lo scoprii una notte in cui, estenuata dal russare dei miei colleghi e dai loro respiri pesanti, il sonno mi aveva voltato la schiena. Mi ero infilata un maglione ed ero scesa al piano di sotto per prepararmi una tisana. La porta della cucina era socchiusa, la luce una colata dorata sulla pietra del pavimento. Ero entrata senza bussare, il Barba aveva sussultato. Stava ungendo una teglia con dell'olio di girasole, la manovrava e inclinava per coprirne il fondo. Sul ripiano da lavoro erano appoggiati pacchi di zucchero e farina, mele verdi, confezioni di uova e buste di cacao, fruste, setacci e ciotole di vetro, una colma dell'impasto della torta di pesche e amaretti.

«Che vuoi? È successo qualcosa?»

«Non riesco a dormire.»

«Se non riesci a dormire significa che non sei abbastanza stanca.»

Versò il composto in tre teglie aiutandosi con un cucchiaio di legno e raccolse i residui con una spatola.

«Hai bisogno di aiuto?»

«Nessuno ci può aiutare.» Aveva risposto a una domanda non mia, quesito di un interlocutore sconosciuto.

Mi strofinai gli occhi e rimasi a fissarlo.

«Fatti dare una mano, tanto ormai per me questa notte è andata.»

Il Barba non rispose, infilò le teglie nel forno, impostò il timer e puntò una sveglia sul suo orologio da polso. Guardò l'ora anche sull'orologio appeso sopra la credenza e si rivolse a me mettendo le mani sui fianchi, la stoffa del grembiule arricciata.

Aveva gli zigomi intorpiditi dal sonno, la barba brizzolata della ricrescita notturna. Fosse stato per lui, probabilmente avrebbe continuato a dormire.

«Va be', se devi rimanere a fare la bella statuina tanto vale che ti metta al lavoro.»

Preparò una postazione con tagliere, coltello, pelapatate e una cassetta di mele. Mi disse di sbucciarle e tagliarle a fettine, «precise eh, se devi fare le cose male puoi anche andartene».

Poi trincerò le labbra e tornò a dedicarsi agli impasti. Cominciai a lavorare anche io, sperando il buio scorresse veloce.

Le cucinate notturne non furono l'unica misura che il Barba adottò per tamponare l'emergenza. Per cinque giorni consecutivi non eravamo nemmeno riusciti a fare una doccia. Tra tutti, eravamo gli unici a potersi concedere di puzzare. Immaginai di raccontarlo ai miei genitori, agli amici della città, le loro facce stropicciate dal disgusto. Erano quelli, i lussi e i vizi a cui alludeva il Barba: le alternative, la possibilità di scegliere.

Si augurava che la situazione rientrasse col diminuire dell'affluenza e il riassestarsi del nostro passo a due, ritmo solitario, ma sperare non era servito a nulla.

Cinque sere dopo l'ultima visita di Elbio, alle sei io e il Barba stavamo cenando. Era stata una domenica moscia, il freddo teneva alla larga i clienti, sbarrava la strada. Gli intrepidi erano tornati velocemente verso climi più confortevoli, quelli che ti fanno capire che non hai nulla di cui lamentarti quando esci di casa la mattina presto. Che laggiù «congelare» ha una valenza fiacca.

Il vento fischiava con le dita in bocca e assaltava i vetri, un terremoto d'aria che faceva tremare gli infissi. Ogni tanto dall'esterno riecheggiavano dei boati, ma nemmeno quelli riuscivano a catturare l'attenzione del Barba. Era più pensieroso del solito, incantato a fissare il piatto.

«Ascoltami bene» esordì, io smisi di masticare.

«Domani mattina devo andare in centralina a controllare la situazione. Non lo so cosa mi troverò di fronte, devo anche fare un giro verso il fiume. Magari ci saranno da smontare dei tubi, chi lo sa quanto ci metto.»

«Vengo con te.»

«Ma vieni dove, te ne rimani qui ferma e buona. A pranzo abbiamo dei prenotati, poi è previsto tempo bello, secondo me salirà anche altra gente.»

Il lunedì era il giorno dei parrucchieri, «chi glielo fa fare di mettersi in mezzo al casino della domenica, vengono quando gli altri lavorano e possono starsene tranquilli».

Buttò dei pezzi di pane nella sua zuppa di fagioli e pancetta e li immerse nel brodo con la pancia del cucchiaio.

«Parto presto però, alle cinque voglio già essere per strada che non mi piace fare le cose alla carlona. Devo avere tempo, se non faccio tutto a modo poi devo tornare ed è una rogna. Se entro le dieci non sono in rifugio metti su la linea del pranzo, sono mesi che mi vedi e se non sei capace significa che sei scema.»

«Certo che sono capace.»

Mugugnò e ricominciò a mangiare.

«Tu cos'è che devi fare?»

«Non lo so.»

«Dovremo chiudere come quest'estate?»

La vena sulla tempia gli pulsò in un breve guizzo.

«Si può sapere perché cazzo fai tutte queste domande se ti ho già detto che non lo so?»

«E si può sapere perché cazzo devi sempre trattarmi così?»

Mi alzai da tavola con il piatto pieno a metà e me ne andai in cucina senza degnarlo di uno sguardo. Conservai gli avanzi, indossai la giacca e accesi una sigaretta di fianco alla porta, senza nascondermi.

«Non ci provare mai più!» urlò mentre uscivo.

Fui tramortita dal freddo. Incendiò i miseri lembi di pelle scoperta e in pochi secondi le dita persero sensibilità attorno al filtro della sigaretta, il vento cercava di strapparla dal medio e dall'indice. Sul retro la luce della bussola giungeva timida, il tizzone della sigaretta un residuo di lava incagliato tra rocce nere.

Quando rientrai il Barba era ancora seduto a tavola e mi fissò contrariato.

Spostai una sedia davanti alla stufa e mentre finiva di ruminare mi misi a leggere. Dalla città avevo portato qualche romanzo, satura dei titoli sconclusionati proposti dalla libreria del rifugio. Con *Cent'anni di solitudine* in grembo udii il Barba raccogliere le stoviglie e dirigersi in cucina. Non lo aiutai, lasciai fosse lui a uscire per scuotere la tovaglia e passare lo straccio sul tavolo.

Era strano rileggere un romanzo così a quell'altitudine. Eppure percepivo una comunione, un nesso tra Macondo, le nostre montagne e chi vi resisteva.

Il Barba attirò la mia attenzione con un colpo di tosse emulato male. In mano reggeva due tazze fumanti.

«Hai bisogno di qualcosa?» chiesi.

«Ho voglia di giocare a carte.»

«Puoi fare un solitario.» Tornai a concentrarmi sulla giovane Remedios che si prendeva cura del folle José Arcadio legato a un albero del giardino.

Intanto il Barba aveva sbattuto le tazze sul tavolo, strisciato la sedia sul pavimento, attore plateale, e stava mischiando le carte.

Attesi qualche minuto prima di raggiungerlo. Vicino alle due tazze c'era una bottiglia di Fernet Branca. Mentre mi sedevo di fronte a lui, ne versò tre dita nell'acqua calda.

Il mattino dopo guardai il Barba partire, un puntino di luce rapito dal buio.

Le raccomandazioni erano state le stesse dell'estate, quando era sceso in centralina con Carlo e Daniele lasciandomi in rifugio da sola.

Ma l'estate distava due stagioni, l'alba due ore e mezza, e io sarei rimasta immersa nell'oscurità fino alle sette passate. Anche quel giorno dovevo attendere la sua telefonata per staccare la corrente. Mi avrebbe chiamata dall'unico punto in cui il cellulare prendeva, poi sarebbe stato irrintracciabile fino al suo ritorno.

Ci eravamo seduti a fare colazione insieme. Io avevo lo stomaco chiuso e lui aveva ingollato il tè nero con il miele in pochi sorsi, senza alcuna fetta di pane e marmellata.

« Se sono senza corrente e non ha albeggiato, come faccio a lavorare? » gli avevo chiesto mentre finiva di bere.

« Stai ancora dormendo o sei cretina? » e mi fece schioccare le dita vicino all'orecchio.

« Certo che non puoi lavorare. Fin quando non sbuca il sole fai pure quello che ti pare. Per me dopo che stacchi la corrente te ne puoi tornare a letto, ma alle sette e mezza comincia come al solito. Guai a te se cazzeggi, non ci provare che tanto me ne accorgo. Pulisci il salone, metti su il pranzo, le solite cose. »

Lo avevo seguito in ogni suo spostamento. Aveva verificato di aver preso tutti gli strumenti che potessero servirgli. Chiodi, pinze e chiavi inglesi, ne ripeteva i nomi a fior di labbra scandagliandoli all'interno di una sacca di tessuto con la cinghia monospalla consumata.

Per stringere gli scarponi aveva appoggiato il piede sul vecchio tavolo della bussola piegando i gomiti per tirare i lacci, controllare fossero equiparati e serrarli in un doppio nodo. Poi si era infilato la giacca, la frontale regolata per rimanere aderente al cappello. Come ultima cosa aveva preso il piccone appoggiato al muro, il manico stretto tra le dita riparate da un paio di spessi guanti da sci.

« Fai la brava » aveva detto, e non appena ebbe aperto la porta del retro un vento nero mi investì.

Sola ci ero già stata, il Barba sarebbe rientrato entro mezzogiorno per servire la polenta ai parrucchieri.

Quando se n'era andato avevo atteso che la luce della sua frontale scemasse nel nero piatto, senza favore di astri, lune e costellazioni.

Lo immaginai camminare lungo il sentiero che serpeggiava giù per la brua, la stessa da cui minacciava di buttarmi ogni volta che facevo una domanda di troppo o dicevo qualcosa di scontato. Lo zaino gli pendeva sulla schiena tirandogli le spalle, il freddo e la notte gli alitavano in faccia e i suoi respiri si libravano in soffi bianchi.

Non riuscivo a decodificare il turbamento che aveva iniziato a insidiarmi appena sveglia. Continuava a crescere, non lo tenevo a bada nonostante mi ripetessi che non c'era nulla da temere. Mi ero ritrovata in una situazione simile e il Barba quella strada l'aveva percorsa chissà quante volte.

Rientrai, i gattini si avvicinarono miagolando. Avevamo disturbato il loro sonno e reclamavano in anticipo il rancio mattutino.

Si avventarono sulle crocchette e ne approfittai per pulire la lettiera e sostituire la sabbietta.

Cercavo qualcosa che mi impegnasse in attesa della sua chiamata. Il lasso di tempo che avevo calcolato per il suo arrivo era di un'ora, venti minuti in più rispetto ai quaranta abituali, in assenza della luce. Avrei iniziato a preoccuparmi solo se avesse tardato.

Misi il cordless nella tasca dei pantaloni e aprii le persiane, per poi uscire e bloccarle dall'esterno. Infilai la frontale ma non presi la giacca, volevo sfidare il freddo. Mentre bloccavo le ante mi accorsi che i fermaimposta erano modellati a mo' di busti, maschili o femminili in base alla posizione. Se bloccavano la persiana appariva il volto di un uomo baffuto con un turbante, se abbassati si trasformavano in quello di una donna dai tratti delicati e i capelli raccolti. Erano gli stessi della casa in campagna di mio nonno, con cui da bambina giocavo nei giorni di vento. Mi divertivo a riacciuffare le persiane prima che sbattessero contro gli infissi, come se volessi dimostrare alle raffiche di essere più svelta di loro.

La telefonata arrivò mentre annaffiavo le piante, attenta a

non far strabordare l'acqua dai sottovasi. Avrei dovuto pulirli: stagnavano foglie morte e petali marci, sfaldati in un rancidume che mi irrorava le narici.

Lo squillo mi fece sussultare e mi affrettai a rispondere.

«Pronto?»

«Sei davanti al quadro elettrico?» Nulla aveva incrinato la sua voce, sempre sull'attenti. Controllai l'ora sull'orologio appeso dietro la cassa del bar. Aveva impiegato quarantacinque minuti per arrivare alla centralina.

«No, stavo dando l'acqua alle piante.»

«Muoviti che non ho tempo da perdere e qui c'è un sacco di lavoro da fare.»

Corsi verso il pianerottolo del quadro elettrico. Il Barba respirava tranquillo, aspettava che arrivassi.

«Com'è andata la discesa?» chiesi saltando sui gradini.

«Bene, com'è che doveva andare? Adesso ci sei?»

«Sì» e aprii lo sportello, ritrovando le levette che mi avevano confusa mesi addietro. Individuai quella che staccava la corrente, rossa e più spessa rispetto alle altre.

«Va bene, se non arrivo entro le dieci mettiti in bolla per il pranzo. Hai le tegole per la concia nel frigo grande, inizia a prepararla. Se finisci la toma vai a prenderla nella dispensa di sotto e gli sformati scaldali nel tegame a bagnomaria che il forno non lo puoi accendere.»

«Agli ordini.»

«Mi prendi in giro?»

«Non ti sto prendendo in giro.»

«Va be', allora spegni 'sta luce. La levetta l'hai trovata?»

«Sì, adesso la stacco. Buon lavoro.» Prima che potesse rispondere la spinsi verso il basso e rimasi al buio.

Accesi subito la frontale e scesi le scale appoggiandomi al muro, il cordless avvinghiato tra le dita. Cambiai rampa e mi spaventai quando vidi quattro orbite rifulgere nella penombra. Erano i gatti, le code ritte che schiaffavano l'aria.

I loro passi felpati mi pedinarono fino al salone. Ciò che mi circondava pareva inutilizzato da anni, cristallizzato nel suo disordine, congedato nel disfacimento. Le sedie, la stufa, il palco del cervo, il pianoforte e Norberto, con i suoi occhiali da sole e la sciarpa, erano reperti di un'epoca passata, dimenticati e mai ritrovati. Mi aggiravo guardinga fra i tavoli. Volevo controllare di essere sola davvero, che nessuno si stesse nascondendo e potesse farmi del male. Un'ansia irrazionale pompava nella carotide.

Uscii in terrazza per prendere una boccata d'aria e mentre stavo per sedermi un suono sottile trapassò le mura e sopraggiunse insistente.

Era il telefono a muro e corsi a rispondere. Probabilmente il Barba, prima di mettersi all'opera con tubi e cavi, voleva accertarsi che la corrente fosse stata staccata.

Sollevai la cornetta rossa, il filo nero attorcigliato pendeva e si allungava.

«Proprio non ce la fai a fidarti eh? Qui tutto a posto.»

All'altro capo non replicò nessuno.

«Ehi, ci sei?» convinta che la linea avesse fatto cilecca.

«Pronto?» ma non era il Barba.

«Pronto?» chissà chi si permetteva di chiamare a quell'ora.

«Mi senti?» una voce bassa e lineare.

«Sì» non sapevo chi fosse.

«Puoi passarmi il Barba?»

«Non c'è» risposi ferma, facendo scorrere le dita lungo il filo.

«E dov'è?»

«Non c'è.»

Se qualcuno telefonava mentre era impegnato o era sceso a fare la spesa, il Barba non voleva rivelassimo dov'era, diceva che tutti erano impiccioni e volevano farsi i fatti suoi.

L'uomo borbottò in dialetto, ma non riuscii a capirlo e gli chiesi di ripetere.

«Sai se lo posso trovare al cellulare?»

«Può provare» dissi, rimanendo sul vago. Prima che potessi chiedergli nome e numero di telefono per segnarli in agenda e farlo ricontattare dal Barba, attaccò senza salutare.

Stranita, riposi la cornetta e iniziai a rollare una sigaretta. Se l'avessi girata fuori il freddo mi avrebbe intirizzito le dita e non sarei riuscita a compattare bene il tabacco. Me la sarei fumata con calma. Avevo tempo, lo stesso del sole.

Ma mentre leccavo la cartina, il telefono squillò di nuovo.

«Il Barba ha il telefono staccato» esordì lo stesso uomo di poco prima.

«Probabile.»

«Io però devo parlargli subito, è urgente.»

«Se mi dice di cosa ha bisogno, magari posso aiutarla io.»

«Non credo. Senti, ma in rifugio con te ci sono Berto o Gioele, qualcun altro? Oppure sei sola?»

Rispetto alla conversazione precedente l'uomo parlava veloce, scandiva male le parole, sembrava concitato. Ci conosceva, aveva dimestichezza con il rifugio. Eppure non mi fidavo. Volevo tutelare me, volevo tutelare il Barba, non gli avrei detto nulla.

«Mi scusi, ma lei chi è?»

«Sono Gianni Airaudo del Soccorso Alpino. Devo parlare con il Barba perché ci sono due dispersi sulla Becca».

28

In rifugio ero arrivata la prima volta in un pomeriggio di primavera precoce.

Si trovava in una valle che conoscevo per sentito dire, poco battuta dagli escursionisti occasionali. Escursionista occasionale io non lo ero, ma le compagnie di amici mi avevano sempre trascinata verso mete più maestose, paesaggi fotografici, cime e massicci dai nomi altisonanti che attiravano l'attenzione, facevano drizzare le orecchie.

Lì ci ero arrivata per caso, senza progetti o intenzioni. Cercavo un luogo in cui trascorrere una giornata tranquilla e nemmeno un «ciao» o «buongiorno» da scambiare con chi si incontrava sulla via.

Per accompagnarmi avevo reclutato un'amica che ero certa non si sarebbe opposta. Avrei preferito stare sola ma non avevo una macchina, lei sì, regalo della sua famiglia per la laurea. Se mi fossi laureata anche io, i miei genitori non mi avrebbero regalato una macchina, non mi avrebbero regalato nulla. «L'impegno non si premia» decretava mio padre dalla sedia del suo studio, «le cose che hai te le devi guadagnare.» Possedere una macchina mi avrebbe permesso di raggiungere le montagne ed era l'unico motivo per cui ne avrei voluta una. Esserne sprovvista precludeva l'imbocco di ogni sentiero.

L'inverno aveva iniziato la sua ritirata verso le vette, scoprendo alcuni tratti di terra e roccia bruna. Alla fine di ogni salita mi voltavo, fermandomi a guardare la montagna tutta a chiazze. Nelle zone più esposte la neve cominciava a sciogliersi trasformandosi in poltiglia torbida, mentre all'ombra il ghiaccio seguitava a mordere, sopravviveva in lastre infide che appena poggiavi il piede ti facevano scivolare a terra e maledicevi i ramponcini lasciati nel bagagliaio.

La mia amica non era abituata a camminare in montagna e

per risparmiare fiato non mi avrebbe fatto domande, le stesse che mi ponevano tutti.

« Stai bene? La tesi? Tieni duro, le cose si risolveranno. »

Tutti definivano la mia scelta di abbandonare l'università una crisi passeggera, necessitavo di redenzione.

Durante la salita fummo accompagnate solo dai nostri passi. Masticavano la neve impastata agli aghi, ormai marci, caduti dai larici.

Il rifugio apparve inaspettato, un custode di pietra e legno che vegliava sull'altopiano. Era circondato da montagne, ancora estranee alla primavera.

Appena entrammo sentii odore di cenere e di polenta abbrustolita. Il salone era vuoto, ma vicino alla stufa c'era un tavolo apparecchiato, un tagliere con un coltello, una ciotola di cotto e un quartino di vino rosso.

Dal retro era sbucato un uomo. Il viso tondo, la calotta lucida che pareva una palla di vetro, ancora non sapevo che un giorno l'avrei canzonato dicendogli che ci si poteva leggere il futuro.

« Che volete? », e quando ordinammo un amaro indicò col mento una mensola su cui erano allineate delle bottiglie di vetro. Contenevano liquidi rossastri, verdi, trasparenti, amaranto, marroni, ognuna etichettata con un pezzo di carta. Genepì, *sërpoul*, archibuss, genziana, genzianella, assenzio erano vergati con un pennarello blu, le lettere sbiadite in alcuni punti.

Mentre versava la genziana in due bicchieri, gli chiesi di poter parlare con il gestore del rifugio.

« Sono io. »

« Ha mica bisogno di una ragazza che salga a lavorare qui? »

Aveva tirato indietro il collo legnoso e drizzato le spalle e il petto. Mi squadrò, mi sormontò, mi stava esaminando. La sua risposta sarebbe dipesa da qualcosa di cui stava tentando di cogliere la presenza o l'assenza.

« In effetti sì » aveva deciso, « dal mese prossimo. »

« Sono io. Mi chiamo Bea » e gli avevo teso la mano. Quando lui mi porse la sua, la strinsi con tutta la forza che avevo.

Ci saremmo sentiti entro un paio di settimane per accordarci sul giorno in cui avrei iniziato. Per il primo periodo sarei stata in prova, soddisfatti o rimborsati come con gli elettrodomestici. O ce la fai, oppure vieni rispedito a valle senza ricevuta di ritorno.

Gli chiesi il conto, lui disse che eravamo a posto così. «Però se non volete altro io ora me ne torno di là che ho da fare.»

E sparì, svoltando lo stesso angolo da cui era apparso.

La mia amica non aveva detto una parola e per tutta la conversazione aveva spostato lo sguardo da me all'uomo. Quando uscimmo dal rifugio si bloccò. L'aria fuori era molto più calda.

«Ma che stai facendo?»

«Niente, ho trovato lavoro» le avevo risposto, e mi ero incamminata verso l'altopiano, il sole dritto sopra la Becca che mi abbagliava nonostante le lenti scure degli occhiali.

La notizia del mio lavoro in rifugio aveva meravigliato tutti, tranne un amico di breve data. Ci eravamo conosciuti al di fuori del mondo dell'arrampicata e dell'alpinismo, passioni che avevamo in comune ma che mai ci avevano uniti in gite o ascensioni. Gli volevo bene per i suoi occhi cerulei e un po' bolsi, che cambiavano colore col tempo, e per il suo fare schietto. Offendeva con classe, stoccate da schermidore. Nemmeno per lui il mio affetto era bastato. Non lo sentivo da mesi, ne avevo perso le tracce.

Era rimasto impassibile quando gli avevo detto che sarei partita, ci voleva ben altro per stupirlo. La nostra era un'amicizia di tramonti tardivi, d'inverno non ci frequentavamo quasi mai. Quando il sole calava presto lui era impegnato a sciare sui pendii più impervi, ad affrontare spedizioni per le montagne del mondo. Tornava a valle di rado, si fermava solo per i funerali. Amici, conoscenti o colleghi travolti da una valanga, morti per ipotermia, crollati insieme a una parete di ghiaccio. Nomi che avevo imparato a riconoscere nei suoi racconti, di cui sapevo elencare le imprese alpinistiche senza avere idea di quale fosse il loro timbro di voce o il colore dei capelli. Erano quelle soste le uniche occasioni in cui, al di fuori dell'estate, mi chiedeva di vederci. Lo raggiungevo a casa e trovavo il suo zaino appoggiato sull'uscio, pronto a ripartire con lui il giorno seguente.

« Gli altri siamo noi » mi aveva detto una di quelle sere dopo due bottiglie di vino, il gomito appoggiato sul tavolo e le mani di calce a reggergli la fronte.

Mi aveva teso l'altra, l'avevo stretta tra le mie. Mi stava chiedendo conforto a una sofferenza che non capivo. Gli avevo ubbidito meccanica, lenivo come potevo.

Di morti in montagna non ne avevo sentito parlare solo da lui. Aleggiavano ogni tanto nelle conversazioni con i compagni d'arrampicata, nelle bevute dopo gli allenamenti. Io tacevo, mi tenevo fuori dai loro discorsi.

Ma in tutti quei casi, avevo pensato che ero fortunata.

Perdite che fino ad allora mi avevano solo sfiorata, in cui ti toglie la vita ciò che più ami fare al mondo, in un luogo che ami più di te stesso.

29

« Pronto? Pronto? » ripeteva Gianni Airaudo. Forse pensava che la linea fosse caduta e non immaginava fossi ancora lì a raccattare sillabe, combinarle in parole che potessero significare qualcosa.

« Sì. »

« Adesso ascoltami ragazza » e io mugugnai, più che a un assenso somigliò a un latrato.

« Tu sai tra quanto torna il Barba? Dal rifugio lui ha due ore di vantaggio, potrebbe già partire e andare a vedere se li trova. »

Se avessi corso, sarei riuscita a raggiungere la centralina in una ventina di minuti e avvisarlo. Lui di certo sapeva cosa fare, avrebbe preso in mano la situazione.

« No ma so dov'è, sta facendo dei lavori in centralina, se vuole posso andarlo a chiam... »

« Tu devi stare ferma dove sei che se per caso i ragazzi stanno scendendo verso il rifugio e uno dei due si è fatto male e non trovano nessuno finiamo tutti nei casini, hai capito? »

Stringevo talmente forte la mascella che avrei potuto rompermi i denti. Non ero in grado di sostituire il Barba, effettuare un soccorso o salire al buio sulla Becca. Gianni Airaudo non me lo aveva nemmeno chiesto.

« Senti, noi stiamo arrivando e iniziamo a salire a piedi, appena c'è luce parte anche l'elicottero. »

Intestino, budella, esofago mi si stavano stringendo in una morsa. Se avessi avuto qualcosa nello stomaco, mi sarei vomitata addosso.

Pensavo a cosa fare, a come potermi rendere utile quando l'unica cosa che mi veniva richiesta era rimanere ferma ad aspettare.

Gianni Airaudo pronunciò i nomi dei due ragazzi, mi travolsero come se li avessi conosciuti.

« Sai se vi hanno chiamato nei giorni scorsi? Dobbiamo capire dove sono andati. »

La frontale illuminava la porzione di muro davanti a me. Mi concentrai su ciò che vidi, è impresso ancora oggi nella mia memoria come se una parte di me fosse rimasta lì, al buio, con la cornetta in mano. Di fianco al telefono, a due chiodi arrugginiti era appeso un calendario dalle pagine sbiadite, fermo al giugno di dodici anni prima. A ogni giorno era associato il santo da celebrare, i simboli delle lune piene e crescenti, le domeniche e le festività evidenziate in rosso. A qualche centimetro, dei pezzi di scotch reggevano un foglio che dettava le norme antincendio e di utilizzo dell'estintore, conservato in un anfratto tra i mobili, tana di ragni, se fosse scoppiato un incendio non sarebbe stato lui a salvarci. Più in là, una cartolina solitaria fissata da quattro puntine agli angoli raffigurava una località di mare racchiusa da una conchiglia, il nome incorniciato da onde e svolazzi.

« Ou ragazza, mi senti? » Gianni Airaudo non demordeva, io continuavo a fissare il muro.

« Sì. »

« Ti ricordi se hanno telefonato? Se hanno detto dove andavano, dove dormivano, che strada avrebbero fatto? » Respiravo ed espiravo forte dalla bocca, Gianni Airaudo se ne accorse. Aspettava un mio cenno, non arrivò. Dall'altro capo della linea sentivo delle voci e il rumore di un motore.

Speravo mi dicesse che era stato un falso allarme, che i ragazzi stavano bene e si scusasse per averci fatti preoccupare inutilmente.

« Ragazza, come ti chiami? » domandò.

« Beatrice. »

« Beatrice, devi dirmi se hanno chiamato. »

Se avevano chiamato al numero del rifugio ero stata io a rispondere, e se avevano chiesto informazioni sulla Becca con buone probabilità i loro nomi erano riportati in uno dei riquadri a fondo pagina, così da essere ricontattati dal Barba. Mi sforzai, passai in rassegna le telefonate delle ultime settimane ma non ricordavo nulla, potevo averglieli passati seduta stante. La memoria che mi era servita a imparare con agilità nomi, date, titoli, collegamenti e citazioni assicurandomi il meglio dei voti all'università, mi aveva abbandonata. Non era servita a nulla, non era servita alle cose importanti.

«Prendo l'agenda.»

Corsi al bancone del bar. La trovai nella posizione in cui l'avevo lasciata la sera prima, con la penna a contrassegnare il giorno corrente. Mi scivolò dalle mani e cadde a terra. Il tonfo riecheggiò assieme alla cornetta che sbatteva contro il muro.

La raccolsi, la appoggiai al mobile di fianco al telefono e ripresi in mano la cornetta.

Airaudo era lì in attesa.

«Ci sono» e iniziai a sfogliare le pagine all'indietro.

«Senti Beatrice devo andare, se hai qualche notizia mi richiami, hai capito? Il numero è questo qui.»

«Io... Me lo devi dettare, io sono al buio, siamo senza luce, il cordless non...»

Mi dettò il numero, lo scrissi in obliquo sull'ultima pagina dell'agenda, bianca, quella delle note da trovare subito.

«Non ti devi muovere, hai capito? Tu sei l'unica che ci può aiutare e se chiamo devi rispondere» e attaccò.

Aprii il lavandino del bar, feci scorrere l'acqua fino a sentirla gelida sotto i polsi e le dita. Misi un bicchiere sotto il getto, lo riempii fino all'orlo. I sorsi mi scorrevano lungo la trachea, congelandomi lo stomaco e acuendo il senso di nausea.

Continuai a bere, la sete pareva non saziarsi mai.

Dovevo controllare l'agenda, ma non riuscivo a riacquistare lucidità. Le parole di Gianni Airaudo si accavallavano, i nomi di quei due ragazzi mi martellavano le tempie.

Quell'inverno, dei dispersi in montagna ne avevo solo letto sui giornali. Comparivano nelle invettive del Barba, numeri da sommare al totale della stagione. A lui interessavano le immagini con cui venivano dipinte le montagne, non le cause per cui gli alpinisti erano morti.

Ma su da noi non poteva essere successo, neve non ce n'era, eravamo al sicuro, lo aveva detto anche lui.

Una sera mi ero appostata dietro la porta della cucina e lo

avevo origliato mentre ricontattava un alpinista, incuriosita dalla complessità delle informazioni che a me non permetteva di dare.

Le condizioni meteo erano perfette, lo ribadiva a chiunque.

Aveva elencato le ferraglie da portarsi dietro, l'orario adatto per partire, le tempistiche per raggiungere la cima, le vie alternative da percorrere, i passaggi più complessi, i punti in cui batteva il vento. Gesticolava, camminava a passi lenti per la cucina, guardava fuori dalla finestra, dava un giro di mestolo agli intingoli che sobbollivano in pentola.

A un certo punto si era bloccato, inarcando la schiena e sostenendosi con la mano libera sul bordo di un tavolo. Lo strinse, la pelle sulle nocche tesa e chiara.

Prima di rispondere, gli era scappato un sospiro rassegnato e aveva alzato gli occhi al soffitto.

«Dipende da voi se è difficile, io non so quanto andate in montagna e cosa sapete fare.

«Se avete bisogno richiamate pure» aveva concluso, nessuno richiamava mai.

Io quei due ragazzi non li conoscevo, ma quella montagna era casa mia, e non volevo che nessuno ci morisse. Forse era per quella comunanza di luoghi che non riuscivo a rimanere lucida. Sapevo che non ero in grado di aiutarli, un'impotenza che mi lapidava. Però il Barba sì, lui poteva, ma era ignaro di ciò che stava succedendo.

Tentai di concentrarmi, di fare quello che Gianni Airaudo mi aveva chiesto. «Una cosa per volta, Beatrice» mi ripetevo mentre tornavo all'agenda.

La mia calligrafia predominava su tutte le pagine. Presi a scorrere ogni riga, ogni appunto, ogni riquadro. Sillabavo i nomi a fior di labbra, mi resi conto che li stavo scandendo a voce alta, una certezza in più. Appena pronunciavo l'iniziale di uno dei loro cognomi sentivo il respiro accorciarsi e continuavo a leggere, rileggere, tornare indietro aiutandomi con l'indice, sperando in una svista, sperando di trovare un giorno, un numero, un indizio e ricordare qualcosa che potesse essere d'aiuto. A furia di sfogliare pagine ero tornata al ventisei di ottobre, ma di quei due nomi non c'era traccia.

Se sull'agenda non avevo segnato nulla e avevano telefonato, se davvero ci avevano chiamati per sapere qualcosa, mi ripetevo, probabilmente gli avevo passato subito il Barba e l'unico a poter avere qualche informazione era lui.

Si trovava quattrocento metri sotto di me, chiuso in centralina a smontare rimontare avvitare pulire, e io non potevo andare a chiamarlo, non potevo muovermi.

Presi il mio cellulare, scorsi la rubrica in cerca del suo numero.

Prima di comporlo correttamente sbagliai tre volte.

«Spento, non raggiungibile» annunciò una voce registrata, frantumò qualsiasi speranza di buona sorte.

Allora uscii dalla porta sul retro, la lasciai aperta per sentire il telefono.

I profili delle montagne erano orlati di bianco, netti e taglienti come lame. Segavano il cielo, affilati, più neri del buio, come se con l'arrivo dell'alba la notte vi si ritirasse in grembo.

Saltai sul muretto, mi sporsi verso la brua da cui era sceso il Barba.

Non vedevo nulla.

Portai le mani alla bocca e urlai il suo nome, quello con cui non lo chiamava mai nessuno.

Ma la montagna rimandò indietro la mia voce, il nome del Barba rimbombava e svaniva, si perdeva come un viandante che non ha più forza di camminare e crolla a terra.

Smisi di pensare, scavalcai il muretto e cominciai a correre giù per il pendio.

30

Delle mie prime gite in montagna serbo la scoperta.

Ogni escursione era un viaggio all'estero, in cui esploravo luoghi estranei. Non mi capacitavo di aver ignorato quel mondo che respirava sopra la mia testa.

Ricordo le scarpe da pochi euro, i pantaloncini di lino che utilizzavo per andare in spiaggia e la stoffa appiccicata alle cosce, le costellazioni di vesciche su alluci e talloni, i polpacci in tensione, l'acido lattico alle ginocchia il giorno successivo.

La montagna mi stregò con incantesimi d'aria leggera, odore terroso delle rocce umide e di resina delle conifere, fischi delle marmotte e refoli di vento, il ronzare insistente dei tafani e ragazzi che salivano su mura di roccia.

Li vidi la prima volta passando sotto una parete all'imbocco di una valle. Un enorme blocco di pietra grigiastra, un pilastro della terra, un titano assopito che aveva ceduto il dorso agli uomini. Per scorgerne la fine dovevi scontrarti col sole, portare una mano a visiera sugli occhi e farli diventare due fessure. Non sapevo che da lì erano passati i più grandi nomi dell'alpinismo italiano, che quella falesia aveva ospitato le prime competizioni d'arrampicata.

Quei puntini colorati che sfidavano la roccia mi incantarono. A terra ragazzi e ragazze con il naso all'insù gridavano «alè» e srotolavano tra le mani l'ammasso di corda che li univa a quei ragni sospesi. Altri gruppi invece stavano tutti in parete, legati insieme da fili sottili. Procedevano a distanza di sicurezza, il primo ad assicurare la via. A un certo punto sparivano, troppo in alto per il mio sguardo.

Monotiro, cordata, spit, rinvio, sosta, moulinette, Grigri, secchiello, erano parole che per me non avevano ancora un corrispettivo. Prive di nozioni, senza concetti e immagini, si condensavano nelle urla di frustrazione, dolore, allarme, nelle bestemmie scagliate al cielo se si sbagliava, il contraccolpo della corda a scuotere le ossa. Quando cadevano rimanevano lì, appesi, a tirare calci contro il vuoto.

Seguendone i movimenti mi domandai se sarebbero scesi a terra integri. Sulla roccia si erano trasformati in creature aliene che tentavano di compiere qualcosa di prodigioso. Appena calati all'attacco della via, dove ricevevano dai compagni pacche di conforto o ammirazione mentre sfilavano un rotolo di scotch fluorescente dalla tasca dei jeans, le mani impastate di sangue e magnesite, i buchi sulle dita o i calli sui palmi aperti come burro nel tentativo di tenersi a qualsiasi appiglio pur di non cadere, perdevano la loro aura magica. Tornavano persone normali.

Se volevo arrivare in alto, pensai, sulle rocce non bastava camminarci, bisognava anche imparare a scalarle.

L'arrampicata fu un amore che mi distrusse il corpo e tormentò la mente. La palestra di roccia artificiale divenne il tramite per prepararmi alla roccia vera. La frequentavo quotidianamente, seguendo con costanza e dedizione la scheda di allenamento che mi ero fatta preparare dagli istruttori. Nei momenti in cui «sghisavo», studiavo i *climbers* più forti. Si lanciavano da una presa all'altra, spingevano le punte dei piedi su tacche misere, torcevano le ginocchia, ruotavano le gambe, e se sbandieravano si riancoravano sulla parete con un colpo di addominali. Era una sfida solitaria, una coreografia atavica.

Per danzare a mia volta dovevo potenziare le spalle, i muscoli degli avambracci e la pinza delle dita, tonificare le cosce, indurire gli addominali, affinare la tecnica, diventare leggera per salire con più agilità. Percepivo il mio corpo come uno strumento da temprare per realizzare le mie ambizioni e i miei desideri. Doveva essere in grado di farmi arrivare ovunque.

Persi la verginità a settembre, in una falesia snobbata da chi «scalava duro» e con un avvicinamento troppo lungo per i novellini. Mi portarono due ragazzi conosciuti in palestra, consapevoli che quella sarebbe stata la mia prima volta. Li avevo adocchiati perché erano bravi e in falesia andavano spesso. Non avevano opposto resistenza al mio «la prossima volta che andate a scalare fuori, posso venire con voi? », anche in quell'ambiente le *fumne* erano merce rara.

Faceva caldo e il sole aveva asciugato lo gneiss dall'umidità della notte.

« Non scivoli nemmeno se ti impegni, ti tieni che è una meraviglia. »

Fissai il mio primo monotiro e sentii il nodo della corda tirarmi l'anello dell'imbrago, i cosciali segarmi la pelle protetta dai jeans. Avrei scalato da seconda, per la manovra in catena dovevo aspettare di prendere confidenza con la roccia. Avevo assicurato il ragazzo che mi stava attrezzando la via, e l'amico al mio fianco aveva supervisionato la mia altra prima volta. Perché mentre tu sali in alto, sotto hai sempre qualcuno che ti protegge.

Mentre badavo alla corda esaminava ogni mio gesto. Era pronto a scattare nel caso lasciassi troppo lasco o troppo poco, non reagissi a una caduta, non rispondessi al « Blocca! », aprissi a dismisura la leva del freno.

Appena il ragazzo rimise i piedi a terra mi voltai verso di lui. Seguii il suo sguardo quaranta metri più in alto, verso lo spit finale e la catena di sosta.

« I rinvii li recuperiamo poi noi, tu pensa solo a scalare. Non è spittata lunga, se cadi cerca di pararti un minimo. Ti lascio un po' di corda ma se la senti molle dimmelo. Se a un certo punto ti blocchi e vuoi scendere urlami che ti calo, d'accordo? E non staccare mai tutte e due le mani dalla parete, nemmeno se ti senti tranquilla. »

Mentre mi impartiva quelle raccomandazioni annuivo, ma ero ipnotizzata dalla parete.

« Quando sei pronta a salire dimmelo. »

Controllai che le scarpette fossero ben strette, la pianta del piede inarcata, la punta una morsa sulle dita ad addentarmi l'unghia del mignolo. Legai i capelli sopra la testa, li scostai dagli occhi, controllai il nodo a otto. Nella mia camera, a casa, mi ero allenata finché non ero riuscita a farlo senza guardare. Infilai una mano alla volta dentro al borsello che mi pendeva all'altezza dei glutei e le impregnai con la pallina di magnesite, già immersa e concentrata su quella placca, panciuta come il ventre di un animale. Dal basso sembrava priva di qualsiasi appiglio che consentisse di salire. Eppure era lei che mi avrebbe insegnato a «usare bene i piedi», a imparare come spalmarli.

Sfiorai la prima presa che vidi davanti a me. La strinsi, opponeva resistenza, le vene, i muscoli delle mani e degli avambracci inspessiti e tesi sotto la pelle.

Sapevo non mi sarebbe bastata. Era solo un inizio per arrivare alle pareti vere, quelle alte, di cui ascoltavo avida i racconti e cercavo foto e video su internet.

Non feci alcun respiro profondo.

Piantai il piede destro su una piccola fenditura, mi diedi lo slancio con il ginocchio e mi sollevai.

Durante il periodo in cui arrampicavo, il mio corpo era un campo di mine esplose. Tornavo a valle ricoperta di lividi, tagli, sbucciature, le mani una landa desolata. Sfoggiavo come trofei le unghie ranzate a filo, la carne viva e bruciante sotto ai calli aperti, la cisti al polso trascurata, l'epicondilite al gomito destro che ammansivo con antidolorifici, antinfiammatori, unguenti e schiume.

Scalare era doloroso e frustrante, ma non riuscivo a farne a meno.

Droga, polvere bianca, buchi sulle braccia.

Il mio unico pensiero era arrivare in alto, in cima, ogni cellula e ogni energia plasmate alla meta. Fallire era inaccettabile, matrice di rabbia. Vivevo per le maniglie a cui arrivare allungandomi ancora di qualche centimetro, i piedi da cambiare per bilanciare il peso, le braccia da non rattrappire ma tenere distese, la forza da concentrare sulla punta delle dita, la gamba da spaccare, il ginocchio su cui fare leva, i rantoli e le urla per esorcizzare la fatica, la tensione prima di un lancio o le mani in mezzo alle fessure umide da superare in Dülfer, in cui trovare la posizione più solida per agganciare il palmo e andare avanti.

Il resto cessava di esistere, rimaneva giù, e non perché fossi io a imporlo.

Arrampicare era quanto di più simile alla libertà avessi mai conosciuto.

Rimanevamo io e la roccia, e pensavo fosse lei l'unica che riuscisse a salvarmi.

Perché quando a valle arriva la bufera e tira il vento nero, inizi a credere che per sfuggirgli devi solo andare su, oltre le nuvole, in mezzo alle rocce.

Dove niente possa raggiungerti.

Dopo quattro anni smisi.

Non era accaduto nulla di rilevante, nessun attacco di panico in parete, nessun incidente a qualche compagno, nessun osso rotto.

Mi ero cimentata in ascensioni che rientravano nella definizione di alpinismo, *upgrade*, *level pro*. Finalmente mi sentivo parte di un gruppo, persone che condividevano la mia ossessione e parlavano il linguaggio criptico ed elitario che adesso anch'io padroneggiavo. Tra noi non discutevamo d'altro, di alcuni sapevo a malapena se lavorassero o stessero ancora studiando.

La nostra vita si incentrava sull'arrampicare. Eravamo ciò che diventavamo in montagna, relegati in quell'unica dimensione.

Convinta di aver trovato il mio posto, il desiderio di vedere il mondo dall'alto si era trasformato in una perenne sfida contro le montagne.

Ogni via era un confronto, la parete una nemica da sconfiggere. I criteri per scegliere le mete ormai si basavano sulla difficoltà, su quote sempre maggiori. Contavano solo la bellezza, la fluidità, la pulizia dei movimenti, il non cadere, il non sbagliare per non essere giudicata « scarsa » o debole da chi era con me. L'infortunio non era contemplato, sarei stata costretta a smettere di scalare e avrei perso i progressi raggiunti fino ad allora.

Arrivare, farcela, era diventato l'unico obiettivo e una semplice passeggiata era considerata una perdita di tempo, a meno che fosse finalizzata a raggiungere cime oltre i Tremila.

Avevo dimenticato la gioia del camminare in montagna, del guardarsi intorno, del procedere con calma senza dover dimostrare nulla a nessuno.

In passato mi ero ripromessa di imparare i nomi dei fiori, degli alberi, degli arbusti del sottobosco, di saper riconoscere le orme degli animali, scorgere in lontananza un cervo, un capriolo, un camoscio, uno stambecco. Desideri smarriti tra le mie ambizioni.

Ma la memoria è bastarda, ti prende a randellate sulle ginocchia, si insinua tra le crepe di una casa come una pianta rampicante, logora il cemento armato, sgretola i mattoni.

Alle pendici di agosto, i miei «soci» avevano pianificato un'ascensione su due giorni e mi proposero di unirmi a loro.

All'epoca facevo la commessa in un centro commerciale e per partecipare avevo chiesto al mio responsabile un cambio turno. Avrei attaccato alle cinque per lo scarico del camion e timbrato l'uscita all'una. I miei amici sarebbero venuti a prendermi lì per partire di filato, smaltire l'avvicinamento arrivando in rifugio alle sette, indiscutibile orario della cena, e salire in cima all'alba seguente.

Quel giorno mi presentai al lavoro vestita per l'ascensione, con il mio zaino da alpinismo grigio e rosso sulle spalle. I colleghi mi fissarono interdetti.

«Dove vai vestita così?»

«In montagna» e avevo sorriso. Indossare quegli abiti e portarmi appresso gli scarponi mi faceva sentire già un po' lassù, mi infondevano sicurezza.

Nel pomeriggio, a pochi chilometri dall'arrivo, il cielo scaricò secchiate di grandine che angustiarono il proprietario della macchina. «Speriamo non si bolli» aveva borbottato mentre gli altri due pregavano che in alto non stesse nevicando e il giorno successivo fosse possibile raggiungere la vetta.

Io invece ero incantata dalla montagna bagnata.

L'aria mi umettava il viso, le suole sprofondavano nella terra, gli steli d'erba sfioravano gli stinchi lasciando graffi umidi. Le nuvole galoppavano, si frantumavano avviluppandosi ai torrioni, parevano corteggiarli. Mi divertivo a saltare sulle rocce, a scansare i gracili fiumi che colavano sulla mulattiera.

Vicino a uno strapiombo, tra le scariche di pietrisco, resisteva un laghetto dagli argini frastagliati su cui crescevano giunchi, felci, fiori. Osservai il riflesso delle montagne sul pelo dell'acqua. Abbassai la testa, si raddrizzarono, facevo il gioco dei contrari. Non mi interessava più raggiungere quella vetta che grattava i Quattromila. Sarei potuta rimanere lì a esplorare quel frammento di mondo. Piantare una tenda, avvolgermi nel sacco a pelo, leggere un libro alla luce della frontale.

Ci avventurammo su una pietraia educata, battuta da troppi piedi. Si dipanava in mezzo a un'ampia gola con dei nevai rosati aggrappati alle pareti.

« Ma perché la neve è rosa? » chiesi, i miei compagni risposero con un'alzata di spalle.

Avrei voluto avvicinarmi, loro avevano fretta di arrivare. « Lì sono fiscali, se non ci muoviamo non ci danno nulla da mangiare. »

La struttura del rifugio si articolava in tre capanne di pietra grigia e persiane rosse. La sala principale era gremita di alpinisti in ciabatte, seduti su panche addossate a tavolacci di legno, plance per i meno fortunati. Li avremmo rincontrati a colazione, facendo a gara per partire primi e non ritrovarsi nessuno sopra. Il gestore ci disse di sbrigarci, eravamo in ritardo e il servizio della cena era iniziato da dieci minuti. Nessun menù, ci si accontentava di quel che c'era.

Oltre a me contai tre ragazze. Gli uomini ci vagliavano come oggetti di un catalogo, animali da fiera, bestie da esposizione.

Mentre mangiavamo domandai ai miei compagni se avessero mai contemplato l'idea di trasferirsi in montagna. Se avessero mai pensato di restare.

Ciascuno disse di no per le ragioni più svariate. Impossibilità a lavorare, questioni economiche. « Poi non c'è niente, vivi isolato, vedi sempre le stesse persone, cosa fai in autunno e inverno tutto il giorno? »

Se ripetevano di amare la montagna perché volevano scendere appena raggiunta la cima? Non sentivano l'esigenza, il bisogno di tornare indietro e risalire daccapo?

Forse si poteva amarla anche andando via e io, che vivevo di neri e bianchi, non riuscivo a capirlo.

Uscii a fumare verso le otto e mezza. Lassù sembrava tarda sera, mutavano gli orari. In nemmeno un paio d'ore il rifugio avrebbe serrato la porta e tutti sarebbero andati a dormire per affrontare la levataccia alle tre.

Non ero stanca, avevo voglia di camminare ancora. Oltre una piccola depressione scorsi un lago e mi avviai in quella direzione.

Lì, rannicchiato su un masso e con accanto uno zaino lacero e gonfio, trovai un uomo dai capelli bianchi, un guscio verde e i polpacci snelli che masticava un panino. Lungo le sponde del lago si aggirava un meticcio col pelo fulvo e ispido, le orecchie che pendevano ai lati del muso. In rifugio l'accesso ai cani era vietato; immaginai che l'uomo fosse il suo compagno e stesse mangiando là fuori per non lasciarlo solo.

Non mi avvicinai, nessuno dei due si accorse di me.

Rimasi dov'ero, in piedi, finché le stelle non si disvelarono con discrezione.

Lasciai l'uomo sdraiato a terra, le braccia piegate sotto la nuca, il cane accucciato accanto.

Il mattino seguente giungemmo in vetta alle otto. Avevamo dormito in una camerata da sei, il ragazzo sopra di me non era riuscito a prendere sonno. Continuava a girarsi, la rete del letto cigolava.

Non fummo i primi. Due gruppi ci avevano staccati e li ritrovammo in cima, gli occhiali da sole sul naso, le corde in mano, i caschetti lucidi, i sorrisi appagati e il fiato corto. Aspettavano il proprio turno per scattare la foto di rito appesi alla croce decorata da bandiere, stemmi, gagliardetti, testimonianze di passaggi e conquiste.

Ovunque mi girassi macchie di nuvole correvano in cielo, un manto lattiginoso da cui sbucavano montagne lontane. Il Cervino aggrediva il cielo, poi le Grigne morbide, il Monte Rosa e il compagno Bianco. Se aguzzi lo sguardo e la giornata è tersa, mi avevano detto, puoi vedere una striscia argentata di mare.

Essere giunta fin lì non mi rendeva unica. Non mi rendeva speciale. Non avevo vinto nulla, non avevo trovato niente se non cumuli di roccia.

Altre cordate stavano arrivando. Se fossimo rimasti ancora,

presto si sarebbe formata la fila per « conquistare la vetta », un supermercato d'alta quota.

Ripensai al laghetto con i fiori sulle sponde. Al ritorno mi sarebbe piaciuto fermarmi, lasciar ripartire i miei compagni e imitare quel signore e il cane.

Chissà perché quei due ragazzi avevano deciso di salire sulla Becca.

Se per provare qualcosa a se stessi o per scoprire quanto era bello, il mondo, visto da lassù.

31

Era stato l'istinto a ordinarmi di correre, le mie gambe avevano obbedito senza porsi domande.

Sapevo solo che non riuscivo più a rimanere ferma, acconsentire all'ordine di aspettare.

Nessuno mi aveva chiesto nulla, nessuno pretendeva qualcosa da me, ma non volevo che le conseguenze di ciò che stava accadendo fossero dettate dall'inerzia.

Quei due ragazzi magari erano ancora vivi, e la loro sorte non poteva dipendere da un difetto di tempismo. Dovevo raggiungere il Barba e avvisarlo, lui avrebbe saputo cosa fare, cosa dire a Gianni Airaudo.

Se al momento della telefonata fosse stato in rifugio, sarebbe partito precedendo la squadra a piedi del Soccorso Alpino, la corda in spalla, l'imbrago, i rinvii, i moschettoni agganciati allo zaino. Magari avrebbe trovato i due ragazzi e li avrebbe salvati. «Sono messi male ma stanno bene» la breve comunicazione alla radio. Avrebbe aspettato l'elicottero guidandone l'atterraggio, li avrebbe aiutati a salire e prima di tornare indietro avrebbe seguito la linea d'aria che portava a valle, verso un ospedale.

«Ci metto poco, ci metto poco» continuavo a ripetermi. La pendenza rendeva difficile calibrare le falcate, i piedi sfuggivano al mio controllo, lavorio continuo di ginocchia e polpacci tesi per aderire al terreno e non cadere.

«Se per arrivare in centralina il Barba ci ha messo quarantacinque minuti, a me ce ne vuole la metà» mi avevano convinta i miei ventiquattro anni.

Non volevo morti sulla mia montagna, in quel luogo che per me era stato pace.

I polmoni scoppiavano, l'aria fredda mi bruciava nel petto e allo stesso tempo sudavo. Continuavo a correre verso il basso senza seguire il sentiero, tra l'erba secca e le zolle di terra. Oltre al raggio della mia frontale imperava il buio, non sapevo dove stavo andando.

Rallentai, mi fermai, ero in mezzo a quello che nell'oscurità aveva la valenza del nulla. Non avevo idea dell'ora, di quanto mancasse all'alba, del tempo trascorso da quando ero partita dal rifugio. Il cielo era un telaio di pece, una trama fitta in cui non c'era spazio per le stelle.

Cercai di individuare un punto di riferimento che mi aiutasse a orientarmi, ma in centralina c'ero stata solo una volta, con l'ausilio del giorno. Mossi qualche passo di lato, cercai di illuminare il terreno per trovare la traccia del sentiero. Stavo perdendo il controllo delle ginocchia. Tremavano, più cercavo di fermarle più si ribellavano.

Ebbi un brivido di freddo e chiusi la zip della giacca, il silenzio un macigno che mi gravava sul corpo.

Ripresi a camminare guardandomi intorno, ogni cosa mi sembrava ostile, fonte di pericolo. Sentii il piede destro slittare, la caviglia cedere, mi ritrovai a terra. Cercai di tamponare la caduta reggendomi con le mani, le pietre mi sfregarono sui palmi, qualcosa di duro mi tagliò la guancia.

Ero scivolata su un lastrone di ghiaccio di cui non mi ero accorta. Una svista da novellina. Mentre mi rialzavo con cautela, ripensai alla regola che i più esperti di me ripetevano con gravità. «Mai sottovalutare la montagna, anche in ciò che appare semplice, si nascondono le insidie.» Non farti ammaliare dalla vetta, non ostinarti a raggiungerla se le condizioni non sono adatte. Meglio demordere, tornare indietro, altrimenti potresti non tornare più indietro tu. Ammonimenti che credevo di aver assorbito e che, sopraffatta dalla foga, avevo ignorato. Stavo imparando a conoscere il rifugio, ma quella montagna che definivo «mia» non la conoscevo.

Mi tornarono in mente le parole di Gianni Airaudo, l'ordine di rimanere in rifugio perché se i due ragazzi fossero arrivati, avrebbero trovato me, e se avesse necessitato lui di darmi indicazioni o chiedermi qualcosa, dovevo rispondere al telefono.

Io me n'ero fregata, ero andata via seguendo ciò che secondo me era giusto. Non avevo considerato che nel buio avrei potuto perdermi, che cadendo avrei rischiato di farmi male, rompermi un braccio, una gamba o battere la testa.

Mi si era annebbiata la mente, distorta dall'angoscia. Avevo paura del rifugio, di ciò che avrei potuto trovare al mio ritorno. I ragazzi feriti e accasciati nella bussola, chiamate senza risposta, il Barba che nel frattempo era rientrato e non mi aveva trovata.

Cercai di riacquistare la calma. Una parte di me tentava di concentrarsi sul presente, su cosa fare. L'altra voleva scappare via, andarsene altrove, ovunque fuorché lì.

Non sapevo di quanto avessi deviato, ma per tornare in rifugio dovevo salire. Prima o poi sarei arrivata da qualche parte, magari avrei riconosciuto la strada.

Qualcosa di viscido mi colò sulla guancia. Ci passai le dita sopra, vidi i miei polpastrelli sporchi di sangue.

Un taglio che non potevo nascondere, una colpa che mi sfregiava il viso.

Intorno a me non c'era alcun rumore. D'estate quel silenzio mi aveva infuso tranquillità, lo avevo cercato. Adesso sembrava l'agguato di una bestia che quando meno me l'aspettavo mi sarebbe saltata addosso trascinandomi via con sé.

Il blu del cielo si stava ammorbidendo, pregai mi aiutasse a trovare la via di casa.

Ricominciai a correre nella direzione da cui ero arrivata.

E per rimanere concentrata, iniziai a contare.

L'aria andava schiarendosi, il sole ai blocchi di partenza per l'ascesa al trono. Risalito il pendio, sbucai a un centinaio di metri dal rifugio. Ero bagnata di sudore e col petto che bolliva, i respiri mozzati.

Ripresi fiato sostenendomi sulle cosce, mi resi conto che avevo i pantaloni strappati e nella caduta mi ero sbucciata un ginocchio. Non avevo sentito il bruciore della carne sporca di terra o il dolore della botta, erano arrivati assieme alla vista.

Salii le scale reggendomi al corrimano. Il terrazzo era vuoto, la porta sul retro spalancata così come l'avevo lasciata, nessuno era arrivato. Mi sentii sollevata e subito dopo fui attanagliata dal senso di colpa. Non sapevo cos'era successo durante la mia assenza, se avessi perso qualche telefonata importante. Il pensiero che il mio gesto avesse causato qualcosa di irreparabile o fosse stato fatale per i due ragazzi si concentrava in un nodo che mi pulsava in gola, rigetto di nausea.

I tavoli e le panche rifulgevano coperti dalla galaverna che si addensava durante la notte. L'avrebbe bevuta il legno, succhiata dai suoi pori e dalle sue trame. Bisognava passare l'impregnante, il Barba lo ripeteva dalla fine delle vacanze natalizie.

«Devo farlo io, mica è un lavoro facile. Prima si carteggia, ma bene, non come Berto e Gioele che la scorsa primavera hanno combinato un bordello. E li ho pure pagati!»

Aveva mimato ogni gesto illustrandone la complessità, la maestria necessaria a fare le cose nell'unico modo giusto, il suo.

«Per cominciare si pulisce bene lo sporco con l'acqua ragia e si stuccano i buchi altrimenti non serve a nulla. Poi aspetti che asciughi e ci metti il primo strato di impregnante con il pennello, aspetti ancora e passi il secondo.» Ma le temperature erano troppo basse, bisognava attendere la primavera e il Barba si biasimava per non averci pensato in tempo, proprio lui che teneva tutto sotto controllo.

Mi parve surreale, in quel momento, che la mia mente cercasse di distrarmi rievocando particolari così futili. Se una parte di me era fuori controllo, l'altra rimaneva ancorata a quei dettagli. Si spintonavano, lottavano. Mi sembrava quasi di sentirle mordersi, nel silenzio che avvolgeva la conca.

Furono gli squilli del telefono a scuotermi. Mi trapanarono i timpani, sentii il cuore rimbombare nel petto. Il cielo era lindo, rosa, giallo e arancione si fluidificavano all'azzurro, ombre di luce prendevano possesso dei versanti.

Mai l'incedere di un'alba mi aveva agitata così.

Entrai in rifugio, mi tremavano le gambe. Prima di rispondere temporeggiai per uno, due, tre squilli. C'erano solo incertezza, angoscia che cresceva, parole che morivano in gola.

«Ho chiamato cinque minuti fa, perché non hai risposto?»
«Ero fuori.»
«Non ti devi muovere hai capito?»
«Non mi muovo.»

« L'elicottero è partito, tra dieci minuti arriva da voi e si fa un giro verso la Becca per vedere se li trova. Dipende dove sono, non lo sappiamo, magari i colleghi riescono a calarsi oppure devono atterrare. »

« Io non lo so dove... »

« Tu stai tranquilla e stai lì, aspetta che ti diciamo qualcosa noi. Tra poco smette di prendere ma tanto facciamo veloce. »

« Ma... »

« Ma cosa? »

« Ma sono morti? »

« Non lo so ragazza, lassù stanotte i meno trenta li avrà toccati. Adesso noi arriviamo va bene? Se il Barba torna provate a chiamarmi lo stesso. »

Mentre Gianni Airaudo mi parlava, vidi i corpi dei due ragazzi incagliati nella roccia, scomposti in un groviglio di gambe e braccia. Magari cadendo gli si era spezzata la spina dorsale e non erano più riusciti a muoversi, oppure avevano sbattuto la testa, trauma cranico, emorragia cerebrale, erano svenuti e del freddo che se li era sbranati vivi non se n'erano accorti. Le mani protette dai guanti, uno scarpone slacciato distante qualche metro, un piede vestito da un calzettone rosso.

Mentre Gianni Airaudo mi parlava, mi chiesi se quei due ragazzi, in quel momento, fossero già morti.

Mentre Gianni Airaudo mi parlava, mi chiesi cosa sarebbe stato più giusto sperare.

Mentre Gianni Airaudo mi parlava, mi chiesi cosa stessi sperando, per me.

32

Un elicottero sopra la testa annuncia cattivi presagi.

Il suo arrivo concretizzò ciò che continuavo a sperare fosse un errore di valutazione, un sentiero di alta montagna in cui si crede di aver perso l'orientamento finché, all'improvviso, scorgi un ometto di pietra e sospiri di sollievo.

Prima di vederlo, lo sentii. Ero uscita di nuovo e l'aria limpida lasciava intendere una giornata raggiante di sole. Un ronzio si espanse, mosca nella stanza, diventò un rombo che fece vibrare l'aria.

Volava abbastanza basso, brillava giallo e rosso, le pale vorticavano. Iniziò a prendere quota dirigendosi verso la Becca. Inscriveva rotte indecifrabili: virava, poi tornava dritto, forse per schivare le raffiche di vento, forse per non rimanere attaccato alle pareti.

« Magari è il Barba, ha sentito il rumore e adesso sta tornando » pensai all'ennesimo squillo del telefono.

« Pronto? »

« Noi stiamo arrivando, venti minuti e siamo lì. Tu hai novità? »

« No. »

« Va bene » e Gianni Airaudo attaccò.

Dei gatti non c'era traccia. Si erano dileguati, partiti per giri di perlustrazione di cui non prevedevamo più il rientro.

In sala la luce del sole sgangherava le finestre e i grumi di polvere acquistavano corpo nel mattino che esplodeva in fasci.

Non ero più lucida, non sapevo cosa fare. Gli oggetti attorno a me appartenevano a una vita passata, a un sogno, li riconoscevo a stento.

Non volevo che quei due ragazzi fossero morti, volevo solo che lassù non ci fossero mai saliti. « Avete rovinato tutto » un pensiero che mi strozzò di vergogna.

Mi forzai a tornare sul muretto, continuare a chiamare il Barba, l'unico gesto, l'unico modo per sentirmi utile. Avevo ceduto alla richiesta di aspettare, di non fare altro.

Continuavo a pregare che durante la mia assenza non avessero telefonato, di non aver perso una loro chiamata. L'angoscia mi attanagliava, il senso di colpa mi stringeva il petto.

Non riuscivo a perdonare al Barba di avermi lasciata sola a sobbarcarmi una responsabilità che non ero in grado di gestire. Non volevo essere stata io, con la mia avventatezza, ad aver determinato la sorte di due persone, la loro sopravvivenza.

Avevo scelto di trasferirmi quassù perché volevo stare bene, per scappare dalle cose brutte.

Per stare leggera.

Fui travolta dalla consapevolezza che in montagna, da sola, non ci sapevo esistere.

Volevo il Barba come si vuole un padre.

Torna qui, reggimi le mani, tienimi in piedi mentre imparo a camminare. Prenditela tu la merda per tutti e due, io sono ancora troppo piccola.

Mi sporsi, i palmi già accostati alle labbra, lo vidi.

Procedeva a passo svelto, quasi correva, risaliva per la brua ignorando il sentiero. Puntava lo sguardo in cielo come il mirino di un fucile, in direzione dell'elicottero che trapanava l'aria e appariva a tratti, girando in tondo.

Lo chiamai. D'istinto era tornato Barba, il suo vero nome poteva essere pronunciato solo in assenza.

Non guardò verso di me ma sveltì il passo. Lo aspettai, incapace di calcolare il tempo che impiegò a raggiungermi, e quando fu poco distante dal muretto gli tesi le mani per aiutarlo a salire. Lui si tirò su facendo forza sul ginocchio destro e appena realizzai di averlo accanto, alla distanza di un braccio, mi sentii esausta, derubata di qualsiasi linfa.

Adesso che tu sei qui, io cedo.

Non mi accorsi di essere caduta a sedere, non mi accorsi che il Barba stava continuando a chiedermi cosa fosse successo.

Mi strinse le mani sulle spalle e prese a scuotermi. Se fossi stata un uomo probabilmente mi avrebbe presa a ceffoni e forse, nonostante fossi donna, dovette trattenersi dal farlo.

Per la prima volta, non fui quella là, la *fumna* o la *strangera*, diventai Beatrice.

E quando spostai gli occhi su di lui, il collo arrossato, il viso sudato e le pupille dilatate, non mi accorsi nemmeno di aver iniziato a raccontare.

Mi aveva abbandonata lì nonostante non avessi finito di parlare, di chiedere l'ennesimo «scusa».

Era rientrato in rifugio, lo sentivo discutere al telefono in dialetto. Stava usando quello rosso, la luce non l'aveva ancora riattaccata.

Io ero rimasta a fissare la massa grigia del lastricato.

Quando ritornò da me borbottava a mezze labbra, l'angolo destro della bocca teso come tessuto tra le dita di un sarto. Non era attanagliato dalla fretta di chi è in procinto di partire, l'allarme sul suo viso era scemato.

Scrutava la Becca, altera anche senza la sua neve.

L'elicottero era scomparso, ma il ronzio prepotente delle pale ne confermava la presenza.

«Li hanno trovati» sentenziò.

Lo guardai.

«Te l'ha detto Gianni Airaudo?»

«L'elicottero si è fermato, non gira più in tondo.»

Si zittì per un po', poi si rianimò e si voltò verso di me. Il suo sguardo mi trafisse la guancia, i pantaloni strappati. Non mi chiese cosa mi fosse successo, forse lo aveva già intuito.

«Be', che fai lì imbambolata?»

Lo fissai di nuovo, sperando che capisse.

«Non hai fatto un cazzo stamattina, datti una mossa.»

Incassai. Continuavo a guardarlo e non riuscivo a replicare. Volevo alzarmi ma rimasi ferma, il mio corpo non rispondeva.

Non so se desiderassi consolazione, comprensione, che il Barba mi abbracciasse, mi rincuorasse o mi prendesse a calci. Sapevo solo che, per la prima volta, avrei voluto non essere lì.

Mi chiedevo se fingesse di non capire o davvero ignorasse la sensazione che mi scavava tra le vertebre, che mi mordeva e ingurgitava il fegato, lo stomaco, l'intestino.

« Ti rendi conto che due ragazzi potrebbero essere morti? » dissi, digrignando i denti.

« Sono i primi, poi ti abitui. »

Fece una pausa.

« Adesso fumati una sigaretta, poi vatti a disinfettare la faccia e il ginocchio. »

E se ne andò, perché a certe cose ci si deve abituare da soli.

Gianni Airaudo varcò la soglia assieme a tre uomini.

Indossavano pezzi più o meno usurati di una divisa gialla e rossa e un gilet rifrangente. Sulle maniche dei pile e delle giacche, poco sotto la spalla, era cucita una toppa con lo stemma del Soccorso Alpino, una croce bianca bordata di rosso, al centro un'aquila che artigliava uno scudo blu con una stella.

Erano già imbragati, ciascun passo accompagnato dal tintinnare delle ferraglie appese agli anelli portamateriali e stipate negli zaini, da cui sporgevano le corde avvolte a bambolina.

Gianni Airaudo aveva i capelli corti e brizzolati, il viso smussato, le orecchie sporgenti e gli occhi tondi, un uomo di quelli che nei gruppi non spicca. Alla cintura teneva agganciata la radio. Ronzava e di tanto in tanto emetteva suoni metallici di cui si affrettava a verificare l'origine.

Tra noi due aleggiava una sorta di connessione. Durante le telefonate aveva carpito il mio stato d'animo, era stato testimone della mia inadeguatezza. La speranza e la supplica che ne mantenesse il riserbo mi legavano a lui, e a guardarlo negli occhi mi vergognavo.

Quando entrarono stavo apparecchiando per il pranzo, per i parrucchieri che alla mezza sarebbero arrivati puntuali, nessun motivo per cui tardare. Airaudo abbozzò un sorriso, alzò il palmo in segno di saluto e prima che potesse rivolgermi la parola fece il suo ingresso il Barba. Si era rintanato in cucina portandosi appresso il cordless e poggiandolo accanto al tagliere. Ogni tanto urlava, rimetteva al proprio posto coloro che telefonavano per porre domande sgradite.

Probabilmente li aveva sentiti entrare ed era accorso in sala col suo grembiule arancione, come in un giorno qualsiasi.

Si avvicinò a Gianni Airaudo e gli strinse la mano, si diedero due pacche sulle spalle.

« *Uè, guard'lu lì.* »

« *Cum al'è?* »

« *Tut bin*, stamattina ci ha svegliati il cercapersone e siamo corsi qui. »

« Eh io ero giù in centralina, non prendeva il telefono, mi sono accorto che c'era l'elicottero solo quando sono uscito e son tornato subito su. »

« Lo so, ce l'ha detto Beatrice. »

Mi fissò di sfuggita, si soffermò sopra la garza sulla guancia, uno sguardo di carta abrasiva, un tremito gli corrugò il labbro. Il Barba continuò.

« Sull'elicottero chi c'è? »

« Perotti, *lui l'è bravo.* »

« Ma che è successo? »

Intanto mi ero spostata dietro al bancone e avevo cominciato a sistemare i manici delle tazzine nello stesso verso, impilate tre a tre sopra la Cimbali, congedata da mesi.

« Eh niente, *sun stait sfortünà.* Erano in conserva, il primo è scivolato e s'è tirato dietro l'altro. »

« *Porca malura.* »

« Eh sì, anche perché lassù è tutto a posto, poca neve e poco ghiaccio. Li hanno trovati meno di un'ora fa sull'altro versante. »

« Ma son morti stamattina? »

Una tazzina mi scivolò dalle mani, la recuperai prima che cadesse a terra.

« Sembrerebbe di no, credo ieri nel pomeriggio, da come erano messi pare stessero ancora scendendo. Il resto lo diranno i medici ma erano rigidi, almeno così mi ha detto Perotti per radio poco fa. Adesso li portano giù in ospedale per il riconoscimento. Forse le famiglie non lo sanno ancora, a dare l'allarme sono state le madri. »

« Lo sai che han già chiamato i giornalisti? »

« Bastardi. »

« *Vadlu pien'tal cul.* »

Airaudo infilò una mano in tasca e poggiò qualche moneta sul bancone.

« Un caffè veloce lo possiamo avere? »

« Ti devo mettere su la caffettiera, è spenta la macchina. »

« E allora nulla. »

Il Barba mise il palmo sopra le monete e le spinse verso di lui.

« Tu, ascolta » disse, puntandomi l'indice contro, « il Soccorso Alpino non paga. Mai. Almeno non in questo rifugio e finché ci sono io, hai capito? »

Gianni Airaudo piegò leggermente il capo. « Grazie. »

« Ma adesso che fate? Scendete? »

« No no, dobbiamo andar su a prendere gli zaini, i sacchi a pelo, tutta la loro roba. Avevano bivaccato sopra al lago, son saliti dalla borgata abbandonata. La macchina ce l'hanno parcheggiata lì. »

« Ma allora dopo venite qui a pranzo, ho messo su ora la polenta e sto tagliando il cinghiale, ve lo faccio in umido con le erbe. Poi te » e puntò l'indice verso di me « vieni di là che ti detto il menù, così lo scrivi e lo appendi fuori. »

« Vediamo, ma adesso dobbiamo andare che sennò arriviamo alle cinque. »

Il Barba tornò di là e Gianni Airaudo e i suoi compagni iniziarono a organizzare la salita, nella lingua delle questioni ufficiose.

Poco prima di aprire la porta della bussola, si voltò e mi fissò. Ero ancora dietro al bancone e stavo spazzando la pedana. Il Barba mi aveva concesso di lavare il salone il giorno successivo, « anche perché adesso non c'è tempo » e a trovare qualcosa da fare dovevo ingegnarmi da sola.

« Buon lavoro » disse, lo ringraziai.

Tentennò ancora un attimo con la mano sulla maniglia e uscì, i suoi compagni al seguito. Lasciarono sbattere la porta dietro di loro.

Fu un servizio senza parole superflue. Parlai solo per prendere le comande dei clienti e comunicarle in cucina al Barba.

Tutti sapevano dell'incidente, o lo avevano intuito dall'elicottero che tornava a valle. Nemmeno dopo averlo sentito sorvolare il rifugio ebbi il coraggio di uscire. Avevo il terrore di vederlo mentre portava via quei corpi, cadaveri duri dentro le sacche termiche.

Ai tavoli discutevano a voce soffusa, abbassavano il tono, avvicinavano i volti come a voler mantenere un segreto, riportare un pettegolezzo col telefono senza fili.

Rivolgevano sguardi carichi d'attesa verso me e il Barba, troppo rispettosi, o forse vigliacchi, per chiedere qualcosa. Speravano fossimo noi a prendere l'iniziativa e confermare lo scoop.

Ma non esisteva alcun racconto che valesse la pena narrare.

La squadra del Soccorso ritornò verso le due e mezza. Il Barba gli aveva tenuto in caldo il pranzo, « qualsiasi cosa ti chiedano portagliela » mi aveva istruita, temendo gli facessi fare brutte figure.

Mangiarono soli, il rifugio vuoto, in un tavolo sotto alla finestra. Li osservavo, e mi resi conto che il Barba era di fianco a me quando parlò.

« È una delle cose che amo di più del mio lavoro. Di tutti i rifugi. Che sono luoghi che uniscono. »

Non compresi cosa volesse dire, cosa potesse amare di giornate come quella. Ma lui non aggiunse altro e tornò in cucina. Se c'era qualcosa da capire, l'avevo mancata ancora una volta.

Il Soccorso Alpino aveva lasciato gli zaini dei due ragazzi vicino alla porta, come se li avessero trovati per caso sul sentiero. Quando loro si fossero accorti di averli dimenticati gli sarebbe bastato socchiudere l'uscio, buttarseli in spalla e ripartire.

Adesso che erano arrivati in cima, potevano ritornare a casa.

33

Concluso il servizio, il Barba aveva rimesso a posto la cucina e lavato le stoviglie con più lena del solito. Dopodiché era sparito nella sua stanza senza congedarsi. Affilai i timpani verso il soffitto, tesi l'udito per cogliere qualsiasi rumore, avere la conferma che non se ne fosse andato di nuovo.

Sapere che era lì con me mi tranquillizzava.

Ricomparve dopo una ventina di minuti. Indossava abiti formali, inadatti alla nostra vita in perenne movimento. Ricordavano una moda desueta e possedevano un taglio antico, da album di fotografie con la copertina patinata. Nel pugno stringeva le chiavi del fuoristrada.

« Dove vai? »

« Devo scendere. »

« Devi proprio? »

« Sì. »

« Perché? »

« Devo andare alla stazione dei carabinieri. »

Mi bloccai e sentii le ginocchia cedere. Mi tornarono in mente i discorsi sulle informazioni giuste da fornire, il telefono da passargli e la responsabilità che voleva fosse solo sua. Ma lui non era colpevole di alcuna mancanza.

Il Barba non sbagliava mai.

Era stato il caso a non permettergli di precedere la squadra del Soccorso Alpino, i lavori di manutenzione in centralina rimandati troppo a lungo e che aveva deciso di ultimare quella mattina. I due ragazzi non erano passati in rifugio, non avevano telefonato, con noi non avevano avuto alcun contatto. Ero io che me n'ero andata, che ero stata avventata, che non avevo obbedito a Gianni Airaudo. Se non gli avessero creduto potevo testimoniare a suo favore, confermare che stava dicendo la verità.

« Ma perché? Tu non hai fatto nulla, non c'eri nemmeno, qua c'ero solo io, non è colpa tua. »

Confondevo le frasi, le scambiavo, incespicavo nelle mie stesse parole.

« Vedi di piantarla subito con 'sto melodramma, che nella tua testa hai già messo in scena una tragedia. Vogliono farmi qualche domanda, poi metterò una firma e fine della fiera. »

La sua spiegazione non mi convinse e la prospettiva di rimanere di nuovo sola in rifugio mi angosciava.

« Posso venire anche io? Magari devono chiedere qualcosa anche a me. »

« Basto io. »

« Posso venire lo stesso? »

« Che sei, una dama di compagnia? Prenditi il pomeriggio libero e stattene qui buona che già oggi è una giornata rognosa senza che ti ci metti pure te a fare i capricci. »

« Ma torni presto vero? »

« Speriamo. »

« Ti aspetto per cena? »

« Fai come ti pare. »

« Allora ti aspetto. »

« E aspettami. »

« Cosa cucino? »

Sapevo che si stava trattenendo, in altre circostanze mi avrebbe già liquidata a male parole. Ma come aveva detto lui, quella era una giornata piena di rogne, e forse lo avevano rabbonito.

« Quello che ti pare. Io ora vado, se hai bisogno telefonami capito? »

Annuii e lui si infilò la giacca buona, che non puzzava di muffa, senza l'orlo usurato o aloni gialli sul petto.

Appoggiata allo stipite della porta, legno crepato tana di insetti, lo osservai raggiungere il fuoristrada, mettere in moto e andarsene. Mi abbracciavo i gomiti, sentivo la stretta delle dita strizzare la carne.

Era una giornata splendida, la più bella che quell'inverno sovversivo ci aveva regalato. Pareva si fosse dimenticato di rispettare le sue regole. Sarei potuta andare a fare due passi tenendo aperta la giacca, o bere un tè seduta in terrazzo a leggere.

Ma la clemenza del tempo mi era insopportabile. Avrei voluto prendere a pugni il sole, una massa informe nel cielo, giudice al di fuori di qualsiasi giustizia, scheggiarlo e farlo smettere di brillare.

Avevo sempre creduto mi piacesse stare sola, non lo ero mai stata davvero. Quando millantavo i piaceri della mia misantropia, delle giornate spese in silenzio e senza alcun contatto umano, inconsciamente sapevo di poterne sancire la fine appena mi fossi stufata. Bastava uscire di casa, inoltrarsi per le vie del centro città e raggiungere il bar dei soliti appuntamenti, la palestra di arrampicata, la sala studio dell'università. Percepire accanto il fluire di altri volti e altre carni mi illudeva che il mio isolamento fosse una scelta consapevole, ero convinta di poter fare a meno di tutto all'infuori di me stessa.

In quel momento, quassù, un granello nell'altopiano e sulle soglie del rifugio, ero sola per la prima volta nella mia vita. La conca e le montagne che mi avevano ammaliata, che erano state ossigeno, si erano trasformate in un cappio serrato attorno alla gola.

Eppure, se per incanto fosse apparso qualcuno e si fosse avvicinato con l'intenzione di parlarmi lo avrei cacciato via, urlando che non poteva capire.

Sarei corsa dentro, avrei sceso in fretta le scale, mi sarei rintanata nell'angolo più buio della dispensa, in mezzo a cocci di bottiglie dimenticate, polvere in grumi, croste di formaggio e avanzi saccheggiati dai topi. Mi sarei nascosta lì e con le mani premute sul viso avrei iniziato, forse, a piangere.

Per loro, ma anche per me.

Quando il telefono squillò, il Barba non era ancora tornato e il buio raspava il legno delle porte, si strusciava ai vetri delle finestre.

Ero distesa sul divano, i palmi sul ventre, una conchiglia vuota.

Ero stata in quella posizione tutto il pomeriggio. Avevo preso il cellulare e controllato su internet le notizie dell'incidente.

Sui giornali locali e regionali erano usciti articoli corredati da fotografie della Becca, in un paio compariva anche il rifugio. Immagini d'archivio, non appartenevano a quell'inverno. Le montagne erano bianche, la conca sormontata da nubi fuligginose, quando era accaduto era tutto grigio e marrone e il cielo radioso. Venivano specificate le età dei ragazzi, quella in cui si ha già la barba e qualche ruga, ma la pelle è ancora morbida.

Anche Valeria forse li aveva letti, mi era arrivato un suo messaggio. Ormai era in Francia da un paio di mesi, nel pieno della stagione invernale. Pensai alle montagne su cui si trovava lei, se avesse nevicato o quella sulle piste fosse neve artificiale. Al rifugio sotto al ghiacciaio, a Piero che per gli interventi del Soccorso partiva quasi ogni giorno, ai morti, feriti e dispersi che dovevano esserle franati sopra la testa durante l'estate, a come aveva reagito. Mi chiesi se avrebbe capito o se la sua reazione sarebbe stata simile a quella del Barba, « devi farci l'abitudine ».

« Come stai? » mi aveva scritto, dopo ore non sapevo ancora cosa risponderle.

Appena udii la suoneria mi si amputò il respiro. Prima di accettare la chiamata, notai che la mano destra mi tremava.

« Pronto? »

« Bea? » Elbio aveva la voce affannata. Il mio nome gli uscì stridulo, rantolo di una gallina a cui si sta per torcere il collo.

« Ehi, ciao. »

« Stai bene? » La notizia dell'incidente doveva essersi propagata in valle a macchia di petrolio.

« Sì. »

« Com'è andata oggi? » e non compresi se la sua fosse delicatezza, imbarazzo o mancanza di coraggio.

« È stata una giornata dura. »

« Eh ho sentito. Proprio una disgrazia, a volte capita. »

« Avrei preferito non fosse capitata a me. » Avrei voluto strapparmi la lingua. Mica ero morta io, mica ero loro parente, mica li conoscevo.

« Senti, io tra poco finisco di lavorare, ti vengo a trovare? »

« Oggi meglio di no, sono molto stanca e il Barba non è ancora rientrato. »

« Tra un po' arriva. »

«Come fai a saperlo?»

«Ho visto il fuoristrada sulla statale.»

«Vero che qui nessuno può farsi i fatti propri.»

Tacque. Io vagavo fra i tavoli con un braccio sotto al seno, le dita che rintoccavano sulle costole. La luce gialla delle lampade illuminava il mio riflesso sui vetri delle finestre. Mi diedi la schiena.

«Scusami Elbio, davvero, è solo che» mi inceppai, lui aspettò. Forse avrebbe voluto che mi confidassi, ma nemmeno io sapevo cosa dire o come avrei potuto dirlo, se da dire ci fosse stato qualcosa.

«È meglio che vada a cucinare, se il Barba arriva e non trova nulla da mangiare si mette a sbraitare e non ho voglia di starlo a sentire.»

«Certo, certo, vai pure.»

Tentennò, poi cedette. «Comunque se più tardi hai voglia di fare due chiacchiere chiamami.»

«Va bene.»

«Poi se sei stanca ci sentiamo domani così ci mettiamo d'accordo.»

«Va bene.»

«Ti volevo solo dire che» e si interruppe.

«Cosa?»

«Niente. Stai tranquilla e riposati.»

«Ci provo.»

«Brava. Un bacio Bea.»

E attaccò.

Non mi ero accorta che il Barba era tornato. Lo trovai in sala stravaccato su una sedia, il gomito appoggiato sul bordo del tavolo e la mano a sostenere il mento, le gambe scomposte, la schiena curva. Aveva ancora indosso la giacca e un cappello in lana cannella. Quella tinta ne sbatteva il pallore, proprio di coloro che anche con la buona stagione vedono poco il sole. Sembrava un gambo di sedano moscio e ossidato, buttato nei cassonetti a fine giornata.

Era concentrato, cercava la Becca da una finestra. In cambio, lei gli restituiva un riflesso esausto.

Ignorò me, ignorai lui.

Ciò che vedi puoi fingere non esista.

Giunse in cucina mentre scolavo la pasta nel lavandino. In padella doravano quattro spicchi d'aglio e i semi del peperoncino sfrigolavano nell'olio.

Mi si fermò accanto, controllava i miei gesti.

Sollevai lo scolapasta e mi diressi verso i fornelli.

«Ma non lo vedi che inzozzi tutto?» e indicò la scia d'acqua che era gocciolata sul pavimento.

«Poi pulisco» risposi, e con un cucchiaio e un forchettone di legno iniziai a mescolare gli spaghetti per impregnarli di condimento.

Afferrò uno straccio sporco, lo buttò a terra e col piede si mise ad asciugare.

«Questo poi lavalo» ordinò, calciandolo in un angolo.

Spensi il fornello e arrotolai una presina attorno al manico rovente.

«Come sei messa con le lavatrici?»

«Domani controllo.»

«Sarà meglio», mi sfilò la padella dalle mani. «Il pane lo hai tagliato?»

«C'è la pasta.»

«E allora? Quante volte ti devo ripetere che una tavola senza pane non è degna di un buon cristiano?»

Se ne andò, cominciai ad affettare il pane sul tagliere.

Tra noi due, nessuno si era mai affidato al Santo Signore. Mi chiesi se il buon cristiano a cui alludeva il Barba fosse in procinto di arrivare.

Gli spaghetti erano il formato di pasta preferito dal Barba e guardarlo mentre li mangiava era uno stillicidio.

Sollevava la forchetta a mezz'aria, vagliava la cascata di fili controllando stessero ben dritti e al posto di arrotolarli sul bordo del piatto si aiutava con un cucchiaio. Lavorava di polso, un continuo clangore d'acciaio che mi faceva venire la pelle d'oca. Non desisteva finché non riusciva ad avvilupparli ricreando un nido perfetto. Lo esaminava con perizia da ogni angolazione e lo portava alle labbra solo se lo reputava degno. La sua bocca

diventava una fornace, distruggeva le sue sculture con un ruminare lento e circolare della mascella.

Quella sera mi feci ipnotizzare da quelle opere d'ingegneria.
Se focalizzavo l'attenzione sui suoi movimenti, forse sarei riuscita a dimenticare la pesantezza che rendeva ogni respiro faticoso, i polmoni trasformati in blocchi di granito.

Non avevo appetito. Appena assaggiai gli spaghetti, vermi
unti e viscidi, mi si trincerò lo stomaco. Continuavo a rimestare
la pasta sul fondo del piatto, lo spicchio d'aglio scartato e adagiato sul tovagliolo, un alone giallastro si era espanso sulla carta
assorbente.

« È buona » decretò il Barba.

« Grazie. »

« Mica è facile farla bene 'sta ricetta qui. »

Fissai gli spaghetti lucidi nel piatto, i frammenti di peperoncino scuro arenati tra quelle onde. Li avevo recuperati dal
freezer; per mantenerli freschi li avevamo conservati in un sacchetto di plastica e congelati, al Barba essiccato non piaceva.

« Oggi ho incontrato quel cretino del tuo amico sulla statale.
Andava come un pazzo. »

« Me l'ha detto. »

« Pensavo di trovarlo qui » disse con noncuranza, versando-
si la pasta avanzata e strofinando un pezzo di pane nella padella
per raccogliere gli ultimi residui d'olio.

« Gli ho detto di non salire. »

« Sei tutta matta te. Gli meni sempre il torrone perché sta
poco e poi quando vuole venire gli dici di no. »

« Non mi sembrava il caso di avere visite. »

Si alzò in piedi, mi sormontò e quando mi schioccò le dita in
mezzo agli occhi, sobbalzai.

« Ou, signorina, finiscila subito di fare 'ste scene. Ti devi ri-
pigliare, hai capito? »

Tornò al suo posto e si strofinò le labbra unte col tovagliolo,
il volto aspro, uno sguardo carico di rimprovero puntato nel
mio.

« Sì. »

« E ora vedi di mangiare che domani c'è un sacco di lavoro
da fare e devi stare in piedi. »

Ingurgitai la pasta, per fare in fretta ingoiavo quasi senza masticare.

Il Barba attese che il mio piatto si svuotasse e quando accennai a impilare le stoviglie per andarle a lavare, mi bloccò.

«Faccio io, te vattene a letto.»

Ubbidii, salii di sopra, mi preparai a dormire.

Avevo temuto quel momento per tutta la giornata, certa che il sonno non mi avrebbe concesso la sua grazia. Invece i miei occhi si chiusero veloci come la lama della ghigliottina, e rimasi svenuta per tutta la notte.

34

Esistevano poche cose che potevano cogliere impreparato il Barba. Una la scoprii quando, la settimana dopo l'incidente, gli dissi che avevo bisogno di tornare in città.

Nonostante avessi specificato subito che sarei rimasta per breve tempo, i suoi occhi continuarono ad allargarsi e temetti gli cascassero sul tavolo, rotolando fino al pavimento. Nei giorni precedenti si era comportato come se nulla fosse accaduto e dei due ragazzi non aveva più fatto parola. Anche io avevo ricominciato a svolgere le mansioni quotidiane, fedele e ubbidiente come un'asina, ma qualcosa era cambiato. Ogni angolo mi rammentava gli avvenimenti di quell'alba. Avevano inquinato e smembrato la dimensione di pace che avevo plasmato con fervore. Un luogo in cui non sarebbe successo nulla di spiacevole. Dove cambiare vita e ricominciare, iniziare un nuovo passato.

Avrei voluto rinnegare l'ostilità che provavo, la necessità di scappare via, la stessa che mi attanagliava quando vivevo a Torino. Avevo creduto che non si sarebbe di nuovo impadronita di me facendomi perdere il controllo, ma più cercavo di ignorarla più scalpitava, e non riuscivo a placarla. Ero diventata intollerante e scostante, non sopportavo le fatiche giornaliere, consapevole che al mattino mi sarei svegliata per rivivere una giornata identica alla precedente.

Mi aggrappavo alla forza magnetica che avevano sempre destato in me le montagne. Le ricordavo apparire e svanire dal parabrezza dell'auto in base alle curve della strada. Mi bastava vederle per percepire nel petto un magma, un calore, un'energia che mi spingeva verso di loro, esule che fa ritorno alla terra natìa dopo anni di esilio. Come fossi roccia rotolata lontana, e mi stessi ricongiungendo alla madre.

Adesso quell'anelito si era invertito, mi respingeva e mi cacciava via. Ma se fossi scesa in città sarebbe tornato a impossessarsi di me e non avrei visto l'ora di ritornare quassù. Era già capitato a ottobre, avrebbe funzionato ancora. L'allontanamento mi avrebbe giovato, aiutandomi ad accettare l'incidente.

«Poi ti abitui.»

Elbio aveva capito che in me un ingranaggio si era inceppato. Il giorno seguente era venuto a trovarmi. Non aveva chiesto il permesso, «Stasera quindi vengo», punto fermo.

Il Barba non aveva mugugnato o fatto battute sgradevoli. Era sempre stato lui a decidere la cadenza dei nostri silenzi, ora ne stavo dettando io le condizioni, e forse credeva che Elbio avesse il potere di riportarmi alla normalità.

Era arrivato alla solita ora, intabarrato in un giaccone testa di moro, la sciarpa verde e blu che lasciava a malapena scoperta la punta del naso.

«Certo che fa proprio freddo, anche giù si congela» e il Barba lo aveva aggiornato sull'andamento del meteo, con l'enfasi di un telecronista di una partita di calcio.

La tanto attesa perturbazione pareva aver finalmente raggiunto i battenti delle Alpi. L'ultimo gelo era la sua fanfara, e nell'arco di una settimana al massimo il dio dall'epicanto pronunciato sarebbe stato scalzato da sua sorella marina, regina della neve.

Durante la cena lo sguardo di Elbio non mi aveva mollata un secondo. Si era addirittura azzardato ad appoggiarmi una mano sul ginocchio, gesto nascosto dalla tovaglia che pendeva dal tavolo.

Quando il Barba ci lasciò soli, mi abbracciò. Non mi aveva mai stretta in modo così intenso e possessivo, io ero acqua che gli colava fra le mani.

Mi imposi di ricambiarlo, sollevare le braccia e portarle dietro la sua schiena, sistemare la testa, adagiarla sulla lana infeltrita del maglione che odorava di armadi umidi.

Averlo accanto era un conforto che faticai ad accogliere. Nel petto vibravano senza tregua echi e rantoli sordi e se un lato di me voleva cedergli, l'altro opponeva resistenza.

Avevo conservato la speranza che lui potesse alleviarmi da ogni peso. Che la sua presenza risolvesse le mie inquietudini. Ma volevo solo andare via da lì, provare a dimenticare lui, il Barba e il rifugio per patirne la mancanza. Piantate le sue radici, quell'esigenza cresceva in me come una gramigna che soffocava qualsiasi germoglio.

Elbio non domandò cos'era successo, non chiese nient'altro.

Rimanemmo così per un po', poi mi prese per mano e mi guidò verso il divano, su cui mi lasciai posizionare come una bambola di pezza. La mia testa sulla sua spalla, le ossa del mio bacino e le anche sporgenti cozzavano contro i suoi fianchi.

Chiusi gli occhi, gli permisi di accarezzarmi. Sentivo le sue dita districarmi i capelli, passare docili tra le ciocche fino alle punte, ricominciare da capo, l'indice che seguiva il profilo del mento fino alla spaccatura delle labbra.

Mi sarebbe bastato puntare il ginocchio destro, sollevare una gamba e ruotare il petto, ma il mio corpo era privo di qualsiasi stimolo.

Restai così, come un tronco vuoto, finché si alzò e fissando la porta mi disse che per lui era arrivata l'ora di tornare a valle.

Elbio chiamava tre volte al giorno, mattino, pomeriggio e sera. Sembrava voler rimanere aggiornato sulle condizioni mediche di un ricoverato in terapia intensiva.

Finché una sera esplosi. Aveva risposto il Barba, e quando me l'aveva passato e gli avevo tolto di mano il telefono, brusca, era tornato a sedersi senza protestare. Stava scrivendo al computer da un paio d'ore, battendo i tasti con gli indici.

Sperava nel miracolo.

«Ciao Bea, volevo solo sapere come stavi.»

«Come devo stare Elbio, come quattro ore fa.» Ero uscita sul retro, battevo i denti per il freddo, ogni mia parola si coagulava in condensa.

«È successo qualcosa?»

«Cosa vuoi che succeda qui? Sempre le stesse identiche cose ogni fottuto giorno.»

La conversazione si esaurì in fretta, tornai dentro. Il Barba aveva sollevato gli occhi dallo schermo e mi guardava, gli indici due antenne, le labbra raggrinzite, l'espressione contrariata.

«Me ne vado a letto» annunciai. Lui non rispose e, scuotendo il capo, tornò a occuparsi degli affari suoi.

Fu il mattino dopo che, scendendo con enfasi le scale, mi decisi a parlargli. Lo trovai di nuovo al computer, dattilografo talentuoso.

«Hai intenzione di scrivere la *Divina Commedia*?» domandai, sedendomi.

Scandalizzato dalla libertà che mi ero presa, si sistemò gli occhiali sul naso.

«Cos'è che ti siedi, oggi scioperi? La colazione mica si prepara da sola, e ci sono ancora da aprire le finestre.»

«Ti devo parlare.»

«Mi parli dopo.»

«Ti parlo adesso.»

Chiuse il computer di scatto.

«Ma porca la miseria, perché mi devi far girare i coglioni di prima mattina?»

«Devo scendere» e se non avesse fatto attenzione, oltre agli occhi gli sarebbe caduta a terra anche la mascella.

Impiegò qualche attimo a raccapezzarsi.

«In che senso?»

«Nel senso che devo andare due, massimo tre giorni giù.»

«Non era previsto.» Si discostò dal tavolo strisciando la sedia, tolse gli occhiali, ripiegò le astine, appoggiò la montatura al contrario, le lenti contro il legno.

«Lo so, ma ho bisogno di scendere.»

Deglutì, incrociò le mani.

«È stato male qualche tuo parente?»

«No.»

«E allora non vedo ragioni per cui tu debba scendere. I riposi li hai un mattino e un pomeriggio a settimana. Se sei stanca domani ti lascio tutto il giorno.»

«Non è per quello.»

Sospettavo avrebbe opposto resistenza ma confidavo che prima o poi avrebbe ceduto, senza essere costretta a confessare il motivo per cui volevo andarmene.

«Sai il perché» insistetti.

Per un attimo baluginò nei suoi occhi un raggio di dolcezza. Si scaldarono, non mi trafissero. I tratti del viso gli si ammorbidirono, divennero colline. Il labbro inferiore sporgeva all'infuori, bracco anziano.

«L'ho visto che non te la sei vissuta bene, come te ne vai girando per il rifugio in questi giorni. Non è mai bello, poi te eri anche da sola. Ma se vuoi fare questa vita devi mettere in conto che può risuccedere.»

«Sì, ho solo bisogno di staccare un attimo. Quando torno vedrai che starò meglio.»

Ero convinta di ciò che dicevo, se fosse stato necessario avrei implorato. Avevo bisogno di scendere e se mi avesse negato il permesso lo avrei fatto comunque. Prima però avrei tentato qualsiasi via possibile per ottenere il suo benestare.

Il Barba si strofinò gli occhi, guardò il soffitto, il pavimento, si alzò, mi diede la schiena, fece qualche passo.

«Ora inizia a fare quel che c'è da fare, dammi il tempo di organizzarmi.»

«Se riesci a farmi partire dopodomani, torno già sabato.»

«Va' a preparare la colazione che ho fame.»

Verso metà mattina il Barba mi comunicò che non sarebbe sceso a fare la spesa nel pomeriggio, ma avrebbe rimandato all'indomani.

«Perché?» replicai. Rigoroso in qualsiasi consuetudine, il giorno della spesa era il lunedì, non lo aveva mai posticipato. D'estate era sempre partito alle tre e mezza del mattino così da rientrare in tempo per il servizio del pranzo, d'inverno invece si assentava nel primo pomeriggio e tornava all'ora di cena.

«Ma è possibile che nel mio rifugio debba rendere conto a te di qualsiasi cosa?»

Disse che l'unico motivo per cui era stato costretto a cambiare programmi ero io, che facendo i capricci per scendere gli avevo scombinato i piani.

«Non capisco quali siano, questi maledetti piani che ti ho

scombinato.» Non avevamo ospiti e nessuno sarebbe rimasto a dormire fino al sabato successivo.

«Te devi ringraziare che sei nata donna, altrimenti ti avevo già massacrata di botte.»

«Ringrazia tu che son nata donna, altrimenti ti massacravo di botte io.»

Trascorse il pomeriggio a passare in rassegna le dispense e vagliare i frigoriferi e i freezer, «questi poi li dobbiamo sbrinare», annotando ciò che sarebbe stato da comprare all'ingrosso il giorno seguente.

Intanto io facevo la cernita dei ripostigli e tenevo a mente di quali prodotti stessimo esaurendo le scorte: spugne, confezioni da cinque litri di sapone, detersivi per il bucato e per i piatti, pastiglie per la lavastoviglie, alcol denaturato, candeggina.

Mi aveva domandato se avessi bisogno di qualcosa dalla valle e nel caso segnarlo su un foglietto a parte. Gli avevo risposto di non preoccuparsi, mi sarei procurata ciò che mi serviva una volta scesa in città. Lui però aveva insistito, avrei sprecato spazio utile nello zaino e mi sarei portata appresso pesi superflui. Quell'improvvisa gentilezza mi stranì, ipotizzai si sentisse in colpa per il modo in cui mi aveva trattata poco prima.

La mia discesa era stata fissata per mercoledì dopo la colazione e sarei risalita in rifugio sabato mattina. Il freddo intimoriva gli escursionisti, ma senza il mio supporto il Barba sarebbe impazzito a gestire i clienti del fine settimana.

Mentre era a fare la spesa ricevetti una telefonata di Elbio, e quando gli dissi che l'indomani sarei scesa in città mi investì di domande per comprendere i motivi della mia decisione. Avevo ripetuto le stesse risposte date al Barba, ma lui sembrava non capire. Gli risultava inconcepibile che volessi andarmene di mia sponte. La prospettiva lo impauriva. Come se non esistesse luogo migliore in cui vivere, tana più sicura per curare le ferite.

«Ma poi torni?» continuava a chiedere.

«Ma certo che torno.»

Quando intuii che stava per salutarmi, in ritardo di qualche giorno, gli dissi che mi dispiaceva di averlo trattato male.

«Eh va be', capita. Eri nervosa.»

«È per questo che ho bisogno di stare un po' giù. Dopo quello che...» non riuscii a concludere la frase. Mi bruciavano gli occhi, cominciai a sbattere le palpebre, veloci come ali di un colibrì. Non avevo ancora pianto, ed ebbi paura di non trattenermi.

«Ho capito, stai tranquilla.»

«Vedrai che dopo andrà meglio.»

«Buona cena, ci sentiamo quando torni.»

Attaccò, senza dire che mi avrebbe telefonato mentre ero in città.

Quando il Barba mi chiamò per dargli una mano a sistemare la spesa, il fuoristrada strabordava. Non lo avevo visto così carico nemmeno ad agosto.

«Ha prenotato un reggimento degli Alpini e non me l'hai detto?» dissi, sollevando tre scatole piene di cartoni di latte.

Mi ignorò e si occupò delle sportine con la carne.

Aveva comprato di tutto: dalla pasta alle conserve, torte di toma, spinaci e verdure surgelate, zucchero, cacao, tre sacchi da venticinque chili di polenta, cipolle, barattoli di polpa di pomodoro, latte d'olio, panna e una trentina di confezioni di uova.

Gli unici vegetali freschi erano delle mele gialle, nel viaggio la cassetta si era ribaltata e rotolavano ovunque. Lo immaginai caricare quella roba nel bagagliaio e sui sedili posteriori da solo, rifiutando l'aiuto dei commessi dell'ingrosso. Forse, conoscendolo da anni e a seguito dei suoi no, avevano addirittura smesso di offrirglielo.

Sul sedile del passeggero notai dieci confezioni di scatolette di cibo per gatti e sei buste di sabbietta.

«Guarda che di cibo per i gatti ce n'era ancora, te lo avevo detto.»

«Certo che ce n'era ancora ma questo era in offerta, stava per scadere e me l'hanno dato a niente.»

«Ma se mangiano cibo scaduto poi stanno male.»

«Ancora con 'sta storia, quelli si mangiano i topi e le rane che chissà quante malattie hanno, figurati se gli fa male il cibo scaduto.»

Contrariata, decisi che per non confonderlo lo avrei separato da quello già presente, ripromettendomi di non darglielo.

Finito di sistemare la spesa, il Barba mi comunicò che si sarebbe assentato di nuovo per lasciare la Panda al sanatorio.

«Perché?»

«C'ha dei problemi, la devo far vedere dal meccanico.»

«E il meccanico viene fin lì?»

«Mi fa 'sto piacere perché non ho tempo di portargliela in officina.»

«E poi come risali?»

«A piedi.»

«Ma non ti conviene farlo domani? Mi porti giù con la Panda, la lasci nel parcheggio e torni indietro a piedi.»

Vidi le sue dita serrarsi attorno alle chiavi della macchina, piantò lo sguardo alla finestra. Il cielo irrorato dal tramonto, il sole ai suoi ultimi sbadigli, la Becca punta appena temperata di un carboncino.

«Prepara tu da mangiare che io prima di tre ore non torno.»

Dopo cena sistemai la sedia davanti alla stufa. Cominciai a provare malinconia guardando il salone e i ricordi dell'incidente riaffiorarono, il respiro accelerò. Le ore che mancavano alla discesa mi parvero eterne, insopportabili.

Appoggiai una mano sulla pancia contando quattro secondi per ogni inspirazione ed espirazione. «Pensa a una cosa bella» ti suggeriscono per alleviare i sintomi degli attacchi d'ansia. In quel momento l'unico sollievo era la certezza che il pomeriggio seguente sarei stata altrove.

Non lasciavo il rifugio da mesi, ignoravo ciò che stava accadendo al di fuori di quelle mura e della conca. Potevano cadere governi, scatenarsi rivoluzioni e colpi di stato, inondazioni, incendi, terremoti e non me ne sarei accorta. Le poche volte che prendevo il cellulare lo utilizzavo per chiamare mia madre o rispondere a sporadici messaggi dei vecchi amici. Avevo perso il vizio di navigare sui social e di rado pubblicavo qualche fotografia. In passato avrei controllato le interazioni, i like, risposto ai commenti. Non me ne importava più nulla.

Ero sempre stata attenta a mantenermi informata su ciò che

accadeva attorno a me. Quassù, per saperlo, bastava affacciarsi alla finestra o fare un passo fuori dalla bussola.

Mi domandai come avevo fatto, per così tanto tempo, a rimanere indifferente al mondo. A dimenticarmi che esisteva altro.

Mi svegliai elettrica, trepidante all'idea della partenza.

«Ancora poche ore e me ne vado.»

Dall'armadietto scelsi un paio di jeans puliti, una maglia termica, una felpa e i calzettoni traspiranti. Legai i capelli in una treccia, sistemai la frangia per farla spuntare ordinata dall'orlo del cappello. Per ultime infilai le mie scarpe fucsia dai lacci consunti, le suole limate dalle rocce e dai terreni impervi.

Magari ne avrei comprate un paio nuove, soldi ne avevo, tenuti da parte su un conto bancario intonso, come quello di Carlo.

«Stesso modello, stesso colore» ricordando che queste mi avevano accompagnata ovunque.

«È importante avere un buon paio di scarpe» era stato uno dei primi consigli ricevuti da chi aveva più esperienza di me sul camminare in montagna. Le avevo misurate sotto lo sguardo di una commessa che si lamentava di quanti le provavano in negozio per poi ordinarle su internet a prezzo scontato. Fui sorpresa io stessa di averle scelte di quella tinta appariscente. In seguito avevo scoperto la funzione dei colori accesi che contraddistinguono l'abbigliamento tecnico: risultare visibili, farsi trovare in situazioni di pericolo.

Mi chiesi quali scarpe indossassero i due ragazzi quando erano scivolati. Se il Soccorso Alpino li avesse trovati grazie ai colori accesi o se le avessero perse durante la caduta e fossero morti scalzi.

Il mio zaino grigio e rosso si ergeva accanto al letto, le cinghie già chiuse e ben tirate. Lo avevo preparato in fretta prima di coricarmi, se avevo dimenticato qualcosa, pazienza. A Torino possedevo il necessario per lavarmi, cambiarmi, vivere.

Tutte le mie cose.

Scesi giù aspettandomi di sentir sbottare il Barba in attesa della colazione. Invece la sala era vuota, le persiane ancora chiuse. Trovai la chiave del rifugio nel cassetto ma la copia del Barba, appesa al gancio dell'office assieme a quelle del luc-chetto della centralina, non c'era.

Aleggiava un silenzio sconosciuto, ovattato, che non avevo mai sentito.

La porta della bussola era aperta, lui doveva essere fuori.

Quando uscii, strizzai gli occhi come se avessi rivolto lo sguardo contro al sole.

Il Barba era di fronte a me e mi dava la schiena, avvolto da un'aura chiara. Sfidava a braccia conserte una luce bianca che rifletteva ovunque.

Era bianca lei, era bianco il cielo, era bianco tutto.

Il dio dell'est se n'era andato e al suo posto, dal mare, era arrivata la neve.

35

Lo sbarco iniziò con ritrosia e senza affanno.

L'altopiano era diventato morbido, smussato da fiocchi grossi e lanosi, spore di soffioni fuori stagione che attecchivano al suolo. Si davano man forte tessendo una trama bianca, velo di sposa. Deglutivano qualsiasi suono, occludevano i timpani in una quiete nuova, così soffice da cullarti fino a invocare il sonno.

In alcuni momenti la loro danza si adagiava lieve, in altri acquistava ritmo e vorticavano serrati, seguivano una sinfonia propria.

Li osservavo da tutta la mattina appannando i vetri della finestra mentre il Barba, di fianco a me, aveva le sopracciglia distese e il buonumore stampato in faccia.

Ammirava la Becca avvolta da uno scialle d'organza, la sua nudità di roccia scura vestita e acconciata da un abile sarto.

Un amen, un così sia.

Sosteneva di essersi meravigliato a sua volta quando, intorno alle cinque, era sceso in sala e aveva riconosciuto il silenzio della neve. Aveva controllato le previsioni dell'ARPA il pomeriggio prima, ipotizzavano l'arrivo della perturbazione nella notte tra la domenica e il lunedì.

« Il meteo non piglia mai un canale » aveva asserito scuotendo la testa.

« E io quando scendo? »

Avevo lasciato lo zaino appoggiato su una sedia, monito e promemoria, ma il Barba non manifestò alcuna intenzione di accompagnarmi a valle.

« Ah e che ne so, mica si può andare a zonzo con 'sta neve. Io non me la rischio di prendere il fuoristrada, è troppo pesante e se poi aumenta tornare su è un bordello. Adesso non dipende più da me. Magari domani» rispose Ponzio Pilato, alzando le mani.

Mi era impossibile non fulminarlo con lo sguardo mentre gironzolava per il rifugio, stregato da qualsiasi scorcio sulla conca. Si accertava che la neve ci fosse ancora, quasi temesse di essere vittima di un'illusione, e appena ne verificava la presenza pareva in procinto di compiere un balzo e avvilupparsi in una piroetta. Se avesse potuto probabilmente avrebbe organizzato una festa; oltre a lui e ai gatti però non ci sarebbero stati altri invitati. Io non avevo alcuna voglia di festeggiare.

Era la prima volta che i gatti vedevano così tanta neve. Dopo essersi arrischiati su quel terreno morbido e aver sentito le zampe sprofondare, le soffiarono contro rizzando il pelo e scoprendo i denti, per poi rintanarsi nella loro cesta di vimini e coperte che dalla bussola avevo spostato in sala di fianco al divano.

Contemplavo quel deserto bianco sconfitta. Poche ore prima mi ero sentita con un piede già in città. Mi ero immaginata sul fuoristrada durante la discesa, accanto al Barba concentrato al volante. Percorrevamo la strada al contrario, un cenno di saluto al bosco di larici e betulle, le curve fino alla statale. Avevo rivisto altre macchine e altro asfalto, il Barba che mi scaricava alla fermata senza spegnere il motore, il mio braccio disteso per fermare l'autobus, l'espressione dell'autista per il taglio troppo grosso della banconota che gli porgevo, cinquanta euro, l'unica che avevo. Era ancora lì, nella tasca dei pantaloni. Mi ero figurata le case dei paesi, i porticati coi negozi, le logge dei mercati e i cartelli verdi che indicavano l'imbocco dell'autostrada.

In città avrei rivisto lampioni, gente ammassata sul bordo del marciapiede in attesa che scattasse il semaforo, il suono dei clacson, strisce pedonali e piste ciclabili. Musica dai locali, code alla cassa del supermercato, monopattini elettrici a zigzagare nel traffico, le case alte stipate di monolocali, i due grattacieli, «i diti medi», così li chiamavo quando li vedevo bucare la pianura. Mesi addietro una visione simile mi avrebbe suscitato orrore, attorno a me non avrei voluto niente. Ora invece la agognavo come panacea. La città era diventata l'antidoto che, nelle mie convinzioni, mi avrebbe pulita dal senso di colpa, mi avrebbe salvata dall'odiare la montagna.

Eppure, nonostante i miei programmi si fossero ribaltati nel tempo di un risveglio, non riuscii a capire se fossi arrabbiata con lei oppure no. L'avvento della neve era un miracolo, e ai miracoli non si sputa in faccia. Ma forse, se si fosse trattato di un miracolo vero, «Lazzaro, alzati e cammina», sarebbe giunta in tempo e i due ragazzi sulla Becca non sarebbero mai saliti.

Mi pareva assurdo che il meteo avesse cannato con tale scarto i calcoli, ma sapevo anche che quassù le nuvole potevano addensarsi senza annunci e lo sbuffare del vento, in uno schiocco di dita, iniziava col tirare i capelli fino a diventare tempesta.

Ero inesperta, conoscevo troppo poco le malizie della montagna.

Anche il Barba ripeteva che era imprevedibile, «'sto tempo è matto», e di lui mi fidavo.

Nel pomeriggio la neve si accomiatò per la siesta, il Barba uscì dal rifugio e gli andai appresso.

Ne erano bastati venti centimetri perché il mondo mutasse. Ci camminai sopra e la sentii tornare acqua, penetrare il tessuto delle scarpe e bagnare l'orlo dei pantaloni. Spinsi le mani nelle tasche del guscio e per scaldarmi il naso cercai di soffiare sulla punta il calore del mio alito. Il Barba intanto aveva raccolto una manciata di neve. Strofinò i granuli tra le mani rosse saggiandoli con i polpastrelli, caddero a terra come pizzichi di sale lasciandogli i palmi umidi. Guardò il cielo grigio latte, strinse le dita intirizzite per riacquistarne la sensibilità.

Sniffò più volte l'aria tirando su con la narice destra, gli si deformarono i tratti del viso.

«Ha smesso?»

«Ma quale smesso e smesso» rispose ghignando a denti scoperti.

Rientrò, io feci due passi lungo il perimetro. Schiacciavo la neve con la punta della scarpa, la sollevavo tirandole dei calci, tornavo sui miei passi facendo combaciare i piedi sulle impronte. Ebbi la sensazione che non fossero mie, nostre, e appartenessero ad animali selvatici. Ma oltre a me nulla si muoveva.

Quando tornai in sala, misi in spalla lo zaino e lo riportai in camera.

Il Barba aveva stipulato una tregua con il telefono e appena squillava accorreva a rispondere.

« Eh già che sta *fiòcando* » esclamava tronfio d'orgoglio, nemmeno stesse annunciando la nascita di un primogenito.

Dopo aver scattato qualche foto con il cellulare si era messo al computer per informare i suoi fedeli lettori che la neve sì, finalmente era arrivata e che no, al momento nessuno poteva salire e l'indomani avrebbe fornito ulteriori indicazioni.

Mi aveva detto che quel giorno me lo avrebbe contato come riposo così, fino all'ora di cena, mi aggirai per il rifugio sbuffando, scartabellando nella libreria, stendendomi sul divano e leggendo.

Continuavo a sperare che il mattino seguente sarei partita e affrontai quelle ore come il protrarsi di un'agonia.

Alla sera il vento si alzò, e portò via con sé qualsiasi buon pronostico.

Mentre consumavamo una cena parca a base di pasta e fagioli, per il Barba con aggiunta di lardo, notai che tendeva l'orecchio per decifrare l'andatura del vento.

« Stanotte viene giù il finimondo. »

« Lo dici tu o il meteo? »

« Io. »

« E il meteo invece che dice? »

« Che deve dire? Hai visto, a fidarsi del meteo. »

« Quindi non posso scendere neanche domani? »

« Mi sa proprio di no. »

« Ma le motoslitte? »

« Sono giù. »

« Un paio di sci da prestarmi non ce li hai? »

« Anche se li avessi non te li darei. »

« Perché? »

« Non so se hai capito che con la neve non si gioca. Stanotte vedrai come butta giù, io non lo so come sarà domani mattina e comunque cosa credi, che ti faccio prendere e andartene da sola? Te adesso aspetti e appena si può scendere, scendi. Ti lancio pure giù con la rincorsa se vuoi. »

Appena lui salì in camera, avvinta dallo sconforto telefonai a Elbio.

Sembrava tarantolato dalla baldanza, proprio come il Barba.

« Hai visto che bello che ha nevicato? »

« Avrei preferito che nevicasse la settimana prossima. »

« Ah già, è vero che dovevi scendere. »

« Magari domani. »

« Eh non so sai, siete tutti coperti. » Mi infastidì percepire nella sua voce una speranza.

« In che senso? »

« Da giù verso dove siete voi non si vede niente. È pieno di nuvole. »

« Vediamo che succede domani. »

« Sai, i *bucin* nuovi mica sapevano cos'era la neve. Dovevi vederli oggi, tiravano fuori la lingua e cercavano di mangiarla e guardavano tutti su con la testa per aria. Ti sarebbe piaciuto. »

Sorrisi.

« Lo credo anche io. »

« Poi però abbiamo riportato le vacche dentro perché ha iniziato ad aumentare e faceva freddo. A loro non piace tanto stare in stalla, però non è che c'è alternativa. »

Lo ascoltai raccontarmi la sua giornata, di Luca che si lamentava per il freddo, di sua madre e sua sorella che avevano dovuto smontare prima il banco al mercato, dei cani che giocavano a rincorrersi sulla neve fresca. Inanellava quegli aneddoti così piccoli e semplici con entusiasmo, avvenimenti epocali.

La neve lo aveva reso felice come un bambino, e forse uno dei motivi era l'avermi impedito di tornare in città. Non gli era mai passata la paura che, se ci fossi rimasta troppo a lungo, quassù non sarei più tornata.

Anche il giorno seguente trovai le persiane chiuse e nessuna traccia del Barba, ma i suoi *porca malura* non lo resero difficile da individuare.

259

Era fermo sulla soglia della bussola, la neve ostruiva il passaggio e ci arrivava al bacino.

«Te', un metro in una notte avrà fatto» borbottò guardando il terrazzo. La neve aveva inghiottito le panche e i tavoli parevano galleggiare nel vuoto.

Si mise di nuovo a sniffare l'aria, tirando su con la narice destra.

«Mangiamo dopo che tra due ore ricomincia e per quell'ora devo aver già fatto il sentiero.»

«Eh?»

Il cielo era torbido, sembrava fondersi con la neve caduta a terra.

«C'è da spalare signorina, altrimenti da qui non usciamo più.»

«Ti do una mano.»

«E allora vatti a cambiare.»

Si ripresentò di sotto calzando scarponi in Goretex, ghette alte fino al ginocchio, una salopette da sci alpinismo rossa e una fascia di lana in tinta.

«Sei pronto per Cortina.»

Mi mandò dritta a quel paese e mi lanciò un altro paio di ghette.

«Mettitele che ti faccio vedere cosa devi fare.»

Mi consegnò una pala col bordo di alluminio. Mentre lui sgomberava parte del terrazzo, io avrei tracciato il perimetro del rifugio, a ridosso dei muri. «Se non lo facciamo subito, rischiamo di non riuscire nemmeno a passare per aprire le finestre e che la neve diventa troppo dura e allora ci vuole il piccone. Quando sei arrivata sul retro dove c'è la brua, chiamami.»

Dopo aver sgomberato l'ingresso ci dividemmo.

Caricavo la neve con la pala: lo strato superiore era farinoso, quello inferiore più duro, ma sia uno sia l'altro pesavano. Percepivo i muscoli degli avambracci ingrossarsi, gli addominali indurirsi, la schiena inarcarsi e opporre resistenza ogni volta che ne sollevavo un blocco. Ebbi caldo dopo pochi minuti, mi tolsi la giacca e continuai a lavorare. Se io procedevo con lentezza, il Barba attaccava quella barriera con vigore. Per far penetrare a fondo la lama aumentava la pressione col piede e lanciava oltre la ringhiera chili di neve come fossero batuffoli di cotone.

«Sei stanca?» chiese, raggiungendomi per controllare quanto fossi avanzata.

Avevo ripulito il primo isolato scavando un passaggio di circa un metro di larghezza.

«Quando arrivi lì, scava fino alla brua e fallo un po' più largo.»

«È pesante.»

Ne raccolse una manciata e dopo averla appallottolata tra i guanti da sci me la mostrò.

«Certo che pesa, è neve umida, tutta bagnata, per questo riesci a farci le palle. È farinosa solo appena cade.»

Tirò la palla emulando un giocatore di baseball, poi sparì dietro l'angolo e tornò con una pala diversa, spingendola a mo' di tosaerba.

«Quando sei arrivata lì» e indicò lo strapiombo «la neve caricala qua sopra, appena è piena la trascini e butti tutto giù.»

Eseguii gli ordini e iniziai a prenderci la mano. Era un lavoro per cui non serviva arguzia, ma forza e resistenza. Mi aiutò a sfiancarmi, a sfogarmi e liberare la mente, i pensieri sopraffatti dal bruciore dei muscoli.

Quando finii ero zuppa di sudore. Mi colava sulla schiena, sul collo, la fronte e la frangia bagnate, le guance infuocate, respiri bramosi d'ossigeno. Il Barba invece aveva l'aria ristorata di chi si è appena svegliato dopo una piacevole dormita, e stava spargendo il sale sulle aree epurate. Aveva scavato fino alle scale, liberando i primi gradini.

Mi porse il pacco di sale, mi disse di sparpagliarne altrettanto sul sentiero attorno al rifugio. Nel frattempo si era avvicinato alla balaustra e guardava la conca.

La strada che portava alla macchia di larici, i larici stessi, il greto del fiume, i pascoli, i pendii, erano coperti d'una caligine eterea, che li avrebbe disvelati solo una volta sciolta.

Se non l'avessi imparata a memoria nei mesi passati, mi sarebbe parsa una pianura piatta e uniforme.

Il Barba tirò su col naso.

«Perché fai così?»

« Così come? »

« 'Sta cosa col naso. »

Rise, di una risata cristallina, come la neve candida e polverosa.

« Cerco di capire se c'è odore da neve. »

Si avvicinò, ebbi l'istinto di ritrarmi ma rimasi ferma. Mi appoggiò l'indice tra la narice destra e il labbro superiore, nell'esatto punto di giuntura. « Non è una cosa che ti viene subito, ci devi fare caso ma qui » spiegò, esercitando una leggera pressione col dito « quando respiri, dovresti sentire un po' umido. E l'aria, va bene che è fredda ma appena ti entra nel naso sembra quasi che ci si appiccichi e rimanga un po' dentro. Se lo senti, significa che sta per *fioché*. »

Provai a mia volta tentando di riconoscere la sensazione descritta dal Barba, altra abilità da montanaro. Senza accorgermene avevo inclinato la testa verso l'alto e fiutavo in ogni direzione. Mi sentii cucciola di volpe, stambecco, forse lupa. Ma oltre i respiri che mi avevano congelato i polmoni, non riuscii a cogliere alcuna differenza.

Il Barba rise di nuovo.

« Mica è facile, ti devi allenare. »

Recuperò le pale, guardò prima me e poi un'ultima volta l'altopiano.

« Dai rientriamo, che tra un po' ricomincia. »

Sostai sull'uscio, provai ancora a tirare su col naso.

A me, l'odore della neve, non voleva disvelarsi.

36

La neve andava e tornava come un'amante indecisa.

Agli amanti indecisi non bisogna attribuire troppe colpe o responsabilità: alcuni amori impiegano un tempo proprio a capirsi, a restare. Possono durare una notte o anni interi, crollare sotto l'impeto di una valanga o solidificarsi come ghiacci perenni.

Ma il nostro problema era che la neve non si assestava, e l'avvento di un nuovo giorno confermava la prognosi del precedente.

Il dottore in quel caso era il Barba, che alle sette di ogni mattina si occupava dei rilevamenti nivometrici. Avevo provato a chiedergli di spiegarmi come si facessero, ma ero riuscita giusto a vederlo in ginocchio con una tavoletta di legno in una mano e nell'altra una lunga asta pieghevole, prima che mi ringhiasse di sparire all'istante, «che te mi distrai e basta».

Quando rientrava reggeva un pizzino e chiamava l'ARPA e l'AINEVA, telefonate prive di convenevoli e piene di numeri. Quei dati servivano per stilare il bollettino valanghe, che tramite una determinata scala di colori evidenziava le zone a rischio di caduta dell'intero arco alpino.

Dopo colazione pubblicava i suoi resoconti sulla pagina del rifugio. Non sapeva, o fingeva di ignorare, che alla sera li leggevo anche io. Rubavo schegge di lui attraverso confessioni a un pubblico digitale, che non poteva guardarlo negli occhi. Mi domandavo chi fosse davvero, se l'uomo seduto a pochi metri da me o un altro, celato tra frasi e parole. Se non lo avessi conosciuto me lo sarei immaginato placido, addirittura spiritoso e cordiale. Non mascherava la gioia che l'arrivo della neve aveva suscitato in lui, si dilungava in descrizioni di quelle giornate rarefatte e ricordava gli inverni custoditi nelle sue memorie di gestore.

Ogni tanto venivo menzionata anche io. Ero «la Bea», «la nostra *strangera*», appartenevo a chiunque, fenomeno da baraccone del popolo della montagna. Quel soprannome mi infastidiva, ma lamentandomi mi sarei tradita. Confessare la lettura delle sue cronache avrebbe potuto inibirlo, e non volevo. Quelle righe nascondevano un affetto nei miei confronti che non avevo mai percepito. Raccontava che ogni tanto ero nervosa, altri giorni di buon umore, che quando avevo portato i gatti fuori mi erano sgusciati via dalle braccia graffiandomi la schiena, che spalavo di buona lena e ogni sera leggevo per ore. Si chiedeva come facessi a non cavarmi gli occhi nel rimanere così tanto tempo di fronte a pagine fitte di caratteri neri e piccoli quanto insetti, lui che per decifrarli aveva bisogno degli occhiali.

Mi aveva addirittura chiesto di posare per una foto. Aveva rinunciato a sgomberare tutto il terrazzo, e ai lati ciechi aveva concesso alla neve il privilegio di accatastarsi. Davanti al rifugio il passaggio era torreggiato da mura ghiacciate che arrivavano alle finestre del primo piano e che precludevano la vista sulla conca. La bussola era stata defraudata della luce, anticamera in perenne ombra. A chiunque sarebbe sembrato di percorrere le vie di un labirinto che alitava aria fredda.

Mi fece posizionare al centro, «Dai, sorridi un po' di più!», e mi ero sforzata per far contento lui, per compiacere chi ci seguiva da lontano.

«Non è la Bea che è bassa, è la neve che è tanta!», la descrizione dell'immagine.

Servivo a rincuorare tutti, dimostrare che quassù non era rimasto da solo.

Nella foto sfoggiavo un'espressione serena, il viso accaldato, gli occhi stretti per far entrare meno luce e le guance due lune piene.

Seppur rassegnata a dover rimanere lì per un tempo indefinito, mi chiedevo perché la montagna non volesse lasciarmi andar via.

Alle *fiòcade* si alternava il sole. Inaspettato, squarciava le nubi e lambiva la conca, e quando si trastullava nel cielo la crosta si animava. Brillava di un riverbero intenso e fastidioso che ci costringeva, ogni volta che uscivamo all'esterno, a indossare le maschere da sci. Se perdeva la partita e non riusciva a farsi spazio, l'umidità ammorbava l'aria creando una cappa di calore. Durante la notte le temperature scendevano, ma di giorno si rialzavano in maniera anomala e qui si insidiava l'inghippo.

A causa dei continui sbalzi accompagnati a nuove nevicate, la massa di neve già presente al suolo aumentava, i blocchi si appesantivano, e non avendo tempo di compattarsi l'eventualità che si staccasse una valanga era costante.

Il Barba aveva tentato di spiegarmi quei meccanismi gesticolando con le mani, ma a seguito della mia espressione perplessa si era avvalso di carta e pennarelli.

La presa delle radici degli alberi e la pendenza, la trasformazione dei vari strati in base alle temperature esterne, cristallizzazione, acque di disgelo e slittamento, formazione delle placche, il vento, il föhn. Parlava e disegnava la stratificazione del manto nevoso di un ipotetico pendio arricchendolo con linee più spesse, frecce e cerchi mentre mi elencava i fattori che ne determinavano il mutamento e le relative conseguenze. Io lo ascoltavo, ammaliata.

«Ma tu tutte queste cose dove le hai imparate?»

«Dove vuoi che le abbia imparate?»

«Non lo so, per questo te lo chiedo.»

«All'asilo.»

Ridemmo entrambi, ma la mia ilarità si spense appena realizzai che quella spiegazione era l'ennesima conferma che non potevamo muoverci.

Era fuor di dubbio che lungo il nostro sentiero di slavine ne fossero già cadute e come ribadivano il Barba e i bollettini, se agli escursionisti la salita era severamente proibita, per noi lo era altrettanto la discesa.

La neve ci stava costruendo attorno una prigione. Non aveva celle né sbarre, corridoi angusti o alcunché di minaccioso, ma se avessimo mosso un passo sarebbe stata pronta a travolgerci.

A me, costretta a rimanere lì, veniva l'asfissia.

Il Barba aveva deciso che avremmo sfruttato l'isolamento per tirare a lucido il rifugio e portare a termine lavori lunghi e rognosi, impossibili da svolgere quando si era in attesa di qualcuno.

Per prima cosa mi ordinò di lavare le tovaglie in stoffa della sala, più di cento in totale. Un'operazione infinita, contando che sui fili ce ne stavano stese al massimo venti per volta e ad asciugarsi impiegavano una giornata intera.

Per impegnare il tempo tra i cicli di lavaggio e stiraggio, mi aveva incaricata di rassettare l'office. Oltre a cassetti zeppi d'oggetti e scartoffie di ignota provenienza, c'erano quattro sedie e un tavolo sommersi da vecchie riviste, lettere dimenticate o ignorate, pacchetti e buste di plastica, tubi e fili, cartoni e scatole, dépliant e chissà quale altra rumenta.

Presi due grossi sacchi dell'immondizia e lo chiamai.

« Lo sai che dovremo buttare della roba, vero? »

« E perché? » Mi guardò con sconcerto, come se avessi appena insultato la Becca.

« Perché se tante cose sono state qui tutto questo tempo, significa che non servono. »

« E che ne sai tu? »

Passammo la mattinata e parte del pomeriggio a battibeccare su cosa tenere o meno. Mi imbestialii quando si attaccò a riviste di botanica risalenti a cinque anni addietro, a un manuale di pesca, « Ma tu sai pescare? » « No », « E allora spiegami a che ti serve », a uno spremiagrumi rotto. In quel marasma trovai anche cinque cavatappi nuovi di zecca, regalo della cantina da cui si riforniva.

« Tu mi stai dicendo che hai continuato a farmi usare quegli aggeggi d'epoca che si mangiano il sughero quando avevamo questi? »

« Quelli vanno benissimo, ancora funzionano. »

Andai a prenderli e li buttai assieme agli altri scarti.

« Adesso si cambia musica. »

« Ma cosa diavolo fai? » urlò, cercando di strapparmi di mano il sacco nero.

« Non rompere » e mi sorbii la ramanzina su quanto, noi giovani, per di più cittadini, avessimo dimenticato l'arte del riparare, di affezionarsi alle cose.

Le tovaglie furono pronte in cinque giorni e venne il turno delle coperte di lana offerte in dotazione ai clienti.

« Ma sei matto? Quelle si impregnano d'acqua, finiscono di asciugare il mese prossimo.»

Stanza per stanza, il Barba mi stava aiutando a recuperarle, per poi ammucchiarle in dei cestoni di fianco alla porta del bagno.

« Tanto cos'altro avrai da fare? »

Rimasi impietrita. Mi si raffreddò la fronte, poi le mani, la temperatura corporea scese di colpo come se mi fossi sdraiata nuda nella neve.

« Rimarremo bloccati qui per un mese? »

Lui continuò a sfilare gli angoli di una coperta rimboccati sotto al materasso, un'impresa ardua considerando che ci costringeva a rifare i letti alla maniera dei militari.

« Non lo so. Non credo.»

« Vado a fumare.»

Lasciai cadere le coperte a terra, scesi di corsa le scale e uscii.

Quel mare bianco, così immobile, così placido, mi fece venire voglia di urlare, la rabbia mi esplodeva nella trachea. Avrei voluto privarmi di qualsiasi energia e cadere in letargo anche io, non dover scontare quel supplizio e risvegliarmi con il disgelo, appena quella neve maledetta si fosse assestata, addirittura sciolta, e avessi potuto andarmene.

I giorni da trascorrere lì mi sormontarono, soldati coi fucili spianati schierati di fronte a me, che aspettavano il via per l'esecuzione.

I due ragazzi non li avevo dimenticati.

Non accettavo la sfortuna, il caso, dovevo trovare dei responsabili, delle colpe da distribuire.

Di nascosto dal Barba iniziai a cercare sull'agenda i loro nomi, testimonianze di un contatto, di un passaggio, con la dedizione di un seminarista che studia la Bibbia.

Approfittavo della notte o delle ore vicine all'alba, quando mi svegliavo per il giro delle acque. Ogni due o tre ore durante l'arco della giornata bisognava far circolare l'acqua nell'impianto idraulico, cosicché non rimanesse statica e congelasse. Sarebbe stato un problema e di quelli seri, un'eventualità da scongiurare. Non solo si sarebbe dovuto individuare il punto del blocco ma il ghiaccio, dilatandosi, avrebbe rischiato di spaccare le tubature. Una soluzione, seppur blanda, sarebbe stata tenere un rubinetto sempre aperto facendo uscire un filo d'acqua e mantenere l'impianto in costante funzione. Ma il Barba diceva che già l'acqua era poca e sprecarla un delitto, così a orari prestabiliti aprivamo i rubinetti di tutte le stanze del rifugio girando il miscelatore sull'acqua bollente, la lasciavamo scorrere e poi passavamo a richiuderli. Mi chiedevo se quello non fosse uno spreco maggiore, se la sua decisione fosse supportata da calcoli.

Il rischio di congelamento aumentava la notte, quando le temperature scendevano sotto lo zero. Il turno ci spettava a sere alterne e il condannato rimaneva in piedi fino a mezzanotte, per poi puntare una sveglia a un quarto alle tre e una a un quarto alle cinque. Era dopo quell'ultimo giro, troppo tardi per tornare a dormire e troppo presto per iniziare a lavorare, animata dalla lucidità conferita dalla privazione del sonno, che mi dedicavo all'analisi delle agende. Avevo un'ora a disposizione, il Barba non sarebbe comparso in sala prima delle sei e mezza.

Attizzavo la stufa, accavallavo le gambe, il calore della fiamma mi scottava gli stinchi. Appoggiavo l'agenda sulle ginocchia e cominciavo a sfogliarla. Ero partita da quella corrente, con le pagine rigide che odoravano di stamperia, ma alle avvisaglie dell'alba capii che non era lì che dovevo cercare. Alla veglia seguente mi dedicai a quella dell'anno passato, che il Barba aveva allineato sullo scaffale dell'office assieme alle gemelle maggiori. Di fianco era appoggiata un'ampolla, il vetro ingiallito dalle lampade elettriche e una crepa sul bordo, dimora disabitata di fiori ormai terra.

Senza alcuna logica, iniziai dai mesi in cui ancora non esistevo. A dominarli era la scrittura del Barba, che il corsivo pareva non averlo mai imparato. Una calligrafia da abecedario, che una volta i maestri elementari insegnavano a replicare identica a ogni studente, il pennino da intingere nel calamaio e se sbavavi ti arrivava una bacchettata sulle dita.

Anche nel gennaio precedente la neve aveva trincerato il rifugio nella conca. Le prenotazioni svanivano di colpo, alcune cancellate da righe dritte e perentorie. Si susseguivano pagine vuote fino all'ultima settimana di febbraio, in cui qualche nome rifioriva: prima due, tre, sette, boccioli di un marzo in cui gli escursionisti tornavano.

Alcuni li conoscevo, clienti abituali che avevo incontrato in estate. Mi perdevo in ricordi diversi, rimanendo a contemplare il fuoco senza badare ai minuti che scorrevano.

C'era un signore che saliva a pranzo due domeniche al mese in compagnia di un border collie che ansimava senza posa. «Il solito?» domandavo quando prendeva posto al suo tavolo. Gli riservavo sempre lo stesso, non aveva bisogno di essere accompagnato. «Quello sono almeno dieci anni che viene» mi aveva istruita il Barba, eppure non si scambiavano nemmeno un saluto. Lui annuiva, gli preparavo un quartino di vino bianco. Mangiava con calma l'antipasto, per la polenta concia usava il cucchiaio, il crème-caramel mi premuravo di metterglielo da parte per evitare che finisse.

Riconobbi anche il trittico nonno, figlia e nipote che arrivavano per cena e ritornavano a valle col buio. Lui mi lasciava sempre venti euro di mancia, la figlia era cordiale, quando elencavo le portate diceva che non le interessava il cibo ma la passeggiata. Il ragazzo invece era intrepido, nonostante fosse parecchio più giovane di me ogni volta mi salutava con un occhiolino. Un'altra prenotazione ricorrente era di un alpinista in combutta col CAI, scortato dalla compagna. Stava aprendo una nuova via sulla Becca e nel weekend lavorava per pulirla e chiodarla. L'«impresa» che stava portando a termine, «un favore per la comunità alpina», gli faceva credere di poter prenotare a un orario ma arrivare quando gli pareva, senza salutare e domandando seduta stante dove fosse il Barba, che appena lo vedeva entrare scappava in cucina.

Sceglieva da sé il tavolo, uno dei pochi non apparecchiati, si faceva raccontare il menù, chiedeva sempre qualcos'altro.

«Ma non c'è la polenta?»

«Sono le cinque, a quest'ora se vuole le possiamo preparare un panino, al limite un piatto di pasta» rispondevo.

« Non mi va un panino, ho fame, io volevo la polenta fritta » e pensavo al Barba che al sentir pronunciare il verbo « friggere » rabbrividiva.

« Non credo si possa fare. »

« Allora grigliata? O al latte? »

« Chiedo » borbottavo a denti stretti, facendo bestemmiare il Barba e Daniele in cucina, che cercavano di accontentarlo.

Quando gli porgevo il piatto, lui sorrideva trionfante. « Hai visto che si poteva fare? » commentava, e io gli auguravo di bucarsi un dito col trapano. Ci aveva pensato il Barba un giorno che passava di lì a rispondergli « Perché sei un rompicoglioni », ostentando una risata.

Appena la scrittura del Barba sparì e subentrò la mia, il tempo era ormai scaduto e riposi l'agenda nella posizione in cui l'avevo trovata.

Prima però ritornai alle pagine vuote di gennaio e febbraio, volevo contarle.

Ventitré.

Immaginai il Barba l'anno precedente, senza nessuno con cui alternarsi per il giro delle acque, avventurarsi nelle bufere serali per chiudere le persiane e al mattino aprirle, se le apriva, per chi avrebbe dovuto far luce, cucinare tutti i giorni le sue paste al gorgonzola, porzioni abbondanti da conservare e poi scaldare, lavare un solo piatto, una sola forchetta, un solo cucchiaio, una sola padella.

Chissà se oltre all'ARPA e all'AINEVA aveva telefonato a qualcuno.

Se esisteva, da qualche parte, qualcuno con cui avesse due parole da scambiare o era rimasto ventitré giorni in silenzio.

Custode di un castello solitario e abbandonato, che sarebbe ritornato alla memoria solo con il disgelo.

37

« Tra un po' cade » diceva il Barba. « Vedrai che tra un po' cade. »
Eravamo bloccati da una settimana, e dopo aver sbiancato e lucidato ogni sanitario, messo in ammollo le tazzine nella candeggina per togliere gli aloni del caffè, spostato mobili, frigoriferi e l'intera cucina per pulire negli angoli più nascosti, spazzato la cantina e sgrassato i forni, smontato e rimontato una scaffalatura in lamiera perché secondo lui era storta, da fare rimaneva ben poco. Anzi, non rimaneva nulla.

Spalare e spargere il sale per terra erano le nostre uniche incombenze quotidiane, poi passavamo le giornate a girovagare per il rifugio, leggere, io scrivevo appunti su fogli sparsi, il Barba al computer. Avevo mangiato l'ultima mela e non era più rimasto alcun vegetale tranne una cassetta di tuberi. Mi era parso un rito, un addio. Ne avevo assaporato i grani troppo dolci, l'avevo spolpata fino al torsolo, sputato i semi per non sprecare nemmeno un grammo di polpa. Restavano quintali di pasta, farina per la polenta, legumi in scatola, sughi confezionati, formaggi stagionati e misti surgelati, ciò che bastava per sopravvivere. Se il Barba non avesse abbondato sull'ultima spesa per approfittare delle offerte, saremmo stati obbligati a mangiare polenta e fagioli, non avrebbe mai chiamato un elicottero a meno che la dispensa fosse stata vuota.

Nelle ore di buio, dopo la rigorosa cena alle sei, avevamo scoperto il piacere di giocare a carte, entrambi infervorati dalla voglia di battere l'altro. Ci sfidavamo a scala quaranta, pinnacola, semini, burraco. Usavamo due mazzi di carte francesi unticce, dagli angoli consumati, tenuti insieme da quello che una volta era stato un elastico. Il Barba era convinto di dovermi spiegare le regole di ciascun gioco, io le sapevo già.

« *Che l'è*, in città facevi le bische clandestine? »

« No » risposi ridendo.

«E com'è che sai tutti 'sti giochi da vecchi?» chiese, mischiando il mazzo. Quando spettava a me, lo tagliava almeno quattro volte.

«Me li ha insegnati mio nonno quando d'estate andavo da lui in campagna. Nemmeno lì la sera c'era molto da fare.»

Il Barba grugnì, come se scoprire un dettaglio della mia infanzia lo avesse turbato.

Non aveva perso l'abitudine di contemplare la Becca, anche se doveva uscire sul terrazzo. Ignoravo quali domande le ponesse in quel periodo. Cosa potesse chiederle in quella staticità, in quel niente. Da giorni però i suoi appostamenti erano diventati più solerti, l'oggetto delle sue contemplazioni un pendio ripido a sudest, ghiaione spoglio che nessuno risaliva, vicino all'alpeggio dei Morèl.

Di Elbio.

La nostra telefonata quotidiana era un'evasione da quel tempo vischioso, ma nei suoi confronti percepivo una ritrosia, una sorta di timore che non riuscivo a controllare. Lui mi infondeva la dolce certezza che una volta uscita di prigione avrei trovato qualcuno ad aspettarmi. Ma forse non mi avrebbe aspettata come volevo io, nel modo di cui avrei avuto bisogno.

«Appena si può vengo a trovarti.»

«Certo» e non avevo il coraggio di confessargli che appena fosse stato possibile sarei tornata subito a Torino, a recuperare i giorni che la neve mi aveva rubato. Sperava me ne fossi dimenticata, una fase passeggera da ragazzina.

Al telefono non avevo alcunché da dire, nulla che valesse la pena di essere raccontato. Sarebbero state ogni giorno le medesime parole vuote, utili a sprecare fiato. Se non avesse parlato lui, dopo i convenevoli sarei rimasta in silenzio, limitandomi a respirare nella cornetta. Provava ad animare la conversazione variando la narrazione delle sue, di giornate, che però erano uguali alle altre indipendentemente dalla stagione. Cos'era cambiato rispetto all'estate, oltre all'essere sceso dall'alpeggio? Come poteva accettare quel vivere identico, scandito da una quotidianità prestabilita? Si era mai ritrovato a immaginare per sé un futuro diverso?

Gli stessi interrogativi iniziai a rivolgerli anche a me stessa. Avevo fantasticato su come sarebbe stato lavorare in malga, e

Renata mi riportava alla realtà. Una realtà di compromessi e rinunce che non credevo di essere disposta ad accettare, per nulla al mondo. «Elbio è diverso» mi ripetevo.

Durante le veglie notturne mi torturava l'incertezza di non voler nemmeno vivere in rifugio. «È solo colpa della neve» mi rincuoravo «e dell'incidente che mi ha sconvolta. Ma passerà tutto.»

Passerà.

Al Barba invece l'ossessione per il pendio innevato non passava. Rimaneva a fissarlo anche una decina di minuti, e risvegliato dal suo stato di trance storceva la bocca e borbottava un «mah».

«Ma che hai da guardare?» gli chiesi l'ennesima volta che lo vidi appostato come un appassionato di birdwatching.

«Lo vedi là quel gobbone?» e indicò il pendio.

«No.»

«Perché sei distratta. C'è un lastrone enorme, tra un po' si stacca.»

Le nevicate erano finalmente diminuite. In totale, erano caduti quasi tre metri di neve.

«E quando cade, vedrai che casino fa.»

«Ma travolge le baite dei Morèl?»

«No, vedi quant'è ripido? Cade abbastanza per dritto, ma è tanta, ci sono degli accumuli, quindi di sicuro qualcosa arriva anche fin lì.»

«Magari non si stacca.»

«Vedrai che tra un po' cade.»

Mi innervosiva vederlo starsene lì, come se la valanga la stesse invocando con vibrazioni e incantesimi.

Il mattino seguente c'era il sole, il cielo di un azzurro così intenso che pareva essere stato ricalcato dal pennarello di un bambino. Senza più regole, verso le dieci e mezza ero andata a farmi una doccia. Per asciugare i capelli dovevo utilizzare l'asciugamano elettrico dei bagni al piano terra; il mio phon non si accendeva più, ne avrei dovuto comprare uno nuovo in città. Quando in sala non vidi il Barba, uscii in terrazzo e lo trovai a ghignare dalla sua nuova postazione di avvistamento.

«Lo sai che sembri un *umarell*?»

« Cosa? »

« Lascia stare. »

« Te non perdi mai occasione per star zitta. »

Accadde all'improvviso.

Per primo, arrivò il rumore. Sembrò destarsi dalle viscere della Terra, una crepa nata al suo interno che si stava propagando per sgretolarne la superficie. Un urlo gutturale, cupo, rabbioso, intimidatorio, per porre fine a qualsiasi provocazione. Di quelli che fanno palpitare il vomito nello stomaco, che mozzano il fiato e per tornare a respirare ti devi impegnare.

Il Barba era rimasto imperturbabile. Nell'aria si scatenò un boato. Forse fu una suggestione, ma parve che l'aria e la terra tremassero, in sincrono con le mie ossa. Una nube bianca si innalzò dal pendio e una cascata di blocchi, maremoto di neve, magma feroce, si riversò al suolo.

La montagna, a lungo rimasta addormentata, stava sbadigliando e cambiando posizione per mettersi più comoda. E nel farlo, si era scrollata di dosso il manto nevoso.

Non avevo mai visto abbattersi sul mondo una furia così plateale. Durò pochi secondi, furono infiniti. Nonostante fosse lontana da noi, nonostante fossi certa non ci avrebbe colpiti, ero terrorizzata. Se mi fossi trovata lì sotto non avrei potuto far altro che alzare le mani e lasciarmi travolgere. Quello spettacolo, catastrofico e al tempo stesso così magnifico, mi lasciò addosso un senso di ineluttabilità che mi avrebbe accompagnata per sempre. Un sentimento di resa incondizionata, di impossibilità a combattere. Di paura e stupore.

Il Barba mi stava guardando.

« Te l'avevo detto che cadeva. »

La nube bianca si stava dissolvendo, sfumò nell'aria, si posò a terra. Sembrava non fosse successo nulla.

La montagna era di nuovo sprofondata nel sonno.

Senza aggiungere altro il Barba era rientrato, io con lui. Aveva preso il cordless, udivo il suono dei tasti per scorrere i recapiti della rubrica.

Il suo interlocutore impiegò un po' a rispondere, la chiamata si risolse in tre scambi di battute.

«È caduta una valanga giù da voi.»

«Adesso vado a vedere.»

«Eh, capisco com'è la situazione e poi ti dico.»

Attaccò, riagganciò il telefono alla base.

«Hai chiamato Gioanin?»

Aggrottò le sopracciglia e rivolse le pupille al soffitto.

«Ma quale Gioanin, ho chiamato il tuo moroso.»

Replicai la sua espressione.

«Non è il mio moroso.»

«Comunque, vado a vedere che è successo laggiù.»

«Alle baite dei Morèl?»

«Sì.»

«Posso venire con te?» Glielo chiesi d'istinto, mi pentii subito. Credevo me lo avrebbe impedito dicendo che sarei stata d'impiccio e non aveva bisogno di compagnia.

«Se vuoi» rispose, stringendosi nelle spalle. «Te sai sciare con i telemark?»

«Nessuno scia più con i telemark. Solo qualcuno che vuole fare il fighetto.»

«Non hai nulla da sfottere signorina. Intanto, visto che non sei capace, ti tocca mettere le *ciastre*.»

Non mi piacevano, le reputavo uno strumento da principianti, inferiori rispetto all'eleganza delle pelli di foca. Ma la prospettiva di quell'uscita mi eccitava, avrei camminato sulla neve anche scalza. Da dieci giorni non muovevo un passo oltre il terrazzo.

Mi cambiai, misi un paio di pantaloni impermeabili e gli scarponi con le suole dure.

Anche il Barba era in tenuta da neve, e mi aveva portato un paio di ciaspole e di bastoncini.

Quando uscimmo nella conca rimasi abbagliata da tutta la luce che rifletteva la neve. Il Barba si portò in testa, lo seguii a pochi metri di distanza aiutando la progressione con le bacchette, piede e braccio da alternare. L'ultima nevicata risaliva a due giorni addietro e la crosta era abbastanza compatta, si frantumava sotto i miei passi. Ben presto fui accaldata, mi fermai per togliermi il guscio e lo legai a tracolla sul petto. Il Barba invece un po' camminava, un po' tentava di scivolare sulla superficie. Immerso in una sua dimensione, sembrava si stesse divertendo. All'approssimarsi di un lieve dislivello aumentò l'andatura, prese la rincorsa e scese inscenando una curva che affrontò piegando le ginocchia, una proposta di matrimonio.

Mi accorsi solo allora quanto la neve fosse alta, aveva sommerso l'altopiano come il mare con Atlantide. Gli alberi sbucavano a metà, rami senza busto e senza tronco, dei massi erano visibili i dorsi rugginosi. Passeggiavamo sopra il mondo, la neve ci aveva innalzati.

«Pensa che quando ne cadevano quattro metri gli alberi non si vedevano nemmeno e tu manco ti accorgevi che ci camminavi sopra» disse il Barba, come se avesse intuito i miei pensieri.

La macchia di larici aveva smarrito la sua imponenza e occultati dalla neve parevano miseri cespugli. Il bianco aveva annullato ogni riferimento, e se non fosse stato per il versante raschiato dalla valanga non mi sarei accorta che eravamo arrivati a destinazione.

Io e il Barba sostavamo in un silenzio guardingo, di chi non vuole farsi cogliere alla sprovvista da un assassino ancora nei paraggi. Ma non c'erano colpevoli da scoprire, indizi da cercare, testimoni da interrogare. Non riconobbi subito le baite dei Morèl, inghiottite in gran parte dalla neve. Le porte e gli infissi non si vedevano più, il tetto ultimo bolo da digerire. Il Barba girò attorno all'alpeggio e io lo imitai. L'accumulo si era fermato a pochi metri dalle malghe.

Lo esaminò impassibile, io risalii con lo sguardo la zona da cui era slittata la valanga, sollevando il mento al cielo.

Mi domandai perché si fosse offerto di andare a controllare la proprietà dei Morèl, i motivi di quel favore.

«Anche stavolta non li ha presi per un pelo» sentenziò e girò gli sci senza aggiungere altro.

Sulla via del ritorno allungammo la strada. Il Barba non chiese il permesso, io non mi lamentai. Aveva adeguato il suo passo al mio consentendomi di affiancarlo e chiacchieravamo a voce soffusa. Quella breve escursione ci aveva messi entrambi di buonumore, i miei muscoli si erano scaldati e ribollivano di un'energia che mi avrebbe fatta continuare a ciaspolare per ore. Magari, appena la neve si fosse assestata, avrei potuto recuperare i miei sci in città e proporre al Barba una gita sulla Becca, chiudere il rifugio per un giorno – cosa sarebbe cambiato, per un giorno in più? – preparare dei panini, un thermos di caffè caldo.

Il Barba mi aveva indicato il punto in cui c'era il fiume, lo stavamo costeggiando.

Se ne era accorto mentre mi stava annunciando che per pranzo avrebbe preparato la polenta con i funghi. Doveva spiegarmi la ricetta nei dettagli, dal taglio del burro ai tempi di ammollo dei porcini essiccati. Forse per dimostrarmi che era in grado di fare tutto, forse per insegnarmela. All'intingolo da sfumare con il vino bianco si zittì all'improvviso, puntando lo sguardo sulla sponda opposta, occultata dalla neve.

Con due spinte si avvicinò, e fu allora che notai due scie di impronte. Si susseguivano vicine, alcune più strascicate di altre, troppo piccole e compatte per appartenere a degli scarponi.

Il Barba masticò qualche parola, accennò al ritorno di qualcosa, o qualcuno.

«Cosa sono quelle impronte?»

Il Barba riprese a camminare, non mi rispose.

«Parlo con te» mi irritai.

«Non lo so.»

«Non è vero che non lo sai.»

«A quell'altro però non devi dire niente.» Si stava riferendo a Elbio.

«Non dico nulla.»

«Credo siano le impronte del lupo che ha mangiato la pecora a Fonsin quest'estate.»

«E come sai che è lui?»

«Perché è da solo.»

«Ed è qui perché ha fame?»

«Probabile.»

«Magari possiamo lasciargli della carne.»

Il Barba sbatté uno sci sulla neve e si girò verso di me.

«Ci hai scambiati per un centro di beneficenza?»

«Ma se non mangia muore!»

«La devi smettere di vivere nel mondo delle favole. Che ti

credi, che il lupo è un cane randagio da salvare? 'Sto qui poi è anche vecchio, se passa l'inverno forse riuscirà a farsi ancora l'estate. Si vive, si muore, non lo decidi tu, le cose vanno lasciate andare come devono. Non è il mio mestiere questo, io sono un rifugista.»

«Quest'estate però lo hai difeso. Se non gli diamo da mangiare, tanto valeva fargli sparare dai pastori.»

Il Barba si irrigidì, serrò i denti come una tagliola. Se fosse stato lui, un lupo, probabilmente avrebbe cominciato a ringhiare. Capii di aver raggiunto il limite invisibile che mai, prima di allora, avevo superato.

«Tu non capisci niente di qui. Non capisci niente.»

Mi lasciò senza voltarsi indietro sulle rive di quel fiume nascosto, a chiedermi perché, durante quell'inverno, dovesse morire anche il lupo.

38

Fu grazie alla pietà per il lupo che lo scoprii.

Avevo pianificato tutto all'insaputa del Barba, non se ne sarebbe accorto.

Dovevo aspettare il giorno seguente, al mio turno per il giro delle acque. Avrei agito prima che si svegliasse, nell'ora dedicata all'ispezione dell'agenda.

Dopo il litigio sulle rive del fiume il Barba non mi aveva aspettata e quando ero rientrata in rifugio dal clangore di pentole e padelle avevo intuito stesse stemperando l'ira cucinando.

«Chiamalo tu quello là e digli che è tutto a posto» furono le uniche parole che mi rivolse di sfuggita, diretto nella stanza del congelatore della carne.

Ebbi l'idea in quel momento.

Non avevo mai capito perché il Barba si ostinasse a rifornirsi da un macellaio distante più di cento chilometri. Ci andava a lunedì alterni e tornava con i resti di mezza mandria di bovini, maiali, quarti di cervi e cinghiali. Appena apriva la portiera, dal fuoristrada esalava lo stesso fetore di un ammasso di cadaveri. La *carnassa* veniva tagliata e porzionata all'istante; a occuparsene era lui, che armato di una batteria di coltelli conficcava le lame nei blocchi di carne tranciando, amputando, segando. A intervento concluso pareva di trovarsi sulla scena di un omicidio. Il piano di lavoro, il tagliere, il pavimento erano pregni e sozzi di mioglobina, così il grembiule, gli avambracci, le sue mani rosse fin sotto le unghie. Ciò che non veniva cucinato nel giro di pochi giorni veniva stipato in un congelatore apposito, collocato in una stanza ricavata nel piano interrato e utilizzata come dispensa.

Fu lì che mi diressi alle soglie di quel mattino, notte tarda, con una borsa di tela in spalla. Spinsi verso il basso la maniglia pregando che la serratura non cigolasse, fermai la porta con un pezzo di legno e aprii il coperchio del congelatore. Fui travolta da un fumo gelido che puzzava di sangue e mi trovai di fronte pacchetti di carta e sacchetti di plastica impilati con ordine. Su ciascuno il Barba aveva scritto con un pennarello il contenuto, il peso, la data e l'ora in cui erano stati congelati. Rimestai finché non trovai della salsiccia e dello spezzatino di cervo. Non avevo idea di cosa mangiassero i lupi e quanta fame avesse quello che si aggirava nei dintorni. Abbondai, mi sarei preoccupata dopo di mimetizzare il vuoto lasciato dai pacchetti trafugati, dovevo fare i conti con la meticolosità del Barba anche lì.

Li sistemai nella borsa e imboccai le scale, tornando indietro con la stessa cautela.

Nella bussola sostituii gli scarponi, agganciai le ciaspole che due giorni prima avevo nascosto dietro a un tavolaccio di legno, misi il cappello di lana, regolai la frontale impostando il raggio di luce più intenso, infilai i guanti e uscii.

La luce sopra l'ingresso gettava un bagliore giallastro che rischiarava il tunnel per pochi metri, intubato dalle mura di neve rappresa. Mi addentrai nel buio compatto della conca. Puntai la fronte a terra, cercando di illuminare la pista che io e il Barba avevamo tracciato tornando dal fiume. Avrei lasciato lì la carne al lupo, oltre non si era avventurato.

Il freddo mi stava bruciando viva. Mi ardevano la gola e i polmoni, ogni respiro un rantolo doloroso e ogni lembo di pelle scorticato a vivo.

Cercai di non pensarci, concentrandomi sulla costanza del passo. La borsa di stoffa mi ingolfava i movimenti, il braccio ci strusciava sopra ogni volta che coadiuvavo una falcata infilzando la bacchetta nella neve. I manici mi pesavano sulla spalla, i pacchetti cozzavano al suo interno, duri e rigidi come pietre.

Il cielo era un pugno di pece, il buio sembrava essersi rintanato tra le guglie e le forcelle per proteggersi dall'arrivo del mattino. Scorgevo a malapena i profili delle cime e dei pendii, rimpolpati dalla neve. Rifulgevano, mantelli fluorescenti che avevano deglutito la luce. Non sapevo dov'ero, quanta distanza avessi percorso e quanto mancasse per arrivare a destinazione. Se non vedi dove stai andando ogni tragitto è infinito, e a me sembrava di camminare da almeno un'ora.

Oltre alle ciaspole che sfrigolavano sulla neve e al mio respiro affannato, non udivo alcun rumore. Se avessi trattenuto il fiato e fossi rimasta immobile forse avrei scoperto il silenzio. Ma il silenzio non esiste nemmeno nelle camere iperbariche. Anche lì si sente qualcosa, il sangue che ti scorre nelle vene, così dicono. «Il silenzio è solo per i morti» pensai, e l'inquietudine che come un fantasma mi accompagnava da quando avevo lasciato il rifugio acquisì corpo. Mi sentivo osservata e mi convinsi che qualcuno, un qualcuno che non era il Barba, stesse solcando i miei passi.

Ero attanagliata dalla paura, ma fiera di ciò che stavo facendo. Almeno il lupo lo avrei salvato, pensavo, almeno quella volta sarei stata utile.

La presunzione di cambiare le sorti della natura con pochi tocchi di carne.

La sponda del fiume sopraggiunse di colpo, me ne accorsi dalle tracce che avevamo lasciato io e il Barba. Forse era il lupo a osservarmi. Magari lo avrei incontrato, sarebbe apparso sull'altra riva. Non considerai l'eventualità che potesse aggredirmi o farmi del male. Non avevo paura di lui.

Mi acquattai, scavai una buca nella neve, spacchettai la carne ancora congelata e la appoggiai lì dentro. Alla carta avrei pensato dopo, potevo scavare nel sacco dell'immondizia e occultarla sul fondo in modo che il Barba non la notasse.

Sperai che il lupo fosse nei paraggi, che sentisse l'odore di bestia morta, di carcassa, e trovasse il cibo al più presto. Lo immaginai macilento, il pelo ispido e opaco che non riusciva a nascondere le costole, le zampe magre coi tendini sporgenti, i canini ingialliti a macinare le fibre crude del cervo e la polpa delle salsicce.

Scrollai la neve dai pantaloni e mi preparai a tornare indietro.

La luce del rifugio era un puntino che traballava fioco, timida stella polare.

Sperai non si spegnesse, non morisse anche lei, o non sarei stata capace di ritrovarlo.

I gatti mi aspettavano sulla porta.

Entrai ed iniziarono a miagolare, le code dritte e i nasi rivolti all'insù.

Cercai di zittirli accarezzandoli, ma appena la stoffa bagnata dei guanti ne sfiorò il pelo si ritrassero soffiando.

Stavano tirando su un gran baccano, il Barba avrebbe potuto svegliarsi e scendere all'improvviso, dovevo togliere gli scarponi e cambiarmi.

Li barricai nella bussola, «scusate» bisbigliai, salii scalza per non far scricchiolare il legno sgangherato dei gradini.

Posai i vestiti ad asciugare su una sedia e indossai le prime cose che trovai, il tepore del tessuto bastò a scaldarmi la pelle gelida.

Tornai giù, provai a quietare i gatti pulendo la lettiera e aggiungendo della sabbia nuova. Imperterriti, però, continuavano a lamentarsi, mi si strusciavano sulle gambe, inseguendomi e facendomi inciampare. Intuii volessero mangiare e li accontentai per l'esasperazione.

Conservavo le loro crocchette e scatolette su uno scaffale, nello stesso locale del congelatore della carne. Benché fossero esploratori indomiti e in quella stanza i viveri abbondassero, i gatti la rifuggivano quasi fosse una cagna rognosa.

Del loro terrore ce n'eravamo accorti per caso, e non c'era stato verso di porvi rimedio.

Da cuccioli, appena avevano iniziato a girovagare in libertà, era spesso capitato che seguissero gli escursionisti, animati da chissà quali istinti. Ignari, i gitanti se li ritrovavano alle calcagna e siccome cominciavano a piangere dalla stanchezza, li riportavano indietro infilandoli nello zaino, il musetto che sbucava dalla tasca principale. Per chiunque, gatti compresi, quelle fughe erano fonte di divertimento, per me motivo di angoscia. Controllavo ossessiva dove fossero e durante il servizio li rinchiudevo in camerone per evitare che scappassero approfittando della calca di avventori. Se all'inizio avevano accettato la reclusione forzata senza protestare, dopo pochi giorni si erano vendicati dilaniando i cuscini e sbrindellando le lenzuola dei nostri letti.

«Quelli non sono dei gatti, sono delle linci» aveva commentato il Barba. «È inutile che fai 'sto giochino, lasciali liberi altrimenti non imparano» fu il suo ordine perentorio, dettato anche dalla riluttanza nel sostituirci la biancheria da letto.

Mio malgrado i gatti furono lasciati a piede libero finché una sera, in procinto di chiudere il rifugio, non li trovai, e già li immaginavo tra le fauci di una volpe.

Decisi di svegliare il Barba per dirglielo e lui andò su tutte le furie.

«Dovevi occupartene tu di quei deficienti dei gatti» mi aveva urlato contro.

«Sei tu che hai voluto lasciarli liberi» avevo risposto, alzando a mia volta la voce.

Prima che ci strangolassimo a vicenda, fummo interrotti dallo squillo del telefono.

«Chi cazzo chiama alle undici» sbraitò mentre mi precipitavo a rispondere.

Era un ragazzo dell'ultimo gruppo che aveva lasciato il rifugio all'incirca un'ora prima.

«Volevo avvisarvi che i vostri gatti ci hanno seguiti. Noi ora siamo al sanatorio, vi avremmo avvertiti prima ma il telefono non prendeva. Adesso non li vedo più, ma erano dietro di noi fino a poco fa.»

Ringraziai e attaccai, il Barba mi puntava a testa bassa, i pugni chiusi, toro che sta per caricare un torero.

«Hanno seguito i ragazzi fino al parcheggio, vado a prenderli.»

«Ma cosa vai a prenderli, vedi che tornano da soli.»

«Lo vuoi capire che sono ancora cuccioli? Di notte non sono mai stati in giro, potrebbero perdersi o se li potrebbe mangiare qualcuno» dissi, mentre mi preparavo per uscire.

«Tu sei scema forte, sei» mi rincorse il Barba, le chiavi del fuoristrada in mano.

Li ritrovammo nascosti sotto le ruote di un camper. Li avevo visti per il riverbero dei loro occhi nel buio, mi ero lanciata fuori dalla macchina e mi ero sdraiata a terra, chiamandoli e allungando la mano. Si erano avvicinati miagolando piano, li avevo stretti forte e baciati in mezzo alle orecchie, sotto la smorfia disgustata del Barba.

«Vedi di trovare una soluzione» fu la prima cosa che mi disse appena rientrai, «voi due siete dei criminali» rivolto ai gatti, e infine «io a quel camper gli do fuoco».

Se chiuderli in camerone non era un'opzione plausibile, rimaneva come unica alternativa la stanza del congelatore.

Provai a portarceli il giorno seguente prendendoli in braccio e distraendoli con delle carezze, ma ai primi gradini furono posseduti da uno spirito demoniaco. Strabuzzarono gli occhi, gli si rizzò il pelo, guairono acuti, mi conficcarono le unghie nella schiena e presero a mordermi mani e braccia. Li lasciai cadere, fuggirono, li inseguii, riprovai, la reazione fu addirittura peggiore.

«Leghiamoli» suggerì Berto, gli tirai uno schiaffo sulla spalla.

Restarono liberi, i gatti, dovevano imparare a sbrogliarsela da sé e il tempo avrebbe dimostrato che il Barba, per l'ennesima volta, aveva avuto ragione. Appresi però che quel luogo era l'unico in cui potevo conservare il loro cibo. Se la cavavano oramai così bene da aver imparato a sfilare le pinze che richiudevano le buste delle crocchette.

Così, quel mattino scesi nella stanza del congelatore per la seconda volta, e appena mi avvicinai allo scaffale notai che le loro scorte erano quasi finite, fatta eccezione per le scatolette scadute acquistate in offerta dal Barba e ammucchiate sulla sinistra. Non gliele avrei mai date, piuttosto gli avrei cucinato qualcosa io.

Ne presi una per controllare quanto tempo fosse trascorso dalla data di scadenza.

Pensai di aver letto male. Di aver invertito i numeri, di aver sbagliato l'anno. Ne presi un'altra, poi un'altra ancora, le controllai tutte due volte, all'ultima mi tremò la mano.

Mi rimbombava la testa e non riuscivo a focalizzare lo sguardo su nulla, sopraffatta dalla rabbia.

Quando il Barba scese in salone non lo salutai.

Avevo già aperto le finestre, l'alba non era ancora arrivata.

Ero rimasta fuori, avevo fumato, tanto, sperando mi aiutasse a calmarmi, a trovare qualche altra spiegazione.

Lo stavo aspettando seduta, le braccia incrociate sul tavolo. Si accorse subito che qualcosa non andava. Provò a ignorarmi girovagando per il salone, poi si arrese.

«Che hai?»

« Siediti. »

Gli avevo dato un ordine, sembrava nessuno lo avesse mai fatto prima.

Rimase interdetto, non sapeva come comportarsi. Scostò piano la sedia e prese posto di fronte a me. Estrassi dalla tasca del pile una delle scatolette. La lanciai sul tavolo, dovetti trattenermi dal tirargliela addosso.

Spostò lo sguardo da me alla scatoletta, gli occhi tondi e acquosi.

« 'Sta roba scade tra due anni » esordii, la voce rotta e aspra.

« Eh? »

« Potevi trovare una scusa migliore. »

« Ma si può sapere che scherzo è questo? »

« Tu lo sapevi » strinsi le dita sui bordi del tavolo, mi feci male, strinsi più forte.

« Sapevo cosa? » Il tono di voce del Barba si era abbassato, quasi dimesso.

« Che arrivava la neve. Il cibo scaduto, il meteo che sbaglia, la spesa del martedì, la Panda da portare giù per il meccanico, erano tutte cazzate. »

« Beatrice, cosa stai dicendo? » Mi fece effetto sentirlo pronunciare il mio nome. La rabbia tornò a montarmi in testa, un cavallo che sputa via le briglie, rifiuta di essere domato. Le sue dita furono percorse da un fremito, le vidi vibrare e increspare il tessuto della tovaglia. L'avevamo lasciata lì dopo averla pulita dalle briciole della cena, pronta per la colazione, volevamo preparare le crespelle con il caramello, annegare la discussione al fiume nello zucchero.

« Perché cazzo mi hai tenuta qui prendendomi in giro. Perché. »

Balzai in piedi, la sedia cadde a terra.

Volevo urlare, invece la mia voce ebbe l'effetto di una stalattite che si infrange al suolo, rompendosi in schegge minuscole.

« Tu sapevi che stava per nevicare. Non volevi rimanere solo ma non potevi nemmeno impedirmi di scendere. E non ce lo avevi il coraggio di chiedermi di restare, figurati se un duro come te farebbe una cosa del genere. Allora non hai detto nulla, mi hai ingannata e basta, mi hai tenuta qui manco fossi una bestia da compagnia.»

«Non è vero, io...»

«Sarò anche una ragazzina di città che non capisce niente della montagna, ma non sono stupida cazzo, non sono stupida.»

Mi veniva da piangere, non potevo, non dovevo, mi trattenni ancora una volta.

Più il Barba si lasciava tramortire dalle mie accuse, inerme, più mi rendevo conto che quell'inganno, a cui speravo ancora esistesse una spiegazione, era reale. Mi aveva imprigionata lì con una bugia, se n'era fregato di come stavo, della necessità che avevo di andare via. Mi ero sempre fidata di lui, non avevo mai dubitato delle sue parole, non mi era mai venuto in mente di dover controllare se ciò che sosteneva era vero.

«Ti chiedo un'ultima cosa, e ti prego di essere sincero, almeno adesso.» Inspirai, buttai fuori l'aria, chiusi gli occhi.

«È una cazzata anche 'sta storia che siamo bloccati?»

Il Barba non rispose, si era rannicchiato quasi gli avessero sfilato la colonna vertebrale, lo sguardo fisso nell'incavo del braccio. Sembrava stanco, disarmato.

Per la prima volta lo vidi anziano, lo vidi vecchio. Le rughe sulla fronte, i pori dilatati sul naso, il mento pietroso, il collo d'un bracco.

Mi fece pena.

Lo chiamai per nome anche io.

«No.»

«Tra quanto posso scendere?»

«Non lo so.»

Risi sguaiata, misi una mano sullo stomaco.

Volevo andare via, lontano da lui.

Non sapevo dove, non sarebbe servito a niente.

39

Le sere delle nostre partite a carte, il Barba mi aveva raccontato delle storie.

Storie che non se la sentiva di condividere con chiunque.

Era un narratore nato, il Barba, un aedo dei tempi antichi. Ricordava spesso i dipendenti che avevano lavorato in rifugio in quei trent'anni. Solo in pochi però avevano trascorso con lui gli inverni, a detta sua imparagonabili a quello presente. « Ti è andata bene » ripeteva, « te l'inverno vero non lo sai proprio cos'è. »

La mia preferita era stata quella di Shishir.

Shishir era arrivato in Italia a cercar non fortuna ma soldi, così disse il Barba, perché secondo lui chi vive la montagna non potrebbe che considerare una fortuna essere nato alle pendici dell'Himalaya.

« Ma tu ci sei mai stato? »

« Sì. »

« Magari chi vive lì non la pensa allo stesso modo, altrimenti non se ne andrebbe. »

« Hai finito? Che poi se mi interrompi perdo il filo. »

Molti nepalesi vivevano in un'estate perpetua: quella delle loro terre, in cui venivano assoldati come portatori da alpinisti intenzionati a scalare gli Ottomila con ogni agio, e quelle dell'Europa, dove lavoravano nei rifugi agli attacchi delle cime.

Mi domandai come apparissero ai loro occhi, le nostre montagne, se per loro non fossero che modeste colline.

Il Barba diceva che sono bestie da lavoro instancabili, con la capoccia dura e il groppone forte o, almeno, Shishir era così. « Se noi qua a raggiungere i cinquemila peniamo, per loro è una passeggiata di salute. Ce le hanno nel sangue, le altezze. »

Non aveva specificato come avesse incontrato Shishir, ma quando era arrivato in rifugio, in italiano sapeva dire solo « grazie», «ciao» e «non ho capito». Più non capiva più rideva, stringeva gli occhi e diventavano piccoli piccoli.

Shishir aveva trascorso due inverni assieme al Barba, non era tornato a casa. «Lui sì che mi aiutava» e quando notò il mio sopracciglio alzato ridacchiò. «Durante il primo era caduta una fraccata di neve che Dio ce l'aveva mandata, il gatto era dal meccanico e le motoslitte non le avevo ancora. La spesa in qualche modo bisognava farla arrivare e l'elicottero sai quanto costa. Quello lì si caricava sulla schiena più di cinquanta chili di roba e andava su e giù finché non l'aveva portata tutta. Non diceva be', manco un lamento.»

Quello stesso inverno un escursionista aveva deciso di salire nonostante fosse in arrivo una bufera. Si era perso, per miracolo era riuscito a chiamare in rifugio e il Barba e Shishir erano partiti per soccorrerlo. «A guardar lui sembrava ci fosse il sole. Camminava con la schiena dritta e i mulinelli e il vento non gli facevano nulla. Un mulo, che più gliene davi più tirava dritto per la sua strada. Quando abbiamo trovato quel coglione e lui se l'è caricato a peso morto sulle spalle, sembrava una statua di quelle che ci sono nelle pinacomesichiamano.»

Shishir era uno sherpa, nome che non contraddistingue più il suo popolo ma coloro che portano le cianfrusaglie di «noi di qua».

«Diciamo che conquistiamo le vette e abbiamo l'ossigeno, quelli invece arrivano pure prima e non gliene frega un cazzo di dire in giro quante volte le hanno fatte.»

Anche la sorella di Shishir viveva in Italia, le telefonava ogni tanto e parlavano una lingua di tutt'altro alfabeto. Se gli mancasse non lo aveva mai confessato e quando chiedeva di scendere a valle un paio di giorni non specificava dove fosse diretto.

«Com'è andata, gli chiedevo, rispondeva bene e nulla più.»

Il Barba raccolse le carte di scarto, le sistemò in mano e tirò giù un poker di donne.

«Se è per questo, non lo dici nemmeno tu» osservai, sperando scartasse il cinque di cuori che avevo puntato da due mani.

«Pensa a giocare piuttosto» e buttò giù un cinque di picche.

Una sera di primavera il Barba era stato invitato a cena dal gestore di un altro rifugio. L'invito era esteso anche a Shishir, ma aveva declinato. Quando il Barba lo aveva chiamato per sapere se fosse tutto a posto, il telefono aveva squillato a vuoto, dopo qualche tentativo si era preoccupato ed era rientrato di corsa.

«Shishir, lo chiamavo, Shishir!, ma non rispondeva. Mi son messo a cercarlo ovunque, pure nella conca sono andato, ma niente. Poi ho pensato, metti che finalmente si è sentito stanco e sta dormendo. Però mica ero sicuro, dovevo controllare in camera sua, non è che volessi farmi i fatti suoi però almeno, ho detto, me ne vado a dormire tranquillo anche io.»

Salendo le scale che portavano in camerone aveva trovato due bottiglie vuote. Shishir era nel suo letto che dormiva, e nonostante il Barba gli avesse mollato due ceffoni era talmente pieno di gin che si era risvegliato solo il pomeriggio seguente.

«Mi ha detto che non lo avrebbe fatto più, nemmeno due settimane dopo sono sceso a far la spesa ed era di nuovo ubriaco. Non mi potevo fidare, ho dovuto mandarlo via. Non ho mai capito cosa avesse, Shishir, forse nemmeno si chiamava così, i suoi documenti non li ho mai visti. Non ho idea di dove sia andato, di sicuro non in un altro rifugio o lo saprei. Non si è più fatto vivo ma ogni tanto a lui ci penso, gli auguro che se ne sia tornato in alto, ma in alto davvero.»

Il Barba nel frattempo aveva chiuso la partita con quattro poker, due tris e una pinnacola da asso a fante.

«Perché non l'hai aiutato?» chiesi, mentre raggruppava le carte.

«Allora, non la vuoi la rivincita?»

Appena si alzava da tavola lui, mi sedevo io.

«Mi cucino da sola» gli avevo detto, nel suo silenzio non mi aveva ascoltata.

Credeva di poter sistemare tutto così, il Barba. Con il cibo.

Era l'unico modo che conosceva per esprimere gratitudine, allentare le tensioni, chiedere scusa. Non che avesse alternative, bloccati lassù. Ma io non avevo mai amato spiluccare, gozzovigliare, rimpinzarmi per appagare la gola. Mangiavo per placare la fame, e di fame non ne avevo. Avanzavo ogni pietanza che preparava per me: torte di erbe, sformati, schiacciate, zuppe di riso e ceci, patate al forno, bonèt, castagnacci. In due giorni aveva messo in tavola i miei piatti preferiti e saperlo prodigarsi ai fornelli per ottenere il mio perdono mi indisponeva. Non funzionavano oboli, pegni. Non si comanda, il perdono.

Per farmi capire che era pronto sbatteva pentole e padelle sul tavolo, appena le sentivo me ne andavo.

Vagavamo ormai per il rifugio in cerca di qualsiasi cosa che potesse occupare il tempo. Il Barba cucinava, io leggevo, smettevo solo quando gli occhi bruciavano. Speravo nel buio, segno che un altro giorno era quasi giunto al termine.

Avevo chiamato Elbio per raccontargli cos'era successo. Mi ero rifugiata nella mia stanza, volevo stare lontana dal Barba ed evitare che origliasse.

Elbio mi aveva ascoltata senza interrompermi, in un silenzio tale che in certi momenti pensai fosse caduta la linea.

Quando finii di parlare, capii che stava prendendo tempo.

«Non hai nulla da dirmi?» lo incalzai.

«Che non potete ancora muovervi è vero, il bollettino valanghe lo guardo anche io.»

«I dati li fornisce lui, magari manomette pure quelli.»

«Ma va' là Bea, figurati se fa una cosa così.»

«Ormai da lui mi aspetto di tutto.»

«Però» e si zittì, sentii il risucchio del fiato.

«Però cosa?»

«Io al Barba un po' lo capisco.»

Serrai la mandibola, mi tremò la voce.

«Capisci cosa?»

«Se lui ti chiedeva di restare, tu che gli dicevi?»

«Non lo so che gli dicevo Elbio, non lo so. Ma non puoi giustificarlo, non puoi. Mi ha presa per il culo, ha pensato solo a quello che voleva lui. Me lo doveva dire cazzo, me lo doveva dire, io mi fidavo di lui.»

Rimasi in attesa di una risposta che non arrivò, continuai.

«Me ne voglio andare da qui, non ce la faccio più a stare qua dentro, a vedere solo 'ste maledette montagne.»

Nonostante Elbio non fosse coinvolto, seppi di averlo ferito. Io stessa non avrei mai creduto di poter pronunciare parole tanto violente nei confronti del rifugio, delle montagne. Stavo ripudiando il mondo che ci aveva fatti incontrare e fuori dal quale non saremmo potuti esistere.

«Ti voglio tanto vedere Bea» disse a bassa voce.

Non seppi come replicare, arrabbiata anche con lui.

40

Volevo controllare se il lupo aveva mangiato.

Non mi servivano sotterfugi o scuse da inventare. Erano due giorni che non rivolgevo la parola al Barba e se mi avesse domandato il motivo di quell'uscita pomeridiana, avrei risposto che non era affar suo.

Il cielo era velato e sulla conca incombeva una cappa di gelo. Il vento soffiava senza urla di battaglia, senza trattative di pace. La crosta era molliccia, non nevicava da qualche giorno e il meteo, che avevo preso a monitorare a mia volta, presumeva potessero scenderne ancora alcuni centimetri, inezie rispetto a quella già caduta.

Le tracce della mia spedizione notturna erano poco visibili, e quando giunsi al fiume faticai a individuare il punto in cui avevo lasciato la carne, la neve trasportata dal vento doveva aver coperto la buca. Se fosse stata ancora lì, se il lupo non l'aveva trovata, pensai, avrei visto un nugolo di mosche o qualche verme strisciare al suolo, ma mi diedi subito della stupida. I necrofagi prediligevano climi più miti.

Eravamo stati lasciati soli pure dai vermi.

La individuai grazie a un sentore aspro e sgradevole che appestava l'aria; lo seguii a tentoni, cercando di captare dove fosse più acuto. Spostai la neve aiutandomi con la punta della ciaspola e riesumai i tocchetti di cervo e le salsicce. Stavano iniziando a scurirsi e irrancidire, i liquidi espulsi avevano macchiato la sua tana bianca, *carnassa marcia*.

Magari il lupo era migrato altrove, guidato dall'istinto di una caccia più proficua, e la carne che gli avevo lasciato non l'aveva nemmeno fiutata.

Mi sporsi per osservare meglio la sponda opposta del fiume. Il manto pareva intonso, ma c'erano buone probabilità che le raffiche avessero cancellato eventuali impronte. Credetti di scorgere una debole scia di orme, ma potevano essere le stesse che avevo visto assieme al Barba.

Mi chiesi se il lupo avesse rifiutato la mia elemosina alzando il muso con sdegno, pur di non abbassarsi al livello di un cane domestico. Forse, il Barba mi aveva proibito di portargli da mangiare per risparmiargli quell'umiliazione, peggiore di una pecora.

Il Barba venne a chiamarmi nel tardo pomeriggio.

«Puoi venire in cucina?» chiese.

«È proprio necessario?»

Non doveva aver previsto un rifiuto e rimase spaesato.

Si sedette, la mano a sostenergli il viso, il gomito appoggiato al tavolo e rimase lì, l'espressione contrita di chi recita i rosari di penitenza comandati dal prete dopo la confessione.

«Che devo fare?» chiesi, lui saltò in piedi come una molla.

«Te vieni» e mi precedette ad ampie falcate verso la cucina.

Sotto alla finestra, di fianco al pensile, c'era una sedia.

«Accomodati» la indicò col mento mentre si legava il grembiule.

Sul piano da lavoro erano allineati una gran quantità di ingredienti. Appoggiò le mani sul bancone e inspirò.

«Volevo insegnarti a fare una cosa» esordì, «è una ricetta lunga e ci vorrà un po', se hai fame la facciamo domani.»

Rimasi impassibile, mi guardai attorno. Per mesi ero stata abituata a una cucina chiassosa, un fermento di suoni, di fumi, di odori. La stanza più calda del rifugio, le fiamme alte e il forno acceso, vicino cui andavo a scaldarmi le mani nelle giornate più rigide. Adesso era asettica, linda, le padelle in rame sospese in ordine di grandezza sopra ai fornelli lucidi e senza schizzi, il pavimento intonso, una sala operatoria. Io, le mani in grembo, mi parve di stare nella sala d'attesa di un ospedale.

«Non mi piace cucinare.»

Il Barba si strinse nelle spalle, contrasse le labbra a fisarmonica.

Fu l'istinto, quello che dimentica l'orgoglio, a farmi aggiungere: «Che cosa vuoi preparare?»

Drizzò la schiena, si rinvigorì. «I *pansoti*» rispose, versando

293

la farina sul piano d'acciaio. Ruppe due uova sul bordo di una ciotola capiente, le versò intere al centro della farina e buttò i gusci. Ci sparse sopra due pizzichi di sale, accompagnò ogni gesto con le parole.

« I liquidi non si mettono subito, prima devi far assorbire le uova » e iniziò ad amalgamare il composto con una mano sola. Quando si fu rappreso, ci versò sopra un liquido paglierino. « Questo è vino bianco », impastò un po' e poi aggiunse l'acqua, mise all'opera anche l'altra mano, allungava e ripiegava l'impasto con energia.

« Non avevo mai visto mettere il vino nella pasta fresca. »

« Eh ma perché è una ricetta a modo suo questa. »

« Ma non è di qui? »

« No. »

« E di dov'è? »

« Di casa di mia madre. »

Il Barba formò una pallina con l'impasto, la sbatté quattro volte portando il braccio dietro la testa e caricando i movimenti. La lisciò tra i palmi, la avvolse in un canovaccio e la mise da parte a riposare, protetta da una scodella capovolta.

Pulì il piano con un panno umido. « Adesso mentre la pasta riposa bisogna fare il sugo di noci e il ripieno. »

Mi alzai, mi posizionai dal lato opposto del bancone per osservare meglio.

Prese un pestello e un mortaio di pietra antracite venata di bianco.

« Non sapevo ne avessimo uno, non l'avevo mai visto. »

Guardai quegli strumenti arcaici, che sapevano di madri e nonne con i capelli legati in una crocchia e le dita di corteccia.

« Perché per usarli ci vuole tempo e noi non ne abbiamo mai avuto. »

Mondò due spicchi d'aglio con un pilucchino, li tagliò a metà per estrarre l'anima e li schiacciò con il pestello.

« Se devi comprarti un pestello, compralo d'ulivo. »

Quando l'aglio diventò una crema aggiunse le noci, « prima le devi lasciare in ammollo dieci minuti nell'acqua bollente così se ne va il retrogusto amaro » e le pestò energico, lavorando con tutto il braccio e di polso, facendogli compiere dei mezzi giri. Dei frammenti di noce schizzarono fuori, li raccolsi dal banco e li infilai in bocca di nascosto.

« Ti piacciono le noci? » mi chiese senza distogliere l'attenzione dalla salsa.

« Sì. »

« Anche a me. »

Prese del pane che aveva messo ad ammorbidire nel latte, « non lo devi strizzare, metticene poco e piuttosto lo aggiungi, deve assorbirlo tutto », l'ultima micca era finita ormai da giorni, « l'ho tenuto da parte apposta ». Lo unì, lo lavorò ancora e mi chiese di versargli dell'olio a filo. Mi misi di fianco a lui, non avevo mai notato fosse più alto di me di così poco, le spalle quasi allineate. « Basta, basta », mischiò ancora, eliminò l'eccesso di salsa battendo il pestello sul bordo del mortaio, « bisogna lasciarla riposare anche questa così i sapori si impregnano per bene ».

« La parte più importante è il ripieno. Noi qui ci dobbiamo arrangiare, però se lo vuoi fare a modo ci devi mettere la *prescinsêua*, non la ricotta. »

« Mai sentita. »

« Lo so che non l'hai mai sentita, ma si fa così. Io stanotte ho messo a fermentare un po' di latte e ho fatto lo yogurt, lo aggiungiamo alla ricotta che bisogna consumarla perché sta per scadere. »

« Come il cibo per i gatti? »

Incassò la stoccata, deglutì. « Poi, noi ora usiamo gli spinaci surgelati, ma quando la farai tu... »

« Non so se la farò mai » lo interruppi, lui fece finta di nulla.

« Quando la farai tu usa le bietole e la borragine, anche se in realtà dovresti usare il *prebuggiùn* ma ormai nessuno lo fa più così. »

« Cos'è il *prebuggiùn*? »

« Non è una cosa sola, sono tante. »

« In che senso? »

« Eh, sono tante erbe messe insieme. Però non sai mai quali trovi, dipende un po' dalla stagione, ma più sono miste più il ripieno è buono, non ti viene mica mai uguale, non è che le puoi dosare o puoi deciderle, decide il bosco. »

« Qua siamo pieni di boschi. »

«Ma qua non le trovi. Devi andare nei boschi in basso.»

Rimase in silenzio, vidi le sue dita stringere la busta degli spinaci surgelati.

«Comunque, vanno bene anche le biete.»

Mentre metteva a bollire l'acqua, pensai a sua madre. Mi aveva scossa sentir pronunciare quella parola dal Barba, perché lo avevo visto bambino. Li immaginai insieme, con un paio di forbici in mano e una borsa di tela, le schiene chine e le pupille a vagliar la terra in cerca del *prebuggiùn*. Il Barba aveva già il naso adunco e ancora tutti i capelli, chissà di che colore dovevano essere.

Versò gli spinaci nella pentola d'acqua bollente e prese un cucchiaio di legno per immergerli.

Non volevo provarne più per lui, di tenerezza, eppure mi ammorbidiva le viscere, mi distendeva lo stomaco. Insieme all'istinto che mi aveva indotto a seguirlo, stava digerendo anche tutto il mio orgoglio.

I *pansoti* brutti li avevo chiusi io, quelli belli il Barba.

Diceva che le cose si imparano con la pratica, «chi non lavora non sbaglia», e dopo aver steso la pasta col mattarello, «dev'essere fina la sfoglia sennò la farcia non si sente, ma non troppo perché è umida e altrimenti si rompe», con una rotella l'aveva suddivisa in quadrati e al centro di ognuno aveva adagiato un cucchiaio di ripieno. «Per aiutarti a chiuderli, sui bordi ci metti un po' d'acqua, ma poca eh, e poi lavori con le punte delle dita e schiacci bene.»

Li avevamo chiusi in silenzio impiastricciandoci le mani di acqua e farina, a ogni decina ne spolverava un po' sopra con la mano. Ogni tanto mi correggeva, mi guidava le dita, mi poneva un *pansoto* davanti agli occhi e mi rispiegava il metodo, «guarda», io guardavo ma i miei venivano comunque degli sgorbi.

In pentola alcuni si erano aperti, l'acqua torbida con gli spinaci sminuzzati che galleggiavano. «Tutto fa brodo» aveva detto il Barba, dopo una decina di minuti li aveva scolati in una padella larga, tenendo da parte un bicchiere d'acqua di cottura.

«Non si mantecano sul fuoco, mai» mi ammonì, aggiungendo il sugo di noci e mischiandoli con delicatezza.

Li avevamo portati a tavola, il Barba aveva riempito i piatti di entrambi e versato due abbondanti bicchieri di vino rosso.

«Sono buoni» commentai.

«Non sono male» fu il suo giudizio.

Io li tagliavo a metà con la forchetta, lui li mangiava interi, la pasta gli strusciava agli angoli della bocca sporcandola di sugo.

«Se impari a farli bene e glieli prepari a quel *gadan*, ti fa diventare la regina della malga.»

Inghiottii il boccone e ancor prima di accorgermene, ancor prima di sentirle strisciare sulle guance, vidi le mie lacrime macchiare i *pansoti*. Lasciarono dei piccoli solchi nel sugo che impregnava la pasta, dei minuscoli crateri lunari.

Mi scostai dal tavolo e mi coprii gli occhi con le mani, i palmi bagnati come se li avessi distesi sotto la pioggia battente.

Iniziai a singhiozzare, emisi dei rantoli. Più mi sforzavo di smettere, più sentivo tremare il petto.

Il rumore di una sedia che strisciava, una mano appoggiarsi lieve sulla mia spalla.

«Perché?» chiesi, non sapevo nemmeno io a quale domanda stessi invocando una risposta.

Continuavo a coprirmi il viso, il naso gocciolava, mani piene di lacrime e muco.

Il Barba provò ad accarezzarmi la spalla, più che carezze furono buffetti.

Mi portò un bicchiere d'acqua e un fazzoletto di stoffa.

Non mi chiese perché piangessi. Forse non voleva saperlo, forse credeva di averlo intuito.

Nemmeno io lo sapevo, «per tutto e niente» gli avrei risposto, pianto e rabbia a sfogarsi dagli occhi.

Si sedette di fianco a me e aspettò che mi calmassi. Guardava altrove, cercava la Becca tra le mura di neve e ghiaccio.

Tornò al suo posto solo quando mi riavvicinai al tavolo anche io.

Le ultime lacrime caddero nel piatto di *pansoti* prima che facessi in tempo ad asciugarle.

Incrociai il suo sguardo, accennò un sorriso.

«Menomale che ho salato poco l'acqua.»

41

Il Barba si comportava con me come fossi un animale di cui volesse conquistare il favore.

Mi approcciavo a lui guardinga, cagna che non riconosce gli odori, pronta a ringhiare al minimo movimento brusco. Lui rimaneva a distanza, si abbassava sulle ginocchia, gli cigolavano le giunture, tendeva la mano. Ogni tanto mi avvicinavo, ne saggiavo le reazioni. Altre volte gli davo la schiena e correvo via.

Non disse mai se aveva scoperto che mancava della carne dal congelatore. Per farsi perdonare lui, avrebbe perdonato me.

Il Barba aveva supplicato la Becca, si era macchiato di blasfemia.

Pregava la sua santa di roccia come se, trascorse quasi tre settimane, accelerare la fine dell'inverno costituisse un'attenuante e abbreviasse la sua pena per buona condotta.

Non immaginavo che ogni mattina, dai rilevamenti della neve, sperasse di tornare dentro portando la buona novella. Non la menzionavamo più, la neve. La ignoravamo, e con il nostro mutismo aveva smesso di cadere.

Le nubi e le perturbazioni del mare avevano ripreso la maratona dirigendosi verso montagne che parlavano altre lingue.

Adesso, rimaneva l'attesa di un manto nevoso che si assesta.

Furono per me giorni di confusione.

Il rifugio mi appariva distante, fluttuavo senza meta. Avevo creduto di essere riuscita a ricavarmi uno spazio tra gomitate e spintoni, notti insonni, servizi estenuanti. Mi ero resa malleabile per farmi plasmare da una vita che mi aveva decorato il corpo di calli, ematomi, muscoli più forti, polmoni avvezzi a un minor apporto di ossigeno, polpacci granitici, nuova corteccia. Avevo imparato a rispondere a tono, a comprendere quel dialetto strascicato, a riconoscere i larici dagli abeti. Che la polenta per esser buona deve cuocere a fuoco lento, che i vitelli nascono in autunno e il tempo è un matto che non risponde quando pronunci il suo nome, dirà sempre ciò che non ti aspetti.

Che la gente lassù muore e lo devi accettare come una mela che cade dall'albero.

Tutto mi era familiare, eppure non mi apparteneva più nulla. Per la prima volta mi sentii davvero *strangera*, senza patria, senza una casa a cui tornare.

Quel flusso di melma putrescente non mi lasciava tregua e pur di non pensare trovai dei nuovi urgentissimi lavori che elencai al Barba.

« Non è necessario. »

« Io li faccio lo stesso. »

« Se hai bisogno di una mano chiedi », ma non volevo l'aiuto di nessuno. Decisi di pulire le finestre del rifugio. Partii dal salone, le spalancai tutte. Sentirlo invaso dall'aria gelata, l'odore di chiuso e cenere che defluiva all'esterno, il sole a pizzicarmi il naso, finta primavera, mi rilassò. Spruzzai l'alcol sui vetri e li strofinai con le pagine di vecchi quotidiani locali che il Barba comprava quando scendeva a far la spesa, sfogliava di fretta e abbandonava sul tavolo dell'office. Prima di appallottolare la carta davo una scorsa ai titoli, notizie infiocchettate da parole altisonanti per celebrare fiere, commemorazioni, anniversari.

Ero talmente concentrata da non rendermi conto di aver iniziato a cantare. Me ne accorsi quando il Barba mi redarguì, dicendo che se non l'avessi piantata con quella lagna avrei causato il distacco di un'altra valanga.

Per evitare che una folata di vento li facesse cadere chiudendo di colpo le ante, avevo spostato i vasi delle piante sui tavoli. Chissà come riuscivano a crescere così rigogliose in quell'inverno sopra i duemila metri. Più di tutte mi stupivano le orchidee, coriacee, che adornavano la finestra dirimpetto alla Becca, simile a un altare celebrativo.

Avrei voluto contemplare quella montagna proprio come Elbio e il Barba. Pur di rabbonirmi, avrebbe accettato di condividere con me il posto d'onore del suo confessionale. Ma io non mi sarei messa in ginocchio. Avrei aspettato fosse lei a intavolare un discorso, a mandarmi un segno. Forse erano le nuvole che certi pomeriggi ne nascondevano la cima, forse il cielo terso che grattava la sua punta oltre i tremila. Forse, mi sarei illusa anch'io, che avesse qualcosa da dirmi.

Ma da quella finestra, ormai, non si vedeva altro che un muro di neve e ghiaccio.

Dopo la pulizia delle finestre, per cui impiegai una giornata intera accanendomi sul minimo alone, passai alla libreria.

Avevo deciso che i libri sarebbero stati suddivisi per genere e in ordine alfabetico. Svuotai gli scaffali, li spolverai con stracci ricavati da un vecchio lenzuolo, passai un panno umido su ogni ripiano e raggruppai i volumi in pile. Presi dello scotch di carta e un pennarello nero, ne appiccicai una striscia sull'estremità superiore della libreria e, salita su una sedia, ci scrissi sopra una citazione.

«*Pecché io so' uno a leggere, loro so' milioni a scrivere*» sillabò ad alta voce il Barba, che si era appostato dietro di me e la fissava a braccia conserte, l'espressione dubbiosa.

«Vedo che sai leggere anche tu.»

«Ma da dov'è uscita 'sta frasaccia?»

«Da un film.»

Mi era rimasta impressa, ricordandomi quante cose c'erano da imparare e quante non avrei mai saputo.

«Ma che razza di lingua è, che mozzano le parole?»

«Credo sia napoletano.»

«Ma si è mai vista una citazione in napoletano in un rifugio sulle Alpi? Vedi di toglierla subito.»

«Vedi di piantarla subito tu. Fino a quando rimango qui, questa frase resta. E se tu la levi, io la riscrivo.»

Cominciai a ordinare i libri, lui se ne andò borbottando, «roba da matti, guarda un po' te» e pestando i piedi.

Tornò con dei quaderni, alcuni protetti da buste di plastica.

«To', mettici anche questi.»

Li esaminai uno per uno. Quelli imbustati avevano la copertina separata dal resto del corpo, le pagine si staccavano, la colla sbriciolata.

Davanti, in un riquadro chiaro erano riportate le annate, l'altitudine e il nome della Becca. Il più malmesso, verde a

chiazze marroni e con gli angoli logori come se fossero stati ro-
sicchiati da un sorcio, risaliva a trent'anni prima.

« Ma sono libri di vetta? »

« Già. »

« Della Becca? »

« Del Kilimangiaro. Secondo te? »

« Come mai li hai tu? Pensavo li tenesse tutti il CAI. »

« Ma quale CAI e CAI, quando finiscono quelli nuovi ce li
metto io e gli altri me li riprendo. »

Molti fogli erano increspati, dovevano essersi bagnati, per-
sistevano delle macchie di muffa. Su ogni pagina si succede-
vano calligrafie diverse, alcune più adulte, altre incerte e
grossolane di bambini. Qualcuno gioiva per aver avvistato
stambecchi, camosci o caprioli, c'era chi si lamentava del
tempo, chi raccontava di aver mangiato in vetta godendosi
il « paesaggio sconfinato ». Figli orgogliosi dei padri, padri
orgogliosi dei figli, ringraziamenti a guide alpine, dediche a
chi non c'era più, dichiarazioni d'amore. Alcuni scrivevano
in inglese, tedesco, francese, trovai addirittura dei kanji. Il
Barba era rimasto in piedi, guardiano silenzioso, a sbirciare
dietro la mia spalla.

Più ci si avvicinava al presente, più i libri di vetta aumenta-
vano. « D'estate lassù c'è sempre traffico, peggio che alle po-
ste » sbottava osservando gli alpinisti partire.

« Perché li tenevi nascosti? » chiesi.

« Magari qualcuno se li rubava. »

« Figurati se qualcuno ruba dei libri di vetta. »

« Te non hai idea di che merda è fatta la gente. »

Un messaggio « Si sta bene » risalente all'agosto di due anni prima, era firmato da Elbio. Sapevo che era il mio, di
Elbio, non avevo mai conosciuto nessuno con quel nome.
Forse nemmeno esisteva, sillabe incastrate dalla fantasia di
Margherita. Passai le dita sull'inchiostro ancora intatto, linee
pesanti che avevano trapassato la carta, la calligrafia malfer-
ma, per scrivere doveva aver usato come supporto una pietra
o un ginocchio.

« Non ci sono mai stata sulla Becca » mormorai, continuando a voltare le pagine.

« Ti ci porto io » disse il Barba. Aveva appoggiato la mano sullo schienale della mia sedia. Mi voltai, incrociai il suo sguardo e lui il mio, rimasero impantanati come passi sulle rive argillose di un fiume.

« Quando? »

« In primavera. »

« In primavera. »

42

Quando il Barba annunciò che nel giro di pochi giorni sarei potuta scendere ero in piedi dietro al bancone del bar, in mano una pentola di vin brulé che stavo filtrando e travasando in un bottiglione da due litri, appoggiato dentro al lavello. Lo avevamo preparato il giorno prima e lasciato in infusione tutta la notte.

«Peccato che non abbiamo le arance» aveva detto il Barba, per sopperire aveva abbondato di cannella e zucchero di canna.

«Questo è buono domani, ce lo beviamo mentre giochiamo a carte» come se necessitasse di una conferma, sapere che sarei stata la sua avversaria, che gli avrei fatto compagnia.

«In che senso?» biascicai. Non feci salti di gioia, non sorrisi, non esultai. La pentola all'improvviso era diventata pesante e strinsi più forte i manici, le dita gelide.

«Ho finito ora i rilevamenti, il manto è più stabile. Se continua così che non ci sono troppi sbalzi termici tra giorno e notte, in due o al massimo tre giorni, un po' che si fonde, un po' che si compatta, dovrei riuscire a portarti giù» mi spiegò, la voce stridula.

Mi ero trasformata in marmo, credetti di non essere più capace di sbattere le palpebre.

«E quindi, non dici niente?»

«Che devo dire?» risposi, rovesciando il vin brulé fuori dalla bottiglia.

Il Barba era deluso, il suo volto divenne un grumo.

Forse sperava che la prospettiva di un'imminente discesa mi avrebbe rasserenata, e una volta ritornata su tutto ciò che era successo sarebbe stato dimenticato.

Senza sapere il perché, composi il numero di cellulare di Elbio.

Il telefono squillò a lungo, rispose quando avevo già scostato la cornetta dall'orecchio.

«Ehi, ciao.»

«È successo qualcosa?» Era affannato, parlava veloce.

«No, perché?»

«Non mi chiami mai così presto.»

«Vero, a quest'ora mungi.»

«No no, abbiam finito di mungere già da un po'. Stavamo mettendo a cagliare il latte.»

Guardai l'orologio, mi accorsi che non erano ancora scoccate le nove. La neve che si scioglie, il tempo che ritorna a gocciolare veloce.

«Allora ti chiamo dopo.»

«No, mi fa piacere se ti sento.»

«Volevo dirti che tra qualche giorno si potrà scendere.»

Rimase in silenzio, io con lui.

«E quando scendi te?»

«Non lo so. Secondo il Barba potrà portarmi giù tra due o tre giorni.»

«Me lo dici quando lo sai?»

«Certo.»

«A te va bene se ti vengo a trovare prima?»

«Sì.»

Abbassò la voce, come se mi stesse confidando un segreto scabroso.

«Ti voglio vedere.»

«Anche io.»

Due sere dopo, mentre mi stava stracciando a pinnacola, il nostro passatempo d'elezione, il Barba mi confermò che sarei potuta scendere entro un paio di giorni.

Non sarebbero stati tre, piuttosto quattro, sei, otto. Odiava i numeri dispari, non li poteva controllare.

Contava anche i pezzi di salsiccia e i tocchi di spezzatino da servire ai clienti, «se sono in due e gliene metto sette, è un problema.» Due mestolate di polenta a testa, due gatti, cento grammi di pasta a porzione, sei orchidee, due automobili, due motoslitte.

Se sommi due cifre dispari, il risultato sarà sempre un numero pari. Nella sua vita era pari tutto, tranne lui, uno dispari.

«Ti porto giù la mattina presto così riesci a prendere l'autobus a un orario decente e io vado a fare un po' di spesa, poi mi prendo il gatto e salgo con quello, batto la pista, torno giù a piedi e recupero la motoslitta. Però non do ancora il via libera per salire altrimenti si fiondano tutti e io da solo non ce la faccio. Per riaprire a regime aspetto che torni te.»

Sciorinava parole a fiotti, non la smetteva più. Posava le carte sul tavolo, gesticolava, mi elencava le cose da comprare, le incombenze che sarebbero seguite al disgelo. Doveva cercare qualcuno che venisse a darci una mano a Pasqua, Berto e Gioele non potevano, avevano passato entrambi le selezioni per il corso guide. Avevano chiamato poche ore prima, appena erano uscite le graduatorie, le voci ingarbugliate al telefono, il Barba che rideva «ma vedi te 'sti due *baloss*». Secondo lui Carlo sarebbe stato impegnato al ristorante, con Daniele era offeso, «non s'è fatto più vivo, non vado mica a chiamarlo io». Avrebbe chiesto a dei suoi conoscenti giù a valle se sapevano di qualche ragazzo volenteroso, «li scegliamo assieme» disse pescando una carta dal mazzo.

Avevo la bocca allappata come se avessi appena bevuto del latte rancido. Sentii la zuppa di ceci e orzo salirmi in gola. «Non penso che scenderò tra due giorni» lo sputai come un rigetto di succhi gastrici, acre e improvviso.

«Come non scendi?» Il Barba aveva le sopracciglia alzate, gli occhi tondi, le pupille crateri di un vulcano.

«Prima ti devi organizzare.»

«Mi sono già organizzato.»

Ero in tempo per sviare il discorso, cambiare idea. Potevo rifletterci ancora, aspettare, ponderare. Ma io non ero così, non era questione di cuore o di testa, tutta pancia, la pancia non ragiona, tritura digerisce espelle vomita.

«Quando scendo, poi non torno più.»

Dal mattino seguente diventai ospite in quella che era stata casa mia.

Ovunque posassi lo sguardo prendeva vita un altro commiato.

Era bastato pronunciare una frase e tutto si era ribaltato, camminavo a testa in giù.

Il Barba non aveva provato a convincermi, a chiedermi di restare. Era rimasto immobile, le carte in mano. Ne aveva meno di me, se avessimo finito la partita avrebbe vinto lui.

Mi evitava come se al mio posto ci fosse un buco nero, se mi avesse guardata anche solo di sfuggita sarebbe stato risucchiato.

Quando gli avevo sputato addosso la mia decisione, si era alzato e si era messo davanti alla sua finestra. In quel momento c'era solo buio, il muro di ghiaccio tinto dalla luce fioca delle lampadine.

«Se vuoi andartene, vattene. Non ho bisogno di nessuno, io.»

«Eppure mi hai tenuta qui con una bugia.»

Guardò fuori a lungo, poi tornò a riversare il suo sguardo nel mio. Li sostenevamo a vicenda, come se il primo a distogliere il suo non avrebbe perso una battaglia, ma l'intera guerra.

«Dopodomani scendi.»

Si era congedato così, senza aggiungere niente. Non c'era altro da aggiungere.

Pensavo mi avrebbe concesso il tempo di salutare, di abituarmi al distacco. Di poter diluire lo strappo e contare i giorni con rilassatezza.

Invece in poco più di ventiquattr'ore sarebbe finito tutto.

Era tutto un'ultima volta, quell'ultimo giorno. L'ultima doccia, l'ultima colazione, sarà questa l'ultima sigaretta? l'ultimo giro delle acque, l'ultimo tè, l'ultima volta che apro questo frigo, l'ultima carezza ai gatti, l'ultima volta che li avrei tenuti in braccio. Un «fate i bravi» sussurrato all'orecchio, a stare allerta avevano imparato.

Fissavo l'altopiano dal parapetto del terrazzo, identico da settimane. Non avrei assistito al disgelo, non avrei osservato la neve sciogliersi, le fronde dei larici spuntare di nuovo, le macchie di terra scura e bagnata, il fiume rinvigorire, non avrei udito i primi fischi delle marmotte, sbadigli dopo un lungo sonno. Avevo creduto che la primavera arrivasse sempre in ritardo, sbagliavo anche in quello. Era stato il Barba a farmelo capire, mostrandomi quanto la montagna fosse prostrata dal caldo, vittima della cecità di chi vive in basso.

Avrei desiderato accarezzare la Becca bianca, liberarla dalla neve, lei preferiva rimanere fredda.

Sarei tornata in città, volti con i denti affilati, lingue biforcute a ripetere «Avevamo ragione».

Avrei voluto dire a Elbio di non salire quella sera, l'ultima, troppo vigliacca per fornire spiegazioni. Non ne avevo date, il Barba non le aveva volute, sarei rimasta zitta, non ce n'erano.

Gli avevo chiesto il permesso, «Stasera può salire Elbio?», non ero più a casa mia.

Il Barba era in cucina a preparare il pranzo. Stava mondando le ultime cipolle, rachitiche, mezze marce, le bucce putride sul tagliere.

«Io non vado a prenderlo» rispose, fece scivolare i resti nella ciotola dell'umido. In due producevamo pochi scarti, era inutile sporcare il secchio.

«Credo lo abbia già messo in conto» sussurrai, rimanendo sulla soglia.

Avrei voluto abbracciarlo, dirgli che mi dispiaceva. Al tempo stesso però credevo fosse colpa sua e del suo inganno l'avermi portata al limite, aver fatto germogliare quella decisione che seppi di aver preso solo dopo averla scandita a voce alta.

Se ci fossimo avvicinati, ci saremmo spinti via entrambi.

Mise le cipolle a soffriggere, l'olio crepitava come il fuoco della stufa, «Fate come volete» disse senza voltarsi.

Fui sorpresa quando mi chiese di apparecchiare per due. Avrei voluto chiedergli perché, cosa significasse quel gesto. Invece ubbidii, di domande ne avevo fatte tante, mi mancava il coraggio per le ultime.

Aveva cucinato frittata di cipolle e verdure in padella, il misto surgelato.

«Vedi di finirle, ho fatto tutte quelle che c'erano, se non le mangi tu qui non le mangia nessuno e mi toccava buttarle» disse mentre le appoggiava a tavola.

Non avevo fame, mi sforzai a mangiare lo stesso, bevendo un bicchiere d'acqua ogni pochi bocconi, il cibo mi si ammassava nello stomaco come calce.

Ad accompagnare quell'ultimo pranzo c'era il tintinnio delle posate d'acciaio che cozzava contro la ceramica dei piatti. I gatti ci ronzavano attorno sperando che dalla tavola cadesse qualche briciola.

« A che ora hai il pullman? »

« Il primo credo sia alle nove e venti. »

« Allora da qui dobbiamo partire alle sei e mezza. »

« Se è presto posso... »

« È pure troppo tardi. »

Il Barba si era ritirato nella sua stanza da più di un'ora.

Per sé aveva preparato salsiccia e fagioli in umido. Aveva abbondato con le porzioni, « nella pentola ne è rimasto anche per quell'altro ». Per me c'erano gli avanzi del pranzo da scaldare nel forno, un quarto di frittata e quella badilata di verdure che avrei dovuto ingurgitare per non sprecare.

La tavola era già apparecchiata, lo aspettai seduta davanti alla stufa.

Sentii la porta della bussola sbattere e gli andai incontro, non poteva che essere lui. La prima persona che avrei rivisto dopo quasi un mese di isolamento.

Elbio si stava sfilando gli scarponi, gli sci appoggiati di fianco alla porta. Chissà se da bambino aveva preso lezioni, chissà se ce n'era stato bisogno. Le sue guance sembravano melograni maturi, gli occhi brillanti, ciuffi color del fieno gli si arricciavano sul collo e sbucavano dal cappello, uno zaino sulla spalla. Il sorriso che gli albeggiò sul volto appena mi vide fu un calcio nelle reni.

« Beatrice » lo pronunciò come un arpeggio, rugiada su petali di viola selvatica. Mi venne incontro, mi sollevò da terra, mi aggrappai a lui, gli strinsi le ginocchia sui fianchi.

Nel suo dialetto mi soffiò sul lobo che gli ero mancata, che ero bella, mi diede un bacio sulle labbra accarezzandomi la guancia, le sue dita rami innevati.

Entrammo dentro, mi teneva per mano, l'inverno lo aveva reso spavaldo. Estrasse un sacchetto di carta dallo zaino, sul fondo intravidi dei vestiti di ricambio, « ti ho portato una micca di pane e della focaccia ». Durante le nostre telefonate serali mi ero lamentata spesso, « ormai mi dà la nausea tutta questa polenta, non la voglio più vedere nemmeno da lontano», già covavo la mia decisione, ancora non lo sapevo.

Elbio era luminoso, non lo avevo mai visto così bello, così felice. Avrei voluto bastasse.

«E quell'altro dov'è?» chiese, riferendosi al Barba.

«È di sopra, era stanco.»

«Meglio così.»

Si avvicinò, mi diede un altro bacio.

Scaldai il cibo, prendemmo posto lui a capotavola, io al suo fianco. Elbio era affamato, se non avesse saputo che lo avrei sgridato avrebbe mangiato direttamente dalla pentola. Si riempì la fondina, «certo che il Barba cucina proprio bene», si sforzava di masticare a modo prima di ingoiare, alzava gli occhi a sorridermi.

Staccai un pezzo di focaccia. Aveva comprato quella ai cinque cereali, la mia preferita, la crosta croccànte, il bordo unto, i semi di lino che mi scricchiolavano in bocca.

Avevo la nausea ma mangiai lo stesso, sbocconcellai la dadolata di zucchine, patate e peperoni per tenere occupata la bocca. Nemmeno Elbio parlò, ma sapevo che preferiva mangiare in silenzio e quando c'era il Barba conversava per non fargli una sgarberia.

Aveva allungato il braccio sul tavolo, la mia mano aveva accolto il suo invito. La lasciava solo per spezzare il pane e farlo cadere nella sua zuppa, la riafferrava in fretta quasi temesse di non ritrovarla.

Quando finimmo di mangiare mi aiutò a sparecchiare, io lavai le stoviglie e lui le asciugò con uno straccio. Avevo preso il posto del Barba, Elbio il mio.

Pulii il lavandino, tolsi tutte le gocce d'acqua, «che poi lasciano il segno», spensi la luce della cucina per l'ultima volta e mi sedetti con Elbio di fronte alla stufa.

Non aveva fretta, ancora non aveva accennato di voler rimanere a dormire. Forse se in passato non glielo avessi chiesto, non mi avrebbe fatta penare così tanto.

Glielo dissi d'un fiato, fissando le fiamme farsi i dispetti.

Probabilmente dovette ripetere le mie parole nella testa, ricomporle, cercarne il significato.

«Non ho capito.»

«Domani scendo ma quassù non torno più, Elbio.»

«Ma te ne vai a lavorare in un altro rifugio?»

«Non lo so, per ora no. Ma che importa.»

Si alzò in piedi, mi diede la schiena, infilò le mani nelle tasche dei pantaloni, la testa china come un condannato. Iniziò a camminare, attento a non pestare le fughe tra le lastre di pietra del pavimento. Stava prendendo le distanze, si metteva al sicuro.

Raggiunse il tavolo vicino alla finestra, sfilò una mano dalla tasca, sfiorò le orchidee con i polpastrelli, pinzò i petali, le accarezzò, la ricacciò nella sua guaina di tessuto.

Mi fece la stessa proposta di pochi mesi addietro.

«Puoi venire a lavorare in malga da noi se vuoi.»

«No Elbio, non ci vengo a lavorare con te, tua madre e tuo padre.»

Che non volevo diventare come sua sorella lo tenni per me. Per pudore. Di infliggergli un tale dolore non me lo sarei mai perdonata.

«Perché?» Si girò a guardarmi, io lo raggiunsi, mi misi di fronte a lui.

I suoi occhi erano un acquitrino.

«Perché non è la vita che cerco.»

«Secondo me ti piacerebbe.»

«Non credo Elbio.»

Mi venne da piangere, respinsi le lacrime, serrai la mandibola per non liberare i singhiozzi.

«Potresti provare.»

Ci guardammo. Era il suo sguardo la gravità che in quel momento mi spingeva a terra, così prepotente da spezzarmi le ossa. Avrei voluto abbracciarlo, stringerlo, pregarlo di concedermi qualsiasi cosa pur di non lasciarmi andare via.

«Con me» il suo fu un sussurro, un soffio che passa tra gli aghi dei larici.

«E se ti chiedessi io di abbandonare tutto, per me, tu verresti?»

Rimase in silenzio, lasciò i miei occhi soli.

Guardò fuori dalla finestra, cercava la Becca.

Ma la Becca non c'era, doveva rispondere lui.

43

Sedici mesi dopo

Io e Valeria eravamo viziate e non volevamo dormire nella stessa stanza.

«Lo sai che ho il sonno leggero, mi sveglio al minimo rumore» erano state le sue premesse.

«Io mica mi muovo, e comunque non russo.»

«Non puoi saperlo se dormi.»

Da parte mia non c'era alcuna ragione particolare, volevo dormire sola e basta. Ma avevamo dovuto adattarci, almeno per quella stagione.

La qualità del sonno di Valeria avrebbe potuto mandare all'aria tutti i nostri buoni propositi e la prima notte passata insieme, due letti singoli agli angoli opposti della stanza, il mio sotto una finestra e il suo vicino alla porta, mi ero imposta di rimanere sveglia finché non avessi sentito il suo respiro appesantirsi. Valeria però non faceva rumore quando dormiva, portatrice delle stesse qualità che richiedeva agli altri.

Mi accorsi di essermi addormentata solo quando suonò la sveglia, alle sei. Lei si alzò di scatto, scostò le coperte con un calcio e si diresse in bagno.

«Avevi ragione, non fai rumore» mi disse a colazione.

Le piaceva mangiare ai tavoli fuori, ancora in ombra. All'ora in cui il sole getta i primi raggi di luce ma si astiene dal calore, l'aria tinta d'ambra che risveglia il bosco, i prati umidi, il freddo notturno che ti ansima addosso prima di dissiparsi. Ci sedevamo rivolte verso il sentiero, ghiaioso e dolce, le chiome raccolte sulla nuca o in una treccia, custodite da cappelli di lana o cappucci di una felpa.

Le montagne, quelle alte con il ghiaccio anche d'estate, le prime che l'alba indora, erano contorni lontani, unghie masticate. Le coprivano sorelle più brulle, più vicine, meno imperiose. Mangiavamo miele di tiglio spalmato su crostoni di segale. Io li pucciavo nel caffè americano, lei mi guardava inorridita. Il caffè, Valeria, lo prendeva espresso prima di iniziare a trafficare in cucina, aggiungendo un goccio d'acqua fredda per berlo in un sorso senza scottarsi la lingua e il palato.

Cominciavamo a lavorare alle sette, non pernottava quasi mai nessuno. Secondo Valeria, e io ero d'accordo, ci sarebbe voluto un po' prima che il giro dei clienti si avviasse.

«Gli escursionisti sono abitudinari, si affezionano ai rifugi che conoscono, quelli in cui li portavano i genitori da bambini. Li capisco, anche io sono fatta così.»

«Si affezioneranno pure a noi» le rispondevo, lo speravo.

Venivano per lo più famiglie, coppie di ragazzi giovani, provenienti dalle grandi città di provincia. Si trovavano bene, «Torneremo di sicuro» promettevano saldando il conto. Noi sorridevamo e ci tremavano le guance.

Ancora non se n'era visto nessuno, degli abitanti della montagna. Passavano lungo il sentiero e squadravano con sospetto quello che fino a pochi mesi prima era un rudere transennato da strisce bianche e arancioni, cartelli di accesso vietato e la porta marcia chiusa da un catenaccio. Loro erano *testun*, se non potevano arginare l'invasione l'avrebbero ignorata e tacciata a suon di sputi. Chissà se sapevano che noi non servivamo carne. Sarebbero caduti l'uno dietro l'altro trafitti da colpi al cuore, dalla rovina delle tradizioni.

Era stata Valeria a cercarmi, di nuovo, notifica sullo schermo del cellulare da un numero che avevo dimenticato di memorizzare nella rubrica.

«Sono venuta a trovarti, ma tu non c'eri» ancora. Era novembre, me n'ero andata da mesi.

La immaginai entrare in rifugio, varcare la porta col passo veloce e battagliero simile al mio, camminare per la sala scannerizzando ogni oggetto. Con il Barba si erano sicuramente scrutati in cagnesco, «Dov'è Beatrice?» aveva chiesto lei, «Non c'è più» era stata la sua risposta, come se fossi morta, accompagnata da un grugnito, improperi e male parole.

Il Barba non si era mai fatto problemi a parlar male dei morti, figuriamoci di me.

A seguito del suo messaggio ci eravamo date appuntamento in un bar in San Salvario.

Mentre aspettavamo le birre, mi aveva chiesto perché me ne fossi andata.

«Non mi va di parlarne», lei aveva alzato le mani e si era messa a ridere.

«E come va?»

«Non lo so.»

«Ti manca?»

«Chi?»

«La montagna.»

Benedissi il cameriere che aveva appena appoggiato le due pinte sul tavolo, ne scolai un sorso e un rivolo di schiuma mi scivolò sul mento. La asciugai col pollice, non c'erano tovaglioli. Valeria non aveva ancora toccato la sua, mi calibrava. Accanto alle palpebre rughe sottili come fili di ragnatela, quelli che si intrecciano alle pietre delle baite abbandonate. Le contornavano gli occhi a castagna, ricci irti a proteggere il frutto.

«Boh.»

Valeria taceva, io mordicchiavo il bordo del bicchiere.

«Credo di averci litigato. In realtà, forse ho litigato da sola.»

Annuì, bevve anche lei.

Mi disse che sarebbe rimasta in città ancora qualche giorno prima di partire per la stagione invernale, nel comprensorio sciistico che la assumeva da cinque anni.

«Non è nemmeno un lavoro, per me. Cioè, è faticosissimo, però mi dà tante soddisfazioni. Vedere i bambini ridere, gli adulti sorridere, divertirsi, imparare, superare le paure. È meraviglioso. Però ora ho capito che non ce la faccio più ad andare avanti e indietro da un posto all'altro, voglio sceglierne uno e restare. Quando vai e vieni i legami si sfaldano, si decompongono. Per un po' mi è andata bene così, adesso basta. E poi sto sempre da sola.»

«E quindi che vuoi fare?»

«Non lo so.»

Ridemmo insieme, brindando senza sapere a cosa.

313

*

A Valeria non piaceva parlare al telefono, ma a metà dicembre mi chiamò.

«Che combini?»

Mi vergognavo, ma glielo dissi. «Niente.»

«Appunto, piuttosto che stare ad ammuffire a Torino, vieni qui. Stanno cercando una barista e una cameriera nello chalet sulle piste. Ho già parlato di te, devi solo andare a farti conoscere.»

Ammutolii.

«Allora, vieni?»

«Quando?»

«Appena puoi.»

«E la casa?»

«Puoi stare da me, ci dividiamo l'affitto. Conviene a entrambe, costa tutto una fucilata d'inverno.»

Valeria esercitava su di me un ascendente trainante, l'avrei seguita in capo al mondo senza chiederle la destinazione. Realizzai dopo averle detto «fammi guardare i biglietti del treno e ti richiamo» che da quando ero scesa dal rifugio in montagna non ci ero più stata. Ogni volta che mi sfiorava il pensiero di tornare i miei polmoni si facevano pietre, e costruivo alibi che mi costringessero a rimandare.

Dopo quattro giorni dalla sua telefonata, ero in Francia. Con me avevo due zaini, uno pendeva dalle spalle, uno sul petto. Mentre li preparavo, nella stanza a casa dei miei genitori, mi era sembrato di ripercorrere gli stessi gesti di quando ero partita per il rifugio. Allora erano stati euforici, adesso mi sentivo appesantita, soffocata da sabbia bagnata. Mia madre sullo stesso uscio a porsi gli stessi perché, a darmi la stessa schiena di allora. Se proprio dovevo far la cameriera e pulire i cessi, meglio in città che in montagna, così aveva detto. Io le avevo riso in faccia senza coprire i denti.

Valeria era venuta a prendermi alla stazione con il suo furgone. Per arrivare al paese sopra le piste ci attendeva un'ora di curve. «Devo andare piano, son passati gli spargisale ma ha ghiacciato comunque.»

Vedere le montagne ergersi sopra di me fu un dolore stra-

314

ziante, ma si disperse tra i tornanti su cui Valeria si districava con sicurezza. Tutto quel bianco, tutta quella neve di cui ero stata prigioniera un anno addietro, mi tranquillizzarono. Mi sembrò di rincontrare un primo amore del liceo, entrambi ormai cresciuti. «Sei cambiata» diceva lui, «Tu no» gli rispondevo.

Per convivere io e Valeria prendemmo le misure, dovevamo imparare a conciliare le nostre asperità. Ci eravamo fatte carico di una proposta e un assenso avventati, senza la certezza di essere compatibili.

La mattina prendevamo insieme l'ovetto, lei iniziava le lezioni, io attaccavo il turno allo chalet. Otto ore in cui preparavo cioccolate calde con panna e servivo piatti di pesce a sciatori intabarrati in eleganti tute da sci e piumini costosi, che sculettavano avanti e indietro per i versanti della montagna. Le tracce del loro passaggio venivano appiattite ogni sera da enormi gatti delle nevi. Lavoravano col buio, le loro luci intermittenti puntini luminosi nella notte.

Li osservavo a fine giornata, accompagnavano la mia discesa. Spesso ero sola, talvolta in compagnia di qualche ritardatario che aveva voluto sfruttare fino all'ultimo il giornaliero, la neve appiccicata agli scarponi si scioglieva e colava dagli sci, il pavimento bagnato. Se il Barba fosse passato di lì mi avrebbe guardata dall'alto in basso. Ma lui dov'ero io non sarebbe mai arrivato, non avrebbe potuto giudicarmi.

Ogni tanto Valeria aspettava che finissi di lavorare. Entrava, toglieva i guanti e si alitava sulle mani, si sedeva, le portavo una birra. Se invece la raggiungevo a casa, la trovavo arrossata dalla doccia bollente, «per farmi uscire 'sto freddo dalle ossa».

La sera uscivamo con i suoi colleghi oppure rimanevamo a casa, guardavamo un film o leggevamo un libro. Se volevamo, se ne avevamo bisogno, riuscivamo a stare sole pur trovandoci nella stessa stanza.

Con lei mi sentivo a posto, ma non mi sentivo a posto lì.

Secondo la scansione dei mesi la primavera era alle porte e la stagione invernale batteva gli ultimi colpi di coda. I capricci di chi voleva ancora sciare erano stati esauditi dai cannoni, intrusi bianchi e gialli che guardavo con disprezzo.

Dal punto più alto delle piste la vista si apriva sul fondovalle, verso il basso iniziavano ad affacciarsi sprazzi di verde. In meno di un mese sarei tornata a Torino. Perseveravo nel fuggire dalla domanda « e dopo? », continuavo a lasciarmi trasportare per inerzia.

Una sera comprai due bottiglie di vino bianco e preparai un aperitivo per me e Valeria. Finita la prima eravamo già alticce e ci sdraiammo sul suo letto a ridere come ragazzine. Io dormivo in salotto, per fortuna, quando avevo scoperto che avremmo avuto due stanze separate era stato un sollievo. Decidemmo di guardare una commedia risalente ai tempi della nostra adolescenza e mentre lei stappava l'altra bottiglia cominciai a cercarla online.

Valeria si sedette di fianco a me, mi porse il bicchiere pieno, « L'hai trovato il film? », « Dammi un attimo ». All'improvviso spalancò gli occhi, « Ferma! », mi strappò il computer di mano.

La vidi cliccare su una delle inserzioni pubblicitarie che apparivano a lato dello schermo. Sbirciai appoggiandole il mento sulla spalla.

Scorse le foto più volte, se non lo avesse fatto glielo avrei chiesto. Le tremavano le dita, io trattenevo il respiro e pensavo al Barba. Non volevo, ma lui non se ne andava.

Si fermò sulla prima, rimanemmo a fissarla senza fiatare. Valeria si girò verso di me, mi vincolò con lo sguardo, adesso o mai più.

« Tu che ne dici? »

« Dico che mi piace. »

« Segno il numero? » mi chiese.

« Sì » le risposi, e ci prendemmo per mano.

Era una valle dimessa, quella del rifugio che io e Valeria avevamo preso in gestione.

Senza cime degne di nota, senza rotte alpinistiche. A nessuno era interessato addomesticarla.

Non regalava scorci mozzafiato, ma se fossimo rimaste a settembre e ottobre avremmo sentito i bramiti dei cervi in amore.

Si partiva a piedi da una borgata che contava quindici residenti. Nei mesi estivi si animava di villeggianti, il resto dell'anno le uniche automobili erano quelle di figli e nipoti in visita a genitori e nonni, che alla domanda «ma perché continuate ad abitare in questa desolazione» sbuffavano e giravano la testa dall'altro lato.

Bisognava seguire una mulattiera riarsa e pietrosa, in un bosco misto di abeti rossi, abeti bianchi e faggi. Erbe neglette ricoprivano i pendii, impolverati dalla terra secca sollevata dal vento. Nei giorni di canicola i tafani, mosche cavalline, erano un tormento per stinchi e avambracci, regalavano ponfi rossi e duri. Il Barba mi aveva insegnato che per sfiammarli bastava strofinarci sopra mezza cipolla o tamponarli con del ghiaccio.

Eravamo state donne di quota, io e Valeria, eppure eravamo scese in basso. Una montagna meno arcigna, più accomodante, che non costringeva al ritorno.

Forse avevamo sempre saputo che c'è la montagna di chi va e viene, e la montagna di chi resta.

Un paio d'anni prima, dov'eravamo noi adesso, si avariavano i resti di un rudere in pietra e i rimasugli di una stalla, di cui anche i valligiani faticavano a ricordare i nomi degli ultimi proprietari. Era stato ceduto in eredità a un uomo della zona trasferitosi altrove, che aveva deciso di costruire un rifugio e regalare una fonte di reddito al figlio. Ma al suddetto figlio non fregava niente di svincolarsi dalla nomea di perdigiorno e avviare un'attività, così il padre aveva pubblicato online l'annuncio intercettato da Valeria.

Il rifugio era stato costruito in legno lamellare e pietra chiara, fin troppo educato per chi in montagna ricercava luoghi battuti dalle generazioni passate. Aveva una trentina di posti letto, una sala con altrettanti tavoli, sarebbero potuti aumentare sfruttando il prato.

Poco distante sorgeva un laghetto dalle acque verdi su cui si specchiavano le fronde degli alberi. Continuavano a crescere oltre la nostra altitudine, pietraie e ghiaioni ce li portavamo appresso solo nei ricordi. Sulle rive ci riposavamo bevendo una birra la sera, a fumare una sigaretta, a contemplare il bosco imbiancato dalla luna.

Anche nel lavoro io e Valeria eravamo sinergiche, fu palese a entrambe sin da quel diciotto maggio, il giorno dell'apertura. Ci davamo manforte al bisogno, poco avvezze a chiedere aiuto. Concordammo di iniziare da sole, e se i flussi fossero aumentati avremmo cercato qualcuno che salisse a darci una mano almeno nel fine settimana.

Del Barba mi ero portata appresso tutto.

A furia di stargli accanto lo avevo assorbito senza accorgermene. Ce l'avevo inciso nel modo di apparecchiare, di lavare i piatti, rifare i letti e stendere le lenzuola, tagliare il sedano e girare la polenta, compilare le ricevute e rispondere con sarcasmo agli escursionisti.

Mi aveva insegnato ogni cosa e lo avevo scoperto in ritardo, quando mi ero preclusa qualsiasi possibilità di ringraziarlo.

Era inevitabile pensare a lui, lì. Lo era stato ogni giorno, da quando me n'ero andata. Sapevo che nella nostra conca non sarei più tornata, e che la mattina in cui mi aveva riportata a valle sarebbe stata l'ultima volta che lo avrei visto.

« Allora ciao » gli avevo detto davanti alla fermata dell'autobus. Lui mi aveva risposto sbattendo la portiera della Panda ed era ripartito, senza osservare il mio riflesso dallo specchietto retrovisore.

Come se la confessione di quell'ultima notte lo avesse consumato. Ne aveva dette tante di parole il Barba, ma non avevano sortito l'effetto sperato. Non ci credeva più, era inutile sprecarne di nuove.

Quando Elbio se n'era andato io ero rimasta in sala. Non l'avevo seguito, non l'avevo accompagnato alla macchina. Ogni cosa per me sembrava destinata a finire nel silenzio. Si era fermato sulla porta, aveva tentennato prima di aprirla ma non si era voltato, nemmeno lui. Chissà se immaginava che il Barba lo avrebbe imitato, anime comuni.

Se la montagna fosse stata viva, anche io e lei in quel momento saremmo state affini. Mi sentivo spoglia come un pendio da cui si è appena staccata una valanga. Se la terra avesse provato un dolore sarebbe stato quello che sentivo nello sterno, che mi rimbombava nelle orecchie.

Ma non avevo voluto dormire, sprecare le mie ultime ore in rifugio. C'era una cosa che dovevo portare a termine, che non volevo abbandonare.

Il Barba era sceso verso le due e mi aveva trovata seduta al tavolo, l'agenda spalancata sull'ultima pagina.

«Che ci fai lì?»

«Li ho trovati.»

«Chi?»

«I due ragazzi.»

«Li hanno già trovati più di un mese fa, se è per questo.»

Non riuscivo a distogliere lo sguardo dal riquadro in cui avevo segnato due nomi e due numeri di telefono. Mi ero ricordata di quella telefonata appena l'avevo visto e fui subito certa si trattasse di loro due, «i caduti sulla Becca».

Ricordai che erano gli ultimi giorni di dicembre, il rifugio implodeva di ospiti, noi della banda stremati, la schiena prostrata e le piante dei piedi a implorare pietà. Avevamo problemi con la linea, ogni chiamata era un supplizio, un continuo «non prende bene, può ripetere?», per sentire mi ero dovuta spostare nell'office premendo un dito sull'orecchio libero.

Stavano parlando entrambi, programmavano di salire sulla Becca la settimana seguente e volevano indicazioni sullo stato della via.

«Adesso il gestore è occupato, se mi lasciate i vostri nomi e un recapito telefonico vi richiama tra oggi e domani» avevo detto mentre il Barba gesticolava un no. Bloccando il cordless con la spalla li avevo scribacchiati entrambi lì, in fondo, nel frattempo stavo tenendo a mente il numero dei cappuccini da preparare e delle fette di torta da tagliare.

«Ci avevano chiamato per sapere se potevano salire.»

«Lo so, ci ho parlato io.»

Il Barba si era seduto, aveva stropicciato gli occhi e giunto le mani sul tavolo.

«Perché non me l'hai detto?»

«Cambiava qualcosa?»

«Per me sì.»

«E cosa?»

Avevo aperto la bocca per parlare, la lingua batteva muta contro il palato.

«Gli ho detto le stesse cose che avrei detto se avessero chiamato anche due settimane dopo. Le condizioni non erano diverse. Non è stata colpa nostra, se ti fa sentire meglio.»

Continuavo a fissare i loro nomi e cognomi, in silenzio.

«Anche io la prima volta l'ho presa male, erano morti in tre. Ma non puoi farne una malattia. Se vuoi continuare a vivere qui, se vuoi fare questo mestiere, ti devi rassegnare che succede. La gente che sale magari non ci pensa ma lo sa. Lo accetta. Devi accettarlo pure te.»

«Io non so se ci riesco. A fare questa vita.»

«Ah guarda. Se ce l'ho fatta io a imparare a vivere in questo mondo, ce la puoi fare pure te.»

Lo avevo fissato, stranita.

«Io mica son di qui» aveva detto in un sospiro.

Poi si era strofinato la fronte con la mano destra, e aveva iniziato a raccontare una storia che pochi altri avevano ascoltato.

Il Barba veniva da Genova, ma il mare non lo vedeva mai. «Avevamo le finestre girate dall'altro lato, c'erano solo le case popolari.»

Di suo padre mi disse che era stato esonerato dall'obbligo di leva perché zoppo, e di mestiere faceva il *caegâ*. Per quello lui delle sue scarpe non si era mai vergognato e non era mai andato in giro scalzo.

«È là che mi sono fatto le ginocchia, mica in montagna. Ovunque vai a Genova devi salire delle scale, i palazzi sono tutti ammassati, basta un niente che i vicini ti sbirciano in camera da letto o in cucina. I fili del bucato ti passavano sopra la testa ed era un continuo di lenzuola a gocciolarti addosso. Già i caruggi sono stretti, a non far passare la luce ci si metteva pure quel maledetto bucato. Però faceva sempre fresco, anche d'estate. L'aria si muove, non devi sperare che arrivi il vento perché già c'è.»

A lui il mare piaceva solo dall'alto del monte Beigua. Non era vicinissimo a Genova, ma ci andava con il gruppo dell'oratorio di don Severino. All'epoca quei 1287 metri gli sembravano tantissimi e quando arrivava in cima, prima degli altri perché non si fermava né a bere né a fare merenda, gli pareva di stare sul tetto del mondo. «Le cose ti piacciono e basta, non è che ci sono sempre dei motivi. È come chiedere perché preferisci la pasta al pomodoro e non ti piacciono i carciofi.»

Era stato don Severino a suggerirgli di iscriversi alla sezione locale del CAI. «Se lo dice lui per me va bene» aveva acconsentito sua madre, che di mestiere cuciva gli orli degli abiti di chi risiedeva in corso Italia e a Boccadasse.

Fantasticai su un giovane Barba studente di Ragioneria, il più piccolo di tutti, il petto largo quanto le spalle, le sopracciglia folte e una zazzera a proteggergli la fronte ampia, partire il sabato mattina alla volta delle Alpi. «Dopo aver visto le Alpi, l'Appennino ligure mi faceva ridere.»

I genitori volevano che dopo il diploma continuasse a studiare. Se per i lavori manuali era portato, capace di saldare tubi e costruire mensole senza che nessuno glielo avesse insegnato, lo era ancor di più coi numeri. Suo padre sosteneva che i lavori buoni bisognava cercarli al porto e desiderava scegliesse Ingegneria navale, ma il Barba delle navi e del mare non ne voleva sapere. Chissà se già all'epoca era in grado di pronunciare quei «no» perentori e farti vergognare della domanda che avevi appena fatto. Lui ambiva al Politecnico di Torino, più vicino alle montagne, la facoltà prescelta Ingegneria civile, per costruire qualcosa di grandioso. «Vedi, gli architetti pensano a fare belle le cose, io mio occupavo di non farle crollare.»

Così si era trasferito a diciannove anni, barcamenandosi tra le lezioni all'università, lo scarico delle casse ai mercati generali e l'impiego da un notaio nel pomeriggio. Se il sabato è il giorno di riposo per gli ebrei e la domenica quello del Signore per i cristiani, per lui il fine settimana era riservato alle escursioni, all'arrampicata, allo sci. Al CAI aveva conosciuto degli speleologi ed era andato con loro a esplorare alcune grotte. «Mi piaceva calarmi lì sotto. C'è un mondo scavato dall'acqua che nessuno conosce e dove nessuno ti può trovare.»

Poi però era arrivato un figlio. «Arrivare», come se l'avesse portato una cicogna o quella donna fosse stata ingravidata dallo Spirito Santo. Lavorava come cameriera in un bar, il retro affacciava sul cortile del palazzo in cui il Barba abitava al piano terreno con un compagno di corso. Anche lei genovese, la sua famiglia si era trasferita perché il padre aveva trovato impiego come operaio notturno in Fiat. Si incontravano di sfuggita a fumare una sigaretta o mentre buttavano l'immondizia.

« Sono stato costretto a sposarla, mica potevi fare altro. » Il Barba si era voltato dall'altro lato, stringendo gli occhi come se si fosse accorto di essere stanco.

« Quanti anni avevi? »

« Pochi. »

Sorvolò, compresse anni interi dicendo solo che aveva finito l'università da padre, lavorando più che poteva per permettere alla moglie di rimanere a casa con il bambino. Lei gli concedeva la libera uscita a weekend alterni e lui se ne scappava in montagna non più con il CAI, ma assieme ad amici conosciuti alla sezione e che avevano iniziato a organizzare scalate e ascensioni per conto proprio. « Decidevano loro, a me non mi interessava dove volevano andare, bastava che me ne andassi io. »

Dopo essersi laureato con il massimo dei voti lui voleva rimanere a Torino, la moglie tornare a Genova. Aveva vinto lei. Mentre raccontava mi sembrò impossibile avesse ceduto, che fosse riuscito a sottostare al volere di qualcuno al suo fianco non per scelta, ma per senso dell'onore e del pudore. Forse aveva pensato al bambino di quattro anni, a dove sarebbe stato meglio farlo crescere.

Se n'erano così tornati in quella città tutta scale, « fatta a cazzo. È lunga, ti rendi conto che hanno costruito dove c'era spazio, senza criterio ».

Il suo primo impiego fu nel cantiere per il raddoppio dell'A6, l'Autostrada del Sole che collegava Savona a Torino. Si fece notare per i calcoli mai errati, la precisione, la meticolosità, il rigore. Trascorso un anno gli avevano proposto di viaggiare all'estero, lui aveva detto di sì.

« Anche se ero giovane mi chiamavano per formare le squadre, lo sapevano che ero bravo e lo sapevo anche io. Poi se andavi a lavorare all'estero per ferrovie, ponti, acquedotti o quel che era, guadagnavi un sacco di soldi. E io a mio figlio non gli volevo far mancare niente, nemmeno a quella là. Aveva iniziato ad assaggiare la vita da signora e ne voleva sempre di più, dovevo nasconderle i soldi altrimenti li sperperava, come se non avesse mai lavorato. Per tenerli da parte ho dovuto aprire un altro conto in banca.»

Se ne stava via qualche mese, poi tornava a casa. «Però a volte dicevo che arrivavo dopo. Atterravo a Milano e me ne andavo in montagna, oppure mi facevo delle gite lì dove mi avevano mandato a lavorare e dicevo che i tempi si erano allungati.»

Delle nazioni che aveva visitato, dal Cile ai deserti del Qatar, la sua preferita era stata l'India.

Forse proprio durante uno dei suoi viaggi in Rajasthan aveva incontrato un sadhu e aveva pensato «guarda te, che bell'idea per non farti rompere i coglioni da nessuno».

O forse era già stato tutto premeditato, sapeva cosa avrebbe fatto, doveva solo aspettare.

«Prima ho sistemato loro due con i soldi, e mi sono messo a posto pure io. Era un po' che mi guardavo attorno, che chiedevo a quelli del CAI se c'era qualcosa. Appena mi hanno detto che dovevano costruire qui e sono venuto a vedere, ho pure messo mano al progetto. Mi piaceva perché era isolato, poi sulla Becca non ci ero mai stato, sono salito subito. Te non lo sai, cosa si vede da lassù. Quello che ho visto mi ha convinto che qui era un bel posto dove stare.»

Immaginai il Barba annunciare «io me ne vado» alla moglie e a suo figlio. Doveva avere una bella casa, magari in uno dei quartieri in cui sua madre andava a consegnare pantaloni e abiti dagli orli inamidati avvolti nella carta velina, puliti e stirati. Un salone ampio con la televisione, un tavolino dalle gambe sottili su cui era appoggiato un vaso con dei fiori freschi, in alto lampadari concentrici in voga all'epoca, un tappeto dai motivi geometrici e un'ampia vetrata che affacciava sul lungomare.

«Io me ne vado», chissà se glielo aveva proibito o erano mai stati a trovarlo, quassù, nella sua nuova casa di legno, oltre gli alberi e tra molari e canini di roccia.

«Questo rifugio qui l'ho messo in piedi anche io. E quando era pronto me ne sono andato anche se non sapevo niente e non conoscevo nessuno, ma quello non mi importava. Io le cose le ho sempre imparate facendole, e tutti mi guardavano strano perché venivo da fuori. Il primo a darmi confidenza è stato Oreste, il nonno di Elbio. Lui era già qui, veniva a prendersi una grappa ogni sera e all'inizio non diceva nulla, se ne stava muto al bancone con quel suo bastone strano, pieno di segni, e se ne andava. Mi piaceva perché era una testa dura, con le vacche faceva a modo suo, come una volta. L'ha sciupato suo figlio.»

«È a Genova che vai quando scendi?»

«Sì. Lì ci sono mio nipote e le mie nipotine.»

Appena nominò le nipotine i suoi occhi d'acciaio si fusero, bronzo in una fornace.

«E loro non ti vengono mai a trovare?»

«No.»

Il Barba mi aveva lasciata così, con la prova che eravamo più simili di quanto mi aspettassi.

Non disse che era innamorato della montagna, non ci fu alcuna dichiarazione di fedeltà eterna. «Esistono posti in cui ti piace svegliarti la mattina. Che sai che apri la finestra e li vedi. E non è che ti curano, non ti cura niente e nessuno. Sono solo la casa che ti scegli.»

Di lui e di Elbio non ne avevo mai parlato.

Forse lo avrei fatto con Valeria, forse nemmeno con lei.

Non volevo rovinarli, corromperli. Come se solo altra gente di montagna potesse capirli.

Mi domandavo se loro parlassero di me, se ogni tanto mi pensassero oppure fingessero non fossi mai esistita. Come la neve, che quando si scioglie l'assorbe la terra, arriva la primavera e l'anno dopo, se cade, è tutta un'altra storia.

All'incidente mi ero abituata, ci avevo fatto pace. Me ne ero resa conto in un giorno che non si può segnare sul calendario. Non saprei dire se c'era il sole o pioveva, se l'aria odorava di resina o puzzava di tubi di scarico, se era sera oppure mattina. Non era stato repentino, una consapevolezza netta, lo avevo saputo e basta. Ma se fossi rimasta con il Barba adesso sarei ancora lì, su quel muretto in attesa del suo ritorno, ad accusarlo di avermi lasciata sola.

Credo però che avrei potuto aspettare ancora, imparare meglio a camminare, a riconoscere l'odore della neve. Volevo fosse lui a insegnarmelo ma quella bugia, nella bilancia delle colpe e delle redenzioni, era pesata troppo, l'aveva rotta.

Avrei voluto perdonarlo ma non ci riuscivo, avrei voluto odiarlo ma non riuscivo nemmeno in quello. È il dolore peggiore, non potersi più fidare di qualcuno ma volergli bene nonostante.

Forse, tra un anno o due, il Barba avrebbe sfogliato i libri di vetta, impilati nella libreria di cui non era riuscito a mantenere l'ordine. Della mia citazione in napoletano probabilmente resistevano i rimasugli collosi dello scotch.

Forse avrebbe preso il più recente, quello dove c'erano anche le parole di Elbio. Se fosse arrivato all'ultima pagina avrebbe riconosciuto la mia grafia fitta, minuta e sempre corsiva, di cui si lamentava perché ogni volta che consultava l'agenda era costretto a mettere gli occhiali e portarla vicino al viso, le pagine che quasi sfioravano la punta del naso.

Forse, avrebbe fatto così anche per leggere quei due messaggi a occupare l'ultimo spazio bianco.

Il primo recava altri nomi, quelli dei due ragazzi. «Quant'è bello il mondo visto da quassù.» Il Barba lo sapeva, io non lo avrei mai saputo ma mi ero fidata.

L'altro l'avevo firmato io. Tre parole, non per la Becca ma per lui, e che sarebbero rimaste solo nostre.

Non so se sarei riuscita ad accettare i pascoli, e fu un sollievo scoprire che nei dintorni del nostro rifugio non ce n'erano. «Questa non è zona di transumanza, troppo bosco. Bisogna andare nell'altra vallata» ci aveva spiegato il proprietario, e io avevo sentito un nodo sciogliersi.

Eppure una mattina, mentre facevamo colazione, mi sembrò di udire il suono dei campani delle vacche brillare nell'aria.

«Vale, lo senti anche tu?»

Aveva scostato il berretto per liberare l'orecchio.

«Non lo so.»

La nostra prima sera lassù, il cielo ci aveva dato il benvenuto esplodendo con violenza. Avvampava nei cirri tinti di rosso e rosa, rifletteva sulla montagna i bagliori del suo incendio. Avevo lasciato Valeria sulle sponde del laghetto ad ammirarne l'esibizione, le gambe strette al petto e il cappuccio calato sul viso, nella nostra stanza gli zaini ancora da disfare, il mio grigio e rosso, il suo giallo.

Io ero andata a cercare i larici.

Per trovarli avevo camminato un'ora, arrivando al limitare della quota del bosco.

Ne vidi alcuni, inerpicati sul pendio di fronte a me. Chissà come ci erano arrivati.

Stavano là, sparuti, soli, a crescere in mezzo alle rocce.

Epilogo

Le vacche si muovevano col buio, assieme agli uomini.

Chissà se anche loro, nei giorni precedenti, avevano intuito l'avvicinarsi della partenza. Se possedessero un proprio conto per scandire il tempo, un modo di patire le mancanze.

Il corteo procedeva nella notte da un paio d'ore, eppure l'alba era ancora distante. Lui lo sapeva, ma non portava orologi da polso.

Nonostante impiegassero una giornata intera ad arrivare, la sua famiglia non aveva mai considerato l'eventualità di affittare dei camion per trasportare le vacche fino al sanatorio, dove l'asfalto cedeva il passo a tornanti dilaniati dalle buche, alla terra martoriata dalle piogge di primavera.

L'unica questione per cui suo padre e suo nonno non avevano mai urlato, sbattuto porte, lanciato maledizioni.

Si saliva a piedi dalla valle, lassù.

Raddrizzò la frontale, sentì l'elastico tirargli i capelli. Aprì un paio di bottoni e un refolo d'aria si insinuò dentro la camicia, facendogli intirizzire i peli del petto.

Era già andato in ricognizione, ispezionando i lati della mandria per accertarsi che nessuna bestia avesse deciso di andarsene per conto proprio, allontanandosi dalle altre. Avevano tentato in due, a rimetterle in riga erano stati i cani.

Nemmeno quell'anno la sveglia lo aveva colto impreparato, si era alzato dal letto vestito e pronto a partire. Aveva fissato le lenzuola bianche e calde di corpo, il solco della sua nuca sul cuscino. Sarebbero rimaste intonse per tre mesi, forse di più.

Era finita l'epoca in cui le vacche se le prende San Bernardo e San Michele le restituisce. Qualcuno direbbe che non c'è più religione, altri che non c'è mai stata. Che nessun santo è più in grado di rivelarti quando sia meglio partire o il momento di ritornare. Lui ai santi si interessava poco: non facevano parte del suo mestiere, non davano lavoro e non erano d'alcun aiuto se pioveva a dirotto o una vacca era scappata.

Al tempo non ci si può mai affidare. È una danzatrice anarchica, scuote le anche e alza una gamba senza rispettare coreografie. Muove le nuvole e il sole, la pioggia lacrime di stanchezza.

Quando si era tirato dietro la porta della sua camera non aveva badato al legno dei gradini che scricchiolava, o ad abbassare la voce mentre parlava con il padre nell'ingresso. La madre lo stava aspettando in cucina, i capelli raccolti, due ciocche striate di grigio le ricadevano ai lati del viso. Era intenta ad asciugare gli schizzi fuoriusciti dal beccuccio della caffettiera, che seguitava a brontolare seppur avesse spento il fuoco. Sulla tavola aveva preparato del pane già affettato, un panetto di burro, marmellata di albicocche. Lui si avvicinò ai fornelli per riempire la tazza di caffè. Ci aggiunse un dito di latte freddo, ne bevve un sorso e una scarica acida gli strizzò lo stomaco. Si sedette, cercò di placare la morsa con un boccone di pane. La confettura gli colò sulle dita, per pulirle le infilò in bocca e succhiò. Non aveva appetito, ma se non avesse mangiato nulla la fame sarebbe arrivata prima del sole.

Il buio assopiva la valle, silenzio d'attesa per l'inizio di un concerto, musicisti che fissano il braccio in levare del direttore d'orchestra.

Quella notte, l'unica fino all'anno venturo, avrebbe suonato al pari della domenica di Pasqua.

Presto gli pneumatici di furgoni e fuoristrada, amici giunti a dare una mano, avrebbero smosso la ghiaia del cortile, sassi che crepitano come camini accesi. I cani avrebbero abbaiato scuotendo le code, pronti a scaldare i muscoli per correre. Sarebbero stati loro a far più strada, ma una volta arrivati lassù non gli sarebbe stato concesso il lusso di riposarsi.

Di fronte alla stalla, su un telone di stoffa grezza, c'erano i *rudun* della sua famiglia.

« È la loro festa, dobbiamo vestirle come si deve » diceva un tempo suo nonno intento ad agghindar le vacche, e si complimentava con ciascuna.

« *Oh che bela, cum si bela, guard'la là che bela* », le stesse parole con cui vezzeggiava la nipote quando si imbellettava per le fiere di paese.

Una a una, venivano messe in fila e si facevano agganciare i *rudun* al collo senza incapricciarsi, seppur fossero più grossi e pesanti rispetto ai soliti campani.

Alle favorite venivano assegnati i *rudun* più prestigiosi. Celebravano nascite e matrimoni, ricordavano membri della famiglia che non c'erano più.

Quello dedicato al *nonu*, sul collare in cuoio recava inciso con dei tasselli argentei TORNERÒ LASSÙ. Più che una commemorazione, pareva una promessa che qualcuno avesse l'obbligo di mantenere in sua vece.

Per il passaggio del corteo le strade della valle venivano bloccate, e le vacche e gli uomini attraversavano i paesi addormentati.

Lui quasi non la ricordava, l'ultima volta che era sceso in città.

Non si sentiva appesantito dal sonno, le gambe si muovevano senza sforzi. Quando espirava, il fiato si condensava in un fumo latteo e sfilacciato. Anche a giugno il freddo della notte ti prende a sprangate sulle ginocchia, screpola le labbra, raspa la pelle degli zigomi come pietra pomice.

Teneva una mano in tasca e nell'altra il bastone. Ogni tanto invertiva la presa, concedeva alle dita di scaldarsi tra il tessuto dei pantaloni.

Davanti a sé non vedeva nulla ma quella strada la ricordava a memoria, imparata coi colori del giorno.

A pochi metri da lui individuò il riflesso del gilet catarifrangente di suo cugino. Fischiò e gli chiese di prendere il suo posto. Appena arrivò, lui rallentò il passo e lasciò scorrere la mandria per contare le vacche, c'erano tutte.

Suo padre, per la prima volta, lo avrebbe raggiunto direttamente in alpeggio, con il furgone per portare i campani, qualcosa da mangiare e i borsoni suoi e del garzone. Alla partenza, si era accertato fosse davvero rimasto a pulire le mangiatoie e non avesse deciso all'ultimo di seguirli.

La sagoma della Becca segava il cielo maculato di stelle. Un antro nero, senza sospiri bianchi a addolcirla. Eppure, quando si spogliava della neve e tornava roccia nuda, assumeva il sapore del ritorno. Per lui, la montagna era sempre estate.

Si ricordò le uniche volte in cui l'aveva vista trasformata dall'inverno. Gli pizzicarono le labbra, strinse i denti e sentì un turbinio nel petto. Si sforzò di pensare ad altro.

Ad altre che non fossero lei.

Affrettò il passo, si aiutò col bastone, la mano gli formicolava nella tasca. La tirò fuori e mosse le dita, i calli tesi, le croste e i buchi di pelle più chiara, rimarginata da ferite ignote, di cui non ricordava l'origine.

Raggiunse il cugino e camminarono per un po' affiancati, annunciati da quel concerto di ottoni di cui non si accorgeva più, come non si accorse di essere rimasto solo.

Spettava a lui, il posto d'onore.

Più tardi sarebbero arrivati i bambini, figli di amici, nipoti alla lontana. Avrebbero voluto stargli accanto, coi loro bastoni corti e i cappelli con la visiera per ripararsi dal sole, dimostrare che si stavano esercitando a dovere per il futuro. Lo aveva fatto anche lui, al tempo in cui le vacche erano pance gonfie e grandi macchie bianche e rosse. Si sporgeva a osservarne le mammelle, le code che dondolavano a destra e a sinistra con buffi ciuffi di pelo all'estremità e le mosche a ronzarci attorno. Più di ogni altra cosa, era affascinato dalle loro caviglie sottili, da come potessero reggere il peso di quelle bestie gigantesche. Non lo sapeva nemmeno adesso.

«*Lasale stè*, che se s'arrabbiano ti fanno male» lo rimproverava il *nonu*, e con un gesto della mano ordinava di venirgli vicino. Poi indicava le montagne, la conca un grembo di madre, e gli diceva che solo lassù accadono le cose belle.

Ora, in testa a guidare le vacche sulla via di casa era rimasto lui.

Un ragazzo alto, con le gambe lunghe e i capelli color del fieno.

INDICE

Questo libro è stampato col sole

Azienda carbon-free

Fotocomposizione Editype S.r.l.
Agrate Brianza (MB)

Finito di stampare
nel mese di agosto 2024
per conto della Ugo Guanda S.r.l.
da Grafica Veneta S.p.A. di Trebaseleghe (PD)
Printed in Italy